碳铁之战

TAN TIE ZHI ZHAN

① 狩猎之神

萧星寒◎著

四川科学技术出版社

图书在版编目 (CIP) 数据

碳铁之战. 1, 狩猎之神 / 萧星寒著. -- 成都：四
川科学技术出版社, 2023.5
ISBN 978-7-5727-0965-4

Ⅰ.①碳… Ⅱ.①萧… Ⅲ.①幻想小说—中国—当代
Ⅳ.①I247.5

中国国家版本馆CIP数据核字(2023)第076343号

TAN TIE ZHI ZHAN 1: SHOULIE ZHI SHEN

碳铁之战 1：狩猎之神

著　者　萧星寒

出 品 人　程佳月
策划组稿　钱丹凝
责任编辑　兰　银
助理编辑　吴　文
封面设计　沐云 BOOK DESIGN
封面插画　梁溯洋
版式设计　大　路
责任出版　欧晓春
出版发行　四川科学技术出版社
地　　址　四川省成都市锦江区三色路238号新华之星A座25层
　　　　　传真：028-86361756　邮政编码：610023
成品尺寸　143 mm × 210 mm
印　　张　12.125　字　数　270 千
印　　刷　四川华龙印务有限公司
版　　次　2023年5月第 1 版
印　　次　2023年9月第 1 次印刷
定　　价　49.00元
ISBN 978-7-5727-0965-4

目　录

楔子　毁　灭

损失惨重！

孔念铎盯着眼前的一切，心底冒出这样一句话。伴随这句话出现的，还有难以形容的恐慌。"战争的本质就是毁灭。"他的导师曾经这样对他说，"你不毁灭敌人，敌人便会毁灭你。"在数十年的作战生涯里，不管作战对象是谁，他都牢记导师的教诲，尽心竭力毁灭对方，不让对方毁灭自己。但这一次，他发现自己恐怕不能从战争中幸存下来。

12周前，巡航中的孔念铎接到命令，说在木星附近800万千米的地方发现了一个神秘信号，让他率领星际舰队前去察探。"弥勒会的异教徒们总想着去外星球开辟新的生存之地，等有一天成功了再打回地球。木星资源丰富，是建立太空工厂的首选。不能给他们这样的机会。"总司令大卫命令道，"发现他们，毁灭他们。"

标准时间2100年10月26日6时，孔念铎的太空舰队抵达指定坐标，神秘信号的所在地。没有发现弥勒会的影子，出现在那里的，是铁族的超级星舰"立方光年号"。

铁族，孔念铎咂摸着这个带着苦涩与死亡气息的词语，不禁想道：他们是能在人形与狼形之间自由切换的钢铁狼人，是科学与技术的完美结晶，也是碳族（人类）最深的噩梦——自2024年12月铁族降生以来，到底有多少碳族直接或间接死于铁族之手？

"密切关注'立方光年号'的动向。不要轻举妄动。"站在旗舰"贝希摩斯号"太空巡洋舰的舰桥里，孔念铎沉着地命令道，"和'立方光年号'联系，说明我们是隶属于重生教的第一太空舰队，前来追捕弥勒会的异教徒。我们不会干预铁族的行动，没有任何针对铁族的行动和计划。如果铁族需要，我们将立刻离开这片空域。"

"立方光年号"在前方200千米处静默着，身后是木星耀眼的大红斑。在宇宙尺度下，200千米，近得就像上眼皮到下眼皮的距离。

迄今为止，铁族只造了一艘星舰。但这一艘星舰，就足以傲视所有人类制造的太空战舰：整体呈一个三棱椎的形状，长的两条边长156千米，短的一条边长77千米，其尾部呈等边三角形，每边长77千米。真正的庞然大物。传说中它的火力能够覆盖一立方光年的空域，击碎行星也是轻而易举的事情，所以得名"立方光年号"。在第二次碳铁之战中，它为铁族的获胜立下了汗马功劳。它甚至不需要作战，飞临哪里，哪里的防御与反击立刻土崩瓦解。

"有答复吗？"

"没有，指挥官。"

"继续联系。"

"是。"

过往的经验告诉孔念铎，这种沉默往往预示着极大的危险。"各舰请注意，准备撤离。"他命令道，没有控制自己的语气和措辞，"不要有任何多余的动作！计算回到地球的最短航线。我们……"

话音未落，立体指挥系统上，"尼德霍格号"太空驱逐舰的图标闪烁了一下，随即消失。

"'尼德霍格号'！'尼德霍格号'！回答！发生了什么事？"

无人回答。

刚才闪烁的，是炽热的等离子束。"立方光年号"喷射出的等离子束温度高达上万摄氏度，瞬间就将"尼德霍格号"蒸发得干干净净，连指甲大的碎片都不剩。

"'阿瓦隆号'请求反击！指挥官！"

"不要轻举妄动！"

"约尔曼冈德号"太空驱逐舰的图标又是一闪，旋即消失。

孔念铎猛地闭上了眼睛。他不想看到这一切，不想看到他在艰苦的战乱岁月里，七拼八凑，历尽千辛万苦一手建立起来的太空舰队，毁于一旦。然而——战争的本质就是毁灭。你不毁灭敌人，敌人便会毁灭你。他又勉力睁开眼睛，命令："所有战舰，迅速撤离！迅速撤离！"

"加勒比海盗号"后勤补给舰的图标也是微微一闪，随后就悄无声息地不见了。

损失惨重！孔念铎心中如此哀叹，并前所未有地恐慌。"快，离开这里！不管去哪里，任何方向都行……"他吼道，声嘶力竭，仿佛这样能驱使"贝希摩斯号"飞得更快。

立体指挥系统显示，"阿瓦隆号"太空巡洋舰向"立方光年号"发射了四枚重型鱼雷——但在距离"立方光年号"5 千米的地方就被什么无形的物质摧毁了。然后，阿瓦隆号迎来了自己无声的毁灭。

孔念铎咂咂嘴，没有说出任何话。

眨眼之间，整个舰队就剩下"贝希摩斯号"。下一个被毁灭的，就是"贝希摩斯号"，这毫无疑问。

"贝希摩斯号"的毁灭将毫无价值，就像它从来不曾建造出来一样。在幽暗、干燥、寒冷而深邃的太空里，"贝希摩斯号"和其他太空战舰一样，无声地爆炸，无声地碎裂，无声地熔解。即使我在临死前尖叫，这尖叫声连我自己都听不见，孔念铎不无恐惧地想。

然而，被毁灭的却是"立方光年号"。

孔念铎看到，在立体指挥系统上，突然出现了一个小黑点，其速度之快，竟使它的轨迹出现了虚像——小黑点的速度达到了光速的 10%，每秒 3 万千米！在孔念铎的记忆里，还没有什么飞船达到过这一骇人的速度，不管是铁族还是碳族，都没有造过飞得这样快的飞船。

小黑点的航线直指"立方光年号"。

第二个小黑点出现了。

然后是第三个。

三个小黑点从不同方向飞向"立方光年号"。

孔念铎激动起来：谁在发动攻击？弥勒会吗？不可能的！弥勒会绝对没有这样的实力。"放大！我要看到细节！"小黑点的立体图像晃动几下稳定下来。第一眼，孔念铎就觉得怪异。说不清为什么，他就觉得那飞船不是，也不应该是碳族的造物，也不应该是铁族的产品。因为它的造型如此怪异，怪异得不像出自太阳系！

孔念铎还想细细观看，"立方光年号"的防御开始了。无数的近防激光炮开始闪烁，因为这个时候，三艘陌生怪异的飞船——真的是飞船吗？飞船怎么可以是这个样子？——距离"立方光年号"已经非常近了。红色和绿色激光交相击打在船身上，一瞬间竟然将怪异飞船完全淹没了。但下一纳秒，怪异飞船又出现了。

在距离"立方光年号"5千米的地方，三艘怪异飞船突然间停了下来。从每秒3万千米，一下子降到0！孔念铎更加震惊。这根本就不可能，完全违反物理定律！

怪异飞船的样子就像是千足虫、海葵、螳螂、剑兰、荨麻混合在一起，随机生成，再用沼泽最深处的烂泥胡乱揉捏在一起。——任何脑袋正常的人都不会这么设计自己的飞船。它还很小，大约只有"贝希摩斯号"的三分之一。但三艘怪异飞船悬停在巨大的"立方光年号"的三个方向，就像它们包围了这艘铁族建造的有史以来太阳系最大的星舰。

那么，这是一个陷阱……是针对铁族立方光年的？孔念铎心中一动。就是在这时，"立方光年号"开始解体。就像有三只无形的大手抓住了"立方光年号"的三个角，一使劲，它就碎裂成了三四块数十千米长的碎片。这些巨大的碎片继续解体，每一块又都碎裂成三四块数千米的碎片，飘散开来。

目睹"立方光年号"的毁灭，孔念铎既骇然，又惊喜。不管袭击"立方光年号"的是谁，他都心怀感激。"抓住机会！赶紧离开这里！"他吼道，把他的心里话全都吼了出来，"这里马上会成为能量与物质交织的地狱！留在这里是等死！"

"指挥官，我们已经在返回地球的航线上了。"

得救了。孔念铎抑制住心悸，长吁一口气，看见立体指挥系统上，在以木星和它的光环为背景的星空中，"立方光年号"的残片继续碎裂，碎裂，碎裂，碎裂成肉眼看不到的粉末。而那三艘怪异飞船早已没了踪影。

回到地球后，孔念铎离开军队，成了一名著名的政治活动家，他因目睹"立方光年号"的毁灭而举世闻名。对于发生在木星附近的这场战斗，他是这样评价的："驾驶怪异飞船的狩猎者设下陷阱，目标显然是铁族的"立方光年号"。我率领太空舰队千里迢迢赶过去，不过是送死。整个舰队只有"贝希摩斯号"逃出生天，可以说纯属意外，也可以说是命中注定。战争的本质就是毁灭，不是吗？"然后他补充道，"但我当时绝对没有想到，"立方光年号"的毁灭会给碳铁两族带来数十年的大和平。战争与和平，毁灭与重生，两者到底有怎样的关系呢？我还在研究之中。"

第一章 天空之城

（一）

委托人长得很朴实，有一张标准的国字脸，黑发粗而短。此刻，他端坐在首席侦探办公室，身体微微前倾，两眼略为焦灼还带点儿疑惑地看着前方墙壁上的挂毯。

"先生，有什么可以帮您的？"铁红缨迎了出去，"我是沈青，坦博侦探社的实习侦探。"

"首席侦探雷金纳德·坦博呢？"

"外出了。"

"什么时候回来？"

"不知道。"

"能联系上他吗？"

"作为首席侦探，他的行踪一向秘不示人。"铁红缨的声音亲切又不失果敢，"有什么事您可以直接告诉我。"

委托人没有答话。铁红缨知道，他一定是借助技术内核——也叫人体内网或者第二伴侣——在检索自己的资料。他会得到他想要的一切。该让他知道的，他会知道；不该让他知道的，他一个字都不会看到。"首席侦探告诉我，他不在的时候，我可以全权代表他。"铁红缨说，见委托人还沉默不语，就为他准备了一杯浓咖啡，"在莫西奥图尼亚城，想要喝到咖啡可不容易。"

"确实。"委托人喝了一口浓咖啡，把杯子放下。

"火星与金星并未建立外交关系，也没有商贸往来，您能从火星来金星，来到金星联合阵线的首都莫西奥图尼亚城，更不容易。"

委托人微微吃惊。他的吃惊表现得并不明显，只是微微蠕动了一下嘴角，若不是铁红缨体内的技术内核"贾思敏"足够先进，她很可能不会发现委托人脸上这一细微至极的表情变化。

"我从地球过来。"委托人说。

铁红缨摇着头，"您的坐姿。"

"坐姿？"

"坐姿出卖了您。"铁红缨随即解释，"您身体前倾，似乎在竭力抵抗着什么。这说明您长期生活在引力比较小的星球，还不习惯金星这里较大的引力。在太阳系三大聚居星球中，金星的引力与地球相当，而火星的引力是最小的。"

委托人看着铁红缨，用眼神示意她继续说下去。

"还有一个更简单的原因。"铁红缨嘻嘻一笑，心道我不是私人侦探，但假装私人侦探还是挺容易的。她继续说："现在的地球，完全禁止往身体里植入智能设备。在金星这里，有专门的法律管技术内核的植入，个人非法安装技术内核是要坐牢的。而先生您，脑袋上的智能接口如此不加掩饰，对别人的注视也视若无睹，只能证明你来自准许对人体进行机械与电子改造的火星。"

"你猜对了。"

委托人说完，又陷入了沉默，显然还是对"沈青"心存怀疑。"您来坦博侦探社肯定是有事的吧？"铁红缨走到委托人跟前，满脸堆笑，同时摆出最为可爱的姿势，说道："上班第一天就接一笔业务，对我今后的职业发展也是很有帮助啊。您会帮助我的，不是吗？"

她今天特意穿了一件粉色的薄纱裙子，黑色的头发也做了处理，加长到肩膀，好掩盖自己身上原有的职业特质。隐蔽自己的真实身份，是干我们这一行活下去的关键。部长如是说。

"今天是你第一天上班？"委托人眼里的怀疑更深了。但他踌躇了片刻，终于咬咬嘴唇，下定了决心。"我叫周绍辉，"他自我介绍道，"我想找一个人。"

"找谁？"铁红缨奇怪于他居然用的是真实名字，在她得到的资料里，周绍辉是火星政府铁族办事处的高级助理，专门负责协调碳族与铁族的关系。"职位虽低，然而权力颇大。"塞克斯瓦莱部长这样评价。

"海伦娜·沃米。"周绍辉答道，"当然，也可能是别的什么名字。"

"她是谁？"铁红缨颇为意外地问。一个陌生的名字。不是说这个任务重大，关系着金星联合阵线 3 000 万公民的未来吗？搞错了吗？

周绍辉侃侃而谈："美女。毋庸置疑，不管用哪个地方的审美标准来判断，海伦娜·沃米都是一等一的美女。而且，她自己很清楚这一点，从骨髓里相信这一点，相信自己有睥睨天下、颠倒众生的力量。绝对不是刻意造作，更不是后天训练，她的一举手，一投足，一翘唇，一蹙眉，都自然而然地散发出无与伦比的美丽。总而言之，那是个绝世罕见的大美女，全太阳系所有男人的梦想。"

只有感受，没有任何实质性的内容。铁红缨暗自评价。

"说得真好，让我都想马上见到这个海伦娜。不过，她到底长什么样？有照片吗？有视频资料吗？"铁红缨掩饰住心中的失望，继续发问。"提出问题，不断地提出问题，不只是因为能够得到有待验证的答案，还因为你能够掌控谈话的内容和节奏，以及走向。"说这话的时候，塞克斯瓦莱部长的表情特别严肃。

"没有。"周绍辉双手一摊，做了个无可奈何的表情。

这个……什么资料都没有的情况之下去找一个美女……要照铁红缨的脾气，百分之百会拒绝。但她现在是"沈青"，执行第一次任务（"就当是你的入职考试啦。"部长的声音从半空飘来），必须要委托人把这件案子交给坦博侦探社办理。因此，"沈青"笑盈盈地对周绍辉说："冒昧问一句，你和海伦娜之间是什么关系？她那么漂亮，不会是你的……"

"不用猜了，我和她没有任何私人关系。实际上，我根本就没有见过她。"周绍辉一脸诚恳，"有人在莫西奥图尼亚城看到过海伦娜。两个月前，她以游客的身份，从地球飞到金星。我立刻赶过来，找了很久，都没有找到她。有个本地人告诉我，坦博侦探社是莫西奥图尼亚城最好的，因此，我就过来了。但说句实话，看到这样的办公室，我很失望，非常怀疑你们的专业技能……"

"我第一次见到首席侦探办公室也有同样的感受。"铁红缨皱着眉环视乱糟糟的办公室。你很难想象，一座现代化的城市里，会有这么凌乱、破败、古旧的一间屋子。她微微叹了口气，说："不过，凡事不能看表象。多接触几次首席侦探之后，你会改变想法。"

"算了，我没有多余的时间可浪费。把这事儿委托给你们，也是多一个完成任务的机会。一个星期，给你们一个星期的时间去找。"周绍辉说。

"7天？"

"7天。找到海伦娜，我就10倍付钱，找不到么……"

"您放心，我们一直会找到海伦娜的。"铁红缨信心十足地对周绍辉说。就算我是冒牌货，我背后的金星联合阵线安全部可不是。

"最后我再补充一点，有人怀疑，海伦娜是狩猎者的一员。"

铁红缨心中"咯噔"一声响：这才是最关键的地方。"什么？海伦娜是狩猎者？传说中毁灭了铁族'立方光年号'的外星人？"铁红缨没有掩饰自己的吃惊。

周绍辉不置可否地耸耸肩，露出了意味深长的笑，"只是怀疑。"

（二）

地球历 2100 年 10 月底，一个消息震惊了整个太阳系：在木星附近，铁族超级星舰"立方光年号"遭到袭击，被彻底化为不可计数的齑粉，与宇宙尘埃混为一体。

次年春天，即 2101 年，铁族主动提出和解，与碳族签署了和平协议——大和平时代由此降临太阳系。按照官方的说法，签署和平协议的目的是为了"保障所有生命的权益"，为了"将地球文明扩展到整个太阳系，深入建设以碳铁两族为共同核心的太阳系文明"。但真相到底为何，民间自是议论纷纷。

对于"立方光年号"如何被毁灭，袭击者是谁，使用的是什么武器，从来没有官方（无论是碳族还是铁族）结论，只有一些真假难辨的坊间传说。据目睹了"立方光年号"毁灭的著名政治活动家孔念铎所言，袭击者驾驶三艘造型怪异的飞船，从三个方向攻击了"立方光年号"。"然后，'立方光年号'就开始无尽的碎裂。"他称那些袭击者为"狩猎者"，他说："他们就像老练的猎手，在木星附近设下陷阱，只等'立方光年号'落网。"孔念铎还反复强调了狩猎者战舰造型上的怪异，"脑子正常的人都不会这样设计，无论是碳族，还是铁族。"

狩猎者到底是何方神圣呢？难道他们是来自太阳系之外的高级智慧生命——外星人？不久，这样一种说法开始在太阳系各大星球广为流传："作为科技高度发达的外星人，狩猎者在道德上也是高度完善的。当他们得知在太阳系内，铁族残酷屠戮碳族，决定惩恶扬善。袭击"立方光年号"，只是对铁族的小小惩戒与警告，否则，下一步就是对铁族的全面毁灭——要是铁族再侮辱、欺凌、打压碳族的话。在狩猎者的绝对实力面前，铁族也是不堪一击的。这也是铁族匆匆忙忙签订和平协议的根本原因。狩猎者真乃是碳族也是宇宙和平的守护神。"

送走周绍辉，铁红缨在"贾思敏"的帮助下，对狩猎者的历史资料进行了一番梳理。不久，雷金纳德·坦博掀开门帘走进了办公室。他大约50岁，个子很高，稍微有些佝偻，缺乏打理的胡子和头发使他看上去比他的实际年龄更老。穿得极为简约，就是几块花哨的布料裹在身上。在完全封闭的莫西奥图尼亚城，没有四季之别，一年到头都是恒温的，想怎么穿衣就怎么穿衣，但雷金纳德这种仿佛500年前的穿法，还是极其罕见。不过，铁红缨也不得不承认，雷金纳德的打扮与首席侦探凌乱、破败、古旧的办公室是相匹配的。

"我今天接了一个案子。"铁红缨向首席侦探简单汇报了情况。

"小姑娘，谁说你可以全权代表我？"没等铁红缨说完，雷金纳德就气呼呼地说，"我什么时候允许的？你只是一个实习侦探，我才是首席侦探。凡事得遵循传统，女人哪里能代表男人？"

"真要遵循传统，我们就不会从地球迁徙到金星呢。说不定我们还在非洲草原上捉狮子吃。"铁红缨毫不留情地反击。

"牙尖嘴利。"雷金纳德·坦博一屁股坐到挂毯下边，

"总之，以后不准你这样说。你不能代表我。"他眨巴着眼睛，迅速转换话题，"你刚才说，合同的有效时间是多久来着？"

"一个星期。"

"一个星期？"

"对。7 天，140 个小时。"

"我知道。我知道一个星期有多少天，有多少个小时。用不着你来提醒我。小姑娘，记住你的身份。"

铁红缨心中郁闷，却没有说话。"雷金纳德·坦博是一个偏执、古板、无趣的人，执着地相信过去比现在好。"塞克斯瓦莱部长如此评价首席侦探。她忍不住想：这样一个人，大半辈子都这样过着，难道听了你的责骂或者劝告就会有所改变？对这样的人，除了沉默，你还能怎么样呢？

雷金纳德嘀咕了一句什么，然后大声说："私人侦探，接到一个案子，首先要做什么呢？"

遵循传统，是没有私人侦探这个职业的。"请首席侦探明示。"

雷金纳德扭头看着那幅挂毯，"仔细看，你看到了什么？"

挂毯（大概是办公室最为精致的物品）上织着一幅画，表现的是非洲大草原。成群结队的斑马、瞪羚、角马和水牛在阳光下悠闲地吃着草；四周潜伏着凶恶的狮子、猎豹和鬣狗，随时可能一跃而出，当场咬破某个猎物的喉咙。空中还有秃鹫在逡巡，监视着整个大草原，期待发现正在陨落的生命。唯有一群长鼻子大象，超脱于这弱肉强食的场景，怡然自得地戏水。

"非洲大草原，各种动物，还有植物。"

"就没有看到人？"雷金纳德没有等待铁红缨的回答，径直给出了答案，"在这里，草丛背后，潜伏着猎人。看仔细了，一共有三个，带着羽毛冠，手里擎着长矛。前面这个最勇敢，他非常专注，他的目标是狮子。后边这个最懦弱，也最狡猾，他想等勇敢者刺伤狮子后跟踪狮子，直到狮子流血过多、倒地身亡，再把狮子的尸体扛回部落，作为自己的战利品去炫耀。为了这个目的，他甚至可以从背后袭击那个勇敢者。"

"那第二个人呢？"

"中间这人最聪明，也最愚蠢。他会阻止勇敢者的莽撞，让其在时机成熟后再动手；也会拦住懦弱而狡猾者偷袭的利剑，为此甚至不惜牺牲自己。他以为自己是万能的，其实也不过是一个愚不可及的蠢货。"

"那么，寻找海伦娜·沃米，该采取哪一种策略呢？"铁红缨猜测着首席侦探的用意。

雷金纳德气呼呼地说："在非洲草原上，一个老练的猎人出发去寻找狮子，首先是找狮子留下的脚印，循着脚印，就能找到狮子的老巢。当然，找到狮子的前提是，确实存在这样一头狮子。"

"所以，首先要确认确实存在海伦娜·沃米这个人？"铁红缨思忖着，"我确实没有想到委托人说谎的可能性。"

在接受此次任务时，塞克斯瓦莱部长告诉她，雷金纳德不过是个读过几本老侦探小说就自以为通晓了一切侦探之术的蠢家伙，一辈子破获过的最大的案子不过是一只公猫被一只母猫拐走的宠物失踪案。部长的评价明显带着揶揄，但当时敏感的铁红缨就觉得，这种带有个人情绪的评价背后似乎蕴藏着什么。安全部使了一个小花招，驱走了雷金纳德原先的助理，令他不得不招聘"沈青"。铁红缨在与雷金纳德的接触中，发现塞克斯瓦莱部长对雷金纳德的评价，往往只说对了一半——雷金纳德不足的那一半。

雷金纳德说："遵循传统，先去调查海伦娜·沃米到金星后的一切行动。很多时候，往往传统的办法最有效。为什么传统的办法最有效呢？因为它经过了时间和实践的双重检验。要是无效的话，早就被世人遗忘了。懂了吗？"

铁红缨点头称是，以免雷金纳德继续在这件事上纠缠。"我打算去旅游部调查。"她说，"海伦娜以游客的身份入境，旅游部应该有她的资料。"

"也好，你去和那些官老爷打交道，我就省心了。"雷金纳德说，语气陡然转为悲伤，"唉，根本省不了心，麻原宣教团 4 天后就到金星联合阵线。真该死啊。"

铁红缨总算知道雷金纳德的怒气与悲伤源自何处了。

（三）

出了坦博侦探社的门，铁红缨习惯性地望望"天空"。那湛蓝的"天空"高而远，拼贴般飘浮着几朵"白云"。事实上，那是在几米之上的天花板，只不过进行了技术处理，让人误以为是高不可攀、白云朵朵的"天空"。同时，这"天空"

还是上一层的"地板"。全封闭的城市就是这个样子！叹息了一声，铁红缨坐上"豆荚"去位于莫西奥图尼亚城第 75 层中央大街 144 号的旅游部，请求调阅海伦娜·沃米的资料。"一切经过，尤其是细节，我都想知道。"铁红缨强调道。

旅游部官方发言人查看了她署名"沈青"的私人侦探执照，选了一个最舒服的姿势，往后躺到靠背椅上，双手叠着放到脑后，说："侦探小姐，请回吧。游客的资料是机密，不会提供给你的。"

铁红缨争辩了几句，发言人非常顽固，说话也刻薄。到最后，干脆置之不理，倨傲的态度更加明显——整个人都散发着"我就是不合作你能把我怎么样"的气息，就差把两条腿嚣张地放到办公桌上。不得已，铁红缨亮出了自己的真实身份。那人顿时像被刺猬蜇了一般，整个人微微颤抖，连眼角的皱纹都收缩了一下。他坐直身子，把双手从脑后抽出来，端端正正地放到办公桌上，有些心虚地说："您想知道些什么？"

"你们这些官僚啊，莫西奥图尼亚城是金星联合阵线的首都，你们是金星联合阵线的公务员，金星联合阵线的名声就是这样被你们败坏掉的。"铁红缨厉声责骂了两三句，发言人赔着笑脸道："您想知道些什么？我一定知无不言，言无不尽。"这让铁红缨没有别的话可说，于是开始专心查阅资料。

这个叫罗迪的旅游部发言人现在办起事来倒也积极麻利，与先前傲慢迟钝的他相比简直判若两人，但结果却令人失望。"没有这个人。"罗迪指着桌面上的智能终端说，"最近两个月没有叫海伦娜·沃米的人从地球到金星。"

"最近半年呢？"

"也没有。没有入境记录，更没有出境记录。"罗迪摆出一副诚实的面孔，努力解释，"旅游局保存了每一个金星旅游者的详细资料，从旅游局成立到现在，所有的资料都在。一个庞大的数据库。目的是进行海量分析，以便提供精准的广告。旅游业是金星重要的支柱产业。我们投放了大量的广告，每年吸引了数百万地球人来金星旅游。金星联合阵线四分之一的财政收入来自旅游。在提供个性化广告方面，我们做了大量的工作。"

铁红缨见过那些广告。在广告里，金星联合阵线被描述为"远离地球，远离火星，远离主体文明，远离碳铁两族的纷争，落寞而寂寥的极乐净土，太阳系最后的世外桃源"。但作为生于斯长于斯的金星土著，铁红缨知道那些说法确实只是广告，与事实的差距有 10 万光年那么远。

罗迪耸耸肩，表示无能为力，"也许她用的是别的名字？"

或者根本就没有这个人？铁红缨迟疑着。也许她是以其他方式来到莫西奥图尼亚城的？偷渡吗？

"不过——"罗迪眯缝着眼睛沉吟了片刻，说，"——海伦娜·沃米，这个名字有种奇怪的感觉，我好像在哪里见过这个人。"

"你肯定？"

罗迪陷入了沉思，"我想起了。在这里，就是在这里。旅行团里有个人丢了东西，她陪着过来报案，当时，就是我处理的这件事。我记得其他人叫她海伦娜。没错，就是她，一个大美女，肯定是她。我敢拿一年的工资和您打赌，她就是你要找的海伦娜·沃米。"

"好好想想，是什么时候？"

罗迪皱起来眉头，"奇怪，我……我不记得了。我想不起海伦娜长什么样子。奇怪，照说，我应该记得很清楚的。可是……我想不起来了……为什么会忘记呢？我真的……这么跟你说吧，虽然我确实不记得海伦娜容貌的细节，但我清楚地记得看见她的感受，一个真正的超级大美女。原谅我词汇贫乏，只能用这么粗俗的话来形容。"

铁红缨启动"贾思敏"的深度分析模式，解析了罗迪所有的面部微表情，最后确认他有98%的可能没有说谎。"有当时的视频资料吗？这里应该有监控的。"她问。

"我问问后台。"片刻后，罗迪答道，语气中既有疑惑也有遗憾，"没有。后台工作人员说，没有找到当时的视频资料。之前和之后的视频资料都在，就海伦娜报案的那几分钟，视频丢失了。谁也不知道为什么会丢失。"

"你记得有这么一个人，但资料库里却没有她，是这样吗？"

"也许是这样吧。"罗迪含糊其辞。

资料库可能被黑客篡改，罗迪的记忆也可能出现偏差……铁红缨心中忽然一动，"还有其他人见过海伦娜吗？比如，本地导游。"

"来金星旅游有两种团，一种是自助，不需要本地导游；另一种就需要安排导游了。我查一下。"罗迪说，"我猜海伦娜参加的是自助团。不然，他们丢失了东西也不会找到这儿来，导游就可以解决了。"

也就是说，没有本地导游。铁红缨正要说，罗迪却叫了起来："我错了，我错了。海伦娜不是参加的自助团，有本地导游陪同参观。"

这话让铁红缨颇有绝处逢生之感。"能叫那个导游过来吗？我有些问题想当面问问。"她说。

"好的，好的，我马上通知巴布鲁。"

巴布鲁是一个略为瘦弱的年轻人，他左摇右晃地走进发言人办公室，显得非常轻浮，但看见罗迪，马上变得拘谨，甚至有些畏首畏尾。

罗迪介绍道："巴布鲁，这位是……"

铁红缨抢道："我是一位私人侦探，叫沈青。"

罗迪对巴布鲁说："这位沈青小姐……一听名字就知道是了不起的人物，莫西奥图尼亚城最知名的私人侦探，也是我多年的朋友。我希望你听从沈小姐的安排，将你知道的所有事实全盘讲述给沈小姐听。"

巴布鲁谦恭地说："沈小姐，请你吩咐。"

"记得海伦娜·沃米吗？一个从地球来的游客。"

"没有。"巴布鲁非常肯定地摇头。

"两个月前，39 年 8 月 8 日，从地球来，你带的团，一个大美女。"

巴布鲁还是摇头。

铁红缨琢磨了片刻，说："这样吧，你带着我，就像带着地球来的游客，按照日常的路线，再走一遍。"

"有问题吗？"罗迪在一旁问道。

"没有问题。"巴布鲁答道。

"我们先去哪里？"

"9 号港口。"

出了旅游部大门，一个"豆荚"从地下升起来，裂开，露出里面的站位。铁红缨和巴布鲁钻进"豆荚"，"豆荚"旋即合上，沉入地面，以极快的速度，进入城市管道交通系统。

（四）

"沈小姐，你知道吗，那些地球人，看到'豆荚'都惊呆了。"巴布鲁是个典型的话匣子，一打开就关不上了，而且，一离开发言人的办公室，他的拘谨和谦恭就全部消失了，"他们没有见过这样的城市管道交通系统，没有见过人被装在半透明的盒子里，在城市的管道里运来运去。他们说，坐在'豆荚'里的感觉很特别，像精子在迷宫一般的输卵管里寻找卵子。"

"这些人的想象力还真是丰富啊。"铁红缨从没有觉得管道交通系统这么富有诗意，再怎么看，也只是普普通通，毫无趣味的管道交通系统，运行着磁悬浮轿厢而已。

巴布鲁嘲笑道："都是些没有见过世面的土包子。"

不久，"豆荚"停住，舱门打开，他们已经到了莫西奥图尼亚城 225 层太空港 9 号码头。这个码头专供地球游客进出。它比铁红缨想象的冷清，宽阔的街面上，来来往往，就那么十来个人，完全没有记忆中游客熙来攘往的样子。巴布鲁在前带路，铁红缨随后跟着。

"从地球来的旅行团我们都会到码头上去接，表示我们很重视他们。"巴布鲁说，"你知道吗，游客有许多种，有的很好说话，而有的会仅仅因为你多说了一句话或者少说了一句话而投诉你，然后你一个月的奖金就没有了。"

"海伦娜是哪一种？"

"其实吧，不瞒沈小姐，我对你说的那个人没什么印象。我每周要带一个团，一个团有好几百人，我哪记得住每一个人啊？以前更多，几乎每天带一个团，更记不住。"

"这么说，现在游客数量锐减？"

"是啊，以前来金星联合阵线参观的人，可以从这里一直排到太阳上去。可是，最近两年，来的人少了许多。"

"为什么？"

"鬼才知道为什么那些土包子不来了。"巴布鲁狠狠地骂了一句。铁红缨上下打量了一下巴布鲁，奇怪于这个人赚着地球人的钱却又瞧不起地球人。巴布鲁没有在意"沈青"的打量，自顾自地往下说："你知道吗，地球下现在是重生教的天下，教徒们最大的祈愿，就是世界毁灭、转世重生的那一天早点到来，外出旅游可不是他们的首选。"

世界毁灭、转世重生。铁红缨把这两个词语在心底暗暗重复了一遍，有种难以表述、无法理解的荒谬感困扰着她。她不想讨论这个问题，于是问道："下一步是去哪里？"

"蜂巢旅馆。"巴布鲁回答。

蜂巢旅馆就在9号码头的旁边，当初这样设计的目的就是为了方便地球游客。顾名思义，蜂巢旅馆的最大特色就是所有房间都像蜂巢一般，是六边形的。"这就是为了招揽游客，让那些土包子有新奇感。"巴布鲁边走边嘀咕道。

"要是他们发现金星人住的房间和他们住的旅馆有所不同，会怎么样？金星人并不住蜂巢形状的房子。"

"很少有游客会注意到这一点。"巴布鲁挤眉弄眼道，"即使注意到了，也会认为这是给他们的优待。毕竟，他们花费数十万，用掉好几个星期的时间，跨越数千万千米的星空，来到金星，要是还没有看到和地球不一样的景致，享受到和地球不一样的待遇，他们会疯掉的。"

巴布鲁走进蜂巢旅馆，热情地和前台的服务员打招呼。铁红缨走进去，仔细观察着蜂巢旅馆的布局，琢磨如果自己是地球来的海伦娜·沃米，看到这些奇形怪状的房子会怎么想。

前台服务员拒绝了巴布鲁的寒暄，他讪讪地回到铁红缨跟前。"你知道吗，"他非常喜欢用这句话开头，"虽然金星的引力和地球差不多，但毕竟飞了那么久，休息一晚，自由活动，适应一下本地的环境，也是相当不错的。只有少数精力旺盛的游客，会立刻提出参观的要求，我们也会满足这些人的要求。"

"你们会怎样安排呢？"

"通常会安排他们参观博物馆。你知道吗，莫西奥图尼亚城有个大得不可思议的自然与人文博物馆，大到你在里边转三天三夜也转不完。"巴布鲁夸张地比画了三个大圈。

铁红缨当然知道。传说，莫西奥图尼亚城还没有开始建设，博物馆就开始建设了；莫西奥图尼亚城建设完了，博物馆还在继续扩张。我可以作证，这种说法是真实的，铁红缨想，博物馆的设计图纸早于莫西奥图尼亚城的，甚至可以说，莫西奥图尼亚城就是围绕博物馆建设而成的。因为我的父亲铁良弼就是博物馆的设计者与创建者！

"海伦娜·沃米要求去博物馆吗？"铁红缨问。之所以要巴布鲁带着她走一遍旅游流程，就是为了唤起巴布鲁的回忆。

"侦探小姐，我不得不再强调一次，我不记得有海伦娜·沃米这样一个人。不过……让我想想，好好想想。"

铁红缨盯着他，祈望他能想起点儿什么。

巴布鲁深思了片刻，旋即露出奇怪的笑容——是那种奸计得逞的笑容，"最近这几个月，只有一个人要求去参观博物馆。"

"是谁？你记得她的名字吗？"

"全名……全名似乎叫齐尼娅·沃米。对，应该是这个名字。"巴布鲁眉飞色舞地说，"我记得她，是因为她是一个残疾人。上半身正常，墨绿色的短发，翡翠一般的眼睛，看上去还挺漂亮的。只可惜双腿瘫痪，不能行走，靠一辆智能轮椅代步。说话细声细语，非常……"

他突然哽住，深深地皱起了眉，似乎被什么问题给难住了。如果你想大肆赞美一下谁，却突然之间忘记他做过什么事，找不到合适的词儿来形容他，就会是这种表情。"奇怪。"他喃喃地说，"我记不清楚她跟我说过些什么呢。没有理由啊。"

又一个沃米，又一件怪事。铁红缨记录下来，同时说道："去博物馆吧，到那里你也许能想起些什么。"

博物馆距离蜂巢旅馆并不远，两个人一前一后地步行过去。一路上，巴布鲁忽然变得沉默，似乎还在纠结刚才那个问题。"贾思敏"也没有提供更多关于齐尼娅·沃米的资料，这是一个很常见的名字，即使资料库里有这个齐尼娅的信息，也淹没在数千个同名之人的信息里。想要精确地查找，还需要更多的相关信息。

远远地就可以看见博物馆的大门敞开着，一头霸王龙的骨架矗立在进门的大厅里，威风凛凛。"我本来想摆一群晚期智人的。"铁良弼曾经对两岁的铁红缨说，"可惜他们认为这太惊悚了。"铁红缨并不认为摆霸王龙有什么错，相反，她觉得只有霸王龙才有资格站在那个地方，供所有人——那个词叫什么来着？对，瞻仰。现在就有几个孩子在那里瞻仰霸王龙。铁红缨饶有兴致地看着，小时候，她也曾经以那样的姿势仰视霸王龙，心里带着些微的恐惧、震撼与无比的羡慕。因为那是父亲的杰作！

"导游，你又记起了什么吗？"铁红缨转向巴布鲁，后者正怔怔地盯着博物馆的大门。

巴布鲁迷茫地摇摇头。"齐尼娅……"巴布鲁的声音忽然变得又轻又快，他手舞足蹈地说，"……金星是除了太阳和月亮以外，天空中最亮的天体。金星的光甚至能在地球上照出影子。人类对金星一直充满了美好的想象。在中国，人们把它称为'长庚'或'启明'；在古希腊，它被叫作'阿芙洛狄特'，在古罗马，它被叫作'维纳斯'，都是指爱和美的女神。"

这显然是一段巴布鲁不知道说过多少次的导游词，但这个时候说出来，显然不正常。铁红缨不知道问题出在哪里，只好小心地看着他表演。巴布鲁眼神游离，似乎看着铁红缨，又似乎没有。突然之间，他身体前倾，邪魅地笑着，伸出双手，做着揉挤的动作，向着铁红缨径直猛扑过来。

（五）

错愕之下，铁红缨也不犹豫，身形往左迅速一闪，避开巴布鲁的正面猛扑，同时右手伸出两个手指头，在巴布鲁的右臂上轻轻一拨。他就一个狗啃泥，狠狠地扑跌到街面上。奇怪的是，跌得如此之重，他却没有发出声音，没有惨叫，连轻微地呻吟也没有，仿佛跌落在地的是一块没有知觉的岩石。

铁红缨瞧着地上的巴布鲁，微蹙眉头。有人看到了这一幕，朝这边投来好奇的目光。铁红缨朝那人挥挥手，意思是说，没事没事，至少不关你的事儿。这时，面朝下趴在地上的巴布鲁呻吟了几声。铁红缨走到他跟前，蹲下，轻声问道："你怎么样呢？需要帮助吗？"

巴布鲁费劲儿地抬起头瞪着铁红缨，眼睛里空空如也，似乎不认识铁红缨。在意识到自己是趴在街面上后，巴布鲁赶紧爬了起来——动作极为狼狈。"我怎么啦，沈小姐？"他问道。

"跌了一跤。"铁红缨回答。

巴布鲁没有发现铁红缨的谎言，看看四周，问道："我们怎么会来博物馆？我们不是该去——环金星大气漂流场吗？"

"你说的，海伦娜所在旅游团里，有个叫齐尼娅·沃米的，来过博物馆……"

"齐尼娅是谁？"

铁红缨死死地盯着巴布鲁，祈望下一秒他表情变为笑意，承认自己开了一个玩笑。但巴布鲁没有这样做，而是脸色平静地说："我们赶紧去环金星大气漂流场，时间不早哩。"说完，他转身迅速离开。

铁红缨一边不远不近地跟着巴布鲁，一边让"贾思敏"把这些异常现象重点保存下来，任何一丁点儿细节都不放过。是的，细节，真相就潜藏在细节里。

管道交通系统将两人送到环金星大气漂流场。那里位于莫西奥图尼亚城城市边缘，487 层，因此花了不少时间。

"你知道吗，漂流场位于莫西奥图尼亚城的尾端。假如把莫西奥图尼亚城看作是一只蜻蜓的话，它就位于这只蜻蜓的尾端。"巴布鲁说，"虽然莫西奥图尼亚城借用了一个地球瀑布的名字，但事实上它的样子一点儿也不像瀑布。一会儿看到莫西奥图尼亚城的全景，你会承认我说得对。"

巴布鲁似乎恢复了正常，也就是说，他又变成了努力从游客钱包里掏出每一个钢镚儿的，同时又打心眼里瞧不起游客的金星导游。在路上，铁红缨刻意提到了齐尼娅的名字，还很直白地描述了巴布鲁在博物馆门前的骚扰行为，但巴布鲁充耳不闻，没有任何表示。对于后者——这是一个可能危及他导游执照的恶行——他轻描淡写地表示，不记得自己做过这样的事情，如果真的做过，他可以向沈小姐道歉。"完全可能是因为本能，"他赞叹道，"沈小姐确实漂亮！但我的职业道德不允许我做那样的事情。"

环金星大气漂流场没有一个游客。巴布鲁和在场的工作人员闲聊了几句，先是抱怨游客减少，然后咒骂旅游部的官员尸位素餐，贪婪成性又愚蠢至极，接下去就提出带侦探小姐去看看漂流场的要求。工作人员同意了。巴布鲁领着铁红缨登上了升降机，并启动了它。这升降机能容纳数十人，此刻只有两个人，显得十分宽敞。

"马上就可以看到莫西奥图尼亚城的全貌了。"巴布鲁喜滋滋地说，"你还没有看到过吧？"

铁红缨正要回答，升降机却猛地颤动两下，停住了。

"没事儿没事儿。"巴布鲁说，"这玩意儿修了都 20 年了，早该更换了。上边那些蠢货却只知道贪污受贿，不肯干一点儿正事。"随后，巴布鲁冲对讲机吼了几句："你们这什么破烂货啊？赶紧的，修好。"

20 年的意思是这些升降机的年龄比铁红缨大。为什么不更换新的、更先进的呢？铁红缨知道答案。在金星联合阵线，好多地方都还在使用 20 年前的设备。不是不想，而是不能，无能为力。塞克斯瓦莱部长曾经多次说过："我们躺在前人的智慧与汗水之上已经太久，以至于认为这一切都是理所当然的，并且是永恒不变的。实际上，由于一直以来对科技的忽视，金星联合阵线早就失去了自我更新能力，这才是目前金星联合阵线最大的危机。只可惜当各种麻烦接踵而至的时候，所有人都只知道抱怨，怨天尤人，很少有人发现这个根本性的原因，更不要说去亡羊补牢了。"

升降机吭哧两声，又开始上升了。"小问题，重启一下就好，对不起啊。"后台工作人员语气平淡，见惯不惊，丝毫没有道歉的诚意。

不久，升降机停住，铁红缨发现自己置身于一个全透明的气泡状建筑里。这气泡状建筑远远高于莫西奥图尼亚城布满各种太阳能板的表面，因此在这里，可以将莫西奥图尼亚城的全貌一览无余。

虽然铁红缨不是第一次看到这个场景，但她依然如第一次看到这个场景一样，看着眼前的一切，目瞪口呆。城市下方，在耀眼的太阳照射下，铺展着方圆数千千米的黄色云海。这厚20到30千米的云海不是由水蒸气组成，而是由浓硫酸液滴构成，看上去稠密而严实，没有一处空隙，犹如冻结的黄色岩浆。云海的凝固不动其实是假象，多观察一阵就能注意到，一直有刚猛的风在吹拂，使得云海在缓慢地改变形状。多数地方的云都被狂风梳理得平整如一，连颜色都相差不大，只有对颜色极为敏感的人才能从中分辨出橙黄、赭黄、明黄，还有香蕉黄、柠檬黄、琥珀黄。然而，也有几处的云形状非常特别，颜色也呈现出丰富多彩的样子：有的像妖魔鬼怪在开篝火晚会，有的像数千铁骑在肆意冲杀，有的像精灵大军在黄色冰山上抢滩登陆，有的像刚刚发生过超新星爆炸——这些都是刚猛的风突然改变了性情，变得调皮的杰作。

在硫酸云海之上飘浮着的庞然大物，就是铁红缨生在其中长在其中的天空之城——莫西奥图尼亚城。它冷然，强悍而威严，令人忍不住膜拜。而且，巴布鲁一点儿也没有说错，莫西奥图尼亚城的外形确实像蜻蜓，但这只蜻蜓显然偏胖，尤其是翅膀。它前后相距 1 550 千米，左右相距 1 460 千米，肉眼根本看不到尽头，最厚处为 25 千米，承载着 140 万金星人在硫酸云海上飘浮。

"壮观吧？莫西奥图尼亚城。"巴布鲁不失时机地介绍，"它是所有天空之城中，最早设计，最早建设，却是最后完工的，因此它也是最大的。它是所有天空之城的母本，是所有金星人的骄傲。莫西奥图尼亚、玛格丽塔、乌库鲁库鲁、德拉肯斯、巴蒂安、鲁文佐里、涅利昂、奥杜威、博苏、阿特拉斯……迄今，金星联合阵线共有 34 座大小不同、形状各异的天空之城。这些城市，每座能够容纳 80 万到 150 万人。它们悬浮在金星赤道地区上空，各自相隔数千千米，被持续而稳定的环金星风吹动着，围绕金星不停旋转。

"当然，每座天空之城都有强劲的动力系统，保证在金星狂风最为猛烈的时候，它们也能按照自己的意愿前进或者后退。根据金星的天气情况，天空之城有时下沉到距离金星地表 45 千米处，有时又会上升到 70 千米开外。环金星大气漂流就是围绕环金星风带开发的旅游项目。

"金星风能达到每秒 95 米。穿上特制的翼装，也有人喜欢风筝装，或者别的造型的飞行装，比如会喷火的鞋子，从平台上一跃而下，跳进金星的大风里。不用担心会掉到下面去，金星大气的浮力足够大；也不需要什么额外动力，随风而行就可以。只需要 96 个小时，就可以环绕金星一周。"

不得不承认，巴布鲁的导游词记得还算是滚瓜烂熟。铁红缨默默环视着，体会着心底的震撼。第一次看到这一幕她就是这样震撼。现在依然如此。

铁红缨问："海伦娜漂亮吗？"

"不知道。"

"齐尼娅呢？"

"不知道。"巴布鲁皱着眉说，"你为什么揪着这两人不放？我根本不知道他们是谁！"

"贾思敏"解析巴布鲁的微表情，得出的结论是：说谎的可能性为 24%。铁红缨茫然了：巴布鲁没有说谎，那么……

这时，巴布鲁突然间兴奋起来，凑到她旁边，"我刚才灵感乍现，脑子里闪现出一个非常棒的想法。如果我是马泰里拉总理，在签署回归地球协议时，一定加上这样一个条款。这个条款不但能够拯救金星联合阵线的旅游，甚至可能拯救所有金星人。"

"什么条款？"

"把金星作为重生教的圣地，每个信徒一生之中必须到这里来朝拜一次。只需要乌胡鲁说一句，他出生在金星，在金星变成地狱之后迁往地球，就万事大吉了。"巴布鲁说，"朝圣，你知道吗，那些信徒就需要这个，就像游客争着去看超级闪电一样。"

铁红缨咂咂嘴，"超级闪电？"

"天啦，你到底是不是金星人？"巴布鲁拍拍自己的脑门说，"那可是金星上最吸引游客的旅游项目，没有之一。"

（六）

"需要多长时间？"

"起码 3 个小时。"

铁红缨谢绝了巴布鲁的再三邀请，并对他的热情解说表示感谢。然后也不顾礼貌，匆匆离开。她接到了安全部的最新指令，有更重要的任务需要她去完成。管道交通系统经过精心设计，能够抵达所有的楼层和街区。铁红缨特意提前两站离开"豆荚"，走上步行街。

一路之上，她不露声色地观察着四周，确认没有人跟踪。然后，她刻意拐了一个弯，进入一家名叫"芬恩"的宠物店，给巧巧买了一听它最喜欢吃的罐头。

这时，"天"已经快黑了。这不过是老一辈从地球带来的习惯性说法。莫西奥图尼亚城是座全封闭城市，照明系统的光来自太阳。当莫西奥图尼亚城在金星面朝太阳的一面航行时，它就像悬浮在光的海洋里，从四面八方（包括底部，硫酸云层反射的太阳光也是非常猛烈的）射来的光，经由精心设计的照明系统，能够照亮莫西奥图尼亚城的每一个角落。这是"白天"，10 个小时长。等莫西奥图尼亚城航行到金星背面（与天空之城相比，金星自转的速度完全可以忽略不计）看不到太阳，没有阳光进入照明系统时，自然整个城市就进入"黑夜"模式，也是 10 个小时。"黑夜"降临的标志就是街灯从自然光源切换为冷光源。

穿过逼仄的通道，铁红缨回到 383 层 7 号大街公共租赁房 0823 号房间。那确实只能叫房间，前后两间屋子，前面是客厅，后面是卧室，加起来不到 60 立方米——莫西奥图尼亚城住了 140 万人，每一立方厘米都很重要，这样的房间从某种意义上讲已经算是奢侈了。

铁红缨唤了两声"巧巧"，那条黑色的小狗轻轻摇着尾巴从狗窝里钻了出来。尽管和主人还不是太熟悉，但见到主人手里的美食，还是忙不迭地过来亲热：一会儿拿后背蹭铁红缨的腿，一会儿人立起来举着前腿表演。铁红缨给它挠了挠肚子，把罐头里边的片状狗食倒进狗窝边的食槽里。巧巧立刻扑过去大口大口地吃，欢天喜地的样子，着实可爱。

铁红缨穿过丝状幕帘走进卧室，同时开启幕帘的保密功能，以确保不会有任何东西可以偷窥房间。她先扬手将加长到肩膀的头发取下来，只剩下齐耳的黑色短发，又麻利地脱下粉色的薄纱连衣裙，如释重负地把它丢到床上。随即，铁红缨做了几个伸展运动：双腿站得笔直，弯下腰去触摸脚尖；后仰，双手触地，打了一个倒立；弯曲膝关节，笔直地跳起，然后左腿向前，右腿向后，猛地向前踢出……一套动作下来，终于使连衣裙带来的束缚感消失了，铁红缨觉得浑身都充满了力量，以及自由自在的感觉。我喜欢这样的感觉。下次，一定不穿那么紧的裙子了。

她这样想着，拉开一个隐秘的抽屉，里面有好几个小如纽扣的智能插件。她左手反转伸到脑后，拨开头发，露出一组四个针眼般大小的接口。右手捏着 3 号智能插件，对准接口，小心地插入。下一秒，"贾思敏"已经完全识别 3 号智能插件，旋即按照 3 号智能插件的伪装方案，将铁红缨瞳孔的颜色从黧黑调整为赭石，又将肤色调得略为暗哑，眼窝、唇形和下巴也略有变化。与先前的模样比这时的她已经判若两人，仅靠肉眼，甚至低级智能识别插件，都无法将前后两个人联系起来。

铁红缨把粉色薄纱连衣裙从床上捡起，丢进衣柜，顺手从衣柜里取出运动服，以极快的速度穿上。这套运动服是套装，从里到外，全是用智能材料制成，穿的时候就会配合主人的动作，穿上之后，更会自己做调整，保证主人穿着舒适。"就像是你身体的一部分"，广告如是说。它的样式和阿特拉斯学校的作训服很接近，一切都为快速运动而设计，没有丝毫的累赘，密切地贴着肌肤又不会使人觉得勒得紧。

铁红缨在床底下按了一个特定的开关，床轻轻卷起，缩回到墙上，床底露出一个隐秘的洞口。铁红缨跳进洞口，走过一段完全无光的地道——没有光线对她来说没有任何阻碍——来到一道密门前。在确认密门之外没有人后，她拧开密门，悄声地走了出去。

坐上"豆荚"，去往城市的 56 层，又在空空荡荡的步行街上逡巡了好一阵，铁红缨这才迈步走进一家叫"洛卡拉雷"的咖啡厅。托基奥·塞克斯瓦莱部长在一个面对大门的位置等她。他个头超大，虎背熊腰，光秃秃、肉乎乎的脑门上没有一根头发。她走过去，在部长背后的位置坐下。一个愚蠢的机器侍者滚过来，没等它开口，铁红缨就冲它说："一杯柠檬水，不加糖。"

"巧巧怎么样呢？"机器侍者离开后，部长轻声地问。

"见面先问狗，也不先问问我怎么样。"铁红缨没好气地说，"我可是你养大的啊。"

"巧巧只有一个月大，你又不会照顾小狗。"

"知道我不会照顾小狗，你还把巧巧送给我？"

"伪装。"塞克斯瓦莱部长解释说，"一个单身女孩子，又是干私人侦探工作的，整天没啥业务可做，养条狗给自己解闷不是很正常的事情吗？"

"雷金纳德要是知道你这么骂私人侦探，一定会对你不客气的。"

"他能把我怎么样？骂我，还是打我？"

这时，机器侍者送来了柠檬水。铁红缨轻轻地抿了一小口，酸酸的感觉充盈着她的口鼻。在莫西奥图尼亚城，柠檬这样的水果是地道的奢侈品，所谓的柠檬水只是柠檬味儿的水而已。不过，铁红缨还是喜欢。

"你的身份暴露得太早了。"部长的批评来得迅猛而且毫不客气，"一个优秀的特工，不可能在旅游部那样一个毫无威胁的情景下，主动暴露自己的真实身份。你太幼稚也太莽撞。'法老王'告诉我，虽然那样做，确实可以加快你10%的调查进度。然而，身份泄密，却可能造成危险系数为

70% 的后果。"

铁红缨撅着嘴说："我本来就不擅长调查，我喜欢的是战斗，战斗。托基奥叔叔，你知道的，是那种无所顾忌，一心面对眼前，全力以赴求取胜利的战斗！"

"你以为遇上战斗你就赢定呢？"

"那当然。"铁红缨兴奋地说，"你见过我的成绩的。阿特拉斯学校战斗排行榜上，我连续好几年得第一，把第二名甩到冥王星之外去了。"

"不过是没有遇到真正的对手罢了，而且，你的其他课程都不怎么样，还老是违反校规。若不是看在我的面子上，恐怕你早就被开除了。"

看不到塞克斯瓦莱的脸，但铁红缨知道他此时的神情一定是"别以为我什么都不知道其实我什么都知道"。铁红缨说："哪有？我哪有经常违反校规？不就是和人打了几架嘛，练练手脚，增加实战经验而已。"

"难怪都说你是朝天椒。"塞克斯瓦莱部长哼了一声，说，"我已经派人处理你身份暴露的事情了。那个叫罗迪的将会认为，为了查案，你假冒了特工，私人侦探才是你的真实身份。"

"哦。"铁红缨嘴巴张成"O"形，心底老大地不高兴，"我不太明白，为什么派我出这样的任务？"

"因为那个委托人的狡猾和多疑整个太阳系都知道。"部长说，"'法老王'分析，只有你的单纯和幼稚，甚至强装的成熟，能够让他放下戒心，能使这件事的成功概率上升12%。换别的人，只要有一丝一毫表演和造作的痕迹，都会被他识破。所以我把这个任务当作入职考试交给你，只希望你能顺利完成。"

"法老王"是安全部的主控电脑，对安全部每一位特工都了如指掌。部长对它的判断极其信任。"真不知道你这是夸我呢，还是损我。"铁红缨抿了一口柠檬水说，"那个委托人我见识过了，很一般啊！没费什么劲儿就签下委托合同了。"

部长哼了一声，道："我说的是周绍辉背后那个人。周绍辉不过是个出面办事儿的，一个负责跑腿的。"

"我也是个跑腿的。不过，我背后有你，周绍辉背后是谁？"

"孔念铎。"

"那个目睹狩猎者毁灭铁族'立方光年号'的孔念铎？"

"正是他。"塞克斯瓦莱部长点点头道，"他是火星政府碳铁联络处秘书长，代表碳族与铁族交往，几年前又被铁族聘为客卿，深度参与铁族事务，是在碳族和铁族中都称得上炙手可热的人物。"

"这就可以解释他为什么会寻找狩猎者了。可是，我还是不觉得找到海伦娜有多重要啊。即使找到了她，证明了她确实是来自外星的狩猎者，对 3 000 万金星人又有什么影响呢？"

部长道："重要与否，要隔很多年才知道。有些事，发生时轰轰烈烈的，却对后世没有什么影响；另外一些事，发生时悄无声息，对后世却有着极其深远的影响。"

"说了等于没有说。"铁红缨转而又问，"你怎么知道那个周绍辉一定会去坦博侦探社找雷金纳德·坦博？也是'法老王'计算的结果？"

"是我，是我告诉周绍辉，雷金纳德·坦博是莫西奥图尼亚城最厉害的私人侦探。在火星，周绍辉能够呼风唤雨，但在这里，他能够调动的社会资源不多。而我，恰巧就是他刚到莫西奥图尼亚城认识的第一个本地人。这个人，既有热情，也有机心，虽然不能完全相信，但利用价值总还是有一些的。"

"这么来回折腾干吗？你直接出面告诉他真相不就得了？"

"真相？什么真相？"

"你的真实身份，金星联合阵线安全部部长。"

"幼稚！"塞克斯瓦莱部长的语气变得严厉，"你想让我死吗？在金星联合阵线已经和地球签署了回归协议，麻原宣教团就要到金星的时候，你让我以官方身份与火星方面直接接触！你难道不知道，回归党恨我这个独立党恨得牙痒痒，早就想找个理由干掉我？"

"当然不是……"铁红缨想要辩解，但不得不承认部长说得对——不用"法老王"的计算，在这个特殊时期与火星方面接触就是不折不扣地找死——于是忍住不说。

"下一步你准备怎么办？"塞克斯瓦莱让话题回到原处。

"去美个容。"

"你还需要美容吗？够漂亮了。我听说，阿特拉斯学校里好多小伙子都追求你呢。什么时候给托基奥叔叔带一个回来？"

"我对那些愣头儿青不感兴趣，无知又无趣。他们会爱上他们遇到的每一个雌性。"铁红缨努努嘴道，"不说这个了。"

"那就这样吧。"塞克斯瓦莱部长说，"我也忙，好多事要做。麻原智津夫可不是一个好打交道的角色，出了名的冷酷无情。我得做好安保工作，要是那些牧师啊、神父啊、主教啊、堕落者啊、神之战士啊，在这儿出一点点问题，等待金星联合阵线的……后果不堪设想。所以，这段时间，我们最好不要再见面了，也容易暴露。”

铁红缨想辩解几句，但她清楚地知道部长的决定是不可更改的，因此只能再次把嘴噘成“O”形，长长地说了一声“哦”。然后她看着塞克斯瓦莱部长肥硕的身形，如同会移动的脂肪球，摇摇晃晃地离开了“洛卡拉雷”咖啡厅，一言不发。

（七）

铁红缨站在街边等待“豆荚”。这时，一个女孩凑到她身边，因为女孩靠得太近，远远超出了陌生人与陌生人之间的安全距离，所以铁红缨在往旁边挪了一下的同时，仔细打量了女孩一番。

那女孩顶多15岁，比铁红缨矮半个脑袋，一头黑色长发，用两根红色头绳绑成双马尾，悬垂到后腰，随着身体的移动而不停地摇摆。她上身穿一件短小的纯白色运动型紧身衣，下身穿一条纯白色短裤，两条胳膊和大腿都裸露在外，肩部、胸部和腰部也露出大片小麦色的皮肤。

这时，一个“豆荚”从街面下升起来，自动打开。铁红缨走进去，靠左边站好，正要启动“豆荚”，那个陌生女孩已经钻进来，站到了右边。

“你要去哪里？”铁红缨不无愠怒道，“我们不一定同路。”

女孩不说话，自顾自地启动了"豆荚"，目的地是第 404 层。同时，她还启动了新闻播报系统。

这个陌生女孩要干什么？铁红缨看着她，她却不回应，就当铁红缨不存在，只是专心地收看新闻。铁红缨只好跟着收看：

玛格丽塔城外壳出现大面积防腐蚀涂料脱落，原因不明，工人正在紧急抢修，这几个月，涂料脱落事件在各个天空之城都有发生，专家解释说："可能是涂料的有效期到了，之前还没有什么防腐蚀涂料在如此恶劣环境下工作这么久。"在尼阿美城，已经停止工作一周的垂直农场照明系统终于被技术人员修好，但垂直农场的好多作物在这次莫名其妙的灾难中死掉。"至少减产 80%，"接受采访的农场主忧心忡忡地说，"整个尼阿美的食物供应都会受到影响。"

都不是什么好新闻。新闻过后是象牙海岸保险公司的广告。开头是一系列天灾人祸导致的各种疾病、伤残和死亡，然后是一组一组耸人听闻的数据。整个广告要表达的意思就是人生很危险，买了象牙海岸的保险，就万事大吉。标准的恐吓营销。

陌生女孩忽然抬起手，指着广告，脸上露出古怪的笑意。似乎是在嘲笑这个广告，又似乎是在……铁红缨乜斜了一眼那女孩，正好看见女孩抬起的左手食指尖突然出现一个血一样的红点。这红点迅速改变形状，变成了一只小鸟。这只红色的小鸟在女孩的手背上迅速长大，并在皮肤之下向着她的肩部游动。在越过肘窝后，这只小鸟已经长大到十多厘米长，而且颜色也变得火红火红的。它的尾羽特别显眼，火红中点缀着数十点眼睛一般的绿色斑点。还没有等铁红缨看明白，那只火红的长尾鸟已经越过女孩左肩的肌肤，消失在后背的紧身衣之下。

"那是什么？"铁红缨惊讶地问，"动态文身？你文了一只火凤凰？"

这时，那只火凤凰从女孩右肩上探出头来，拍拍小巧的翅膀，在小麦色的肌肤之下，转身先往前，再往上，来到女孩光洁的脖颈处。它的尾羽忽然如扇子一般展开，旋即头朝下，缓缓地钻进纯白色紧身衣。紧身衣在两胸之间有不小的开口，可以清晰地看到凤凰的头和身子在其间蜿蜒而过，而点缀着绿斑的尾羽则被衣物遮住，看不见它运行的姿态，只诱人去想象。

"非常有趣的设计。"铁红缨诚心诚意地赞道，"它的飞行路线是固定的还是可以修改？"

陌生女孩冲铁红缨邪魅地一笑。这时，那只火凤凰已经缓缓地飞到了她的肚脐上，它没有继续往下飞，而是围绕肚脐盘旋起来。下一秒它已经变成了一个红色的快速自转的旋涡。铁红缨盯着那里，有些入神。那红色旋涡似乎有某种魔力，把她的全部注意力都吸引了过去。

不对，不对不对，铁红缨心生警觉。脑海里某个地方，尖叫着要她注意，危险来了。另外的部分却沉湎于陌生女孩那诡异的文身——不，那不是什么文身，而是别的什么——冷静地说没事儿没事儿。她沉湎的不只是眼前高速旋转的旋涡，还包括之前看到和想象的凤凰在陌生女孩皮肤表面蜿蜒游动与展翅翱翔的情景。

一点亮光在眼前闪过。"贾思敏"尖叫起来：1 750 摄氏度！她依然沉湎于高速旋涡。所幸，近几年的艰苦训练，毕竟没有白费。刹那间，她脑子的大部分已经从旋涡中摆脱出来了，又闪电般地伸出左手，钳住了陌生女孩的手腕。

那点亮光就在陌生女孩的食指尖。"贾思敏"报告的 1 750 摄氏度的高温物体指的就是它。此刻，那食指尖就在铁红缨脖子前面两厘米的地方。

陌生女孩挣脱铁红缨的钳制，变戳为抓，目标直指铁红缨的眼睛。同时，膝盖向上，顶向铁红缨的小腹，速度与力道都很惊人。

铁红缨双手翻飞，左手在上，格挡住陌生女孩袭向自己眼睛的手，右手往下，拍击在陌生女孩的膝盖上方。既阻止了对方膝盖的攻击，又借力往后腾挪了五六厘米的距离。

陌生女孩没有任何犹疑和退缩，点亮了另一根食指的亮光，揉身上前，双手如同搅动的毒蛇一般出击。她先前的温和消失殆尽，取而代之的是狂怒。她没有大喊大叫，这狂怒表现在她脸上，更表现在她的进攻上。她的每一次进攻，目的只有一个，就是置铁红缨于死地，就像铁红缨是她几辈子的宿敌，与她有着不共戴天的仇恨。

在腾挪成功时，铁红缨已经命令"贾思敏"向脑部释放直流电刺激，这会使脑部的钙流量大增，降低神经元放电门槛，增加神经元之间的连接数量，从而使其更容易传递电信号。身体的其他部分也全数调动起来。所有的感官都得到了强化，所有有利于运动的腺体都开动起来，全身的线粒体更以超过正常速度的 3 倍工作，为铁红缨的所有行动提供充足的能量。因此，现在铁红缨的反应速度比先前快得多，可是在应对陌生女孩狠辣的进攻时，她却无法做到从容。

岂止是不从容，准确地说，是非常狼狈，疲于应付。

"豆荚"里的空间原本不算大，仅容两人并肩站立，此刻打斗起来，本该显得更小，但在铁红缨的感觉里，它偏偏变大了。这是因为陌生女孩身形娇小，行动敏捷，她在狭窄的空间里依旧上下纵跳自如。前一秒还在左边，下一秒可能已经在右边进攻了。刚才是凌空一击，接下去很可能是躺在下方向上蹬腿了。她的动作幅度不大，所有的招式都是贴身进攻。就连她那两根 1 750 摄氏度的高温手指，似乎也要在很近的距离才能发挥作用。然而，她身体的每一个部位都变成了武器，双手是长剑，胳膊是双节棍，双肩是钉头锤，膝盖是流星锤，脚尖是三叉戟，扭动的胯部和臀部则是攻城锤。

铁红缨没有与人这样打过。这种打斗与擂台上的截然不同，生死只在毫厘之间，而且这个对手比她在学校里对付过的任何一个都要强。此刻她也无暇多想，将全部注意力都投注到眼前的打斗上。她本就不是会轻易认输之人，越挫越勇是她一向的人生信条，更何况，眼下的打斗要是输了，结果可不是排行榜上名次下降，而是生或死的问题。

她已经挨了好几次重击。右小腿被踢中，左肩窝也被砸了一拳，后腰上被膝盖顶了一下。后腰伤得最为严重，被击中的瞬间，她觉得整个人都快散架了。"贾思敏"迅速做出判断，认定被击中的部位无法在短时间内修复，因此跳过铁红缨的指令，直接将那一部位封闭起来。如此一来，她倒是感觉不到后腰的疼痛了，可对全身的控制力也下降了。

这时，陌生女孩的进攻又来了。铁红缨出手格挡，只慢了几毫秒，陌生女孩的右手已经突破她的防卫圈，食指径直划向她的胸部。她的心脏已经能感受到那无边的似乎能穿透一切的热力。危急时刻，她沉身后退，靠到了"豆荚"的侧壁上，同时将全身的防御力量都集中在胸前，以抵御陌生女孩的这次侵袭。

陌生女孩的高温食指在铁红缨左胸前不到 1 厘米的地方划过。铁红缨只觉得浑身血液都沸腾起来，左胸剧痛，衣服在左胸那里出现一个小小的黑色口子。"贾思敏"再次突破铁红缨的权限，对左胸部位进行封闭处理。

铁红缨无暇理会胸部的伤情，倚靠在"豆荚"的侧壁上，摆出全面防御的姿势。值得庆幸的是，右小腿的伤已经修复，能够正常工作了。她等待着陌生女孩的下一次进攻。

"豆荚"忽然停住了。"404 层已经到了，请各位乘客在离开时注意安全。""豆荚"说道。

陌生女孩退后，嘴显出发"咦"的形状，却没有发出声音来。在"豆荚"打开之后，她一个轻身纵跳，来到步行街上，随即消失不见。

404 层是莫西奥图尼亚城最繁华的街区。铁红缨茫然地看着步行街上比别处熙攘的人群，不知道陌生女孩为什么放弃了进攻。然后她才意识到，在"豆荚"里打斗了 3 分钟，居然没有打碎"豆荚"的任何一个部位。

（八）

在 404 层闲坐了片刻，待受损的细胞基本修复，被封闭起来的后腰和左胸重新开放，又可以活蹦乱跳之后，铁红缨才再次乘坐"豆荚"回到383层7号大街公共租赁房0823号房间。

开门，房间里有其他人。铁红缨暗想：真是阴魂不散啦。

巧巧发出低低的啁啾声，随即传来它舔舔咀嚼的声音。有谁在喂巧巧东西？铁红缨踏步进屋，看见塞克斯瓦莱部长肥硕的身子蹲在巧巧跟前，正在把手里的食物一粒一粒地丢到食槽里。

"别喂了，我出门前刚喂过。"铁红缨说，"再喂，巧巧就比你还胖了。"

部长把手里的食物全部丢到食槽里，慢慢地站起来，转过身，面对着铁红缨说："胖有什么不好？嫉妒啊！"

"嫉妒你的胖？脸皮真是比星际战舰的装甲还厚啊！"铁红缨没好气地说，"不是说怕暴露，不要见面的吗？没想到这么快就又见面呢。"

"我收到报告，说你受到了袭击。"

"你是专程来笑话我的吗？"

"哪里敢？"

"袭击我的人看上去只有15岁，近身攻击非常流畅，出手极其狠辣。"

"能让阿特拉斯学校战斗排行榜第一名吃亏的人肯定不是一般人。"部长说，"奇怪的是，她没有隐匿自己的行踪。查不到出入境记录，但有目击者称，她叫乌苏拉·沃米。"

"海伦娜·沃米、齐尼娅·沃米、乌苏拉·沃米，都姓沃米，是不是姐妹啊？"

"肤色差距很大呀。"部长挠挠后脑勺，表示反对。

"肤色很重要吗？现在肤色可以随时更换的，你不知道吗？和换衣服一样容易。"

"也是，如果她们都植入了技术内核，就像你的'贾思敏'。"

铁红缨道："这次遇袭，让我生出不少意见。让我说完，别打岔。第一，格斗不能只在擂台上进行，因为真正的格斗可能发生在任何地方，格斗训练要在各种空间里进行；第二，'贾思敏'的功率还要调大，反应速度还要更快，抗打击能力和修复能力还要更快，尤其是攻击力，最好能上升两三个档次；第三，尽快把电能–化学能转换装置投入实用，仅仅靠食物，支撑不了线粒体的加速燃烧。"

部长苦笑着说："我的大小姐，第一条意见我转给阿特拉斯学校，后边两条意见我转给后勤装备部，够他们的工作人员忙上 10 年了。"

"10 年？我可等不及。第一条要求还可以慢慢来，后面两条，最好马上就实现……"

这时，"贾思敏"提示，罗迪给"沈青"打来了电话。铁红缨示意正要发牢骚的部长噤声，随后选择了声音模式，接听罗迪的电话。

"喂，是沈青小姐吗？我是罗迪，还记得我吗？旅游部官方发言人。"

"记得，当然记得。"铁红缨说。罗迪的声音充满焦虑，非常害怕。

"找我什么事？"

"巴布鲁死了。就是那个导游，我介绍给你的。"

"你不要着急，把事情的起因经过说清楚。"

罗迪喘息了片刻，说："巴布鲁的尸体是在他租住的房间里发现的。身体表面没有任何伤痕，屋子里也没有打斗的痕迹，也没有丢失什么东西。警方对外宣布是死于心脏病突发。但你刚见过他，那小子生龙活虎的，哪点儿像有心脏病的样子？我就多了个心眼，找警方里边我的一个朋友打听消息。这一打听不要紧，可把我吓坏了。"

"你打听到什么消息？"

"巴布鲁的心脏确实出了问题，但不是医学上的心脏病。他的心脏内部，在左右心房之间的隔膜上，有一道不足 0.5 厘米的口子。这道口子虽然小，却使左右心房的血液流动混乱，很快就要了巴布鲁的命。问题是，谁也不知道这道口子是怎么来的。心脏外边没有任何破损，身体的其他器官也没事儿，身体表面也没有发现通往心脏的口子。你说这是怎么回事啊？"

"我现在无法回答你。"

"这事儿非常可疑。你刚开始调查海伦娜，重要知情人巴布鲁就死于非命。这肯定不正常。你说，下一个目标会不会是我呀？你是安全部特工，你救救我！"

铁红缨总算明白罗迪为什么如此害怕了，"我只是个私人侦探……"

"不要否认，我知道你是。虽然你走之后，有人来过，想让我相信你不是安全部特工，但巴布鲁的死让我明白，你肯定是安全部特工。私人侦探哪里能惊动那么厉害的杀手？求求你，救救我，我真的真的很害怕。"

铁红缨瞄了一眼塞克斯瓦莱部长，后者表情没有明显变化，于是对电话那头的罗迪说："我会通知安全部，叫他们派出特工保护你。你放心。"

"那好，那好。"罗迪忙不迭地对铁红缨表示感谢，"对了，我无意中还查到一个消息。"罗迪说，"海伦娜那个旅游团有一个叫袁乃东的，并没有随团离开莫西奥图尼亚城，而是留了下来，非常可疑。"

"有袁乃东的其他资料吗？"

"资料上说他是个信息学家。我还查到了他在自然与人文博物馆，是博物馆的访问学者。"

这个消息让铁红缨对袁乃东的好奇程度上升了不少。"我会去调查的。"她对罗迪说，也是对塞克斯瓦莱部长说，"保护你的特工很快也会到位，你放心好了。"

挂断电话，铁红缨看着部长，"是乌苏拉干的。"

"你确定？"

"确定，我和她交过手。善于暗杀，招招致命，高手中的高手。割破心脏内部的隔膜，却没有伤到心脏外壁，我相信她办得到。而且，她那种暗杀方式，对男人更加致命。恐怕没有几个男人能够抵挡她火凤凰的致命诱惑。"

"能得阿特拉斯学校第一高手的如此赞誉，她死也瞑目了。"部长揶揄道。

铁红缨白了托基奥叔叔一眼，也不反驳——叔叔揶揄起人来，没有几个人是对手——道："我换一身衣服，去找袁乃东。"

"现在就去？已经半夜了。"

铁红缨说："我怕明天再去，已经晚了。另外，罗迪的麻烦事儿归你。"

"真要派特工去保护那个发言人？"

"反正你那些特工闲着也是闲着，就让他们在健身的同时顺便保护一下尊敬的旅游部发言人吧。"铁红缨补充道，"而且，在这个时间点，金星联合阵线来了一等一的超级杀手，你就一点儿也不担心？要是乌苏拉·沃米针对宣教团发动袭击，后果还真是不堪设想啊。不信，可以问问你的'法老王'。"

"我神乌胡鲁，不要让这样的事情发生。"部长虔诚地说。

在部长脸上，铁红缨看不出一丝开玩笑的痕迹，心中不由得暗自心惊：事情恐怕比想象的还要糟糕。

（九）

访问学者一向被安排在225层自然与人文博物馆的公共宿舍，由博物馆提供一切服务。公共宿舍位于热带雨林区与超级深渊区之间，可供数百名学者同时居住。她从门卫那里打听到袁乃东的房间号，就径直去了。袁乃东不在房间里。铁红缨东打听西打听，总算知道袁乃东"可能"去了旧科技体验区。

在旧科技体验区的一个角落里，一个青年男子专注地用一把凿子对付一段两米长的木头。木头直立在地板上，他用凿子一下下地凿木头的中心位置，动作轻盈而有力，看样子是想把木头凿空。这项工作已经接近完成，木头屑堆满了他的脚边。

铁红缨从那个男子背后走向他。他穿得极为简洁，没有什么花哨的装饰。一头黑色的碎发，随着他的动作，轻轻摇晃。

"请问，你是地球来的袁乃东先生吗？"

男子没有回答。铁红缨有些愠怒，两步跨到男子面前，"你是袁乃东吗？"

男子还是没有回答。他的神情十分专注，好像眼前所做之事是他毕生的追求，没有做完之前他是不会做别的事情的。铁红缨一向敬重做事认真的人，因此她不再说话，站在那里静静地看着。但她心中有事，很快就不耐烦了，犹疑片刻，正欲再问，男子忽然开口道："我是袁乃东。"声音浑厚而又不滞重，很有穿透力。他没有停下手里的活儿，干活儿的同时抬眼看着铁红缨。铁红缨忽然间觉得心跳加快，不知是为了自己刚才的鲁莽，还是为了袁乃东那双温柔的眼睛。

"你做的是什么？"慌乱中，铁红缨提出了这样一个莫名其妙的问题。

"梆鼓，非洲梆鼓。"

"用来表演的吗？"

"不是。"

"不表演？那是用来干什么的？"

"说话。"

"什么？"铁红缨的嘴吃惊地张成"O"形，心底却在责怪自己：说话太没有水平，除了提问，还是提问。就不能有点儿别的？她又笑话自己：不要让一个人的外表影响你的判断力，这是最重要的。"感情会影响理智的。"阿格拉斯学校的教官这样反复强调过。

"这些鼓确实会说话。"袁乃东说,"我在这里研究非洲鼓语。那些都是我复原的非洲鼓。"

铁红缨这才注意到,墙边码放着数十个大小不同、形状各异的鼓。她迈步过去,一边挨个看,一边平复心情。那些鼓,大者如水缸,小者如茶杯。形状有陀螺形、圆锥形、台柱形和正方形,还有各种飞禽走兽造型,甚至还有人形的鼓。铁红缨忍不住敲击了几下,咚咚咚的声音传出好远好远。

"刚才你说鼓会说话?"铁红缨又转到袁乃东面前。

"对,鼓语。"袁乃东解释说,在非洲撒哈拉沙漠以南的广大地区,曾经存在过一种鼓语。各个村落,用鼓声来传递信息。鼓声可以沿着河流和山谷,传出近 10 千米远。当各个村庄形成接力时,要不了一个钟头,200 千米之外的村庄就能知道这个消息,比步行和骑马传递消息要快得多。在别处,人们也用鼓来传递一些简单的信息:进攻、撤退、集合、向右转……诸如此类。鼓语在军队中用得尤其多。但非洲人能用鼓声来传递更为复杂的内容,诸如外敌来袭、婚礼庆典、葬礼聚会、成人祭祀、酋长任职。他们能把这些事情的时间、地点、人物等关键信息通过鼓声的高低起伏传递出去。

"鼓会说话原来是这么个意思。"

"鼓语其实非洲口语的变形。"袁乃东看着铁红缨道,"非洲的语言多达几百种,旅行家们几乎每走 100 千米就要换一个翻译。可是鼓语却可以为操着不同语言的各个村落所理解。正是因为这样，鼓语不仅可以在一个村子中传播，甚至在整个非洲都是通用的。"

"听上去就像原始版本的信息传输网络。"

"最有意思的是——"袁乃东答道，"用鼓说话的时候，没有非洲人会直截了当地说。这些非洲的音乐家们不会简单地说'回家'，而会这样说。"袁乃东拿凿子敲击着梆鼓，有节奏地哼唱了起来：

> 让你的脚沿它去时的路返回，
>
> 让你的脚沿它去时的路返回，
>
> 让你的腿脚伫立于此，
>
> 在这属于我们的村庄。

铁红缨认真地聆听，被优美的歌词，歌词里蕴含地情感，还有——她不得不承认——袁乃东独特的唱腔所吸引。"真好听！"她发自肺腑地赞道，却想不出其他的词语来形容。

袁乃东笑道："一般而言，传递的消息要尽量简化，这样的例子比比皆是。但非洲人却正好相反，在鼓语中，他们尽可能地使传递的消息复杂化。他们这样做了好几千年了，说明鼓语传递信息是非常有效的。为什么会这样呢？为什么他们会敲击那么多额外的鼓点呢？"

"为什么？"铁红缨很配合地问道。

"我也不知道。"袁乃东微微一笑，他的笑很淡，不像江河奔流，不像瀑布飞跌，不像大海潮涌，而像蜻蜓掠过湖面，微风拂过柳梢，迎春花在山崖悄然绽放。他接着说："我查到一个研究结论，那些额外的鼓点不是画蛇添足，正是它们提供了上下文的信息，使每一个模棱两可的词的意思由此固定下来。而且，看似叠床架屋的短语是相当固定的，这样，当你漏听了一两个音，也能根据前后的音推断出漏听的是什么。你想过吗，废话连篇的原因是为了使传递的信息准确无误？"

"我确实没有想过。"

"这种古朴的表达方式，反倒能让人摆脱文字的禁锢。"袁乃东叹道，"只可惜，鼓语早在 100 年前就完全失传了，被更先进的通信方式所取代。我走遍了非洲，也没有找到会敲击鼓语的非洲人。我听说，莫西奥图尼亚城的博物馆里，保存了相当多的原始非洲的资料，所以特地来这里研究。只可惜……"

"这里也没有吗？"

"这里也只有一些零星的资料。只有几个学者对鼓语有过系统研究，但现在大多已经散佚了。"袁乃东不再看铁红缨，无奈地低下头继续专注地凿那段木头。

"这是花梨木吗？"铁红缨没话找话。

袁乃东微微点头。

他不说话，一时之间铁红缨也找不到别的话说，这令她有几分不快，几分着急。她微蹙着眉，看了一会儿自己的脚尖，终于下定了决心，"实话对你说吧，我是金星联合阵线安全部特工，我叫铁红缨，奉命调查一个案子。我来找你是想问一些事情。"

"安全部特工？姓铁？你是铁族的？安德罗丁？"袁乃东没有停下手里的活儿，语气中倒是透出了好奇。

"不，不是。"铁红缨说，"每个第一次听到我名字的人都这样问我，每一次我的回答都是一样的。"铁红缨让嘴角微微的笑意与眼角的诚意略为混合，说："不，不是。我不是安德罗丁，不是类人型机器人，不是钢铁狼人。我不知道为什么，大家仅仅因为我姓铁，就下意识地认为我是铁族的一员。东方人中，姓铁的数量虽然少，却也不是没有。我姓铁，是因为我爸爸姓铁，我爷爷也姓铁，如假包换。"

袁乃东暂停了一下手里的活儿，扫了铁红缨一眼，又接着做起活来，"我现在是犯罪嫌疑人吗？"

"不是，当然不是。"铁红缨笑道，"我在找一个人，叫海伦娜·沃米，她和你一个航班从地球到金星的，有印象吗？"

"岂止是有印象，简直可以说印刻进心里去了。"袁乃东道。

铁红缨心中狂跳，"因为她的美？"

袁乃东一边做一边说，声音平和，又富有磁性，"海伦娜的美是你无法想象的。没有一个诗人能够写出她的美，没有一个画家能够画出她的美，没有一张照片、一段视频能够表现出她的美。一旦被写出来、被画出来、被拍摄出来，她的美就走样、变形、甚至消失，只剩下干瘪的词语或者空洞的形体。"

铁红缨咂咂嘴道："天底下的男人都一样吗？"

"什么？"

"光顾着看美女，可美女长什么样，肤色、头发、个子、服饰，等等，根本没有看见。"

"你嫉妒了。"

"没有。"铁红缨脸庞微微发烫，勉力辩解，"我只是无法想象一个能令所有男人都觉得漂亮的女人。漂亮不应该有很多种吗？"

"你说的没错，漂亮应该有很多种，但海伦娜例外。当然，你必须见到海伦娜本人，你才能体会我所说得一切，你才会相信我说的不是假话，而是确凿无疑的事实。"

"好吧好吧，她是绝世无双的大美女。"铁红缨不想在这个问题上纠缠，怕袁乃东忽然就像罗迪和巴布鲁一样，忘记了海伦娜的存在，"你和她深入交谈过吗？"

"也不算深入吧，说过几句话而已。"袁乃东用力凿了几下说，"她和她的妹妹齐尼娅要到博物馆来，凑巧，我也到这里来，于是同路了。"

果然，海伦娜·沃米，齐尼娅·沃米，多半还要加上乌苏拉·沃米，是姐妹。"能告诉我你们一路上都说了些什么吗？"铁红缨睁大眼睛看着袁乃东，很希望得到他肯定的回答。

"当然可以。"袁乃东丢下了凿子，拍拍衣服上的木头碎屑，又左右手相互揉搓手指，舒缓长时间用力的疲倦。少顷，他指着一旁的凳子说："坐着说话。"

"这鼓做完了？"

"没有，大部分完成了，还需要少量的修补。不过，今天就这样了。先说你的事儿，你的事儿重要。"

铁红缨心头一热，脸有些烫，赶紧规规矩矩坐到圆凳上，像小学生聆听老师上课一样。

（十）

"在飞船上和海伦娜认识，不是因为她的漂亮，而是因为绘画。海伦娜自称是个画家，而我，虽然是研究信息的，但对绘画还是很感兴趣的。"袁乃东说，"她的画，就像她这个人一样，明艳照人。"

铁红缨心中一动，说"有海伦娜绘制的画吗？"

"有。"

这一简单的回答让铁红缨心花怒放，"把她的画打包传给我，快，快。"

袁乃东没有回答。片刻之后，"贾思敏"接收到了袁乃东发出的文件传送申请，铁红缨同意后，很快接收到了一个体积不小的文件包。"贾思敏"打开了文件包，再一一呈现到铁红缨的视网膜上。一共 7 幅油画，所有画作流光溢彩，色彩明丽，与袁乃东的评价完全一致。其中一幅叫《晨曦中的桉树》的画吸引了铁红缨的注意力。画中的晨曦不是灰蒙蒙的，而是无比瑰丽的，每一朵云都被晕染上不同的颜色。那一棵桉树也不是一般的绿色，而是密布着鹅黄、象牙黄、鲑鱼红、橄榄绿、钴蓝和鱼肚白，还有很多叫不出名字的颜色，比雨后的彩虹还要绚烂千百倍。"贾思敏"统计出这幅画一共使用了 144 种颜色，其中大部分颜色常人用肉眼无法分辨。

铁红缨又让"贾思敏"用紫外线和红外线分析，发现在这两种不可见光的视野里，《晨曦中的桉树》的色彩出现了明显的变化，呈现出更为独特的色彩效果，但绚烂依旧。换而言之，绘画者不但用了超多的颜色，还同时考虑了这 144 种颜色在可见光、紫外线和红外线视野中的效果。

继续分析《晨曦中的桉树》的太阳光线分布，"贾思敏"得出了一个惊人的结论：这幅画不是在地球上画的，也不是在金星和火星上画的，而是在太阳系外围，至少是在土星之外数十万千米的地方。从隐约出现的天穹和地平线判断，画中的桉树生长在一颗直径不大的小行星上。

这能证实海伦娜就是传说中的狩猎者吗？"对了，你刚才说，海伦娜和齐尼娅也到过博物馆，你来是为了研究非洲鼓语，她们来干什么？"

"她们来找一个人。"袁乃东回答，"博物馆的创建者，铁良弼。"

什么？铁红缨瞪圆了眼睛：狩猎者找我父亲？"铁良弼是我父亲。"铁红缨说，"她们找我父亲干什么？"

"她们没有明说。"袁乃东回答，"不过，应该不是什么坏事。她们提到你父亲，都很兴奋，似乎很崇拜他，有着某种明显的期待，期待什么事情发生。"

我父亲的崇拜者？也不是没有，但一个举世无双的大美女，一个半身瘫痪的残疾人？铁红缨想象不出那样的画面，她道："难道她们不知道我父亲 15 年前已经过世了吗？那年我才 4 岁……"

"很抱歉，勾起你的伤心事。"

袁乃东没有继续往下说，只是静静地看着铁红缨。骤然失去父亲的痛苦，15 年在孤独中独自长大的煎熬，不是几句话可以安慰的。在袁乃东的注视下，铁红缨恍惚中有一种感受，仿佛一下子回到了 15 年之前，回到那个她失去父亲的夜晚。一种莫名的冲动在她心底燃烧。她需要倾诉，需要把心底的故事和痛讲出来。哪怕是刚刚认识这个人，哪怕两个人只是面对面坐在陌生的地方。因为……因为我相信眼前这个静静的男子。没有理由，就是相信。

　　15 年前，铁红缨还是一个骄傲的、什么都不懂的小女孩。她有骄傲的本钱啊！她父亲铁良弼是金星工程的规划与建设者之一，他在政府兼任了好几样职务。有人叫他主任，也有人叫他总经理，还有人开玩笑管他叫总理。每一个人见到他都是毕恭毕敬，连带对小铁红缨，也是呵护有加。

　　金星历 24 年 15 月 19 日，一个很普通的晚上，吃过晚饭，铁红缨玩一款虚拟量子游戏，铁良弼在看电子书。后来，铁良弼接到一个电话，挂掉电话后他说有紧急情况需要处理，叮嘱了小铁红缨几句（她记得当时她还不耐烦地反驳了父亲的说法），随即换好衣服出门去了。当时这样的事情经常发生，铁红缨没有丝毫的疑问，甚至是满心的欢喜。

　　那一晚，铁红缨一直在玩一款虚拟量子游戏，一直玩，一直玩。没有父亲的管束，她沉浸在游戏的世界里，心里无比的快乐。在当时的铁红缨看来，世界上最幸福的事情就是无人管束，可以一直玩虚拟量子游戏，怎么玩都可以。没人来叫她睡觉，浓重的睡意袭来，她依然不肯去睡。这么难得的游戏时间怎么可以放过？她也不知道玩了多久，总之，最后，她在游戏过程里睡着了。

　　第二天早上，托基奥·塞克斯瓦莱唤醒铁红缨，然后告诉她发生了一场事故：液氢泄漏，然后爆炸，新闻称之为"图尔卡那爆炸案"。正在现场处理的铁良弼，没有及时撤离，被烈焰吞噬。一起死掉的，还有另外 55 人。这样的事故，在金星工程的建设过程中，并不罕见。

　　"我能体会你的感受。"袁乃东轻轻地说。

　　铁红缨看着袁乃东，相信他说的是真的。也许袁乃东并没有失去过双亲，没有体会过那种撕心裂肺的痛，但他说他"能体会"，铁红缨就相信他真的体会过那种"感受"。因为他说得那样诚恳，而我又愿意相信，这大概也能算是一种幸福吧。她嘴角抽动两下，说："其实当时我并不知道什么叫铁良弼去世了，直到很久以后我才明白这几个字是什么意思。"

　　"我相信。"袁乃东旋即补充道，"那时你才 4 岁啊。"

　　这简单的几个字几乎让铁红缨疯掉。喔，天啦，难道他知道我在想什么吗？悲哀的情绪已经烟消云散，一股热流在她心底涌动，以至于她没心没肺地笑起来，白痴一般。我连真名实姓都告诉他了，无所谓了。叔叔知道了，肯定又要骂我任性，不配当一名安全部特工。铁红缨想，不配就不配，让那些陈腐的规定都去死吧。"她们有什么异常吗？我是说，异于常人的地方。"她止住笑，追问道。

　　"你想问齐尼娅的病情？"袁乃东回答，"确实很奇怪，按说，以现在的技术，双腿瘫痪是可以治好的，就算治不好，也可以安装机械腿，做到自由行走是没有问题的。可齐尼娅却坐在老式的智能轮椅上。"

"她们从地球来。我听说，地球那边，现在对科技有诸多限制，比如全面禁止技术内核与智能插件。有些地区比别的地区执行得更为严厉。"一丝疑惑从铁红缨心头飞起，但太过飘忽，她没有抓住它，"也许她们来自……"

这时，"贾思敏"提示，标记为雷金纳德·坦博的电话打了进来。"我接个电话。"铁红缨对袁乃东说，然后起身，走到一旁，以声音模式接听。

雷金纳德·坦博在遥远的地方咆哮："我知道你是谁了！别拿我当傻瓜！我不知道你为什么会出现在我的生活里！我也不想知道！好好去查查你父亲铁良弼的真正死因！看看你那个托基奥叔叔，现在的安全部部长为了自己的飞黄腾达，在图尔卡那爆炸案中都干了些什么！"

（十一）

雷金纳德的语速极快，一顿陨石般的话语劈头盖脸地砸落下来，根本没有给铁红缨辩驳的空隙。他挂掉电话的速度比他的语速还要快，在铁红缨提出任何质疑之前，他已经毫不犹豫地主动切断了这次通话。

茫然中，铁红缨命令"贾思敏"把雷金纳德的话又播放了一次。从雷金纳德的话里可以得出三个结论：

其一，图尔卡那爆炸案内有蹊跷，至少不是简单的事故。

其二，托基奥·塞克斯瓦莱部长在图尔卡那爆炸案中扮演了某种角色，具体是什么，还有待调查。基于雷金纳德·坦博的说法，应该是负面的。

其三，雷金纳德·坦博肯定不是普通的私人侦探，他一定有别的身份。这个身份很可能与部长有关，否则无法解释部长嘲弄他时的那种独特意味，也无法解释他对于部长无边的怒气与怨气。

铁红缨让"贾思敏"第三次播放雷金纳德的话，进一步肯定了自己的想法。"贾思敏"能够记录铁红缨需要它记录的一切，供她反复回放，这一点她是信服的。就在这时，她抓住了那一丝飘忽的疑惑。"你的身体里也安装了技术内核？"她愣怔地望向袁乃东，把疑惑说了出来。

"对啊。"

"可是你从地球来，地球不是禁止往身体里安装技术内核吗？"

"谁说我来自地球？我是火星人。"袁乃东解释说，"金星和火星不是没有外交关系嘛，我想到金星来，只能先到地球，再以地球访问学者的身份来到金星。在火星，你要是没有技术内核才会被视为不知变通的腐朽僵尸，甚至使用的智能插件不够先进，没有及时更新，也会受到嘲笑，被认为是被时代列车所抛弃的老古董。"

"好吧。"铁红缨承认袁乃东的解释很有说服力，"还好，我不是老古董，更不是腐朽不堪的僵尸。"

"金星联合阵线安全部特权，我知道。"

"我的技术内核叫'贾思敏'。我父亲取的，也不知道为什么叫这么一个名字。你的呢？"

"我没有给它取名字。不过，我有一点疑惑。"袁乃东说，"刚才传送文件的时候，我发现你使用的技术内核来自火星。"

"技术问题。"铁红缨庆幸自己知道这个问题的答案，"金星自己研制的技术内核非常糟糕，没有办法，只能向火星进口。嗯，确实，因为铁族的原因，金星与火星没有建立外交关系，不过，并不妨碍安全部通过地下渠道获得火星的先进技术与设备。"

"我明白了。技术内核和智能插件虽然是织田财团在地球上的发明，但真正把它们发扬光大的，却是火星。"

"我听说，火星人离开穹顶城市，已经不再需要穿全套环境服了，在身体上插入几个相关智能插件就可以了。"

"是的，比以前方便多了。"

"对了，你录制了海伦娜或者齐尼娅的视频没有？"

"没有，我没有录制视频的习惯，我习惯于用脑子记。"

这大概就是袁乃东没有忘记海伦娜和齐尼娅的原因吧。

"关于海伦娜和齐尼娅，你还有什么要补充的？"

"暂时没有了。"

"那先这样，你再想想，想起什么，随时和我联系。"

就这样，铁红缨把自己的私人号码留给了袁乃东。又是违反安全部特工条例的行为，不过，无所谓啦，反正我高兴。高兴就好。

离开袁乃东后，铁红缨走出自然与人文博物馆，走到霸王龙骨架下方，仰望着霸王龙硕大的头颅与小得不成比例的前肢。

在"贾思敏"的帮助下，她对眼下已知的情况进行了一番梳理。

首先，图尔卡那爆炸案发生的时候，安全部还不叫安全部，叫安全局，是警察部下辖的一个执行内部自我审查的部门，美其名曰"管警察的警察"。貌似权力很大，其实没有实质性的作用。直到二十多年前，马泰里拉就任安全局局长后，大刀阔斧地进行改革，这才把这个鸡肋一样的机构改造为强有力的执法部门。

其次，"图尔卡那"原本是一家酒店的名字，金星历 24 年 15 月 19 日发生了一次液氢泄露引发的大爆炸，共有 56 人在爆炸中丧生，并使这家酒店被完全摧毁。

关于图尔卡那爆炸案，"贾思敏"提供的资料非常详尽，包括遇难者的全部名单。在长长的名单中，一眼扫过去，就看到铁良弼的名字，铁红缨心中隐隐刺痛，赶紧跳过，去看其他部分。图尔卡那爆炸案的资料非常详尽，然而正因为过分详尽，让铁红缨有一个感觉：这些资料似乎被精心整理过，所有的毛刺和错误都消失了。教情报分析的老师说过："不同情报之间互相矛盾是常有的事情，要注意分析，找到隐藏在其中的真相。但如果来自不同渠道的情报高度一致的时候，你就要小心了。因为这很可能是敌人精心编撰的谎言。"但目前只是直觉，真要她说出图尔卡那爆炸案哪里不妥了，又没有具体的理由，只好先放一边，去查托基奥叔叔的资料。

托基奥·塞克斯瓦莱的资料非常简单，就是照片和履历年表，比铁红缨知道的还少。那张照片还是 10 年前的，那时的托基奥叔叔的体型至少比现在小四分之一。在履历年表中，铁红缨注意到一个细节：托基奥叔叔就是在图尔卡那爆炸案发生那一年，宣誓加入安全局。虽然不能说是直接证据，但其中是否真的毫无关联呢？不得不让人心生疑窦啊。然后第二年，金星历25年——图尔卡那爆炸案的第二年——经金星联合阵线最高权力机构研究并同意，安全局脱离警察部的管辖，升格为安全部，主管金星联合阵线对外和对内的安全事务。

然后是狩猎者的事儿。周绍辉受到孔念铎的命令，委托坦博私人侦探社来调查海伦娜·沃米。再加上新查到的齐尼娅·就是沃米和乌苏拉·沃米，沃米三姐妹。虽然还不能完全证实她们是所谓的"狩猎者"，但她们无疑处处透着古怪。最为古怪之处不是她们被人遗忘了，而在于海伦娜和齐尼娅去博物馆找铁良弼。为什么？难道狩猎者与铁良弼之间有什么联系？

铁红缨想了一会儿想不明白，就琢磨下一步怎么办的问题。两个事儿，先查哪一个呢？最后确定，先去找雷金纳德·坦博。首先这件事最容易。其次，这件事涉及铁良弼，铁红缨迫切地想知道隐藏在其中的秘密。最后，雷金纳德似乎处在所有线索的汇聚之地，如果能让雷金纳德说实话，那么很多谜题就迎刃而解了。

铁红缨深吸了一口气，正要迈步开走，却见周绍辉从博物馆里脚步匆匆地出来。看见铁红缨，周绍辉很大方地打了声招呼，并且说他是古代科技爱好者，对于人工智能的早期历史特别感兴趣。"可惜，由于21世纪的长时间战乱，两次碳铁之战，一次教会之战，这方面的资料都散佚殆尽。"周绍辉痛心疾首地说，"幸而，金星自然与人文博物馆保存了一些。我很早就想知道'英格玛'和'炸弹'长什么样子，工作原理又是什么，今天终于如愿以偿了。"

"炸弹？你刚才说了炸弹么？"铁红缨捕捉到对方话里的这个词语。

"不是真的炸弹，是一台机器的名字，它是世界上所有智能机器的鼻祖。"周绍辉说，话里带着明显的笑意，"我已经向博物馆申请，订购'英格玛'和'炸弹'的复制品。百分之百的复制，不能有一丝一毫的不同。"

与上次见面时的一板一眼相比，周绍辉显得活泼得多。是因为"终于如愿以偿了"吗？周绍辉挥挥手，快步离去，脸上的笑意掩饰不住。铁红缨无暇多想，就近进入了"豆荚"。

（十二）

坦博侦探社空无一人，没有首席侦探的踪迹。打他电话，处于关机状态。铁红缨一下子茫然了。原本以为最简单的事情——找到雷金纳德·坦博并询问他有关图尔卡那爆炸案的秘密——却无法进行了。下一步怎么办？她盯着挂毯上的非洲大草原，动物们或奔跑，或飞翔，充满生机，而草丛里的三个猎人依然保持着伺机而动的姿势。发了一会儿呆，铁红缨最终还是选择坐下，再一次分析图尔卡那爆炸案。

资料确实很详尽：爆炸的全过程，罹难者的全部名单，总理伦纳德·杰罗姆在祭奠仪式上的讲话，无数亲人和朋友的追思……但肯定少了点儿什么。到底少了点什么呢？铁红缨紧紧抓住这个念头，让"贾思敏"以"爆炸案"为关键词进行检索。很快，"贾思敏"罗列出金星联合阵线成立以来发生过的数百起"爆炸案"。铁红缨随便点选了最近的一起。一个弥勒会的忠实信徒在尼阿美制造了爆炸，当场炸死 11 人，炸伤 26 人，袭击者也在爆炸中死去。这是一次典型的自杀式袭击。

"防不胜防，最麻烦的是他们还坚定地认为他们的所作所为都是神的旨意，天然就正确。"阿特拉斯学校的老师这样描述极端宗教的狂信徒，"你无法通过惩罚他们来让他们认识到自己的错误。惩罚只会让他们更加坚定他们的宗教信仰。"

铁红缨感叹了一句。然后……惩罚？她的脑子一下子灵光起来：图尔卡那爆炸案没有犯罪嫌疑人，没有人因为 56 人的罹难而受到惩罚。而这，显然不正常。即便这是一次地地道道的事故，也应该有人出来承担责任，道歉、罚款、撤职、整改、判刑，诸如此类。但在现有资料中，没有这样的人，没有这样的事。56 个人，死了就死了，消失了，就好像不曾出生过，不曾在这世上走一遭一样。不，不是这样的。铁良弼的名字在她的脑海里萦绕，带来挥之不去的伤与痛。我一定要把图尔卡那爆炸案的真凶揪出来，要让他接受应有的惩罚。

看时间，已经快天亮了。铁红缨趴在办公桌上进入梦乡。也不知道过了多久，"贾思敏"叫醒了她："部长来电话了。"

"赶紧到辣都风情火锅店，我请你吃火锅。"部长在遥远的地方说。

铁红缨瞄了一眼时间，"上午九点，现在吃火锅，会不会早了点儿？"

"想吃就吃，哪有什么早晚！"

"你不是很忙吗？那个麻原宣教团不是要到了吗？还有闲心吃火锅？"

"我是部长，任务安排下去自有人去完成，无须我事事过问。"托基奥·塞克斯瓦莱不耐烦地命令道，"快来，别磨磨唧唧的。"

辣都风情火锅位于莫西奥图尼亚城99层，是金星首都最知名的饭店。原因在于吃火锅需要搭配数百种食材，而在莫西奥图尼亚城的垂直农场里，为了实现产量的最大化，只栽种了五六种作物，仅能供金星人果腹。据说，辣都风情火锅的食材大半来自地球，一小半来自火星，只有极少的部分产自金星本地。仅仅考虑辣都风情的食材来自那么遥远的地方，就不难想象辣都风情火锅的难得与昂贵。

铁红缨走进辣都风情火锅店，机器侍者上来将她迎接到二楼的包房里。托基奥·塞克斯瓦莱端坐在桌前，桌面上摆着酱料，旁边的三层支架上码放着十来种食材，有荤有素。见到铁红缨进来，他示意铁红缨坐到他对面。"不知道为什么，忽然很想吃火锅了。"他说着在桌子上按动一下，电火锅开始工作，"我们有多久没有一起吃火锅了？就我和你？"

"一年吧。"

"有那么久吗？"部长狐疑地望了铁红缨一眼。

"嗯。"铁红缨简单地回答。部长喜欢吃火锅，这是安全部所有特工都知道的秘闻。但就两个人单独吃火锅，确实是一年以前的事情了。

部长没有说话。铁红缨只好看着火锅里红通通的底料，分辨里面包含了些什么。有辣椒、花椒、牛油、胡椒、大蒜、大葱，还有好多叫不出名字的根茎叶花果。不久，锅里的底料肆无忌惮地翻滚起来，浓烈的气味立刻洋溢在整个房间里。这时，头顶上降下来一个半透明的罩子，将大半个火锅遮住，这是一种清除异味的装置。

"关了关了。"托基奥嘟囔着。他把机器侍者唤过来，要它把清除异味的装置关掉。后者拒绝了两次，最终还是满足了客人的要求。待半透明的罩子收回到屋顶后，火锅底料的香气在包房里四处流转。托基奥闭着眼睛，深吸了两口，喃喃道："这才是火锅的味道，原始，自然，充满了生命的活力。"托基奥一边说，一边夹了好几块牛肉到锅里，又倒了好几样耐煮的食材进去。"一百多年前，有人幻想未来的人——也就是现在的我们——只需要吃两粒丸子就可以管好几天。这是多么无聊的想法啊。"托基奥说，"曾经有个朋友告诉我：人吃饱了才能活着，但人活着不只是为了吃饱。他后边还有一句话，你猜猜是什么？"

"是什么？"

"还为了吃得更好。"

铁红缨扑哧一声笑出来，"你这位朋友还挺有趣。"

"他还有很多奇谈怪论。他说，人从树上下来，是为了吃；直立起来，是为了吃；变得聪明，也是为了吃；现在到了太空，还是为了吃。"托基奥说，"你不得不承认，他说得还挺有道理。咦，好像可以吃了。"

托基奥按动按钮，一层滤网从锅底升起来，将食材与底料分开。托基奥招呼铁红缨赶紧吃，又站起来，忙不迭地给自己夹了满满一碗。吃了半碗之后，托基奥说："我第一次吃火锅还是在地球上的时候。那种老式火锅没有滤网，我们还得在锅里捞啊捞。因为不习惯用筷子，捞了半天都没有捞到几样，只能眼睁睁看着会用筷子的家伙大吃特吃。"

"你这个朋友是厨师吗？"

"不是。"托基奥一边说一边吃，即使是在一本正经地教育铁红缨的时候，他也没有停下筷子。各种食材，从锅里，到碟里，再到他嘴里，仿佛一条畅通无阻的运输大道。"当厨师只是他的业余爱好。他这人精力充沛，什么事情都喜欢去干。就是他教我吃火锅和用筷子的。他说他这辈子一大梦想就是开一家星际连锁火锅店，不但要在金星开，还要到火星、木星和土星开。只要有人的地方，就开一家。"

"他的梦想实现了吗？"

"没有。"

"可惜。"

两人埋首吃了一会儿。

"你怎么不问我我的这位朋友是谁？"托基奥忽然问。

"你想说就说，不用卖关子。"铁红缨撇撇嘴说，"好吧好吧，是谁？"

"你父亲，铁良弼。"

铁红缨的心底如同翻江倒海一般，各种滋味齐齐涌了出来。

"这么说，雷金纳德·坦博给我打的电话内容，你已经知道了？"

"是的。"部长答道。

"贾思敏"，也包括所有安全部特工的技术内核记录的所有资料，都会在安全部主控电脑"法老王"同步备份。这是安全部的规定。但眼下的事情，还是让她有几分愤怒。这愤怒让她的声音显得生硬，"那么，部长大人，你跟我解释一下，雷金纳德·坦博到底是谁？他为什么说你与图尔卡那爆炸案有关？图尔卡那爆炸案为什么无人承担责任？"

"还记得吗，你父亲的朋友中，除了我，还有一个，图桑·杰罗姆，他是金星联合阵线创建者、首任总理伦纳德·杰罗姆的儿子。我们都叫他图桑王子。"

"我记得。"铁红缨微微颔首，同时想到了坦博侦探社挂毯上的三个猎人。

"这是我们三个人的故事。故事虽然发生在金星，但要从地球讲起。"

（十三）

2077 年年末，第二次碳铁之战激战正酣，本该团结一致，共同对敌的地球同盟却因为种种原因，四分五裂，成为毫无凝聚力、毫无战斗力的散沙。关键时刻，太空军总司令萧瀛洲发动军事政变，解散了地球同盟的领导机构，成立军政府，自己充当最高领导人。借助强大的军事后盾，他先是平定北美地区的叛乱，继而说服已经宣布独立的非洲地区重回地球同盟，最后与铁族签署停战协议，结束了第二次碳铁之战，或者说，结束了铁族对碳族的单方面屠杀。

当时，伦纳德·杰罗姆博士是非洲地区的最高领导人。他答应非洲地区重回地球同盟的条件之一就是地球同盟要全力支持非洲开发金星的伊玛纳工程。在萧瀛洲短暂的执政时间里，他对伦纳德博士的承诺得到了最大限度的执行。2079年8月，第一批金星工程队抵达金星轨道，开始建造莫西奥图尼亚城，金星上空的第一座天空之城。两年后基本建成，首批15 000人入住。同时，另外十几座天空之城也陆续开工建设。在那一年，金星上空出现了史无前例的景象：数万人在硫酸云海里工作，一座座天空之城从设计图一点点地变成真实的场景。因此，2081年1月被称为金星元年元月。

此后，不管地球如何风云变幻，伊玛纳工程始终是铆足了劲儿在进行。和平时期如此，战乱时期也是如此。尤其是2086年——那一年萧瀛洲被军事政变推翻——短暂的和平之后大规模的动乱开始了。伊玛纳工程处于时停时续的状态，甚至有完全终止的可能。但由于伦纳德博士的坚持，还有无数非洲人的支持，伊玛纳工程——这项以非洲至上神的名字命名的世纪工程——没有停下来，而是不断在进行。到2096年，34座天空之城已经基本建成，2 600万人从地球移居到金星上空，开始全新的金星生活。对这一过程，伦纳德博士总结说："至上神保佑，金星人是幸运的，抓住了大航天时代的尾巴。"

"我，你父亲，还有图桑·杰罗姆，是第三批抵达金星的工程队的队员。我们亲自参与了它的大部分建设。"塞克斯瓦莱部长说。

为什么是金星呢？这个问题的答案在各种场合被反复宣讲过。与火星相比，金星有自己的优势。首先，它的引力是地球的 0.904 倍，生活在金星，基本不用担心引力过低导致的肌肉萎缩和骨质疏松。第二，金星距离地球也比火星近，只有 4 000 千米，是距离地球最近的大行星。第三，这一点最为关键：金星地表并不适合殖民，但在金星的硫酸云海之上，在 45 到 70 千米高的地方，是太阳系中环境最接近地球的地方，甚至比火星表面更接近。

金星与地球的相似之处只是实施伊玛纳工程的客观条件。伦纳德·杰罗姆博士之所以主张移民金星，是因为他认为必须在宇宙中为非洲人争取一块生存和发展的地方。伦纳德博士是为非洲人着想，而不是全人类。他说，东方文明主导了火星的开发，南方文明跟上去只能吃些残羹冷炙，不如自己另辟蹊径，开辟全新的生存之地，那就是金星。虽然伦纳德博士的说法招致了不少批评，说有种族主义的残留，但获得了更多非洲人的支持。"非洲人，太需要自己的梦了。"他们虔诚无比地说。

但相当多的学者不认为实现"非洲之梦"或者金星与地球的相似之处是使非洲人数十年如一日地实施伊玛纳工程的根本原因。"那只是表象。"他们言之凿凿地说，"逃避——逃离日益老化的地球，避开碳铁两族的生死存亡之战——才是最根本的原因。"

　　不管真正的起因是什么，如今金星的 34 座天空之城——莫西奥图尼亚、阿特拉斯、尼阿美，等等——已经建成，谁也无法否认这一事实。

　　变故发生在地球历 2089 年 10 月，金星历 9 年 15 月，金星与地球的联系出现了长达五天的中断。这使得所有生活在金星上空的人都恐慌万状。三个问题困扰着金星人：地球怎么啦？难道我们被地球遗弃了吗？接下来我们该怎么办？后来才知道，是地球宇航中心通信部被一伙狂热的外星人信徒"天堂之门"占领。当时，重生教与弥勒会的教会战争全面爆发，在混乱的地球，这根本算不得什么大事情。但那五天的联系中断，却对金星人影响深远。

　　部长说："在此之前，金星人都不觉得地球对于我们有多重要。在此之后，每一个金星人都意识到对于金星而言，地球有多重要，重要到必须主动放弃它。

　　"有一天，我，你父亲铁良弼，图桑·杰罗姆，在一起吃火锅，讨论起这个话题。我说：'必须摆脱地球对金星的绝对控制，过于依赖地球将使金星人没有前途。'铁良弼说：'不能单纯把金星人视为地球文明在金星的分支，将地球文明那一套原封不动地照搬到金星上来。'图桑说：'与一开始就被铁族控制的火星相比，人类全程掌控了金星的开发。金星，远离地球的控制，远离文明的藩篱，完全可以抛弃过往的包袱，轻装前行，成为一个全新的开始，一场史无前例的人类学、社会学与未来学的伟大实验。'

　　"那一次讨论，成为金星独立运动的开端。当时我们三个，20 岁出头，正是年轻气盛、意气风发、挥斥方遒的时候。我们觉得，世界将因我们而改变，历史将因我们而改变，未来将因我们而改变。我们生来就是做这样的事情的。

"金星联合阵线很快有了自己的货币，自己的历法，自己的旗帜和国歌。"

部长停了一下，晃晃脑袋，继续说："金星历是图桑王子的杰作。"

人类从地球出发，迁居到其他星球，遇到的一个麻烦就是时间设置。秒、分和小时这样较小的时间单位直接沿用地球的规定，毫无问题，但使用天、月和年这样较大的时间单位却遇到了麻烦。因为每个星球自转与公转的时间与地球完全不同。以金星为例，金星自转速度极慢，慢到什么程度呢？它自转一周需要 5 832.24 小时，比它绕太阳一周的时间还要长 439.416 小时。也就是说，如果按照老地球的标准，自转一周为一天，公转一周为一年的话，金星的一天比一年还要长。如果按照这样的时间来安排作息，人肯定会疯掉的。

显而易见，在制定新星球的历法时，必须考虑新星球的公转与自转，又必须照顾人体生物钟——人体是为了适应地球环境，历时数百万年演化出来的，适应地球昼夜变化的人体生物钟就是成果之一。

幸而，在金星的生活也有其特殊之处，使得金星历相对于火星历或者木星历要简单得多。"这是因为，金星联合阵线联邦下辖的所有城市并非位于金星地表，而是按照自己的速度围绕金星旋转，完全不用考虑金星的自转和公转。"图桑王子骄傲地说，"所以，金星历一个月是 20 天，一年有 20 个月，一年有 400 天。没有大小月之分，没有平年和闰年之分，既与地球历有联系，也与地球历有区别，简洁而好识记。"

塞克斯瓦莱问过图桑这些数字的来历，图桑斩钉截铁地说没有。图桑说："到了一个新的地方，有些东西就可以胡编。这是一种难得的自由啊！"

"我被这句话迷住了：来金星，是摆脱地球的桎梏，寻找无限的自由。"塞克斯瓦莱对铁红缨说。

（十四）

金星历 15 年 1 月 1 日，金星正式宣布脱离地球的领导，成立金星联合阵线。伦纳德·杰罗姆担任金星联合阵线首任总理。

地球这个时候都乱得不可开交，教会战争正进行得如火如荼，好几次惨烈的战役发生在这一年。即使有人想管，在 4 000 万千米之外，他们也只能诅咒几句，什么都做不了。

对于金星联合阵线的独立，金星人没有多少反对意见，然而，在建设一个怎样的金星的问题上，在金星联合阵线内部出现了巨大的不可调和的分歧。

"事实上，在正式独立之前的好几年里，金星联合阵线就冒出了无数的党派。各种想法，各种议案，现实的，不现实的，统统都敞开了嗓门宣传。对于金星联合阵线的政治架构、社会制度乃至历史使命，我们三个——我，你父亲铁良弼，图桑王子——都有自己的想法。"

叫人惊讶的是，图桑王子心里居然藏着一个传统非洲的梦。"非洲向欧洲学习过，向美洲学习过，向亚洲学习过，但都只学到了皮毛。"他说，"而且，在学习的过程中，完全丢失了非洲自己的东西。是时候复兴非洲文明了，全新的金星联合阵线就是这样一个契机。"

图桑深受他父亲伦纳德·杰罗姆博士的影响。铁良弼说："有这样一个地位超然，无论在科学上，还是政治上，都取得了令人艳羡的成就的父亲，你不可能不受他的影响。"

在图桑的计划中，金星联合阵线人的最佳生活方式与 15 世纪欧洲殖民者入侵前的非洲人基本一致：在广袤无边的荒漠、草原与丛林之中，舍弃一切现代科技的金星联合阵线人聚族而居；男人和女人，穿着传统服装，白天外出用长矛和弓箭狩猎，晚上生一堆篝火，载歌载舞；一切行动都听酋长的安排，族人无须考虑太多，整天快快乐乐，而族长一旦老去，或者犯下不可饶恕的错误，族人有权决定将酋长拿去喂狼还是喂狮子……

图桑解释这样设计的原因时说："金星人每天只需要打猎四五个小时，就能悠闲自在地快乐一整天。这可比那些生活在现代都市里，被科技产品重重包围的人幸福的时间多得多。人活着不就是为了幸福吗？"

塞克斯瓦莱质疑图桑的计划道："这都 22 世纪了，为什么你瞧不起科技，还想舍弃科技，回到茹毛饮血的原始社会？你不知道吗，金星联合阵线的建立和存在都严重依赖科技，离开了科技，你连一秒钟都活不下去？"

"这些都不重要。"图桑遐想着说，"现代科技生活的弊端实在是太多太多，而部落生活能让我们走得更远。"

塞克斯瓦莱说："我坚决反对。美化过去，是人类的通病；在脑子里想想没什么，真要实施，问题一大堆。毋庸置疑，图桑的计划理想主义色彩太浓重，经不起现实的一丁点儿打击，就像是色彩斑斓却一戳就破的肥皂泡一样，而且必然带来灾难性的后果。"

图桑反驳道："你的设想又有多少现实性呢？"

"我的设想是基于金星生活的特点，比你的原始社会现实多了。"塞克斯瓦莱对图桑和铁良弼说，"金星生活的特点是什么？人口规模不太大，在很长一段时间里不会超过一亿；因而所需生活物资不算多，在制造技术如此发达的今天，要想保证基本的生活是没有问题的——这也是图桑敢于让人类生活回到部落时期的重要原因。但我想的是另外一条路。"

最初，抵达金星的15 000人，因为配套设施没有跟上，所需生活物资奇缺，吃的、用的、穿的，等等，都实行严格的配给制。配给制，就是在生活物资缺少的情况下，实行公有制，所有物资归管理处所有，每个人按照最低生活标准领取自己那一份。不得不说，那是一段极其艰苦的日子。工作繁忙，饭却只能吃七分饱，累得不行，然而人的精神劲儿却意外地高。尽管当时危险如影随形，大小事故一起接着一起，却没有几个人说害怕，哭着闹着要离开金星返回地球。

等到后来，配套的设施——垂直农场、丰饶打印厂、自动光合园——建造起来了，生活物资一下子丰富起来了，大家还不适应呢。彼此都说，这就像饥饿的人掉进了面包堆里，不知道从哪儿下口呢。

随着第二批、第三批工作人员的到来，在金星上空忙碌的人越来越多，但当初那种单纯地为了把金星建设成为新的人类家园，大家情同手足，即使饿着肚子，也要全力以赴的氛围却消失不见了。工作的人多了，干事的效率却降低了；物资丰富了，彼此的争夺却增加了。

塞克斯瓦莱对图桑和铁良弼说："每每见到身边的人，为了鸡毛蒜皮的小事而争吵，为了针头线脑的利益而争斗，又想拿高工资又不想努力工作，我就愈发怀念之前那段饿着肚子干事却豪情万丈的日子。当我们讨论金星联合阵线该建立怎样的社会制度时，我自然就想起了初到金星的那段日子。那么，该怎样才能将那种日子制度化呢？我的想法是，让人工智能来管理这一切。所有生活资源公有化，严格执行配给制。人工智能不会徇私，不会枉法，更加公平和高效，对资源的损耗也是最小的，而人在这种社会之中，只需要好好做好本职工作，就能过上幸福的生活……"

"你在描述一个电子乌托邦。"铁良弼说，"铁族就是人工智能的顶点。可从 2024 年铁族诞生算起，60 年过去了，任何乌托邦的影子都没有见到，人类倒是经历了无数次浩劫，数十亿人死亡。"

"那是因为我们失去了对铁族的控制！"塞克斯瓦莱竭力反驳。

"难道到了今天你还在幻想碳族能完全控制的铁族吗？对哟，在你的幻想里，是铁族完全控制碳族！"铁良弼一针见血地指出。

"我不是这个意思……"

铁良弼抢道，当时他喝了很多酒，脸红得跟落山的太阳似的，"如果从农耕和定居算起，人类文明社会已经存在了万余年。在这么长的时间里，我们已经尝试了无数种社会结构，也幻想过无数种社会结构。好的、坏的、不好不坏的，基于神权、君权或人权的，世袭罔替、多党轮流，各种各样的制度，我们都见识过。想要创建一种全新的制度是不可能的，你提出的任何方案，都能在历史上找到雏形。因此，我以为最重要不是创建一种全新的制度，而是寻找与摸索一种最适合金星生活的制度。

"人类以为自己已经在金星上扎下了根，其实不过是金星上空的蜉蝣罢了。说不定什么时候来一场超级风暴，这些所谓的天空之城就全被摧毁，什么都不剩了。最重要的是，我们逃到金星就万事大吉了吗？碳铁之战就跟我们没有关系了吗？我也希望没有，金星人就像好多童话最后描述的那样，从此过上了幸福的生活。但这种想法显然太过天真。

"只要铁族还存在一天，碳铁之战明天就可能爆发。在这种情况下，还讨论金星建立什么样的社会制度是没有意义的。在铁族面前，地球人、金星人都是石头面前的鸡蛋，太阳底下的露珠，甚至是死人临死前呼出的气息。我只希望把金星的天空之城建成地球博物馆。倘若有一天，即使还生活在老地球的人在第三次碳铁之战中被铁族完全消灭，那么生活在金星上空的人就成为人类重新崛起的希望。"

部长对铁红缨说："我们三个中，铁良弼是最为乐观豁达的，但那一晚，也许是酒喝多了的缘故，或者发生了别的我们不知道的什么事情，总之，他格外失魂落魄。"

在很久之前的那晚上，铁良弼对图桑和托基奥说："实际上我的理想并不伟大。只是说，我们到了这里，在金星的硫酸云海之上，安了家落了户，基本的生活问题解决了，总得做点什么吧？社会制度的事儿你们去操心，而我，就专心打理自然与人文博物馆。所以呢，不管你们两个最终谁获胜，只要支持我建设博物馆就行。"

（十五）

争论代替不了行动，而行动一旦展开，每个人的际遇也就大相径庭。

图桑身份尊贵，借用他父亲的权势，逐步推行他的"原始非洲计划"。显而易见，在这件事情上，图桑和他父亲达成了一致。金星历 18 年 18 月，图桑被任命为文化与宣传部部长，这是他这个年龄所能担任的最大的官职。他找来一批学者编撰非洲传统文化教材，不但要所有学生认真学习，是各级考试必考科目，而且要所有官员日夜诵读，铭记在心。他组建了一个净化委员会，详细地列出了一份外来文化清单，要求把清单里的内容从金星联合阵线人的生活中清除掉。这份清单，涵盖了语言、服饰、食物等生活的诸多方面，详细列举了来自美洲、欧洲、亚洲和澳洲的文化。这些外来文化被形容为"健康肌体上的寄生虫"，必须以壮士断腕的果决将它们尽数清除。

图桑还积极支持铁良弼的博物馆计划。他对铁良弼说："经费、人员、设备，你要什么，尽管告诉我，我一定满足你的要求。"这就是现在自然与人文博物馆能修那么壮观的原因。不过，图桑是有私心的。他要求博物馆优先考虑保存非洲文明。"这样，如果有一天，地球碳族被火星铁族所灭，"他说，"到时候，所谓的东方文明和西方文明都不复存在，都被埋进黄沙里，被历史所遗忘。独有南方文明因为金星联合阵线而保存，继而成为太阳系新纪元的开端。"

塞克斯瓦莱部长对铁红缨说："对于图桑的做法，不是没有反对的声音。比如我，就曾经大声疾呼，完全舍弃现代科技，只保留单一非洲文明的纯洁，都是非常危险的做法，但都被图桑给轻易抹掉了，就像抹去手心上的唾沫。然而，历史的发展自有其逻辑，根本不由人控制。就在图桑大张旗鼓，准备将所有计划全部落实的时候，发生了一件事，这件事从根本上改变了金星联合阵线的历史走向。这件事就是你父亲的死。"

铁红缨沉声问道："我父亲到底是怎么死的？"

部长说："你父亲不是死于事故，而是死于谋杀，一场精心策划的谋杀。"

金星历 24 年 15 月 19 日晚，图桑·杰罗姆约铁良弼到图尔卡那酒店讨论事情。在图桑·杰罗姆离开之后，一个小型气体炸弹在铁良弼附近引爆。本来这一枚炸弹就足以杀死铁良弼，谁知道，它的爆炸，引爆了附近的一个液氢存储罐。这场连锁爆炸，最终造成包括铁良弼在内的 56 人的死亡。

"液氢储存罐的爆炸，也许是意外，但也可能是精心计算的结果。因为第二次爆炸，可以抹去第一次爆炸的痕迹，而许多人的同时死亡，能够掩盖针对其中一个人的谋杀。"部长说。

"谁干的？"铁红缨的声音有几分颤抖。

"犯罪嫌疑人只有一个，图桑·杰罗姆。"

"他为什么要这么做？他不是全力支持我父亲建设博物馆吗？我父亲不是说谁支持他建设博物馆他就支持谁吗？"

"开始是这样，但后来有了变化，其中有我的过错。"托基奥说。

托基奥有自己的政治理念，但在执行力上，远远不如图桑。毕竟人家是金星联合阵线杰创始人兼首任总理伦纳德·杰罗姆的独生儿子，虽然《金星宪章》没有说金星执行世袭制，然而图桑天然拥有的人脉与资源，是平民出生的托基奥难以企及的。于是，托基奥只能默默等待。

有一天，托基奥去图桑的办公室找他。正事办完后，两人一起吃了顿火锅。边喝酒边聊，几瓶酒下肚，话题很自然地过渡到图桑的"原始非洲计划"上。

"你真的觉得这个计划能够成功？"

"不能。"图桑笑着回答。

"那你还起劲儿地干？"

"你不懂，这是政治。"

"为什么？"

"我父亲心里一直有一个原始非洲的梦想，回到过去，是他向来的追求。在地球上无法完成，他就跑到金星上完成。有些梦，在地球上永远无法完成，比如咱们身处的天空之城，飘浮在云海之上，能容纳数百万人居住，这样的城市在地球上根本无法建成，在金星却是轻而易举。其他的梦同样如此，我不过是把我父亲的梦想说出来了而已。"

"来金星，是摆脱地球的桎梏，寻找无限的自由。"托基奥反刍着这句话，"但这不是政治啊？"

"还有人说非洲根本没有文明，所谓南方文明是我父亲信口雌黄，随意杜撰的。这话你也信？非洲真没有文明？你敢出去这样说？诺克文明、伊费文明、大津巴布韦文明不是南方文明的有机组成部分？之所以说它是政治，是因为'原始非洲计划'只是一个口号。口号，懂吗？它并不需要被严格执行。现代科技对于金星生活的重要性你真以为我不知道啊？我又不是真傻。"图桑用手指使劲敲着桌子，"这个口号存在的价值在于，它能汇聚人群，它能区别敌我，它能让我在最短的时间发现哪些是自己人，哪些不是，什么样的人可以重用，什么样的人是不识时务的蠢货，必须抛弃。"

"当人们意识到这是骗局时，他们会抛弃你的。"

"别傻了，托基奥，我知道你在想什么。你以为他们都不知道吗？不，不是的。他们都知道。他们只是害怕，害怕科技会给他们带来无尽的伤害。在任何时代，高举传统的大旗，都能汇聚一帮人马，现在尤其如此。因为铁族的存在。历史课不用我来给你重复吧，两次碳铁之战，50亿人非正常死亡。人类打开了科技的魔盒，放出了钢铁狼人这个怪物，你觉得还需要我给他们做思想工作，告诉他们科技有害，回归传统是最好的选择吗？别犯傻，托基奥，加入我这边吧，我给你留了位置的。等我登上总理的宝座，整个金星都是我们的。我们是最好的朋友，金星三杰，不是吗？让我们一起去创造金星乃至整个太阳系光辉灿烂的未来。"

年轻的托基奥·塞克斯瓦莱埋头吃饭，没有回答。良久，他抬起头说："你这样搞下去是要死人的。"

"那又怎么样？"图桑·杰罗姆说，"死人是经常发生的事情。每秒都在死人，你能阻止吗？只要死的不是我，我，我无所谓。"

"后来，"塞克斯瓦莱部长说，"我把图桑的话告诉了你父亲。那时他刚从地球回来，听后，他勃然大怒。从此你父亲疏远了图桑，好几次，我还看见他与图桑发生了正面冲突。在很多公众场合，铁良弼都直言不讳，反对图桑的'原始非洲计划'。"

"这就是图桑谋杀我父亲的原因？"

"不是直接原因。在图尔卡那爆炸案发生之前，你父亲向金星联合阵线提交了一份报告，详细论述了'原始非洲计划'的荒谬之处。在报告中，铁良弼还以一个简单的数学模型，证明在金星上空，别说完全放弃科技，就是禁止一切科技的发明与发现，维持现状，所要付出的代价也是无比巨大的。一部分人会死于初期的灾难，这一部分人是幸运的，因为另一部分人会死于灾后的污染和瘟疫，还有低温和腐蚀，死得异常缓慢和痛苦。确实会有一部分身份特殊的人能够活下来，一些占有数倍于平均水平资源的人。他们受到精心照顾，即使经历两次灾难，即使在天空之城的废墟里，依然能生活得很好。然而，毫无疑问，那只会使极少数中的极少数，只会是最高等级的权贵，与普通人没有任何关系。"部长说，"这份报告在城市代表与普通市民中都引起了轰动，资料库里现在都能找到这份报告。因为这份报告，图桑的计划受到前所未有的抨击。所以，图桑把铁良弼视为心腹大患，欲除之而后快。最重要的是，他曾经将铁良弼视为知己，铁良弼的作为，在他看来，是不折不扣的背叛。而他，最容不得背叛，被朋友背叛，是无法抹去的奇耻大辱。"

铁红缨试着体会那种感受，"后来呢？爆炸案发生之后呢？"

"我向安全局举报了图桑。我知道警察部都是总理的人，只有马泰里拉领导下的安全局不是。果然，警察们一见犯罪嫌疑人是总理的儿子，全都虚与委蛇，想草草了事。唯有安全局马泰里拉和他的特工敢想敢干，不但抓捕了图桑，还花费了大量的时间，进行了深入的调查。我也是在这次举报中，与安全局有了密切的交往，发现他们才是金星未来的希望，于是提交申请，自愿加入了安全局，当了一名执法为民的特工。"

"图桑·杰罗姆呢？他认罪了吗？"

"安全局进行了一年多的调查，最后的结论是：没有证据表明图桑·杰罗姆与图尔卡那爆炸案有直接联系。图桑接受了秘密宣判，被无罪释放。但你要知道，红缨，自图桑被捕以后，图尔卡那爆炸案就不再是普通的刑事案件，而是变成了金星政坛的一场擂台赛。所有的上层官员以及部分中层官员都卷入其中。有人落井下石，希望打倒图桑的同时，把他的父亲一块儿扳倒；另一些人则相反，希望通过拯救图桑，拉近与杰罗姆总理的关系，为自己赢得更高的权位。调查结果是出来了，但身在其中的我很清楚，这个所谓的结果无关事实、无关真相，只是各方政治力量角逐、取舍和博弈的结果。这就是政治。

"虽然最终结果只在内部公示，但显然，怀疑的种子已经埋下，为一己私利制造恐怖爆炸的形象已经塑成，图桑的政治生涯已经走到了尽头。心灰意冷之下，图桑·杰罗姆动了全身性整容手术，换上了雷金纳德·坦博的面孔，以私人侦探的身份在金星苟延残喘。"

（十六）

雷金纳德·坦博就是图桑·杰罗姆，这个结论早就呼之欲出。现在由托基奥·塞克斯瓦莱亲口说出，在铁红缨心中激起的波澜并不算大。"那为什么你要我以沈青的名字，假冒实习侦探，混到昔日光芒万丈的图桑王子、今日落魄的私人侦探雷金纳德的身边？"她问，"难道是想要我自己查出他的真实面目？查出他是谋杀我父亲的真凶？"

"查出真相？我从来就不指望你真的能查出什么真相，所以才自己跑来，详详细细把真相告诉你。"塞克斯瓦莱部长的声音陡地高亢起来，斥责道，"有时你绝顶聪明，但更多的时候愚不可及。瞧瞧你违反了多少条安全部特工条例！告诉你，因为你主动向罗迪承认身份，让图桑顺藤摸瓜，轻而易举查出你的真实身份。我不知道他什么时候起的疑心，但结果是确凿无疑的：你暴露了，不是吗？按照条例，接下来该怎么做？”

“立即终止任务，相关人员撤回。”

“还有呢？”

“启动后备预案，评估损失，处理责任人。”

“背得倒挺熟，就是不照着执行。”部长的语气缓和下来，说，“这件事结束后，你还是离开安全部，另谋出路吧。你的性格，真不适合当一名特工。”

“那我去干吗？难道去找我母亲？”铁红缨瞪圆了双眼，一脸无辜且愤怒的表情。

她说的这句话是有来历的。铁良弼过世后，托基奥叔叔把她接到自己家里住。每一回她做错事情，托基奥叔叔威胁要赶她走，她就回以这句话。因为她没有母亲，谁也不知道她母亲是谁，连托基奥叔叔也不知道。“你出生那年，你父亲铁良弼因为博物馆的事情，在地球待了近一年时间。回来的时候，他怀里就抱着你。那个时候，你只有这么长，粉嘟嘟的一团。与别的婴儿不同，你老是哭闹，不肯安静的睡觉。就跟现在的你一样，喜欢瞎折腾。铁良弼告诉我们，这是他的孩子，亲生的，要我们帮忙照顾。”托基奥·塞克斯瓦莱曾经告诉铁红缨，“我问过他你母亲的事情，他笑而不答。多问几次，他就说，你是他和机器的孩子。这当然是个笑话。但这样一来，尤其是你父亲出意外死了之后，就没有人知道你母亲是谁了。”于是，铁红缨很快发现，不管自己犯了多大的错误，只要说出“那我去干吗？难道去找我妈妈？”这句话，托基奥叔叔都会偃旗息鼓，叹息着原谅她。

"你这孩子。"部长埋下头，看着火锅，轻声地叹息道，"智商随你爸，性格多半随你那不知道名字的妈，你爸的性格不知道多随和。你的样貌也应该随你妈，几乎看不到你爸的影子。"

铁红缨习惯性地想反驳，但最终忍住了。妈妈，望向面前的虚空，她的手掌不由自主地抓握两下。这是一个温馨的词语，这是一个苦涩的词语，这是一个有形有质却又虚无缥缈的词语。虚张的手掌似乎抓住了什么，又似乎什么都没有抓住。我妈妈到底是谁？她在哪里？她想我吗？爱我吗？她聆听着自己的心声，带着几丝不可告人的惶恐。那我真的想要找到妈妈吗？有了妈妈我就一定会更幸福吗？

"查出真相，不是我安排你来做这件事的目的，为你父亲报仇，更不是。"部长抬起脑袋，回到先前的话题，"之所以安排你来完成这个任务，是有更为重要的原因。这件事关系着金星联合阵线3 000万公民的生死存亡。"

"这话你说过了，可你并没有解释其中的因果关系。"

"还没到时候。"

"故弄玄虚。"

铁红缨撇撇嘴，下意识地转向包间的门，正好看见它被一只枯瘦的手拉开，旋即"钻"进来了一个身着奇装异服的女子。

她皮肤是深棕色，个子高挑而瘦削，宛如沼泽中涉水而行的丹顶鹤。一袭过大的深白色立领长袍松散地挂在她的肩膀上，令她雌雄难辨。头发约莫一指长，大多染成了银白色，整齐地紧贴在头皮，唯有前额上的几缕头发被挑染成浅蓝，显得十分怪异。

"你是谁？"部长愤怒地问。

部长的愤怒是有道理的。别看部长现在是孤身一人和铁红缨吃火锅，实际上，暗地里至少有一个8人小组携带各种先进武器，在远近不同的距离上保护部长。眼下，身着怪异的女子从从容容地开门进来，只能证明，那个8人小组要么全瞎了，要么全死了。

女子没有回答部长的问题，快速走了两步，停下来，定定地看着铁红缨。铁红缨也无所畏惧地回望她。

她的额发很长，如果不是往两边梳理着，就会垂落到下巴上。但这样一来，她惨白的脸就像被白蓝相间的头发包围成的一个晦暗不明的陷阱，连眼睛是什么颜色都叫人难以看清。当脸两边的额发滑落到脸上，她就会用嘴吹一吹，旋即用手指将额发拨回原处。只有在这个时候，她才显出一丝人的生气。

"你这如火的人儿就是贾思敏？"女子说，声音又轻又快，一不注意就听不清楚。

"贾思敏"？铁红缨摇头道："我叫铁红缨，不叫贾思敏。"

"你到底是谁？来这儿干什么？"部长更为严厉地问。

"不关你这肥肉的事，闭上你那巨齿鲨一样的嘴。"女子轻快地说着，眼睛没有一秒离开过铁红缨。

铁红缨瞥见部长闻言，咬紧了牙齿，棕褐色的眼珠子却乱转着，嘴唇也在哆嗦，整个身体僵直着，似乎非常痛苦。铁红缨顿觉不妙，正要出手，却见那女子伸出枯瘦得如同丹顶鹤长腿的手指，直直地点在了自己额头上。

就像梦中见到的空灵蝴蝶，美丽归美丽，可不一定是真的哟。一个声音说。就是那女子的声音。然而，那女子并没有开口说话，干瘪的嘴唇如同山崖一般矗立不动。铁红缨听见的，不是经由空气传播、耳膜感受的震动，而是直接在她脑海里呈现的"声音"。

滚！她大吼着。

可是没有声音传出。

没有舌头弹动。

没有嘴唇翕合。

她全身僵直，无法动弹。托基奥叔叔身上发生的事情也发生在了她的身上。

恐惧的感觉从心底升腾而起。

那恐惧有形有质，仿佛又黑又冷的冰水，瞬间浸润漫溯到全身每一个部位。

她觉得有一只枯瘦的手，或者一把锐利的手术刀，也可能是一把金属制成的扫帚，在她脑子里来回切割、翻捡、搜刮。她感觉不到疼痛，但能清晰地感觉手、刀或者扫帚的存在。

滚。她大吼着。滚出我的脑子！

一声轻快的冷哼，若有若无，缥缈得宛如黎明前的雾霭。

脑子里的触感骤然变为章鱼，数十条细细长长的腕足，数不胜数的大小吸盘，还有同样数不胜数的尖刺和倒钩，在她的记忆里搜寻，刺探，摸来摸去。

铁红缨恶心得想吐，却没有哪一个器官来执行这个动作，于是，成千上万倍的恶心堆积在那里，仿佛用了一千年、废弃了一千年、朽烂了一千年的垃圾场。

垃圾场重重叠叠，无边无际。下一秒，它坍塌了，所有的垃圾全都压在她身上。

她堵得慌，无论是呼吸，还是心里。好像一脚踏空，跌入了冰窟窿，从头到脚，又湿又冷又慌。找不到方向，挣扎着游，也许是往更深更黑的水底游去。冰窟窿还在，隐隐有些许亮光。赶紧手足并用，往那里游。游啊游，游到了，却蓦然发现冰窟窿已经冻结，迎接她的是厚实、坚硬而且寒冷的冰墙。她只能憋着最后一小口气，拼命游，拼命撞，拼命……

骤然间，冰墙如同被铁球砸中的镜子一般破碎。触手们纷纷退去，犹如一群受到惊吓的蛇。

铁红缨大口喘息着，空气在口唇与两片肺叶之间同时进出。她从来没有觉得空气是这样香甜。胸部地震一般剧烈起伏，她把右手放到胸前，安抚那颗因为缺氧和受惊而狂跳不已的心。她怀疑要是不这么做，下一秒那颗心就会从胸腔里一跃而出，跳到自由的空气里。

需要安抚的，还有胃。恶心的感觉残留并堆积在胃里，促使它蠕动着，要把刚刚吃下去的东西驱赶出来。就像着火的森林，兔子要被驱赶出来一样。铁红缨对这个比喻感到奇怪，这是一个很奇怪的比喻。说对，又好像有哪里不对；说不对，又好像没有哪里不对。不，不只是这一个比喻。刚才的一堆比喻都很奇怪。她平时很少用比喻，只在学校里应付老师写作文的时候用过。

为什么会这样？她不解地看着眼前那个怪异的女子。这些比喻难道是她"带"来的？

"好可惜啊，空灵的蝴蝶消散在无边的梦魇里。"女子说，声音如同春风拂过、刚长出嫩绿新叶的柳枝，"你是又红又辣、向天生长的朝天椒。你不是她，不是那可以拯救狩猎者的人。你不是我可怜的小妹妹。"

（十七）

怪异女子退后，转身，像一只高傲的丹顶鹤，从容地离去。

铁红缨眼睁睁地看着她离去，同时尽力抑制呕吐的欲望。面前的火锅还在汩汩地兀自翻腾着，冒着热气，冒着香气。辣椒和胡椒的香气安抚着她躁动的胃。

"她走了吗？"塞克斯瓦莱部长也从僵直状态中恢复过来。

"走了。"

"刚才发生了什么事？某种新武器吗？"

"我不知道。精神控制？直接对大脑进行攻击？也许吧。很难描述那种感觉，那种被人控制、无能为力的感觉。"

"非常可怕。"

"确实，非常可怕。"

"她是谁？似乎是来找你的。你认识她吗？"

"不认识。不是海伦娜，不是齐尼娅，不是乌苏拉。我怀疑，强烈怀疑，她也是狩猎者的一员。否则，你无法解释她刚才所做的一切。"刚才，她进入我的脑子，检索我的全部记忆。好可怕。她到底在找什么？临走时她说的那句话又是什么意思？

"外星人？4个？"塞克斯瓦莱部长疑惑地说，语气已不像先前那样惊惶。

"看来周绍辉得到的情报很可能是真的。"铁红缨说，"现在看来，加上海伦娜至少有4个狩猎者在金星联合阵线活动。"

"你的意思是还可能有更多外星人？"

部长打了一通电话，然后说："8个人，全都中招，失去行动能力。也不怪他们，毕竟对手是会精神控制的外星人。我已经命令另外的人去跟踪了。"

"接下来做什么？"

"还能继续吃吗？"部长摇摇头，自己回答道，"我先回总部，等待跟踪结果。你嘛，回侦探所，回住处，随你选。"

"你的意思是后续行动不要我参加呢？"

"这是行动组的事情，你还没有转正呢，别添乱。"部长站起身道，"对了，安排你完成一个任务，去找你图桑伯伯，就是雷金纳德·坦博。他失踪了，监视他的特工说，图桑发现了他，然后就甩掉了他，消失在莫西奥图尼亚城的某个角落里。"

"保证完成任务。"铁红缨冲部长敬了一个礼。

部长肥厚的脸上挤出快慰的笑意，随即离开。门外，几道影子闪过，负责保卫部长的特工们现身，护送部长离开辣都风情。

回到街上，铁红缨漫无目的地走着。虽然向部长做了保证，但事实上，她并不知道去哪里找雷金纳德·坦博 / 图桑·杰罗姆。莫西奥图尼亚城有 720 层，居住着 140 万人，要在茫茫人海中找一个存心躲起来的人，堪比大海捞针。而且她发现，她还无法把这两个名字等同起来。

她继续走，在无数条路中，随机选择行进的方向与速度。

回归党与独立党的支持者在街头对峙。总理马泰里拉的等比例塑像被打碎。回归党声嘶力竭地高喊"我神乌胡鲁"。似乎有人提到了托基奥·塞克斯瓦莱的名字。部长说，根本没有独立党，有的只是几个还有情怀的老头子。

继续走，走进"豆荚"，随机按下数字，再走出去。

精神攻击留下的后遗症逐渐消弭。她为什么要探查我的全部记忆？托基奥叔叔有没有同样的遭遇？铁红缨奇怪于自己没有说，也没有问。是羞于启齿，还是其他原因？

转过街角，有人闪出，而她浑然未觉，径直闯过去。

那个人顿足后退半步，巧妙地避开了与她的撞击。"小心，特工小姐。"那人说。

"正到处找你了。"铁红缨对着袁乃东说，眉开眼笑。

"又有案子要找我咨询？"

"不是不是，是警告，不，提醒你，要注意安全。"铁红缨深吸了一口气，平静一下乱跳的心说，"可能有杀手，非同一般的杀手，会对付你。"

"为什么？"袁乃东静静地问，脸上没有一丝慌乱，也没有嘲讽，就像一个三岁的孩子，对这个世界的一切都充满了好奇，见到什么都想问一句"为什么"一样。

"你知道一些别人不知道的事情。"

"哦，我知道一些别人不知道的事情，所以会有杀手来对付我。"袁乃东这话似问非问，说完他陷入了某种迷思，继而咧嘴一笑（铁红缨喜欢看到他笑）说，"我知道的事情确实很多，我确实知道一些别人不知道的事情。但因此有人会来杀我，我觉得很荒谬，而且这是不对的。谁也不应该因此死掉。"

"听起来好有道理哟。背着旅行包，这是打算去干什么呢？"

"去看超级闪电。"

"一个人？"

"一个人。我租了艘氦气艇，算好了时间，准备去麦克斯韦山 14 号超级闪电观景台去看超级闪电。"

"好棒。"

这时，"贾思敏"有一个提示，部长与人的通话中触发了关键词。铁红缨一边命令"贾思敏"把部长的通话复制下来，一边对袁乃东说："对了，我还没有告诉你，为什么会追捕海伦娜？有人怀疑她是狩猎者。"

"传说中歼灭了'立方光年号'的外星人？"

"对。"

"这不对。"

"怎么？"

袁乃东说："我从来不相信，在与地球环境迥异的外星球上，会进化出在外形上与人类一样的生命。假如让地球上的生命重来演化一次，只要当中任何一个环节出现了问题，都可能不会出现人类。即使出现了智慧生命，也多半与现有人类截然不同。"

"你的意思是海伦娜不是外星人？因为她太像人？"

袁乃东凝神沉思着，两眼定定地看着前方一米处的虚空，却并没有具体地看着什么。铁红缨喜欢看袁乃东醉心于一件事的专注样子。"可能性有两个：第一，海伦娜不是外星人，虽然她有诡异之处，但她确实是地地道道的人类。"袁乃东分析道，"第二，海伦娜确实是外星人，她现在的样貌并非她本来的，而是模仿人类，经过精心设计和调制，在外貌和言行举止上与人类一般无二，就像铁族制造的安德罗丁一样。"

"你倾向于哪一个？"

"没有确凿的证据之前，我没有倾向。"

在听袁乃东辨析海伦娜的同时，铁红缨听完"贾思敏"复制下来的对话。部长是一个审慎的人，直接偷听，很可能被他发现，但从"法老王"那里窃取一小段通话记录，却相对容易得多。

"部长，遵照您的指令，我成功跟踪那个女子。她似乎并没有接受过深度特工训练，根本没有隐藏自己行踪的意识。途中她向人问路，自称卡特琳·沃米。"

"问路？"

"问了很多次，显然不是本地人。"

"知道名字也是一个巨大的进步，你继续说。"

"卡特琳与一个女孩在386层的商场会合。那个女孩曾经袭击过铁红缨，名叫乌苏拉·沃米。两人来到386层17号码头，乘坐私人氦气艇，飞往金星地面。我也赶紧租了一艘氦气艇，不紧不慢地跟着。在降落到地面时，我发现还有人在跟踪她们。"

"是谁？"

"一开始我并不知道是谁，但他也不是什么跟踪高手，很快被卡特琳和乌苏拉发现，并被她们抓住。这时我才发现，那个人是一个私人侦探，雷金纳德·坦博。您最近命令特别关照的对象。"

"然后呢？"

"然后，她们带着雷金纳德·坦博去了麦克斯韦山一条山谷。部长，您没有亲眼看见，您肯定不相信，山谷中停着一艘怪模怪样的飞船。"

"飞船？你怎么知道它是飞船，而不是什么建筑？"

"卡特琳称它为'奥蕾莉亚号'，说它曾经到过好几颗大行星和小行星。"

"位置，我要知道飞船所在的具体位置。经度、纬度、海拔、温度、气压，所有资料我都要。"

"部长，我马上发给您。"

"你留在那里，继续监视。有任何情况，立刻报告。但在行动组到达之前，不要轻举妄动。"

"贾思敏"把特工发给部长的坐标添加到金星地图上。那个地方，距离袁乃东所说的麦克斯韦山 14 号超级闪电观景台并不远。这是凑巧吗？铁红缨满心欢喜地对袁乃东说："科学家的严谨、客观与理性，嗯，我喜欢。凑巧，我现在有空，就义务陪你去看看金星的超级闪电好啦。作为金星人，这难道不是我应该做的吗？"

（十八）

好几十艘氢气艇悬挂在码头的金属支架上，整整齐齐的，犹如列队欢迎的座头鲸。铁红缨跟着袁乃东来到 32 号氢气艇。这氢气艇有 7 米长，是专门用于到金星地面旅行的。在庞大的艇身下方，是长方形的乘客舱。袁乃东用出租代码打开氢气艇乘客舱的门，把旅行包轻轻扔到行李架上。

乘客舱有 4 个人的位置。袁乃东径直坐到驾驶座上，在仪表盘上手动输入要去的坐标。看他熟练的样子，应该是会开氢气艇。

袁乃东向塔台提交飞行申请，得到批准后，一扇嵌合门为他们打开。支架松开，氢气艇飘飘悠悠，飞了起来。拐了一个小弯，驶过嵌合门，进入比氢气艇大不了多少的船闸室。嵌合门在他们身后缓缓关上，在氢气艇前方，通往外界的另一扇嵌合门缓缓打开。氢气艇颤抖两下，发动机喷出气流来，然后就穿过嵌合门，离开莫西奥图尼亚城，进入了金星的大气之中。

光线异常明亮，没有任何东西可以阻挡太阳把它的光倾泻到整个视野，所有的东西看上去都有种莫名的虚假感。透过厚厚的经过特殊处理的舷窗，铁红缨看见莫西奥图尼亚城的表面密布的各种形状和尺寸的太阳能板，随着距离的增加，各种阳光采集井、光合农庄和通信天线也映入眼帘。有一小会儿，她认为自己看到了莫西奥图尼亚城后方的阿特拉斯城。只是黄色背景上一个淡淡的小斑点，很可能是错觉。

不久，氦气艇沉入硫酸云之中，除了一片昏黄，窗外什么都看不见。

"还要飞多久？"

"导航显示，30分钟。"

袁乃东开启了氦气艇的导游模式，一个亲切的声音说："在金星，天堂与地狱只隔着一层硫酸云。硫酸云把金星大气分割为上下两层，也将金星划分为3个截然不同的世界。

"硫酸云之上是天堂。在浓密而厚实的硫酸云之上，距离地面50到70千米的地方，温度与地球温相差不大，而气压则与地球海平面大气压相似，使得这里成为太阳系中少见的适合人类迁居的天堂。金星大气层的主要成分是二氧化碳，密度极大，约是地球的100倍，因而浮力也约是地球大气的100倍，以密度不到0.1毫克每立方厘米的超轻气凝胶为主要建筑材料建造的天空之城可以轻而易举地飘浮在硫酸云之上。

"硫酸云本身是炼狱。现在氦气艇穿过的地方，就是炼狱一般的硫酸云，有20到30千米厚。但丁的《神曲》一书中，炼狱有9层，生前犯过小罪，死后可以得到宽恕的灵魂，就是在炼狱里忏悔……"

铁红缨问："谁会喜欢这样的导游词？"

一直在精心聆听的袁乃东似乎吓了一跳，眼珠子左右转动着，说："喜欢的自然会喜欢。"

"废话。"

"要不你来当导游？"

"我本来就是来当导游的，不会白坐你的氦气艇。你自己视而不见，还来怪我。"

袁乃东无声地笑了笑，似乎明白了铁红缨的小心思，顺手关闭了导游模式。然后，铁红缨就叽叽喳喳地说个不停。

不知什么时候，氦气艇已经离开了硫酸云，继续往下降落。虽然周围大气的颜色比硫酸云淡了许多，但周围依然是一片充满颗粒感的暗黄色，能见度极低，几百米以外就是一片未知的混沌。

几分钟后，氦气艇自动降落在地面一个小型降落场。座椅旁边悬挂着一套折叠式环境服。它笨重而古老，犹如洪荒时代的化石。闻一闻，还能嗅到上一个使用者的体味。铁红缨抱怨着，取下了环境服。

"不用这玩意儿。"袁乃东说。

"什么？不穿防护服，就这样走出去？出去送死么？"铁红缨指着仪表盘上的读数。每一个读数都高得可怕。

"怕呢？"

"谁不怕？"铁红缨反问，一边让"贾思敏"提供资料，一边向袁乃东絮絮叨叨地解释自己害怕的理由，"实时温度是 556 摄氏度，平均温度 475 摄氏度，连铅都会熔化，这是长期的温室效应造成的。二氧化碳含量约占 97.88%，你根本没法呼吸，没有氧气嘛。大气压强为 92 个标准大气压，9 000 多千帕。你走出去，不是热死，就是缺氧窒息而死，再不就是被大气挤压而死。不，准确地说，在几十秒内，你会同时死于高温、缺氧和高压。"

"你还没有提到风和雨呢？"

"风和雨？"仪表盘显示：风力 3 级，无雨，能见度 220 米。有什么问题吗？

"风力 3 级，看上去很慢，大概和人步行差不多，但因为这里的空气密度很大，所以空气流动起来破坏力惊人，可以描述为碾压式推动。火星正好相反，空气密度小，引力也小，导致风速很快，十几级是常有的事儿，但破坏力嘛，就不是那么大了。"说着，他离开座椅，从行李架上把旅行包拖了下来，"金星的雨也不一般的雨，是由硫酸颗粒组成的硫酸雨，腐蚀性很强。因为地面温度特别高，这硫酸雨永远不会到达金星表面，会在到达表面前，受热蒸发，形成幡状云，又回到天上去了。问题在于，这雨随时可能下，谁也无法预报。"

"导游词里不是说嘛，硫酸云以下，金星地表就是赤裸裸的地狱啊。嘿，你包里这都是什么？"

袁乃东已经打开了旅行包。"野外生存用的一组智能插件。"他边说边抽出一件，样子很像下颌带腮的黑灰色面具，"带上这个，接入技术内核，你就可以在外面自由活动了。"

"这么神奇？"

袁乃东戴上了面具，又将面具底端的一根红色细线连接到脑后的神经接口，咔嗒一声启动了。黑灰色面具先是变得半透明，然后彻底变得透明。似乎有紫红色的光照在袁乃东的脸上，使他的脸在昏黄的背景下显得有些异样。"技术内核会提供你身体的情况，它附着在你的脊椎和脑干上，比你更了解你的身体。面具自带全能传感器，能向技术内核提供周围的情况，然后技术内核再据此并综合多方面的资料，对面具发出指令，提供相应的服务。比如，这个腮一样的东西，就是过滤空气用的。"

"没有氧气它也会制造氧气？"

"你不知道吗？"袁乃东说着，从旅行包里抽出另一个面具，"戴上它。"

铁红缨接过面具，却没有戴。"缺氧的问题好解决，那高温高压呢？"她仔细观察袁乃东脸部与面具交接的地方，发现两者已经完美地融合在一起，很难分清哪里是面具哪里是本来的脸。应该是使用了某种先进的生物凝胶，能稳固地粘上，又能脱落，不留下任何痕迹。

"用这个。"袁乃东从旅行包里抽出两个双肩背包，一个给了铁红缨，另一个自己背上，然后接入了技术内核。"背包里有一种溶液，通过技术内核注射进身体，能够在短时间内对你身体每一个细胞、每一个组织、每一个器官进行改造，使它们在外面的可怕环境下，不但不会受损，还能正常工作。"

"有时间限制吗？"

"24 小时。"

"会长出密密的毛发，或者硬硬的壳吗？"

"你看我长了吗？"袁乃东启动了背包，某种紫红色的光晕开始在他身体内流转。

"会脱水吗？变成骷髅的样子？"

"不会。"

铁红缨端详了一会儿说："纳米科技？"

"你的知识库该更新了。现在火星的研究早进入阿米阶段了，1 纳米等于 1 000 000 000 阿米，极小极小极小的长度单位。"

　　铁红缨想了想，又问："有后遗症吗？或者副作用吗？"

　　"药效过后，肌肉会持续疼痛一段时间，有时皮肤会大块脱落，还有人会掉头发和指甲。"

　　"会死人吗？"

　　"要我说实话吗？四十万分之一的概率。不过不会死，只是人体机能严重受损，全身瘫痪，变成植物人。你怕吗？四十万分之一的概率，一旦发生在你身上，就是百分之百。"

　　"吓我啊？"铁红缨本就不是怕事之人，在袁乃东面前她更不想显得怯弱。她戴上面具，连接"贾思敏"，启动，忍受了片刻黑暗后，面具从不透明变得透明，又可以清楚地看到外面的世界了。"嘴巴这里还有通信装置？"她奇怪地问。

　　"当然啦，难道在外面还能口语对话？"袁乃东说，"我准备好了。"

　　"等等我。"铁红缨麻利地背上背包，继续启动，"我怎么不知道技术内核有这么强大，我之前只把'贾思敏'当成资料库，偶尔用它来伪装。"

　　"浪费。"袁乃东说，"在火星，配合技术内核使用的智能插件有数十万种。只要你想要的，都能在网络市场里找到，无论是什么。"

　　"这里是金星，好不好？"铁红缨又问，"怎么面具和背包都准备了两套啊？"

　　"备用。"袁乃东简单地回答，"未雨绸缪嘛。"

　　"最后一个问题，真的。"铁红缨大声地说，"衣服。人体靠这些插件，暂时还扛得住。那衣服呢？外面温度那么高，压力那么大，还有那么强的腐蚀性！"

"你不说我还真忘了这事儿。我的衣服是特制的，自然不怕。我是来冒险的，当然准备万全。"袁乃东忽然诡异一笑，"不过你嘛，我就不知道了。要是一走出去，衣服在高温高压里碳化，风一吹，就变成片片灰烬飘落下来，那画面……"

"打住打住。"铁红缨一拳擂在袁乃东的肩膀上，"瞎想些什么哩。我好歹是安全部特工，身上的每一件衣物都是特制的，绝对不比火星的差。好啦好啦，出去了。"

袁乃东按下一个开关，隔了三秒，又按下一次。这是一种保护机制，预防有人误按。氦气艇的舱门向内裂开一条缝，外面的空气在超高的压强下，争先恐后地涌进来，瞬间填满整个空间。铁红缨觉得呼吸有些紧张，似乎有什么压迫着心脏，但在她诉说之前，那一点儿压迫感就消失了。袁乃东用力把舱门推开，率先跳了出去。铁红缨往外边张望了一眼，小心翼翼地跳下了氦气艇。衣服并未像想象中的那样燃烧起来，这让她安心了许多。地面的引力比天空之城略大，开始几步有些沉重，但在阿米溶液的帮助下很快适应了。

就像置身于一杯浑浊而黏稠的黄色液体之中，她环视一周，同时看到视网膜上不停变动的几个数据这样想道，还是煮沸了的，咕嘟咕嘟地冒着热气。

"那就是麦克斯韦山脉吧？"

"对，最高峰有一万多米高，是金星最高的山峰。我们所处的位置，也是这条山脉的一部分。"铁红缨扮演起"导游"的角色来。"去看超级闪电吧。"她说，"从飞艇降落场到闪电观景台，需要走一段路。旅游局故意这样安排的，可以消耗时间。"

走了几步路，铁红缨就发现了使用智能插件的好处。以前下到金星地表，都必须穿笨拙的环境服。行动不便，视野还很受限制。现在，没有头盔的束缚，她第一次可以仰望金星的天空。天空也是一片无边无际的昏黄，而且在这个距离，不可能看到天空中飘浮的城市，甚至连硫酸云层都看不到，可她还是忍不住反复这么做。摆脱束缚的感觉真好，她这样想。

"我们在金星最容易看到超级闪电的地方，修建了数百个观景台。这样，来了游客，就可以安排他们到当时靠得最近的观景台。"铁红缨边走边说。路面很平整，蒙着一层薄薄的尘埃，每走一步，都会留下清晰的脚印。路两边是赤裸的岩石，黝黑中点缀着大量的黄色。它们被持续的高温烘烤过，被慢风反复折磨过，被大气压强实实在在地碾压过，显得平坦、破碎、毫无棱角、毫无生气。"金星超级闪电，是游客必看项目。目前记录到最大闪电持续了整整25分钟。"

"每次都能看到吗？"

"不是。你知道，闪电是不确定的，什么时候会产生，没人知道。"铁红缨说，"为了满足游客，我们安装了人工放电装置，地面基站就在那座山的背后。当游客来，而闪电预报员又说短时间内没有超级闪电的时候，地面放电基站就会喊里咔嚓地工作。虽然比不上真实的超级闪电，但总比没有强吧。前面就是观景台了。"

铁红缨欢跳着，快走了几步。这里是悬崖边上，观景台向外延伸了10米。上下左右都是昏黄的虚空，走在观景台上，就像走进无所依存的虚无。

"你听。"袁乃东忽然站住了。

"什么？"铁红缨说完这话，就听见一阵低沉而凝重的声音从空中持续传来。她抬眼看见，十艘超大型氦气艇排着整齐的队形掠过头顶，向着麦克斯韦山脉那边飞去。

氦气艇身上，金星联合阵线安全部的标志十分抢眼。

（十九）

在金星大气层，由于环境特殊，长翅膀的飞行器是飞不起的。经过摸索，古老的氦气艇焕发出了新的生机，成为金星重要的交通工具。安全部订购的超大型氦气艇是其中少有的装备有武器的型号。

"他们去干吗？"袁乃东问。

"他们去抓捕狩猎者，我们也去。"

铁红缨说着，转身离开观景台，往氦气艇降落场跑去。袁乃东没有犹豫，不紧不慢地跟着。

铁红缨让"贾思敏"一直留意部长那边的行动。在部长的亲自指挥下，在莫西奥图尼亚城总部的10艘超大型氦气艇倾巢出动，附近的阿特拉斯城和乌库鲁库鲁城的特工也在迅速集结，随时予以增援。对方是摧毁了"立方光年号"的狩猎者，拥有威力巨大的战舰，任何形式的准备工作都不过分。不过，铁红缨的监听有滞后性，必须等到"法老王"将部长等人的通话存档，她才能知道发生了什么。所以，看到安全部的武装氦气艇飞过头顶，她才能确定部长和行动组到了哪个位置。

　　进到氦气艇，两人都没有脱下面具和背包。关上舱门后，袁乃东点燃发动机，氦气艇以最快的速度飞了起来。"你已经偏离正常航线，请回到……"氦气艇提醒道。铁红缨凑到仪表盘上，想要关闭氦气艇的主控系统。但见袁乃东在仪表盘上敲击几下，氦气艇就不再啰唆。"动作挺熟练啊，学过？"铁红缨自己倒是真的学过，是安全部特工的基本功之一。她还实践过几次。但袁乃东只是淡淡地说："很简单的。"

　　在袁乃东的操纵下，氦气艇远远地跟在安全部氦气艇编队的后下方，既不暴露自己，又不会跟丢目标。

　　十多分钟后，氦气艇大军停止了前进。四艘氦气艇进行了绳降，将4个行动组共计48名特工送到了地面。有一艘氦气艇直接降落到地面，尾舱门打开，两辆全地形突击车驶出来。特工们已经集结完毕。他们穿着有动力外骨骼支撑的军用环境服，怀里抱着电磁突击枪，和两辆全地形突击车一起，向着预定方向进发。登陆完毕，那艘氦气艇又飞回空中，与另外的武装氦气艇一起，对一条山谷形成双重包围。

　　那条山谷在麦克斯韦山脉中一点儿也不起眼，远远望去，就是几道毫无特色的褶皱中的凹痕而已。驶到近处，铁红缨才发现，那条山谷很特别，顶上的开口确实小，但越往下越大，宛如一个巨大的葫芦。在山谷里边隐藏数千人，要做到不显行踪，不露痕迹，毫无问题。

　　袁乃东问："我们怎么办？降落，还是留在空中？"

　　铁红缨回答："先在空中观察，看情况再采取行动。"

　　袁乃东操纵氦气艇，悬停到山谷侧面的一道山梁附近，居高临下，既能隐蔽自己，又可以俯瞰全局。

　　铁红缨从监听中得知，那个负责跟踪卡特琳的特工已经回到部长身边，并亲自向部长汇报情况，得到了部长的表扬。随后，两艘武装氦气艇向着斜下方的山谷某处用电磁轨道炮进行了试探性射击。激光炮在太空战中好使，在充满各种杂质的金星大气中，效果却不如电磁轨道炮。持续射击下，一段悬崖坍塌下来，待尘埃落定，一艘模样怪异的飞船出现在所有人的视野之中。

　　"'奥蕾莉亚号'。"铁红缨喃喃自语道。

　　它有 100 米高。说它怪异，是因为它的外形不是任何常规布局，不是流线型，不是水滴型，不是纺锤形，它是很多形状的混合。这种混合不是精心设计的，而是呈现出巨大的随意性。就好像……好像是一个 3 岁小孩随意地把介壳虫、白色鹭鸶、海盘车和橡树、荨麻、牛肝菌用湿泥巴混合在一起。如果不是事先知道，很难将它与在行星之间穿行的飞船联系起来。

　　"外星人飞船就长这个样子啊！"听上去，袁乃东有几分失望。

　　"那你觉得外星人飞船该是什么样子？"铁红缨没好气地问道。

　　"最起码不该现在这种样子。一会儿像银背大猩猩，一会儿像游走鲸，一会儿像凤尾蕨。一点儿美感都没有。"

　　"你是说在你眼里，这飞船的形状会变化？"

　　"不是吗？"

铁红缨转回头去看，果然，"奥蕾莉亚号"外形上发生了明显的变化。这一次，它像是飞泻的瀑布映照着无数的星光，还有一道彩虹高挂在天上……

地面行动组分作两队，呈散兵线，渐次靠近，包围了"奥蕾莉亚号"。两辆全地形突击车在行动组身后，一左一右，形成了交叉火力的布局。电磁轨道炮早已蓄满了能量，随时准备射击。

部长在一艘武装氢气艇上指挥。他要求与"奥蕾莉亚号"联络，没有回音，只好直接喊话。"我这边是金星联合阵线安全部，你们涉嫌绑架金星联合阵线公民。"部长的声音被放大后，在金星黏稠的大气里传播得缓慢又沉闷，还带着悠长的尾音，"为确保我方公民安全，请你们出来与我们进行谈判。"

"奥蕾莉亚号"靠近地面的一个部位旋开，三个人影出现在门后边。中间那个穿着环境服，应该就是被绑架的雷金纳德·坦博，也就是图桑·杰罗姆，另外两个却只穿着常规的衣服，直接站在了金星高温高压高腐蚀的空气里。他们——尤其是她们——的出场，惊呆了行动组和天上氢气艇里的所有特工。铁红缨监听到一片惊呼声，"她们是怪物吗？"长官们纷纷喝令，这才止住了特工们的恐慌与包围圈的混乱。

左边那个一身短打扮，把大片肌肤裸露在金星空气里的，正是先前在"豆荚"里袭击过铁红缨的乌苏拉·沃米；右边那个一袭高领裙装，宛如骄傲的丹顶鹤的，正是刚刚在辣都风情火锅馆袭击过铁红缨的卡特琳·沃米。

"她们没有使用智能插件，好奇怪。"袁乃东汇报了他的发现，"难道她们真是外星人？"

"怀疑你自己的判断呢？"铁红缨说。眼睛有些酸涩，她眨巴几下眼睛，想要眼前的一切看得更加，但她的视野忽然一变：

当他们从四面八方包围过来时候，我所有的感官就已经开始纪录每一个人的走姿、步态、站位，乃至眼睛的眨动、鼻翼和嘴唇的翕动、心脏与血管的搏动；进而从中分析出这是一个怎样的人，有着怎样的个性与品行；一旦遭遇袭击，会有怎样的举动。他们以为他们人多势众，装备精良，作为集体的一分子非常安全。我清楚地知道，事实并非如此。

"红缨？"袁乃东的声音从遥远的地方传来，仿佛两者之间隔着厚厚的水墙。

我看见了他们集体行动中所有的缺陷，所有的弱点。有人想建功立业，行动大大超前；有人训练不到位，没有到达指定位置，拖了整支队伍的后腿；有人一心想要躲在别人的背后，却又不想让人看出来，于是忽前忽后。这种分析能力，与生俱来，根本不用刻意去观察，去思考，所有结果自然而然地呈现在我脑海之中。在展开死亡之舞前，那些所谓的特工，那些行将死亡的人的所有反应，我乌苏拉都已经知晓。不管是躲闪、回避，还是格挡、反击，除了死亡，没有别的选择。

"红缨，能听见我说话吗？"

死亡之舞即将开始。食指是武器，脚尖也是。手肘是武器，膝盖也是。是风，是电，更是携风带电的火凤凰。我呼啸向前，速度堪比闪电，就好像全世界都是静止不动的，唯有我是活物。一抬手，一踢脚，身体蜷缩又迅速绷直。两名特工倒下，厚厚的环境服无法保护他们的安全。我侧身，优雅而迅疾地旋转，避开勇敢者的反击，抢在闪躲者闪躲之前，食指划过了他的心脏。他们没有受过近身格斗的训练，现在最流行的，也是他们最擅长的，是在很远的地方，用电磁突击枪喷射的弹雨将对手打得稀烂。即使受过近身格斗的训练那又怎样？我的速度是这些人的 10 倍，最关键的是，我挚爱近身作战，我喜欢亲手夺走他们生命的感觉……

"红缨，醒醒，醒醒……"

一阵心悸，铁红缨回到了自己的身体，看到袁乃东双手正握着自己的双肩，关切的眼神那么明显。"我没事。"她怯弱地说。她感觉自己此时的情绪很复杂：既不希望自己有事，吓着了眼前这个人；又希望自己有事，好让他的关心可以继续。

袁乃东轻轻地松开双手，"不是智能插件出问题了吧？吓死我了。"

"不是。"该怎么解释呢？该怎么解释我"透过"乌苏拉的眼睛看到的一切呢？"就是有一点点幻觉，一点点，没什么的。下边，下边的情况如何呢？"在幻觉中，安全部特工都死在了乌苏拉的手里。

"很好。"袁乃东说，"狩猎者把那个人放了。"

（二十）

下面山谷中，雷金纳德·坦博已经步入安全部特工的队伍中。两名特工赶紧把他护卫到后面的全地形车附近，隐蔽起来。事情远未结束，也许只是刚刚开始。铁红缨想：接下来就该是抓捕乌苏拉和卡特琳，但要怎样才能抓住她们呢？

"奥蕾莉亚号"打开的舱门迅即关上。见此情景，部长一声令下，特工们手中的电磁突击枪冒出微弱的火花，倾泻出无数的子弹，从六七个方向射向"奥蕾莉亚号"的舱门。但乌苏拉和卡特琳已经消失，子弹对舱门似乎没有造成任何形式的破坏。

接下去发生的事情更加匪夷所思。没有闪光，没有轰鸣，没有任何预兆，原本停在金星山谷中的"奥蕾莉亚号"凭空消失，就像它从来不曾停在那里一样。

特工们纷纷惊呼。部长再一次下令，所有武装氦气艇向着"奥蕾莉亚号"先前所在的位置倾泻怒火，但除了打落炸碎无数岩石，没有任何别的收获。

"她们怎么办到的？"铁红缨问，"那么大一艘飞船，就这么凭空消失了！某种隐秘的传送门吗？"

"我也不知道。"袁乃东回答，"但我相信，再匪夷所思的事情，最后也会有一个科学的解释。阿瑟·克拉克说过，'任何非常先进的技术，初看都与魔法无异。'"

"是的，比如这个智能插件，我就从来没有……"话未说完，"贾思敏"提醒，塞克斯瓦莱部长来电话了。没有寒暄，部长张嘴就说："热闹看够了没有？幸好这次没有闯祸，否则有你好看。我绝对不会包庇你。赶紧过来，见见你图桑伯伯。"

袁乃东驾驶氦气艇降落到"战场"附近。在降落前，铁红缨取下面具和背包，又钻进了折叠环境服。后者的憋闷让她很不舒服。"这两样可以送我吗？真的很好用。"在袁乃东点头之前，她在说话的同时已经把面具和背包塞进了环境服里。

"他们问起的话，你就说是我雇佣你的，你对其他事情一无所知。"她继续说，"有空我去找你。我一定会去。我说话算数。你可不能拒绝。你拒绝的话我不会哭，但会很尴尬，很难过的。你不会拒绝，是吧？"

氦气艇停稳了，舱门打开。她回头透过金属玻璃望了袁乃东一眼——后者望着前方似乎在思考什么——然后跳进了金星稠密的大气里。两名安全部特工过来，穿过纷乱的"战场"，将她带到全地形车那里。雷金纳德躲在那里，对铁红缨的问候置之不理。旋即又有人过来，将她和雷金纳德一起，送到了托基奥·塞克斯瓦莱部长所在的武装氦气艇指挥舱。

"所有人离开。"部长命令。他的命令得到了迅速有效的执行，眨眼间指挥舱就走了个干干净净。

"你们可以把头盔摘了。"部长继续命令，语气缓和了许多。

铁红缨迅速摘下头盔，然后满怀期待（抑或也有些许恐惧）地看着他（雷金纳德/图桑）费劲地摘下头盔，露出愤怒又疲倦的脸。

"图桑，好久不见。"部长说。

图桑冷哼了一声："你的'法老王'没有告诉你吗？"

部长忽视了对方话里的揶揄，"你怎么会被狩猎者绑架？"

"狩猎者？她们是狩猎者？"这回雷金纳德/图桑回答了，"难怪那么厉害。我在城里无意中遇见那个短发女孩，后来知道她叫乌苏拉，觉得奇怪，就跟踪她。她和那个高个子女人，卡特琳，对，她是这样称呼自己的，汇合后就更令我怀疑了。我一路跟着，后来，被她们发现了，她们抓住了我。"

"后来呢？"

"她们把我带到了那艘叫'奥蕾莉亚号'的飞船里。要是没有亲眼所见，我永远也不会相信，有人能够不穿环境服就在金星地面行走自如。她们一路讨论。说讨论不准确，因为乌苏拉一直没有说话，像是个哑巴；而卡特琳却唠叨个没完没了，所说的话又虚无缥缈，令人难以理解。进了飞船，她们把我关在一间屋子，就不再理我，直到你们到来。"

"飞船里面什么样？"

"和其他飞船没有什么两样。"

"奇怪。那后来她们怎么就把你给放了？"

"我也不知道。当你的人包围'奥蕾莉亚号'的时候，我很担心她们会铤而走险。然而，打开舱门之后，她们却没有犹豫，直接就把我给放了。"

这可真是咄咄怪事。我或者是乌苏拉，在幻觉里已经把所有的安全部特工杀死了……"我是铁红缨，铁良弼的女儿。"她说，"您真是图桑·杰罗姆伯伯？"

图桑望着铁红缨，眼里有愤怒，也有悲伤。"跟你记忆里的图桑伯伯差距太大？确实，肤色、头发和瞳孔的颜色都被更改过，身高、脸颊和手臂都被调整过，嗓音、微笑和步伐都被修正过。保证没有任何人，甚至没有任何仪器，能够轻易识别出我是图桑·杰罗姆，金星联合阵线曾经意气风发的王子。"他艰难地笑笑，说，"不得不承认，那次全身性整容手术非常成功。对于我这个原生态主义者来说，接受永久性整容手术，无论是身体还是心理，都是极其巨大的挑战。十多年来，我都不敢照镜子，因为我根本认不出镜子里的那个陌生的行尸走肉。"

"为什么？"铁红缨轻声地问，"为什么你从前途无限的金星联合阵线王子图桑·杰罗姆变成一无是处的私人侦探雷金纳德·坦博？24 年 15 月 19 日那晚，在图尔卡那酒店到底发生了什么事？"

塞克斯瓦莱插话道："当你发现铁良弼背叛你的政治追求，你就计划并实施了那场爆炸。难道不是这样吗？"

"事实并非如此。"图桑·杰罗姆说，"我怀疑，这么多年里，我一直怀疑，那晚发生的一切，都是你设下的陷阱，目的就是用铁良弼的死结束我的政治生涯，而你，可以趁机上位，实现你的政治抱负。"

"我实现了吗？"

"没有。不是你不想，只是因为你实力不济，运气不够，被马泰里拉抢了先。"

"你错了，当时我有机会的。但是我放弃了，知道为什么吗？"托基奥的声音高亢起来，"因为你对铁良弼做的事情，让我对政治失望透顶。一个多好的人啊，就为了实现自己的权力欲望，竟然将最好的朋友毫不留情地杀死！这肮脏而可怕的政治，就像一头无形的怪兽，侵蚀并吞噬了所有想从中获益的人！"

"等等，托基奥叔叔。"铁红缨插话道，"24 年 15 月 19 日那晚，在图尔卡那酒店到底发生了什么事？我想听图桑伯伯自己说。"

"你说。"托基奥虽有怨气，却也同意了。

"那晚，那晚我离开办公室去图尔卡那酒店找铁良弼，讨论博物馆三期怎么办。"图桑·杰罗姆陷入了沉思，"见面之后，我们聊得很开心，落实了好几个项目。比如，趁地球现在处于和平之中，赶紧把几处历史遗迹的数据搞到手，毕竟谁也不知道下一次战争什么时候爆发。

"讨论持续了大约半个小时，预定的话题都有了结论之后，我就离开了图尔卡那酒店。刚走出酒店，到了大街上，身后突然传来轰鸣。在我转身回望时，一股灼热的气浪向我袭来，将我托举到半空，再狠狠地抛下。当时我就晕了过去，醒来已经是两天之后的事情。刚睁开眼就有安全局局长马泰里拉告诉我，怀疑我制造了图尔卡那爆炸案，暂停了我的一切职务，然后展开调查。调查在秘密中进行，并没有对外公布。因为我的特殊身份，公布出来，显然会影响我父亲的名誉。我不想影响我父亲的名誉。

"调查进行得冗长而缓慢，一年半以后才得出结论。结论你应该已经知道了，没有证据显示我与图尔卡那爆炸案有直接联系。多么精确的描述啊。然而，56 个人意外身亡，总得有人负责吧。我就是那个负责的人，替罪之羊。"

"这么说，直到现在你都不承认是你炸死了铁良弼？"

"我没有炸死铁良弼，为什么要承认？铁良弼改变立场，我确实很生气，但为什么要炸死他？杀死他对我有什么好处？退一万步讲，即使我想炸死他，用得着我自己亲自动手？亲自去现场制造爆炸？我只需要下令，甚至只需要暗示一下，就会有人迫不及待地为我去完成。"

塞克斯瓦莱说："如果你就是喜欢亲手杀人的快乐呢？"

"你恨我。"图桑盯着塞克斯瓦莱说，"因为我的存在，阻挡了你上升的路，你无法施展你的才华，实现你的政治理想。所以，你设下了这个陷阱，不惜用朋友的死来击倒我，而我毫无察觉，一脚踏了进去。我之所以选择私人侦探这个职业，是因为想从中学到侦探之法，查出当年的真相。"

"铁良弼是我们共同的朋友。你所说的事情，我永远干不出来，不管是当年，还是现在，抑或是将来。"

"当年，安全局主持对我的调查，查得最为认真。而你，为安全局的调查提供了充足的理由。现在，你就任金星联合阵线安全部部长。你让我如何相信你？"

"加入安全部，是我不得已的选择，更不是我最初的追求。"

"这说明不了什么。"图桑冷笑着说。

此话过来，房间里陷入尴尬的寂静。

铁红缨打破寂静，说："图桑伯伯，你认为托基奥叔叔陷害了你，使你失去了一切，并因此恨了他十多年。可实际上，你并没有采取任何的报复行动。为什么？"铁红缨转向部长，说："托基奥叔叔，你认为是图桑伯伯害死了我父亲，并因此恨了他十多年。可实际上，你也没有采取任何的报复行动。为什么？"

图桑和托基奥没有回答。

"因为，你们并不真的恨对方。"铁红缨说，"占据你们内心的，更多的是内疚，而不是仇恨。图桑伯伯内疚的是，你明明发现了异常，却没有发现其中隐藏的危险，以至于我父亲死于那场爆炸；托基奥叔叔内疚的是，如果不是你说服了我父亲反对图桑伯伯的政治理想，我父亲就不会死于非命。你们都是为我父亲的死而内疚。在此，我代表我父亲，谢谢图桑伯伯和托基奥叔叔。"

铁红缨抬眼，先看看托基奥，又看看图桑，见两人都不肯说话，于是接着说道："如果两位还要继续在过去的旋涡里纠缠，我就不奉陪你们二位了。这种纠缠毫无意义，不是吗？"

（二十一）

托基奥·塞克斯瓦莱瞅瞅图桑·杰罗姆，又看看铁红缨，微微叹了口气，说："红缨说得对。在这件事情，我们都犯了错，尤其是我。虽然可以用年轻搪塞过去，但确实是我，向安全局的调查人员说，是图桑你制造了图尔卡那爆炸案。你有作案的动机，也有作案的时间。然而这些都出自我的推测，我承认，当年我做错了。"

"不是你，也不是我，那炸弹是谁放的呢？死的人有 56 个，也许那炸弹根本不是针对铁良弼，而是针对其他人的，铁良弼只是无意中受到牵连？"图桑说。

"有这个可能。"托基奥说，"我们都把自己想得太重要了。"

"哎，要是当时我不答应铁良弼去图尔卡那酒店商量事情就好了。"

"去图尔卡那酒店是我父亲的建议？"铁红缨一边琢磨一边说，"可我记得当时父亲是接了一个电话，说有紧急情况要处理，要去图尔卡那酒店，然后出了门。那个时候我觉得我父亲的神色很慌张，似乎发生了什么了不得的大事。出门时他甚至忘了关门。"

"你记得？当时你好像才4岁。"图桑奇怪地问。

"'贾思敏'帮我记得的。"

"铁良弼做事一向沉稳，不会如此忙乱。"塞克斯瓦莱对图桑说，"你到底对铁良弼说了什么？"

"除了博物馆的事，别的我什么都没有说。"图桑说，"红缨，你刚才说，你父亲说有紧急情况要处理才出的门，可我并没有说这是紧急情况啊。博物馆三期工程，随时可以讨论嘛。还有——"

图桑停了下来。"还有什么？"铁红缨和塞克斯瓦莱异口同声地问。

"我当时就有一点儿疑惑。一般在下班时间要讨论工作上的问题时，铁良弼都会请我到他家里去。这个塞克斯瓦莱应该可以作证。但当天我说要讨论博物馆三期工程的时候，铁良弼建议去图尔卡那酒店。"

这意味着什么？铁红缨思忖着。

"当时我有一些奇怪，但没有进一步多想。而且，当我到达图尔卡那酒店的时候，他已经在那里等我了。可是，即使接到电话他就出门，他也应该比我晚到，因为他家距离图尔卡那酒店比我的办公室更远。除非——"

托基奥接过话头，"除非铁良弼接到你的电话时，不是在家里，而是在去图尔卡那酒店的路上，甚至已经到了图尔卡那酒店。"

铁红缨说："换言之，我听到的那个电话，并不是图桑伯伯打的，邀我父亲外出的，另有其人。"

"可能性不是没有。"塞克斯瓦莱微微叹息，"只可惜，当年图尔卡那酒店的相关记录在爆炸中全部丢失了。"

"我还想起一件事。"图桑说。

铁红缨和塞克斯瓦莱齐齐望向他，"快说！"

"讨论结束后，我起身离开。铁良弼说他还有点儿事要处理，没有走。当时我没有在意，现在想来，却是疑窦丛生。在我离开图尔卡那酒店时，我远远地看见一老一少两个女人走向铁良弼。老太婆起码有七八十岁，脸上的皱纹深得像峡谷，看上去非常凶狠。小姑娘与老太婆形成了鲜明的对比，顶多十四五岁，甚至可能更小。看到这一幕，我当时的想法是：是不是红缨的母亲和外婆找来了呢？"

"什么？"

"红缨，你父亲把你从地球带回金星的时候，你刚出生不久。铁良弼没有告诉任何人你母亲是谁。虽然这事儿与铁良弼平时的作风大为不同，但谁又没有几个不可以告诉别人的秘密呢？"图桑说，"这就是为什么我看到那一老一少会认为她们是红缨的母亲和外婆的原因。我甚至想过，4年前，那女孩子才多大？难怪铁良弼不肯透露她的消息！"

"这是真的吗？"

"不，我不知道，这只是我当时的猜测。"图桑说，"后来，就发生了爆炸，我被安全局抓捕，根本没有机会去调查。如果不是你刚才的提醒，我甚至根本不会想起这件事。"

"她们……她们也在爆炸中死去了吗？"

图桑诚恳地说：“红缨，说那两个人是你的母亲和外婆，只是我当时没有什么根据的猜测，不一定是事实。至于她们是不是也在遇难者的名单里，这得问你托基奥叔叔。”

铁红缨将询问的目光转向部长。

托基奥·塞克斯瓦莱部长说：“我立刻通知档案科，检索图尔卡那爆炸案的全部资料，务必找出那两个人的资料。如果条件成熟，我会重启图尔卡那爆炸案的调查，并亲任指挥。”

“好。”铁红缨回答，“我等着。”她的心怦怦跳着，痛苦地想：妈妈？外婆？刚刚知道你们，你们就已经死掉了吗？

托基奥说：“图桑，你看红缨是不是很像当年的铁良弼啊？不是说样貌，而是说，当我们俩发生冲突的时候，他们都扮演着居中调停的角色。”

图桑点头称是。

托基奥继续说：“当年，你、我和铁良弼，金星三杰，我们的目标，是建设一个全新的金星联合阵线。然而，图桑，你看看现在的金星联合阵线，你还认识它吗？现在的金星联合阵线，根本不是你、我或铁良弼设想的样子。它超脱我们的意愿，长成了一个如同喀迈拉①的怪物。在此之前，尽管生活艰难，金星人终究在金星上空存活了下来。现在，当局签署了回归地球协议，放弃独立，接受重生教的信仰。有人为此山呼万岁，我却要为金星联合阵线 3 000 万公民叵测的前途忧心不已。

“确实，现在的金星联合阵线处处是颓圮，每个人都憎恨它，诅咒它，恨不得它立刻垮掉。大多数人都只看到眼前的困

①古希腊神话中狮首、羊身、蛇尾的，会喷火的怪物。

难和痛苦，却找不到造成这困难和痛苦的根本性原因。但我知道，眼下金星联合阵线最缺的不是宗教，而是科学与技术，尤其是后者。金星联合阵线已经建成三十多年，各种设备纷纷老化。但我们既缺少相关技术人员进行维护，更缺少科学家和工程师进行技术创新。这对人口基数相对较少，又身处危险的金星上空的金星联合阵线而言，是最致命的危机。

"金星联合阵线所需的技术和技术人员都需要引进。以前是地球向金星提供这些。然而，重生教在地球取得统治地位后，地球，也在反对科技的道路上一路狂奔。

"我们缺人，严重缺少科技人才。对科技的恐慌和不信任，延伸到对科技工作者的恐慌和不信任，官方有，民间更甚。从历史源头上来讲，可以追溯到 20 世纪的原子弹爆炸，但影响最为深远的还是 21 世纪的两场碳铁之战。第一次碳铁之战，死了 30 亿人；第二次，死了 20 亿人。在金星联合阵线，更以官方的形式严格限制科技的研发和使用，并在近 20 年的时间里雷厉风行地执行，全拜图桑王子你所赐。是的，虽然你不在领导岗位上，但你离开之前制定的一系列政策得到了后续领导人的继承，因为他们都是你培养出来的。你要为金星联合阵线今天的颓圮负责。

"与此同时，火星成了推动太阳系科技发展的发动机。目前，火星上居住 5 亿铁族和与 10 亿碳族。经过数十年，涉及不同人群的多次大规模迁徙运动，诸如'红脖子上火星''乌托邦平原大聚会''回归桃源梦'，数亿人以各种方式，迁徙到了火星。毫无疑问，肯放弃地球生活，去往数千万千米外的星球定居的人，都是有冒险精神、渴望改变生活、并有一技之长的人。纵观太阳系近十年的主要发明和发现，都是在火星做出的。

"金星联合阵线自独立以来，与地球来往颇多，与火星却没有什么交往。当金星联合阵线遭遇生存危机时，金星联合阵线回归地球的声音日益高涨，并最终签署回归协议。先前已经说过，金星联合阵线最缺的是科技，最大的危机是天空之城各种设备严重老化，急需补充科技力量进行维修。然而，金星联合阵线回归重生教统治下的地球后，重生教做的第一件事情就是派出麻原宣教团来这儿宣传，要让每一个金星联合阵线公民都成为重生教的忠实信徒，似乎信了教就能解决金星联合阵线所有的问题。我却不这样认为。我认为，要想解救金星联合阵线于水深火热之中，要想金星联合阵线这 34 座天空之城能够在金星上空继续飘浮下去，需要的是火星，是火星的科技。

"只是，我不知道火星的态度如何。短时间里，我也没有找到什么渠道，能够隐秘地与火星官方取得联系，并探知其态度。这次，调查海伦娜的案子，给了我一个机会。孔念铎不但是铁族指定的客卿之一，也在火星联合政府中担任要职，在太阳系有广泛的影响力。因此，在得知周绍辉来金星联合阵线的目的后，我制定并由铁红缨执行了一个隐秘的计划。红缨并不知道这个计划的内情，知道内情的只有我和'法老王'。考虑到回归派对我的敌意，考虑到这件事成功的可能性，我只能选择隐秘行事。虽然对他们而言，作为安全部的头子，我做什么

123

事不是隐秘而诡异的呢？

"图桑·杰罗姆，之所以把你安排到这个计划里，除了让你认识铁良弼的女儿，就是希望你能回来，和我一起，拯救危难中的金星联合阵线，拯救 3 000 万金星公民。你愿意吗？"

铁红缨瞧着图桑叔叔，部长说的她都知道。她期待图桑给出正面的答复。

"你让我想想。"图桑陷入了沉思。

"金星联合阵线是金星人的，金星联合阵线的命运，应该由金星人来掌握。"塞克斯瓦莱激动地说，"麻原智津夫在重生教统一地球的过程中都干过什么，你应该很清楚。你不会想这一切在金星再发生一次吧。"

铁红缨殷切地望着图桑伯伯，期待着他的答复。

图桑幽幽地说："一个已经离开政坛 15 年的人，能为金星联合阵线做些什么呢？"

"可以做的还有很多。铁良弼说过，'亡羊补牢，犹未迟也。'"

"亡羊补牢，犹未迟也。"图桑重复着这句话，眼里突然闪出一道摄人心魄的精光。当时，铁红缨为这道精光的出现而分外高兴，直到后来，她才真正明白这道精光的含义。"后天，麻原智津夫和他的宣教团就要到金星联合阵线了吧？"图桑说。

"我们，"部长看着图桑，眼里闪着兴奋的光说，"还有最后的机会。"

（二十二）

早晨的新闻几乎全是关于麻原智津夫和他的宣教团。麻原智津夫面对镜头竟是一脸和善，应对记者的提问从容自如，一点儿也看不出重生教十殿长老的残忍与冷酷。他身穿黑白格子的套服，在领口和袖口装饰着繁复的金色云纹。

"我神乌胡鲁自降生以来，已经多次显露神迹。"麻原智津夫手里攥着乌胡鲁的神像，高高举过头顶，大声地喝道，"此次金星联合阵线放弃邪路，回归地球，乃是我神乌胡鲁预料之中的事情。"

一旁宣教团的数十位重生教牧师齐声喝道："我神乌胡鲁，世间唯一真神。""我神乌胡鲁，大德大能，大慈大悲。""信仰重生教，走向人生幸福。"牧师们穿着左黑右白的袍服，领口有少许绿色云纹。

麻原智津夫冲身后挥一挥手，所有宣教团成员立刻住了口，齐齐地把目光对准前来迎接的金星联合阵线总理马泰里拉。马泰里拉不假思索地说："愿世人永浴我神乌胡鲁的荣光。"跟随马泰里拉前去迎接的大小官员也齐声诵道："我神乌胡鲁！"熟练得就像生下来就是重生教的信徒。

在麻原智津夫周围，默默站着一圈神之战士。就算铁红缨对重生教不甚了解，对神之战士的大名却是如雷贯耳。

他们都是无性人，不管他们以前是什么性别，在成为神之战士时，都通过手术抹去了全部性别特征。"不要用世俗的眼光看待这一切。现代人的痛苦在于欲望太多，把欲望阉割掉，是停止痛苦、保持快乐的最佳方法。"他们说，"无性是一种童稚状态，只有处于童稚状态的人对乌胡鲁的侍奉才是最为赤诚的。而性的存在，毫无疑问会影响信徒对于重生教的忠心。"能加入神之战士，守护乌胡鲁，是极大的荣耀。但神之战士自称为堕落者。这是因为，重生教反对一切形式的科技，而神之战士必须通过阉割手术制造，同时，神之战士使用的武器和装备也是科技产品。这是"堕落"，在重生教法典中，是极为严重的罪行，要遭受五火之刑。除十殿长老外，任何等级的神职人员都不能赦免此罪行。

神之战士的标准制服由皮革制成，造型非常简单，由两大块皮革拼合而成，前面是白色，后面是黑色。胸前和后背各有一幅大神乌胡鲁的头像，颜色与底色刚好相反。带着黑白两色的头盔，看不到他们的脸。在眼睛的地方，有两个深深的大洞，给人以眼珠子被挖了的错觉，实际上那里镶嵌着单透玻璃。神之战士透过玻璃可以看到外面的一切，别人却看不到神之战士的表情和眼神，于是形成了某种诡异的神秘感。

穿着这样一身装备，跳进粪坑游一圈，不会有任何问题吧。铁红缨不无恶意地想。接下去她着重看神之战士的武器。

这些神之战士的腰间围着一根黑色丝带，挂着一柄拳头大的铁锤。铁红缨听说，他们喜欢用这种铁锤把异教徒的每一根骨头都敲得粉碎，彼时异教徒还在呼吸却不能做出任何渎神的举动。他们双手端着突击枪，枪口向外，一副随时准备射击来犯之敌的样子。那枪与金星的突击枪有所不同，样式更老，更笨重。铁红缨想起来了，正式的名字应该叫"电热化学突击枪"，是弹药推进突击枪的后继产品之一。不过，电热化学突击枪已经被新一代的电磁突击枪所取代，属于过时的武器。可他们依然就这么认真地端着，一点儿也不觉得尴尬。

当然，他们即使尴尬了，别人也是看不见的。铁红缨觉得无聊，屏蔽了所有与之相关的新闻。但接下来干什么呢？她想起了袁乃东，于是给他打了个电话，邀他去环金星大气漂流。"很有意思的。"她尽力推广着，"在硫酸云海上空，你只需要放松自己，环金星风带会帮你完成剩下的一切。想想那种感觉，无拘无束，自由自在。"

"漂完全程，需要多少时间？"袁乃东站在自然与人文博物馆的一个角落，背后是一组造型别致的木制高塔，塔顶有一个奇怪的悬臂。在接电话的同时，他正在专心致志地研究它们。

"大约 96 个小时。"

"这样哟。"

铁红缨听出袁乃东的犹豫，不由得有些着急：要怎样才能说服袁乃东呢？阿特拉斯学校教过我如何猎捕罪犯，可没有教过这个。这时，袁乃东开口说道："我考虑一下。"她的心一下子变得空空荡荡的，仿佛被抽走了什么极其重要的东西。"哦。"她简单地回应着，尽量不使自己的失望显露得太明显。她等了小会儿，似乎是等了一个世纪。"那个……你想好了没有？要不，去看超级闪电也行，上次不是没有看成嘛。"但袁乃东似乎早已预感到铁红缨会有此一问，她话音未落，他已经抢着回答了："我去，去看超级闪电。"

难道他一直在等着我提议去看超级闪电？"半个小时后，9号码头，不见不散。"

挂了电话，铁红缨在屋子里转了两圈，一会儿在墙壁边打了个轻盈的倒立，一会儿拉开衣橱，想想穿什么衣服合适，一会儿傻乎乎地对自己说，"你肯定是疯了。肯定是。疯了。"巧巧在狗舍里莫名地看着女主人。铁红缨走过去，敲了敲巧巧的小脑袋，"你呀，什么都不懂，就不要瞎嚷嚷了。"巧巧以几声啾啾作为回应。她嘿嘿笑着，连续几个鱼跃带后空翻，最后如一片花瓣般飘落到了床上。

真好。她思忖着。

"贾思敏"提醒铁红缨，有电话打来。她本不想理会，想继续沉浸在愉悦之中。但"贾思敏"已经把打电话的人的名字显示在她的瞳孔上，她只得翻身坐起来。

"红缨。"塞克斯瓦莱没有开启视频，只有声音传过来。

"部长，你那边怎样呢？没跟着喊我神鸟胡鲁吧？"

"甭提了，一团糟。"塞克斯瓦莱的声音非常压抑，"别看迎接现场没有事儿，在外围，独立派与回归派的支持者大打出手，已经造成了数十人的伤亡。幸好，现在事态暂时得到控制。"

"唔，图桑伯伯准备怎么办？"

"还在思考。也许先去做整容手术，恢复他原先的样貌。"塞克斯瓦莱说，"还记得 15 年前，在图桑离开铁良弼后看见那一老一少两个人吗？我的手下检索档案，意外地发现那一老一少的出入境记录，那个老妇人叫莉莉娅·沃米，少女叫乌苏拉·沃米。在图尔卡那爆炸案的死亡名单中没有她们的名字。换句话说，她们很可能还活着。"

欣喜与疑惑同时跳进铁红缨的脑海：她们会是我的亲人吗？"前两天袭击我的神秘杀手就叫乌苏拉·沃米。"铁红缨说，"但按照图桑伯伯的说法，他看到的那个女孩顶多十四五岁，15 年过去了，她怎么还是只有十四五的样子？"

"要么她们不是同一个人，只是同名而已，要么就是她使用了什么旁人不知道的永葆青春之术。"塞克斯瓦莱说，"更让我困扰的是那个老妇人，莉莉娅·沃米。"

"她是谁？"

"你不知道她么？"

"不知道，我马上搜索。"

几个心跳的时间后，"贾思敏"将莉莉娅·沃米波澜壮阔的一生就呈现到铁红缨的眼前：生于 2016 年，数学天才，智商超过 215，可以在几十秒内心算任意 200 位数的 13 次方；2029 年，第一次碳铁之战中，年仅 13 岁的她就被铁族选中，作为解谜人，与另一个传奇英雄靳灿一起，破解铁族的起源之谜；战后，一度协助靳灿于 2037 年创立地球同盟，但不久就因为广场恐惧症发作而退出领导机构；此后销声匿迹，以至于有人认为世界上根本没有莉莉娅·沃米这个人，关于她的故事都是靳灿杜撰的；2077 年，第二次碳铁之战，谣传莉莉娅·沃米在当时的太空军副总司令罗伯逊·克里夫的资助下，实施"超神计划"，意图用各种方式提升人体潜力，将普通人改造成超神，以对付铁族，但实验（有证据表明他们曾经用十一二岁的少年做实验）最终失败，罗伯逊死于月球虹湾基地，而莉莉娅·沃米不知所踪。

"活到现在的话，已经 104 岁了吧。见证了两次碳铁之战，整整一个世纪的风风雨雨啊！"铁红缨感叹道，"但莉莉娅·沃米为什么会来找我父亲？他们之间有什么联系？"

"图桑的那个猜测也不是完全没有可能。"

乌苏拉·沃米是我母亲，而莉莉娅·沃米是我外婆？铁红缨心中忐忑，既希望这是真的，又不希望这是真的。她沉默不语，不知道自己更想要哪个答案变成现实。在没有确凿的证据之前，我没有倾向。她用这句话反复安慰自己，但没有用，她的心依然忐忑着。

"红缨，你还扛得住吧？"

"没问题。"铁红缨收敛心神答道，"我可不是什么温室里的稚嫩花朵。我是铁红缨，我的外号是朝天椒，阿特拉斯学校战斗排行榜第一名。"

挂掉电话，铁红缨的心情变得沉郁。查别人的案子，怎么查着查着，查到自己的身世上了呢？盯着天花板愣怔了片刻，她决定抛开这些杂念，按照刚才的计划，去找袁乃东玩。

（二十三）

换上素色的衬衣和橘色短裤，修了一下眉毛，铁红缨背上肩包，出门了。图桑·杰罗姆来电话告诉她，周绍辉到侦探社去过了。听了他的汇报，周绍辉虽然还有疑点，但对狩猎者的调查从海伦娜扩展到齐尼娅、乌苏拉和卡特琳表示非常满意。

"他说他要启程去太阳系边缘探险，火星那边已经准备好了，这是人类第一次前往奥尔特云进行科考，所以不能再等进一步的调查结果了。"图桑说，"佣金我已经收到。幕后金主孔念铎出手好阔绰，比合同规定的要多好几倍。"

"好事啊。"

"我觉得，作为火星铁族联络处高级助理，周绍辉在金星回归地球这样特殊的日子来到金星，一定身负多重任务。绝不会只有追查狩猎者这么一个，甚至追查狩猎者只是替他的真实任务打掩护。"

"他的真实任务是什么？"

"我不知道。"

铁红缨听出了图桑伯伯话里的些许笑意。也就是说，他实际上已经猜出了周绍辉到金星的真实任务？铁红缨想问图桑下一步打算怎么做，但想到这么隐秘的事情，不适合在电话里聊，就忍住没问。挂掉电话，铁红缨穿过稀稀拉拉的人群，走向自然与人文博物馆。"贾思敏"收到一则来自警方的通告，说昨晚在莫西奥图尼亚城，发生28起暴力袭击案件，初步怀疑是弥勒会的成员为阻止金星回归地球而制造的无差别恐怖袭击，提醒各位公民警惕身边的陌生人，发现异常及时报警。有证据表明，弥勒会的二师兄曹熊潜藏在金星联合阵线某处，伺机有更大的行动。

正走着，铁红缨忽然回头看了一眼。她无法解释自己为什么会在这时回头，但不管怎么样，就在这时，她回头看了一眼，正好看见两个特别的身影消失在后边街角。其中一个坐在轮椅上，特征相当明显，而另一个，人已经消失，却似乎在空气中留下了一个令人浮想联翩的轮廓，或者一个金色的漂亮印记——那不是齐尼娅和海伦娜吗？铁红缨毫不犹豫地转身，迈开两条有力的长腿，追了过去。

海伦娜和齐尼娅的速度相当快，似乎知道铁红缨的跟踪。这使得铁红缨无须掩饰自己的追逐。她逆着人流，有时跳过障碍，有时手脚并用爬上一处高架再跳下来，有时低头含胸弯腰从低矮处钻过，但她与海伦娜和齐尼娅的距离并没有缩短。她俩的身影，一个是艳丽的金色，一个是悦目的绿色，在前方急行。

在下一个路口，海伦娜和齐尼娅彻底消失了。铁红缨启用"贾思敏"的人脸识别功能，在数百张路人的脸中搜索，还是没有发现她俩的踪迹。铁红缨喘了几口粗气，看看时间，放弃了寻找。

等她赶到 9 号码头时，袁乃东已经在那里等着里。她说了声抱歉，也没有解释迟到的原因。袁乃东也只是笑笑，既没有责备，也没有追问，似乎认为这是理所当然的事情。

氢气艇驶出莫西奥图尼亚城，在硫酸云海中往金星地面飘落时，铁红缨已经和袁乃东畅快地聊起了自己的人生。"你也许不相信，我真的记得我还是个婴儿时的事情。"她说，"父亲带我去观星的情形历历在目，仿佛就发生在昨天。"

莫西奥图尼亚城有好几个可以观星的地方。在那里，穹顶是透明的，无须借助任何器物，只用肉眼就能毫无阻碍地看到万千璀璨的星星。最显眼的星星就是地球。它散发着微微泛蓝的光，犹如蓝色钻石般熠熠生辉。在它旁边，有一颗略小的伴星，那就是月球。这使得它在金星的星空上格外显眼。

铁良弼曾经多次抱着还是婴儿的铁红缨去观星台。他指着星空中的一角，对铁红缨说："那是人类的起源地，全人类的摇篮。"记忆中，每次提到地球，铁良弼总是这样说。但有时父亲会接着叹息道："也就是摇篮而已。我们，已经走出来了。"但第一次去观星台时，他没有这样说。对于当时的情形，铁红缨记得很清楚，虽然那个时候她还不会走路，顶多一岁。当时，父亲只是静静地痴痴地仰望着夜空，没有说任何话，仿佛可以这样过一辈子。

小时候，铁红缨没能弄懂父亲这样说地球的原因——即便是现在，也没有完全弄明白其中的奥秘。渐渐长大，她发现父亲（还有叔叔伯伯们）对于地球的态度是复杂的。有时他们为出生在地球而骄傲，有时又为此沮丧；有时他们喜滋滋地谈论地球的旖旎风光，有时又皱着眉述说地球生活的痛苦；有时他们谈到人类取得的种种成就而眉飞色舞，有时又为人类种种愚蠢的行为而痛心疾首。这些前后矛盾的说法，令铁红缨困惑不已。然而不管怎样，在她心目中，地球终究比太阳系里其他已经有人居住的星球，比如火星，比如水星，比如木星和土星，多了一份亲切感与神秘感。

袁乃东是个绝佳的倾诉对象。他总是耐心地等待，不徐不疾，只是在必要的时候加一两句点评或者询问，让铁红缨把话题继续下去。铁红缨从没有觉得自己是一个爱说话的人，然而在袁乃东面前，她就是止不住自己倾诉的欲望，以至于把自己从未对人说过的想法都说了出来。

在铁红缨的絮叨中，氦气艇穿过硫酸云海，降落到金星地面的一座无人降落场。

"这是哪里？"铁红缨一边问，一边将智能面具戴上，并接入了"贾思敏"。

"伊师塔地，北半球最大的高地。"

铁红缨连接好智能背包，等袁乃东装备好，随即打开氦气艇舱门，迫不及待地跳进了金星昏黄的大气中。有雾，宛如凝结在空中的沙尘暴，紧紧地包裹着、遮蔽着、压抑着地表的每一个角落。铁红缨伸出手，在空气中扇动几下，空气没有任何变化。她握掌成拳，又展开，伸直五指，没有在手掌中看到任何灰尘。

"今天运气不错，根据刚才的天气预报，出现超级闪电的概率高达 68%。耐心等几个小时，一定会有收获。"袁乃东说，"我们赶紧去 196 号观景台。"

看不到太阳。他们在浑浊而昏黄中行走，就像走在一杯满是铁锈的死水里，根本就分不清前后左右。几分钟后，他们抵达了 196 号观景台。这个观景台建在一块空地中央，像一个能容纳数十人的透明的笼子，顶上有粗大的避雷装置。

"观看超级闪电的黄金位置。"袁乃东输入一段密码，打开了观景台的推拉门。

"感觉要下雨了。"铁红缨四处张望。

"硫酸雨。下雨的时候，你不会想待在外边的。"

门打开的时候，观景台里的冷光灯自动亮起，给这个昏黄的世界带来一点点暖意。铁红缨跟着袁乃东走进观景台，还没有来得及举目四望，就听见一个缓慢的声音从层层雾气之外传来："终于找到你了。你以为是你在找我吗？不，我也在找你，我的小妹妹。"

（二十四）

金星地表的大气极为浓密黏稠，任何声音在这里的传播都变得缓慢，也使得所有声音听上去都显得怪异。

"你是谁？"铁红缨冲着声音来的方向喊道。

"就来，这就来了。"一个人影应声走进观景台的门，施施然站到了铁红缨和袁乃东面前。

铁红缨不由得瞪大了眼睛。

"海伦娜·沃米。她是美女，毋庸置疑。不管用哪个地方的审美标准来判断，她都是一等一的美女。而且，她自己很清楚这一点，从骨髓里相信这一点，相信自己有睥睨天下、颠倒众生的力量。"旅游部发言人罗迪是这样描述海伦娜的。铁红缨目不转睛地看着，看着海伦娜·沃米如同阳光般的光鲜亮丽，除了惊叹世间竟真有国色天香，心底竟隐隐涌动着无法抑制的嫉妒。我这是怎么啦？她责问自己。旋即，她不得不承认，内心深处，在汹涌的嫉妒之海之下，甚至潜藏着那么一丝丝自卑。

"海伦娜。"袁乃东在铁红缨身后喊了一声。

"没想到会再见到你。"海伦娜说。

又一个人影自浓雾中现身。这名女子坐在轮椅上，一双翡翠般的眼睛柔柔地看着铁红缨。她穿着一条浅绿为主，带金色斑纹的长裙，有一头墨绿色的短发，肌肤白皙细腻，嘴唇则恰如其分地呈现出玫瑰色。齐尼娅·沃米操控轮椅，行驶到海伦娜身旁。

"我不太知道你在说什么。"铁红缨问，"为什么叫我小妹妹？"

"我会告诉你的，一五一十，毫无保留地全部告诉你。"海伦娜说，"只要你跟我们走，去'希尔瓦娜斯号'。"

又一艘狩猎者战舰。"为什么不现在就说？"

"因为有我们在，我们来了，她这只惊弓之鸟，一心想着逃啊逃。"这个又轻又快的声音从浓雾之外传来。即使被金星的空气所篡改，铁红缨还是能听出声音的主人是谁。

瘦高的卡特琳·沃米站在了观景台的门外。她没有进来，只是站在那里，堵住了出去的路。

"我那可爱的乌苏拉妹妹不是和你在一起的吗？"海伦娜并不慌张。

头上传来巨物破碎的声音。铁红缨悚然抬头，看见一个白色的影子洞穿了观景台的天花板，陨石一般坠落下来，在着地的瞬间，伸展出手和脚，一个蹲伏，就卸去了下坠的全部力道，稳稳地站在了观景台的中央。正是曾与铁红缨在"豆荚"之中交过手的乌苏拉·沃米。她抬眼四望，却没有说话，凌厉又冷漠的眼神仿佛只有捕食欲望的毒蛇。

"乌苏拉妹妹就喜欢这种轰轰烈烈的现身方式。"海伦娜笑道。

　　四个狩猎者，终于聚齐了，但听上去，她们似乎不是一伙的。铁红缨思忖着，同时紧张地盯着在场的每一个人。记下这一切，她命令"贾思敏"。

　　卡特琳说："她不是你们要找的小妹妹，可怜的你们就像沙漠里的骆驼，迷失了方向。"

　　齐尼娅问："这么肯定？你检索过她的大脑？"

　　卡特琳说："她的大脑仿佛白纸一张，没有任何你们所需的记忆。"

　　我的大脑是白纸？铁红缨正想反驳，肩膀却被袁乃东稳稳按住。后者用眼神告诉她，听，听她们会说些什么，等，等她们的内部矛盾爆发。于是，她保持了沉默。

　　海伦娜沉声道："乌苏拉的判断出了错？"

　　"卡特琳从不出错。"卡特琳说，"跟我们回去吧，回到泰坦尼亚，回到母亲大人温暖如春天的怀抱。海伦娜和齐尼娅，你们的逃跑，像冰锥一样，深深地刺痛了母亲大人的心。"

　　海伦娜说："不，我和齐尼娅已经逃出来了，就没有打算再回去了。齐尼娅，你说，是吗？"

　　"是的。"齐尼娅附和道。

　　卡特琳啧啧笑道："母亲大人啊，这是要逼我和战神一样的乌苏拉与你们这些蝼蚁动手吗？遵照母亲大人的旨意，我卡特琳和乌苏拉必须把你们这些叛徒带回泰坦尼亚。"

　　铁红缨小声道："卡特琳说话真怪。"

　　"嗯，各种不着调的比喻。"

"她说的母亲大人应该是……"

"莉莉娅·沃米。"

铁红缨奇怪于他怎么知道这个名字，自己也是在不久前才从塞克斯瓦莱部长那里知道的。但她没有在意，毕竟莉莉娅·沃米是一个传奇人物，袁乃东知识丰富，知道她的存在也没什么稀奇，问："泰坦尼亚是什么？"

"一颗卫星，天王星的卫星。"

"她们从那里来？"

"嘘，开始下雨了，硫酸雨。"

铁红缨仰头看见大滴大滴的雨从苍茫的天上如石子一般坠落下来，因为地面温度太高，那些雨滴在着地之前就迅速蒸发，重又回到空气之中。于是，暴雨与蒸腾的雾气，交织在一起，使得外边的能见度进一步降低。

降低到不足一根手指。

仿佛整个世界就只剩下这个被冷光灯照亮的观景台。

也有雨滴穿过刚才被乌苏拉打破的洞坠入观景台，但都在着地之前化为蒸汽，消弭在空气中。仰望大雨落下，却淋不到大雨，这可真是奇妙的体验。

铁红缨看看周围的几个人，忽然有一种"我在这里干什么"的荒谬感，不由得咧嘴笑起来。

卡特琳指着齐尼娅。

乌苏拉冲向海伦娜。

齐尼娅忽然消失了，轮椅上只剩下她穿过的绿色衣裙。

她去哪里呢？铁红缨正要问，四周陡地变亮，就像是太阳突然来到身边。袁乃东似乎说了什么，但她没有听清楚。那光亮转瞬之间淹没了她，使她完全看不见东西。

某种巨大的东西击中了她。

无可名状的疼痛充溢着她的全身。

——是闪电，超级闪电。

在失去意识之前，她想起，刚才乌苏拉进观景台时，把硕大的避雷装置打得粉碎。

第二章　夏娃与狩猎者

（一）

"太空之中有什么？冷、热、光明、黑暗、宇宙射线，每一种都能致人死命，都是确凿无疑的生命杀手。太空并不欢迎生命的到来。那太空之中究竟有什么？"阿特拉斯学校的教官这样问道，随即自己回答，"死亡。"

铁红缨不知道为什么自己会在此时梦见阿特拉斯学校的往事，但似乎没有什么危险，就让这梦继续下去。她梦见了参加阿特拉斯学校的面试。那年她12岁，青涩、懵懂又执着的年龄。

主考官：你为什么要报考阿特拉斯学校？

铁红缨：报告主考官，位于阿特拉斯城的阿特拉斯学校由现任金星联合阵线总理马泰里拉在安全部任职时一手创立，旨在为金星联合阵线安全部培养各个方面都合格的特工。我是一名金星联合阵线的公民，报考阿特拉斯学校，是为了成为一名优秀的特工，是为了保卫金星联合阵线的和平与安宁。

主考官：我们知道你与塞克斯瓦莱部长的关系，你完全可以有其他选择。

铁红缨：我就是愿意成为一名特工。

主考官：成为一名特工不是你想象中那么容易，是非常困难的。

铁红缨：报告主考官，我不怕，我已经做好了充分的准备。从 4 岁开始，我就有意识地锻炼，主动地学习，为将来有一天能够到阿特拉斯学校就读，能够成为一名优秀乃至卓越的特工而不断努力着。你可以看我的报考成绩，无论是体能测试，还是心理素质，抑或者是别的方面，都是第一。

主考官：我们都知道。但问题是为什么，为什么要成为特工？为什么明明有别的路可以选择，你偏偏选择了最难的那一条？

铁红缨：立志成为特工，与我的亲生父亲铁良弼有关。

主考官：唔，我知道那件事，图尔卡那爆炸案。

铁红缨：我 4 岁那年，我父亲铁良弼接了个电话，出门之后就再也没有回来。当噩耗传来时，我就想，是谁制造了爆炸案？为什么没有人阻止爆炸案的发生？谁能阻止同样的悲剧再一次发生？后来我找到了第三个问题的答案，安全部特工。金星联合阵线安全部负责 3 000 万金星人的安全事务，如果说，有谁能阻止图尔卡那爆炸案，非安全部特工莫属。这就是我 4 岁时就立志成为一名特工的原因。

主考官：这个理由不够充分，我们不能……

铁红缨：不管塞克斯瓦莱部长对你们说过什么，我都必须到阿特拉斯学校就读。假如今天你们不同意我入学，那我先找塞克斯瓦莱部长，再去找马泰里拉总理，直到你们同意我入学为止。我说得到，办得到。

主考官：你可以下去了，回家等候学校的通知。

结果当然是阿特拉斯学校乖乖地录取了 12 岁的铁红缨。但铁红缨自己很清楚，自己当时说了谎话。

当噩耗传来的时候，铁红缨根本不知道发生了什么，什么叫"铁良弼过世了"，什么叫"铁良弼死了"。她以为死就是"暂时离开"的意思，就像之前他无数次外出一样，不久就会带着她喜欢的小玩意儿高高兴兴地回来，抱她，亲她，和她一起玩耍。她不知道那些大人为什么会痛哭流涕，每一个人的表情都那么一致，仿佛戴着某种统一的面具；她也不能理解他们的感叹与安慰，就像他们说着某种方言，个别词语能听懂，但整个句子是什么意思就不知道了。她只是按照大人的安排，一会儿拜拜这个，一会儿拜拜那个，说着她根本不懂的话语，做游戏一般完成了父亲的丧葬仪式。

后来，托基奥·塞克斯瓦莱牵着铁红缨的小手，将她接到他位于莫西奥图尼亚城 100 层中央大街的家里。当时，她还很高兴，因为叔叔家比她原来的家大好几倍，有很多间用处不同的屋子，她想在哪间屋子玩就在哪间屋子玩。没有别的小朋友陪着，她一个人也可以玩很久。但，父亲为什么还不回来呢？小铁红缨就去问托基奥叔叔，"我父亲什么时候回来呢？"叔叔说："你父亲死了，不会回来了。"小铁红缨问："死了是什么意思？"叔叔回答："死了，就是没了，没了就是再也不会回来了。"小铁红缨还是不明白，继续追问，叔叔解释说："昨天你弄坏了一个布娃娃，记得吗？今天用人把那个布娃娃扔掉了，那布娃娃还能回到你身边吗？当然不能。"小铁红缨弄坏过很多玩具，从来没有想过那些弄坏的玩具上哪儿去了，因为总有新的玩具源源不断地送来。她有些许的明白，但是……"谁把父亲弄坏了呀？我找他赔！"她痛哭起来，又使劲儿擦着眼泪，对叔叔说，"坏掉的玩具都进了垃圾处理系统，叔叔，你带我去垃圾处理系统找我父亲。我要把我父亲找回来。"叔叔看着 4 岁的她，长叹一声，不再说话。

那之后，小铁红缨就反复琢磨，死到底是什么。她观察到，死亡无处不在。家里养的金鱼会死，乌龟也会死；种的紫茉莉会死，绣球花也会死。人也会死。"贾思敏"提供的新闻里经常报道：哪里发生了谋杀，受害人被刺死或者毒死；哪里发生了事故，造成多少人死亡；哪里发生了恐怖袭击，又有多少人在爆炸中遇难。死亡是生命的常态。有一天，大概是 6 岁的时候，她问托基奥叔叔："将来你也会死吗？"叔叔说："当然会，我当然会死，我又不是神。"她又问："我呢？将来我也会死吗？人活着就是为了最终的死亡吗？"叔叔看着她，眼里闪过惊疑与哀怜的光，说："你还太小了，有些事情你不懂。"她固执地追问："我终究会长大的。"当特工的叔叔迟疑着，痛苦着，最终点点头，说："会。人都是要死的，区别只在于时间、地点和方式上。"她默想了片刻，说："神不会死，对吗？"叔叔笑道："神是人虚构出来的东西，用来掩饰自己的无能。当然，成为神，也可以理解为是人的最终追求。"她追问："怎样才能成为神呢？"叔叔摇摇头："我要是知道就好啦。"

就在这时，梦境（抑或者是回忆？）戛然而止，就像欢蹦乱跳的小溪突然遇到了庞然大物一般的水坝。所有的画面和声音都消失不见，仿佛被纯纯的黑色全部吞噬。她挣扎着，辗转着，似乎有什么强有力的东西束缚着她的身体。她努力睁开眼睛（这好像是世上最艰难的事情，但终究还是把酸涩的眼睛睁开了），看见自己置身于完全陌生的环境之中。

（二）

"你醒了？"说话的是齐尼娅。她坐在轮椅上，五官精致，线条柔美，话语和笑容都温婉可人。

"这是什么哪里？"铁红缨想起身，却办不到。每一块肌肉，每一根骨头都在抗拒她的命令。她又命令"贾思敏"检索全身的状况，但"贾思敏"没有回应。

"'希尔瓦娜斯号'。"齐尼娅说，"我们已经离开金星了。"

"贾思敏"还是没有反应。铁红缨不由得着急起来。18 年来，随着每年的例行更新与升级，"贾思敏"的功能越来越强大，早就成了她学习、生活和工作必不可少的助手和朋友，成了她的身体与生命密不可分的一部分。此时，"贾思敏"却不工作了……她的身体被骤然间劈成了两半。大半在急切地寻找"贾思敏"，小半在应对眼前着齐尼娅。

"我被超级闪电击中呢？"

"是的。"

"我昏迷了多久？"

"8 个金星日。"

160 个小时。"伤得很严重，是吗？"

"那还用说？一道线状闪电直接击中了你，持续了 60 秒，1 000 亿瓦特的电穿过你的身体，瞬间温度超过 28 000 摄氏度，灼烧了你的每一个器官和组织。"

"当时的情况一定很糟糕吧？"

"是的，距离死亡只有一步之遥。即使有阿米科技的保护，你的伤情也极其严重。我不得不对你进行长时间的修复。幸运的是，你自身的再生能力也极强，帮助你从这场近乎死亡的灾难中活过来了。"

"在场的其他人呢？"

"你是想问袁乃东吧？他也在飞船上，没有事。我们也摆脱了卡特琳和乌苏拉的追捕，正往地球飞去。"

"我的'贾思敏'呢？就是我体内的技术内核？"

"贾思敏？你叫它'贾思敏'吗？有意思。被我拆除了。喏，都在那里堆着。被闪电击中后，它已经完全碳化损毁，失去了作用。"

铁红缨侧脸看着齐尼娅指的方向，只看见一个金属盒子里堆着几个黑乎乎的插件，还有几根断掉的导线。"从 1 岁起，'贾思敏'就陪伴着我，骤然间没了，还有点儿不习惯。"铁红缨说，"我这种瘫痪状态还要维持多久？"

"你应该可以坐起来。"齐尼娅说，"相信我，这是我的天赋。"

这一次，酸痛的肌肉和骨骼没有抗拒铁红缨的命令。她从床上坐了起来，发现自己只简单地套着一件群青色的手术服，置身于一间明显是医疗室的房间里，周围是各种叫不出名字的医疗器械。

"你真是外星人吗？"

齐尼娅轻轻一笑，"你觉得呢？"

"能在金星地表行走，不穿任何防护装置，说你不是外星人，谁信啊？然而，你们的言行又太像人呢……"

"哟，恢复得比想象中还要快。"

这个动听的声音来自舱门外。神话中，塞壬仅仅用声音就能迷惑无数的水手。铁红缨原本觉得那不过是神话，但此时，她忽然觉得，那神话夸张得还不够。什么银铃，什么夜莺，所有的比喻此刻都无法描述铁红缨听到那声音的感受。她不由自主地把头转向舱门。满怀期待中，舱门自动开启，美艳至极的海伦娜·沃米款步进来，行至齐尼娅的身后，风姿绰约地站定，面露笑容，但并没有真正的笑意。铁红缨诧异地发现，她眼眸里有某种莫名的哀伤，还有潜藏其中的狠辣与决绝。

齐尼娅淡淡地说："海伦娜擅长魅惑之术，对寻常男人和女人，都有致命的诱惑力。"

铁红缨心中微凛，忙把注意力转移到齐尼娅身上。与海伦娜整个人都张扬着无穷魅力不同，齐尼娅是内敛的、含蓄的、不动声色的，因此她有着可以与海伦娜分庭抗礼的魅力。这是美的另一种极致。她顿时从对海伦娜的崇拜和嫉妒，乃至自卑中解脱出来。是的，天下女子之美不止一种，海伦娜是一种，齐尼娅是一种，而我，应该是另一种。

"擅长？说得我好像需要学习似的。"海伦娜说，"我这是天赋，明白吗？天赋，天生就有，铭刻在基因里，表现在行动上。只要活着，就如影随形。大概只有死掉，才会彻底摆脱，如烟消，如云散。"

齐尼娅说："你让我说的那件事我还没有说。我思前想后，还是不知道怎么说才好。"

"你呀，太过善良，让你背后说人坏话都办不到。"海伦娜的嗔怪也令人着迷，"还是我来当这个坏人吧。"

铁红缨一直在等待这句话。她止住对"贾思敏"的渴望，那玩意儿伴随了她18年，要止住的，不只是心理上的渴望，还有生理上的渴望。她反复告诫自己，眼前还有更重要的事情要做。比如，聆听海伦娜与齐尼娅要讲的故事。

海伦娜抽出一支细长的雪茄，示意铁红缨，"抽吗？"

铁红缨微微摇头，然后问："没有危险吗？"在金星，所有的天空之城都是全封闭的，为了帮助密集的人群正常地呼吸，城市内部空气的氧含量超过35%，而不是地球大气的21%。所以抽烟是一件极其危险的行为，为所有的天空之城所禁止。同时这也是天空之城一旦发生事故，伤亡特别大的原因。

海伦娜没有回答，只是将那支雪茄轻轻地塞进了自己嘴里，俯身探向坐在轮椅上的齐尼娅；后者晃了晃纤瘦细长的手指，在雪茄上缓缓抚摸了一下，那雪茄就冒出点点火星来。海伦娜极快地深吸了几口，昂起头，冲着面前的虚空吐出了少许烟圈。她入神地盯着那淡淡的烟圈袅袅地消散在空中，随后把雪茄递给了齐尼娅。齐尼娅伸出左手的食指和中指，轻轻地夹住那支雪茄，随后收回手，将手搁在膝盖上，任由雪茄兀自明灭燃烧。

　　"你现在叫铁红缨，是因为你的父亲叫铁良弼。但你和铁良弼之间并没有 DNA 上的关系，铁红缨自然也不是你的真实名字。"海伦娜说，"在你出生之前，母亲大人就为你准备好了一个名字，叫贾思敏·沃米。你也是一个沃米，所有沃米中最小的那一个，我的小妹妹。别，别提问，别打断我的陈述。此刻，你只需要倾听。因为一旦打断我的陈述，我很可能就没有勇气继续讲下去了。"

　　她的声音不再妩媚，深深的冷意蕴含其中，让人不寒而栗。

　　"海伦娜。"齐尼娅掐灭了雪茄，但没有把它扔掉，而是攥进了手心。手指因为用力而发白，就像手心里攥着的是某种珍稀宝石一样。"你的那一部分你自己说，"齐尼娅说，"其余的部分，还是我来说吧。"随即，她不待海伦娜回答，便用幽幽的声音将一段隐秘的往事娓娓道来。

（三）

　　2078 年 9 月，第二次碳铁之战结束后不久，全世界所有知名大学都收到了一份来自夏娃基金的邀请函。在邀请函的开头，夏娃基金热情洋溢地表示，21 世纪是基因世纪，真正的基因时代正在向我们昂首走来，但我们还需要更多的想象力，摆脱昔日的桎梏，走向自由地创作，因此夏娃基金举办首届"夏娃杯"基因编辑大赛，向所有（不只是生物工程系）在校大学生征集基因编辑方案。

基因编辑方案的目标是制造能够主动适应外星环境的动植物。在邀请函的中间，夏娃基金不厌其烦地写道："所有的生物其实都是环境的囚徒，离开了赖以生存的环境，都只有死路一条。聪明如人类，在离开地球表面的时候，也不得不把'地面环境'随身携带：空气、水、食物……诸如此类。确实，无论到哪里，没有一颗星球欢迎地球人的到来，它们用严酷到极点的环境（高温、低温、高压、低压、剧毒、高重力、低重力、高腐蚀性……）考验、折磨乃至杀死'莅临'本星球的每一个地球人。简而言之，只要与地球环境有一点点的不同，都可能杀死地球人。"

"如果能够制造出一批适应能力极强的动植物，让它们在人类抵达之前，对目标星球的生存环境进行改造，使之与地球环境相似，将会极大地加快人类成为多星球物种的速度，使大宇航时代真正成为所有人而不是少数精英的福利，进而使地球文明演化为真正意义上的太阳系文明，并为将来人类走出太阳系做好充分的准备。"邀请函这样写道，"请注意，只是方案，这些方案不要求一定能够实现，只要求能够在遵循基本的科学依据上，大胆创新，勇于挑战前人的条条框框。"

最后，邀请函附上了"夏娃杯"的奖金，总额高达3 000万，能够获奖的人数非常多，其中金奖的奖金是300万。

各个大学每年都会组织学生参加各种比赛。"夏娃杯"基因编辑大赛在其中显得特别突出的原因是：一方面，主办方夏娃基金一副财大气粗的嘴脸，恨不得用钱把所有参赛者砸晕；另一方面夏娃基金的宣传标语和手段非常激进，近乎要挑战一切禁忌，不管这禁忌来自道德、伦理、法律，还是习俗。

因为夏娃基金真正的幕后金主不是别人，正是有着"毒舌天后"之称的莉莉娅·沃米。虽已年过六旬，她脾气火爆的程度与骂人的功夫，不但没有丝毫减少，反而日益精进。

在莉莉娅的监督与催促下，夏娃基金的运作效率极高。3个月里，夏娃基金收到了上万份参赛方案，令由世界最顶尖的基因专家组成的 11 人评委会又惊又喜。喜的是有这么多人关注基因，事业后继有人；惊的是有这么多份方案要评审，工作量实在是太大。经过初赛、复赛和半决赛，遴选出 50 份方案进入最后的决赛。按照最初邀请函提出的计划，决赛现场设在地球同步轨道上，所有入围选手于 2078 年 12 月通过建在南美洲的厄瓜多尔太空电梯，来到 155 号喜马拉雅太空城。全程费用由夏娃基金赞助，整个决赛过程通过量子寰球网进行直播。三等奖发完发二等奖，然后是一等奖。就在大家翘首以盼，等待发金奖的时候，评委会却出人意料地宣布："由于没有哪一份方案同时满足比赛的所有要求，因此本次比赛金奖空缺。"

就在"夏娃杯"基因编辑方案决赛进行前夕，莉莉娅·沃米独自一人带着一份参赛方案来到重庆大学基因工程系，找到了一个叫铁良弼的大一学生。虽然是第一次见面，刚满 20 岁的铁良弼多少有些腼腆，但莉莉娅向他询问基因工程的前景时，他还是侃侃而谈，说出了自己的想法。随后莉莉娅邀请铁良弼一起吃双人火锅。"不准告诉我这些东西叫什么名字，来自什么动物或植物的哪一个部位。"莉莉娅对铁良弼说，"你只需要告诉我哪些东西煮进锅里好吃就行。"

吃双人火锅的同时，两人一起收看了"夏娃杯"颁奖仪式的全程直播，并对每一份获奖方案轮番发表意见。莉莉娅注意到，铁良弼话语不算特别多，分析获奖方案的优劣却条理清晰，字字珠玑，极为中肯。

"金奖空缺，你怎么看？"莉莉娅问。

"理所当然。"铁良弼说，"因为夏娃基金没有邀请我去参加颁奖仪式。我去了的话，金奖就不会空缺。"

"是什么狗屁给你这么大的自信心啊？"

"不是有没有自信心的问题。"铁良弼笑着说，"是因为您来找我了。刚才您找我的时候报了个假名，但凑巧，在参加'夏娃杯'之前我顺手检索了夏娃基金的资料，经过交叉比对和分析，我发现您才是夏娃基金的真正主持人。坐在前排的那几个评委，不过是牵线木偶。"

"如此说来你知道我是谁呢？"

"莉莉娅·沃米。"铁良弼简单地回答，没有说更多的话。

莉莉娅再一次确认，这就是她一直在找的人。她告诉铁良弼，正如铁良弼所说，他确实是评委会一致认定的金奖获得者，因为他提交的方案《从蛭形轮虫的成功看外星生存的可能性》是所有参赛方案中，唯一满足所有要求的。然而这金奖不能在公开场合发。为什么呢？莉莉娅解释说："方案现在还只是方案，我们要把它变成现实，在实验室里真正把它做出来。

3 000 万奖金只是初步的启动资金，接下去还会有上千亿的资金投入进来。夏娃基金将用它们来资助重庆大学建造世界上顶级的基因实验室，而你，会是我们指定的实验室核心组领导人。你愿意吗？"

年仅 20 岁的铁良弼不知道今后会发生什么事情，那时年轻气盛，正是渴望有一番改天换地大作为的时候，因此，他毫不犹豫地答应了。而且，这确实是一个难能可贵值得抓住的机会。

在第二次碳铁之战之前，地球上的所有科学与技术研究受到科技伦理管理局的审核、监督和控制。该机构对于生物工程、合成生物和基因编辑等学科似乎有着刻骨仇恨，来自这些学科的研究申请几乎全部被驳回，而未经允许进行研究则是重罪，相关人员会被科技伦理管理局进行终身追查。所以，在科技伦理管理局存在的二三十年时间里，人类在基因方面（尤其是人类自身的基因方面）不但没有巨大进步，甚至出现了程度不小的退步。2078 年 1 月，第二次碳铁之战结束，科技伦理管理局被裁撤，基因研究这才又兴盛起来。然而，由于存在二三十年的空白，使得基因研究从文献到实验室，各个方面都极为匮乏。最欠缺的，是肯下苦功夫研究基因的创新型人才。"缺到什么程度呢？"莉莉娅·沃米这样描述，"'夏娃杯'决赛现场，台上坐着的 11 位评委就囊括了全世界最知名的基因学家。如果颁奖时飞来一颗小行星，将 155 号喜马拉雅太空城摧毁，地球的基因研究将零重新开始。"

2079 年 3 月，一座崭新的基因实验室在重庆大学出现，从无到有，只花了 4 个月的时间。当铁良弼第一次走进夏娃基因实验室的时候，也不禁被实验室的设备之新、之全所震惊。莉莉娅对他说："只要你有需要，尽管开口，我将尽我所能，为你提供一切支持。因为你的研究，关系着全人类的未来。"

"没有问题。"铁良弼对莉莉娅说。

莉莉娅为铁良弼配了 10 个得力助手，他们就在夏娃实验室里日夜不停地进行研究。助手们的年龄都比铁良弼大，学历和成就也比铁良弼高，却要接受铁良弼的领导，双方的摩擦在所难免。铁良弼平时为人和善，在涉及基因研究时却很固执，不肯让人。莉莉娅也不是什么有领导才能的人，做起事来简单粗暴，动辄破口大骂。因此，夏娃基因实验室的助手们换了一批又一批。经过多次开除与辞职，最后留下来的，都是能够忍受莉莉娅的火爆脾气与铁良弼的固执己见，并且希望在"夏娃计划"中有一番作为的人。

2079 年 7 月，"夏娃计划"开始后的第 4 个月，铁良弼怒气冲冲地找到莉莉娅，把一张数据表扔到了她脸上。"你撒谎！"铁良弼咆哮着说，"你让我研究的根本不是什么适应外星生存的动植物，而是人！"

（四）

在夏娃基金，人人都知道"莉莉娅对蠢货没有耐心"。她最常说的一句话是："我把太多的生命浪费在与蠢货的搏斗中，我本可以把它用在更有意义的事情上，然而我不得不来做与蠢货打交道这样的琐事。所以你最好表现得机灵一点儿，至少有个人样，否则你会倒天大的霉。因为你不仅是在浪费你的时间，更是在谋杀我宝贵的生命。"

但对铁良弼，莉莉娅是有足够耐心的。当铁良弼把数据表扔到她脸上时，莉莉娅对铁良弼说："我没有看错你，这么快就发现了'夏娃计划'的真相了。对，你那个结论是对的。我们让你研究的不是快速适应外星球的狗屁动物或者植物，而是人，活生生的人。你要知道一个简单的事实，去外星球居住，要想住得安全而长久，只有两个选择：要么改造该星球，使其在各个方面变得和地球一样；要么对人本身进行改造，使之以生物学的方式适应外星球的环境。改造星球和改造人体，你做何选择？"

"我为什么要选择？留在地球多好。"

"因为铁族。"

铁良弼一下子噎住了。

"铁族已经把人类逼到了绝地。这事儿有多严重，需要我来详细讲述吗？两次碳铁之战，50亿人非正常死亡。这还没有把因为铁族的出现导致的间接死亡计算在内。你以为眼前的和平能够持续多久？5年？10年？还是20年？第三次碳铁之战又将造成多少人的非正常死亡呢？全部吗？"莉莉娅咆哮着说，"生命存在的目的是为了继续存在下去。你是聪明人，应该理解这句话的全部意思。别和那些只会造大粪的蠢货一样，分不清现实与幻想。为了生命生存的目的，你必须做出选择。"

铁良弼继续沉默着。

莉莉娅说："萧瀛洲领导的军政府并不是一个稳固有效的政权。我和萧瀛洲打过交道。没错，他是一个好人，但没什么用，无能，甚至可以说，根本就不是当领导的材料。他缺少统治地球的雄心，又没有驾驭不同派别的策略与能力。眼前的和平不可能持续很久，打破和平局面的，很可能不是对人类虎视眈眈的铁族，而是人类的某些势力。事实上我们只是恰好待在和平的地区就误以为全世界都处在和平之中而已，在世界其他地方，以薛飞为首的地下抵抗运动正如火如荼地进行，暗地里不知道还有多少野心家在蠢蠢欲动——留给我们，可供我们浪费的时间并不多。'夏娃计划'不可能一蹴而就，不可能今天开始明天就获得成功。谁也不知道'夏娃计划'何时能成功，连是否能成功都是隐藏在茫茫云海里的未知数。因为我，因为你，因为我们走的是前人从没有走过的路。"

铁良弼喃喃道："我们不能与铁族作战吗？"

"我们又不是没有打过。打得赢吗？我问你，打得赢吗？打了两次，一次惨胜，一次惨败。"莉莉娅说，"作为经历过两次碳铁之战的人，我来告诉你，第三次碳铁之战，人类必败，必亡。"

"只能逃跑，把地球拱手送给铁族？地球是我们的摇篮，我们的母星啊。我们应该战至一兵一卒！"

"笨蛋！蠢货！原来你也是看不到危险，懵懵懂懂，无知又无畏的碳族大傻瓜。看看你周围，这样的人数以亿计，难道你想和他们一起灰飞烟灭？难道你想一无所获，让一辈子空过，最后老死在地球上？再好好想一想——除了让人类迁往别的星球，让人类的种子遍布太阳系，让铁族想杀也杀不完，你还有其他方案可以解决人类面临的亡种灭族的危机吗？"

铁良弼弯下腰，从地板上捡起那张数据表，什么也没有说，转身离开。

两天后，莉莉娅约铁良弼出来吃饭。照例是双人火锅。铁良弼有些垂头丧气，一门心思地吃，话也不说。

"在此，我明确我的要求。我不管你怎么想，先听好了。"莉莉娅对铁良弼说，"'夏娃计划'的目标是通过修改 DNA，制造不依靠任何外部设备——这个外部设备，既包括宇航服，也包括智能插件，还有各种电子与机械化改造——就能在不同星球表面自由活动的人。他们必须不怕温度和压力的剧烈变化，能在不同重力下活动自如，不怕超大剂量的宇宙射线的照射，在真空环境下也能存活，不怕一氧化碳、硫化氢、氯气、磷化氢等常见的有毒气体，能直接呼吸氮气、氢气、甲烷乃至二氧化碳——这些气体在太阳系的行星、小行星和卫星都极为常见。谁先拥有这些眼下看起来匪夷所思的能力，谁就能摆脱对地球的依赖，谁就能在未来的生存竞争中胜出，谁的 DNA 就能在外星球延续下去。"

说完，莉莉娅看着铁良弼，期待着他的回答。铁良弼埋头吃完碗里的，擦干净嘴，这才抬起头，对莉莉娅说："想要让人以生物学的方式适应极端环境并不算特别难，大自然早就为我们做出了诸多示范。在地球上，能适应极端环境的生物比比皆是。"

　　然后他开始扳着手指头举例：南极线虫可以让细胞质结冰，在温度极低的环境下依然存活；一种叫作菌株 121 的微生物的蛋白质和 DNA 分子结合得非常紧密，因此可耐受 121 摄氏度的高温；在深海的细菌、蠕虫、甲壳动物和鱼类有着更加柔韧的细胞膜，并利用氧化三甲胺来帮助蛋白质正常折叠，借此做到在数千个大气高压下也能自由活动；大多数地衣和苔藓，在极端干旱的环境下，会用糖来代替细胞中的水分，把细胞质由液体变成固态的糖结晶，来维持细胞结构。水熊虫才是极端环境下的生存冠军，当它们停止新陈代谢，进入休眠状态时，在零下 272.8 摄氏度（接近绝对零度）的低温与 151 摄氏度的高温（水煮沸了对它们毫无影响）依然可以存活。在真空环境中，它们还能承受住致命的 X 射线和伽马射线的照射存活下来。铁良弼感叹道："生命力的顽强与坚韧，超乎我们的想象！"

　　"休眠状态，注意是休眠状态。"莉莉娅焦灼地说，"我不需要休眠时有这些生存本领，我需要他们醒着，醒着才能做事情。来到外星球，一直处于休眠状态，毫无价值嘛。"

　　"又要保持人的模样，又要能够在外星球上正常生活，这就是你的要求，是吗？"

　　"是的。"

　　"在高温中生活与低温中生活中的适应性变化是不一样的，高盐与浓酸的变化也肯定不同。能将这颗外星球具体化吗？比如泰坦①。"

"我很希望是泰坦，它的条件在候选星球当中是最好的。然而不行。正因为它是条件最好的，我不能选它。"

"为什么？"

"太热门了，会有无数双眼睛盯着它，进而可能使我们很快被发现。基于同样的道理，欧罗巴②也被剔除了。我最喜欢的希玛利亚③也被排除在外，我特别喜欢希玛利亚这个名字。该死。我甚至认真考虑过崔顿④、卡戎⑤，但最后都被一一否定了。"

"最后你选定了那一颗星球？"

"首要条件是隐蔽，谁都不关注。其次才是生存条件。最后是现有技术条件能够达到——太阳系之外的类地行星就全部不考虑了。我查阅了大量资料，经过仔细地对比分析，最终确定把泰坦尼亚作为第一候选星球。"

"天王星的第三颗卫星？"铁良弼踌躇着说，"大气层会不会太稀薄呢？"

"也有很多有利的条件。岩石下有冰冻水，部分地方有火山活动。火山附近的温度还挺高，以至于存在面积不小的液态湖。这在远离太阳的寒冷星球上，是非常难得的。地表分布着数条大峡谷，长的有数千千米，藏几千人完全不露痕迹。峡谷

---

①土卫六，是土星卫星中最大的一个。
②木卫二，木星的第四大卫星。
③木卫六，是木星的一颗自然卫星，属于不规则卫星。
④海卫一，是海王星最大的卫星。
⑤冥卫一，是冥王星最大的卫星。

里有强劲的风，可用于风力发电，以弥补太阳能的不足。"

铁良弼想了想，点点头，"还行吧。"

"还行？"莉莉娅问："意思是你已经知道怎么做呢？"

铁良弼说："自然界的进化有没有方向，我不知道，也不想讨论这个很难达成共识的问题。但在实验室里，很早以前就已经证实，进化是可以人为干预的，其方向，是可以事先制定的。您记得当初铁族是怎么获得智慧与意识的吗？那个事儿就发生在离这儿不远的缙云山脚下，那就可以看成是人工进化的一个范例。"

莉莉娅点点头。每个人都听说过那个故事：2024 年 12 月，重庆自动化研究所副研究员钟扬将 88 颗具有深度学习能力的纳米大脑用蓝牙插件链接起来，置于虚拟现实系统制造的幻境中，逼迫它们在幻境中那不断剧烈变化的各种极端环境中求生存、求发展，最终迫使它们跨越无意识与意识之门，成为与碳族迥异的智慧生命。

"这个故事也可以看作是面对死亡，铁族奋发图强，居然进化出了集体智慧。"莉莉娅说，"现在，轮到碳族面临死亡的威胁了。当碳族面临亡族灭种的威胁时，会爆发出怎样的创造力呢？"

"大多数时候，人类的发明与创造，都是在模仿和借鉴大自然。在我们的这个故事里，模仿和借鉴的对象是蛭形轮虫。然而，模仿和借鉴只是起步，也只能是起步。飞得再快的鸟儿也无法超过音速，想从鸟类身上得到超音速的气动布局是不可能的。人类之所以能够发展到今天，是因为我们在模仿和借鉴大自然之上，还能够超越大自然，制造出大自然所没有的东西，比如您钟爱的数学，比如宇宙飞船，比如给人类带来浩劫的铁族。眼下我所要做的事情也是，我要超越自然。"铁良弼看着莉莉娅苍老的脸，轻声道："研究发现，在基因里，多个变异产生的综合效应是呈指数增长的。某些变异自身作用不大，但是和多个变异叠加后却会产生指数效应。你知道这意味着什么吗？对基因微小的改变，将带来成体的巨大变化，而这种变化的规律我已经掌握。我可以对基因进行幅度很小的改变，进而让成体按照我预先设定好的方向进行演化，从而制造出自然选择无法孕育出的全新生命。"

"你知道你在干什么吗，年轻人？"莉莉娅的声音有些颤抖。

"我知道。"

"通过对生命进行重新编程，你在制造与过去 40 亿年来在地球上生活的生物有着本质区别的新生物体！你在改写历史！你在创造未来！"

"我知道！我知道！"铁良弼兴奋地说。

但仔细品味，这兴奋中也夹杂着几分骇然。

（五）

时光荏苒，转眼间已是 2086 年，"夏娃计划"开始后的第 8 个年头。这一年的 11 月，28 岁的铁良弼向 70 岁的莉莉娅报告试验成功。

一共成功制备了7个胚胎，并且置于孵化器里，茁壮成长。莉莉娅的惊喜溢于言表。名字早就准备好了——塔拉、海伦娜、齐尼娅、卡特琳、乌苏拉、薇尔达以及"贾思敏"——就等着孩子们降生。这些名字出自莉莉娅早年看过的一本书，《夏娃的七个女儿》。莉莉娅问铁良弼能不能加快速度，使孕育的时间缩短。在得到否定的答案之后，莉莉娅对铁良弼说："一切小心。因为世界局势即将急转直下，短暂的和平就要结束，我们很可能没有足够的时间等到孩子们瓜熟蒂落。"

正如莉莉娅预言的那样，2087年元旦，发生了军事政变，萧瀛洲领导的世界军政府被大元帅米哈伊尔推翻，萧瀛洲不知所踪。三年前，米哈伊尔将军率军征讨地下抵抗运动，在加拉帕戈斯战役中，一举歼灭以薛飞为首的叛军。叛军首领薛飞自杀身亡，数万叛军被米哈伊尔就地枪毙，此举为米哈伊尔赢得了"屠夫将军"的绰号。此后，他因军功卓著，升任大元帅，"屠夫将军"的名号却没有变。军事政变成功后，米哈伊尔自称地球代总统，宣布全球进入新纪元，"一个光辉灿烂的时代缓缓拉开大幕"。三个月后，总统宝座还没有坐热乎的米哈伊尔又迫不及待地宣布：重生教为地球唯一法定教派，其他一切群团组织都是非法，将予以强力取缔。这自然在全世界引起轩然大波，各地纷纷以反对宗教独裁之名，宣布脱离名存实亡的地球同盟，建立起各种割据势力。米哈伊尔总统毫不示弱，命令各地军队强力镇压。一时之间，地球各地烽烟四起，杀伐之声不绝于耳。

铁良弼和莉莉娅在胆战心惊中等待着。

2087 年 7 月 7 日，塔拉·沃米第一个从孵化器里"分娩"出来。两个小时后海伦娜和齐尼娅也相继出生了。但在这时，率先出生的塔拉出现了严重的衰竭问题。生命体征毫无缘由地完全消失，经过一小时的急救，也没有任何效果。紧接着海伦娜和齐尼娅也出现了类似的病症，生命体征接近消失，眼看着就要步塔拉的后尘。与此同时，卡特琳与乌苏拉的预产时间又到了。怎么办？莉莉娅咬咬牙，命令把三个患病的婴儿先搁一边，全力以赴保住下面要出生的两个。

卡特琳比乌苏拉早出生 10 分钟，但一出生就制造了一场不小的混乱。一个医生莫名其妙地号啕大哭，而另一个医生反复撕咬自己的手腕，而造成这一切的卡特琳却只是蜷缩在床上，两眼无神，毫无感情地默默看着。与卡特琳的静默相反，乌苏拉出生后尖利的哭号让每一个在场人员的耳膜都疼痛难忍。一个上去制止她的护士被她一脚踹倒，另一个护士则被直接扯断了胳膊。

好不容易把卡特琳和乌苏拉哄睡着了。莉莉娅喘了口粗气，正想休息，却接到手下报告："铁良弼走了。"

"几分钟前不是还在这里忙碌吗？你是不是搞错呢？"

"就是刚才离开的，离开的时候他还带上了 7 号试验品。"

"什么？混蛋！这都什么时候了？真会添乱！他到底想干什么？"

"他说他给您留了视频。"

在视频里，铁良弼说："有一次我们聊天，提到钟扬，您说他没有想到过铁族诞生后会造成浩劫。事实并非如此，钟扬想到了。当他发现铁族对碳族有威胁时，他就使用了高能炸药，想要与铁族先祖同归于尽。只可惜，钟扬死于爆炸，而铁族的先祖却借助网络逃走了。然后，他秘密建造地下生产线，以自身为模版，制造了数百万头钢铁狼人。然后就是第一次碳铁之战，五年浩劫，30亿人死亡。其程度，比钟扬当初想象的，肯定要惨烈千百倍。"

铁良弼眉头微微皱起，轻轻地说："我是否会成为第二个钟扬？"

对基因编辑和合成生物的质疑，从来没有停止过，尤其是安全性的问题。且不说相当多的人会无端地认为人造生命会把人类作为猎杀和捕食的对象，好像人肉是世界第一美食一般。就算是一些受过高等教育的人也会毫无来由地相信，人造生物作为"一种自然界未曾孕育的非自然生物"必然会对地球上整体生态环境造成不可估量的破坏，甚至是无法挽回的浩劫，就如同铁族曾经做过的那样。因此，人造生物一直是科技界的禁忌。对于人类的种种禁忌，莉莉娅向来不在乎。"那不过是给蠢货的限制，聪明人无须理会，或者说，根本就是聪明人在为蠢货制定那些所谓的禁忌。"但铁良弼在乎，而她之前居然不知道！

"这个蠢货！地道的傻瓜！居然在关键时刻逃跑！"莉莉娅咆哮着，恨不得将铁良弼碎尸万段。但此时此刻，她智商再高，也办不到这一点。因为薇尔达马上要出生了，她只得急急忙忙地跑过去。为了这场来之不易的接生，她接受过6个月的培训。

后来才知道，铁良弼不仅带着"贾思敏"的胚胎逃走了，而且逃得非常之远——他跑到南非开普敦，报名参加了伊玛纳工程，一口气逃到了数千万千米之外的金星。

薇尔达是个很正常的婴儿，没有制造任何麻烦。然后，监护室那边又传来好消息：塔拉从昏死中醒过来了，海伦娜和齐尼娅的生命体征也恢复正常了。虽然既不知道她们为什么患病，又不知道她们为什么痊愈，但婴儿们活下来了，终究是个好消息。莉莉娅不禁又高兴起来。

随后，莉莉娅命人摧毁了夏娃基因实验室，带着一众手下和6个婴儿在世界各地辗转迁徙。这时，战争已经全面爆发，血腥的战斗在每一块大陆、每一个国度、每一片平原和山地上进行，地球上已经找不到一个安全的地方。婴儿们的健康成长，需要一个安全而稳定的环境，可此时此刻这却成了最遥不可及的奢侈品。

（六）

铁红缨犹疑了一下，还是问出了那个她最想问的问题："照你们的说法，我就是铁良弼从夏娃基因实验室带走的贾思敏，可时间对不上啊。我今年19岁，出生于2101年，而不是2087年。"

"答案很简单。"齐尼娅说，"2087年7月，铁良弼并没有让你出生，而是把你的胚胎冷藏起来。14年后，铁良弼从金星回到地球，将胚胎取出来，让你出生。所以，虽然你出生于2101年，但你就是贾思敏，沃米中最小的一个。"

　　这就是父亲将我的技术内核命名为贾思敏的原因？纪念我的另一个身份？为什么会这样？铁红缨看看海伦娜，又看看齐尼娅，非常认真地思考了 10 秒钟，然后说："不管怎么说，我还是喜欢铁红缨这个名字。"

　　"你呀，还是太幼稚。"海伦娜轻声叹息道，"难道还没有发现，所有的沃米都是女性？"

　　"性别定向选择，难道不是？"

　　"不是。"

　　"是什么？难道是……"铁红缨瞪大了眼睛，欲言又止。

　　"怎么，不敢说出口？"海伦娜微笑着说，"我们都是母亲大人用孤雌生殖技术繁衍出来的女孩子。"

　　所有孕育沃米的卵细胞由莉莉娅·沃米提供。她是这么解释的：我一直都是个独身主义者，从来没有缔结过婚姻契约。没有人配得上我的智商，满世界跑的都是脑袋里装着屎的蠢货，尤其是那些自以为是、脖子上顶着金灿灿的"生殖器"的男人。男人算什么东西？女人才能创造生命，创造一整个世界。男人，男人不过是可有可无的助攻。我完全不明白为什么会有女人热衷于争抢男人。所以呢，这辈子我就没有真正想要把自己嫁出去。但不嫁出去不等于我不想要自己的后代呢。生命存在的目的就是继续存在下去。作为个体，我不能永生，但我可以让带有我的 DNA 的后代替我继续存在下去。"夏娃计划"执行之初，我就打定主意，要用自己的卵细胞用孤雌生殖的方式，繁殖出一批太阳系里最聪明、最能干、最光芒耀眼的女性来。

　　这就是说，莉莉娅·沃米不是我的外婆，而是我的父亲和母亲。铁红缨不无苦涩地想。"在你刚才的论述里，提到了孤雌生殖，而不是克隆技术。"

"我还是继续讲故事吧。"海伦娜说。

在铁良弼知道了"夏娃计划"真相之后，同一年的冬天，有一天铁良弼对莉莉娅说："很多人对超能力有不着边际的幻想。对于我来说，超能力的定义要宽泛得多：如果你拥有常人——非要量化的话也可以说世界上 90% 以上的人——所没有的能力，就是超能力。

"考虑到生存，超能力就是从某种程度上讲是普通却很重要的，在关键时刻能够帮助你存活下去或者让你的基因延续下去的能力。比如，乳糖耐受。假如你拥有乳糖耐受能力，相对于周围喝下牛奶就会拉肚子的人来说，你就拥有了某种程度的超能力。牛奶营养丰富，能喝牛奶这种超能力，会使你的身体会更健康，存活时间更长，孕育后代的机会和数量也更多。

莉莉娅问："说这些你想证明什么？"

"在外星球不借助任何外部装备生存，本身就是一种超越一般人的能力。"铁良弼说，"但在此基础上，我想做得更多。我想赋予这些婴儿大自然没有孕育出来的超能力。"

铁红缨（和故事里的莉莉娅·沃米一样）急切地问："什么办法？"

齐尼娅说，铁良弼从两个方面入手。一方面，铁良弼把大自然已经孕育出的神奇生命的 DNA 拿来拆解、合并、修改，制成特定作用的 DNA 插件备用。另一方面，他在电脑的协助下，以胞嘧啶①、鸟嘌呤②、腺嘌呤③、胸腺嘧啶④为原材料，设计出全新功能的 DNA 插件。然后他把这些 DNA 插件插入到莉莉娅提供的卵细胞里，进行各种形式的搭配。

铁红缨问："可是，生命不是排斥外源基因吗？这是物种能够存续的根本原因啊。"

"你忘了铁良弼在最初那一份基因编辑方案中提到的生命：蛭形轮虫。在那篇文章里，铁良弼介绍了一种叫作蛭形轮虫的生物，并以蛭形轮虫为原型，推想了以蛭形轮虫的方式，制造可适应外星球生存的生命。"

蛭形轮虫是一种生活在淡水里的无脊椎动物，很小，体长不到 1 毫米。它们原本是两性繁殖，有雄有雌，但至少在 4 000 万年前，不知道为什么，它们抛弃了雄性轮虫，开始了完全的孤雌生殖。只需雌性蛭形轮虫把卵产出，无须雄性提供精子，这卵就能自行发育成熟。因为没有雄性参与，下一代蛭形轮虫百分之百是雌性。蛭形轮虫，从 4 000 万年前开始，就只有雌性，没有雄性。它们不但没有灭绝，反而生活得很好，可以说是非常成功的生物了。

抛弃雄性，全部由雌性组成的动物，就这样繁衍了至少4 000 万年，这可能吗？虽然这种想法确实能吸引莉莉娅。但是……铁红缨（也和故事里的莉莉娅·沃米一样）问道："孤雌生殖在自然界并非什么罕见的现象，但多数生物都是在某种

---

① 一种有机碱。是核酸中的一种主要嘧啶组分。

② 一种有机碱。

③ 一种有机碱。与鸟嘌呤一起构成核酸中的两种主要嘌呤碱。

④ 一种有机碱。是脱氧核糖核酸（DNA）中的一种主要嘧啶组分。

特定条件下进行孤雌生殖，如果环境允许，它们还是会进行有性生殖。像蛭形轮虫这种完全的孤雌生殖，不会带来基因上的保守与退化吗？"

齐尼娅说："这个不必担心，孤雌生殖类似自体克隆或者无性繁殖。自然界孕育出优点颇多的有性繁殖，但也没有把无性繁殖完全淘汰掉，因为无性繁殖自有其生存优势。而且，为了适应完全的孤雌生殖，蛭形轮虫还演化出一种超能力。

"几乎所有的多细胞动物对外来 DNA 都有着极强的抵御能力，这是使物种得以保持独立性的前提。蛭形轮虫偏偏是个例外，它们对外来 DNA 似乎来者不拒。

"科学家在蛭形轮虫体内，发现了许多原本属于细菌、真菌甚至植物的基因。处于无水的环境时，蛭形轮虫被迫脱水，遗传物质会被作为多余无用的部分，分解掉。等它们重回水里，遗传物质会重建，也就是在重建过程中，蛭形轮虫能把周围生物的部分基因挪为己用，作为重建遗传物质的原材料。它甚至可以让一部分外来基因保持功能，发挥出意想不到的本领。正因为如此，蛭形轮虫虽然没有了雄性，但依然能够保持基因的多样性。"

铁红缨看看海伦娜，又看看齐尼娅，说："所以，莉莉娅提供了卵细胞，而我父亲提供了技术，对莉莉娅的卵细胞进行了深度编辑，使其不但能像蛭形老虫那样进行孤雌生殖，还能吸纳外源基因并保持其功能，这就是我们的来历？"

"他比他预想的，做得还要成功。在我们——包括你在内的所有沃米体内，包含了无数生命的 DNA 片段。"齐尼娅说，

"这些神奇生命包括：北极弹尾虫、灯蛾毛虫、北美林蛙、奥氏蜜环菌、北极熊、狼蛛、抹香鲸、庞贝蠕虫、加勒比海沟叶珊瑚、针叶离齿藓、蓝环章鱼、里奇蒙矿嗜酸纳米古菌，等等。"

海伦娜长声叹息道："狩猎者拥有令人艳羡的超能力。我的魅惑，卡特琳的思想感知与控制，乌苏拉超群出众的战斗能力。这些都是你已经知道的。然而，你不知道，为了这些超常的能力，我们又付出怎样的超常代价？"

（七）

在四处逃亡的过程中，婴儿们渐渐长大，渐渐显露出狩猎者的本领，莉莉娅（以及所有的婴儿们）也渐渐明白，在狩猎者貌似完美和超级的背后，掩藏着不为人知的痛苦。为了成为狩猎者，她们付出了常人难以想象的代价。

"我们把这些代价称之为'狩猎者诅咒'，如同超能力一样，与生俱来，如影随形，不可剔除。塔拉一出生，就很老了，满脸皱纹，浑身褶子，看上去比母亲还要老。她的身体发育，到3岁的时候就停止了。直到现在，她依然保持着3岁的身材，但有着300岁的苍老容颜。"齐尼娅语气平静地说，"而我——你一定很奇怪我为什么一直坐在轮椅，因为我从12岁开始，患上了严重的肌肉萎缩性侧索硬化症。这种病，以狩猎者的医术也无法治疗。我腰部以下，完全瘫痪，没有行走能力。如果一个人天生没有行走能力，从没有享受过蹦蹦跳跳和健步如飞的快乐，那他或许不觉得失去行走能力有多么痛苦。可我享受过啊！享受过 12 年。也正因为如此，我的痛苦比别人加倍。"

"还有什么是我所不知道的？一并告诉我吧。"铁红缨说。

"铁良弼在狩猎者出生时逃走，一方面固然是他所说的那个原因，他害怕他心血的结晶会给碳族带来浩劫。"齐尼娅说，"另一方面，作为整个'夏娃计划'的具体实施者，他肯定预见了实验后果的不可控，预见了我们身上可能会发生的种种事情。他不愿意看到我们，他害怕我们，害怕我们这些他一手制造出的怪物。弗兰肯斯坦情结[①]牢牢地抓住了他，以至于他一口气跑到了金星。

海伦娜说："母亲大人并没有说出全部的实话，而是刻意隐瞒了相当多的事实。根据母亲的描述，7 个源自于她的卵细胞经由铁良弼的精心编辑，添加上各种天然与人工合成的 DNA 片段，再通过孤雌生殖发育成了我们。事实完全不是这样。孤雌生殖的成功率有 90%，但是在此之前，需要对卵细胞进行一系列的编码操作。这些操作，无疑会损伤卵细胞的完整性与生命力，导致畸形和凋亡。根据我查到的资料，成功率不足 2%。数万个复制自母亲大人的卵细胞在编码试验中因为发现被毁弃，数百个畸形胚胎被流产，数十个婴儿在出生后生命体征莫名其妙地消失了。我们 7 个，是这场实验的幸存者。我们踩着无数人的尸骨，幸存了下来。在我们的背后，有无数的亡魂。"

---

①最早出现于艾萨克·阿西莫夫的小说《钢穴》中，意为担心人造物会失控以至于危及人类自身。

这意味着什么？我们踩着无数人的尸骨，幸存了下来。在我们的背后，有无数的亡魂。那个念头终于抓住了铁红缨。

"为什么？为什么要告诉我这些？"铁红缨几乎吼叫起来，某种难以言表的恐慌抓住了她。我，我是个可怕的怪物！

"因为只有你，能够拯救我们。"齐尼娅真诚地望着铁红缨说。

"我不太明白。为什么……"

"她们想让你同情她们，想让你内疚，这样你就会听从她们的安排，任由她们摆布。"这个声音来自舱门外。

"谁？"海伦娜大叫，"谁在那里？"

齐尼娅忽然消失了。不，准确地说，她的衣物还留在原处，保持着一个空壳的样子，但里面包裹着的身体已经不见了，漂移到别处。铁红缨隐隐觉得，房间里多了某种不可名状的东西，或者说有什么难以描述的东西在房间里弥散开来。这是她之前从未有过的感觉。她感觉自己的各种感觉都更加灵敏了。

舱门开启，袁乃东坦然走进来。"打搅各位狩猎者的姐妹聚会了。"他的声音一如既往地平淡。

看见袁乃东，铁红缨不由得拿双手紧了紧手术服。这手术服其实就是两块群青色带暗纹的面料，分别挂在身前身后，在身体两侧用细线编织在一起。面料之下，她什么都没有穿。

"你不是被关着的吗？"海伦娜问。

"打开那扇门，很容易的。"袁乃东双手一摊，似乎责任在门上，是门太脆弱，而不是他太能干。

"看不出来啊，你挺厉害的。"

"海伦娜小姐，请收起你那套小把戏吧，别浪费外激素了。所谓的超能力，就跟魔术一样，知道了原理，也就不觉得有多神奇了。"

海伦娜继续媚笑着："没办法呀，天生的。"

"齐尼娅小姐，也请你停下来。"袁乃东对着斜上方说。

一道微弱的闪光在袁乃东面前稍纵即逝，继而空气中传来细微的叮当之声，似乎有什么东西被击落了。铁红缨四处张望了一下，还是没有看到齐尼娅的踪迹。对此，她甚为疑惑。

"齐尼娅小姐，请相信我，我没有恶意。"袁乃东收敛了嬉笑，正色道，"我知道你会全光谱隐身，但请不要浪费在我身上。我还知道，你只能使你的身体隐身，因此现在你是裸体的，一丝不挂，但隐身后你的身体不能保持人的形貌。所以呢，你也不想任何人看到。我可说得对？"

齐尼娅没有回答。铁红缨盯着齐尼娅的座椅看，座椅上只有衣物搭成的空壳。在她的期待中，座椅忽然出现了小小的波动，下一秒，齐尼娅已经穿得整整齐齐，端端正正地坐在了那里，好像从未离开过。

"你到底是谁？"海伦娜走到齐尼娅身旁，按住了她微微颤动的肩膀，"为什么偷听我们谈话？"

"我是一个私人侦探。"袁乃东说，"接受孔念铎的聘请，到金星联合阵线来调查狩猎者的案子。你们都知道，孔念铎生性多疑，对谁都不相信，做事情向来喜欢做两手，不，好几手准备。"

"你嘴里就没有几句实话。"海伦娜说，"在金星，遭遇超级闪电袭击，你安然无恙，我就对你有强烈的怀疑了。"

"只是运气好罢了。超级闪电没有打中我，不也没有打中你们吗？你们不也没有事吗？"说这话的时候，袁乃东是看着铁红缨的，那关切的眼神在说着不便在此时说出的话。"这不是重点。"袁乃东说，"我其实是想告诉你们一件事情。'奥蕾莉亚号'和'温蕾萨号'都来了，距离'希尔瓦娜斯号'，不过2 000千米。"

（八）

此话一出，齐尼娅脸色骤变。她向来端庄秀丽，即便刚才隐身偷袭袁乃东失败，回到座椅上也是面沉似水，波澜不兴，此刻却如临大敌般望向海伦娜。"别怕。"海伦娜安慰她说，"既然已经叛逃出来了，就没有什么好怕的了。叛逃之时就应该想到，终究会有一天，要直面母亲大人和其他姐妹。大不了决一死战。"

此话说得甚是决绝，却令人生不出豪情。海伦娜转向铁红缨，喊道："贾思敏！"

"叫我铁红缨！"

"还有一件事没有告诉你，铁良弼是被乌苏拉杀死的。"海伦娜再次咬了咬嘴唇，"2104年的时候，莉莉娅带着乌苏拉去金星联合阵线找铁良弼。她们是悄悄去的，其他人并不知道。因为当时狩猎者诅咒在乌苏拉身上显现了出来。她的性格变得极为暴躁，超能力也变得极不稳定，时弱时强，不受控制。母亲一向对乌苏拉偏心，别人的残疾和痛苦她看不见，乌苏拉遭受了诅咒就第一时间跑到金星联合阵线去求助，看铁良弼有没有什么办法可以解决。谁知道，铁良弼竟然当场拒绝了母亲的要求，乌苏拉就杀死了铁良弼。为了掩盖罪行，她还制造了一场大爆炸。"

这就是图尔卡那爆炸案的真相？某个不知名的怪兽从心底最深处跳出来，狠狠地噬咬了铁红缨的心脏一口！好疼！

"现在不是讨论这些问题的时候，当务之急，是摆脱'奥蕾莉亚号'和'温蕾萨号'的追捕。"海伦娜说，"贾思敏，你会帮我和齐尼娅吗？"

"不要叫我贾思敏。"铁红缨固执地说。

"红缨，你会帮我和海伦娜的，对吗？"齐尼娅耐心地问。

"也许吧。"铁红缨含混不清地回答。

"我们去驾驶舱。"海伦娜命令道。说完，她转身离开，齐尼娅驱动轮椅，跟着她出了房间。

"这个我们，包括我吗？"袁乃东问，"我不需要再回那个小小的监牢了吧？"

"我怎么知道？"铁红缨没好气地说。她双手撑住床沿，试探着站起来。比她想象的容易一些。晃了两下，但终究还是站稳了。袁乃东过来，想搀扶她，她不无愠怒地摆手拒绝了。她不知道愠怒的是袁乃东欺骗了自己，还是自己没有及时发现袁乃东的欺骗。他为什么没有早点告诉我他是私人侦探？总而言之，她拒绝了袁乃东的帮助，摇摇晃晃走出袁乃东刚刚走进来的舱门。

袁乃东跟在铁红缨后面，小心地看着。

驾驶舱挺宽敞，四个人进去也不觉得拥挤。齐尼娅的轮椅停靠到为她专门设计的位置，数十根管线从甲板伸出，与轮椅相连。少顷，齐尼娅嘴里念念有词，面部表情也丰富起来，两条胳膊灵活地在空中舞动，宛如京剧的"水袖"一般。铁红缨知道，她在使用沉浸式战舰驾驶系统。这套系统能把战舰的各种信息以"光学实体"的形式呈现给驾驶者，同时把驾驶者动作转化为行动指令，让战舰直接执行。"光学实体"只有与战舰相链接的驾驶员能够看到、听到和摸到。对于驾驶员而言，几万吨的战舰就因此变得直观起来，从某种程度上讲，甚至可以说，变成了驾驶员的一部分。然而，在旁边的看不到"光学实体"的人看来，驾驶员就像是陷入癫狂的精神病人，对着空气比比画画，指指戳戳，辅以各种夸张的表情和咆哮。

铁红缨看着海伦娜。后者咬着嘴唇，眉头紧锁，焦灼地看着齐尼娅的操控。甲板突然猛烈震颤了一下。齐尼娅冲着所有人喊道："'奥蕾莉亚号'发起了进攻！"

紧张的气氛笼罩着整个驾驶舱。铁红缨看着齐尼娅，双手反扣在胸前。她只接受过格斗训练，像这种太空战舰之间的战斗，她只是听说过，根本不知道眼下自己该干什么。

"反击！齐尼娅！"海伦娜吼道，"用星际导弹攻击她们！"

"我……"

"'希尔瓦娜斯号'是三艘战舰中战斗力最强的。你必须反击！向她们发射星际导弹，要让她们知道，我们叛逃的决心！"

"你说的她们指的是沃米，我们的姐妹！母亲大人也在其中一艘战舰上！"

"她们管过我们的死活吗？"

"刚才只是一次警告性射击。"

"这跟正式进攻有区别吗？"

"反正，我不能……'奥蕾莉亚号'要求通话。"

齐尼娅没有征求任何人的意见，信手接通视频。立体投影闪烁了两下，一个苍老的身影出现在通信台上。她负手而立，一副长者模样。满脸皱纹，犹如凝固的波浪，无声地诉说着岁月的沧桑。今年该有 104 岁了吧，铁红缨想。满头银发，短而精悍，仿佛高举长矛整齐列队的古代士兵。起初，她的眼睛是闭着的，少顷，眼睛缓缓睁开，放射出焦灼而又严厉的光芒，动人心魄。

"齐尼娅。"

"在。"

"海伦娜。"

海伦娜踌躇片刻，还是答道："在，母亲大人。"

"这位小姑娘想必就是贾思敏吧。"莉莉娅·沃米说话的速度很慢，但每一个字都说得很清楚，有一种说不出的威严。隔着屏幕，铁红缨感受到莉莉娅的眼神滑过自己的全身，最后停留在袁乃东身上。"你又是谁？"她问道。

袁乃东信步向前，鞠躬致敬，"您好，我最尊敬的莉莉娅·沃米阿姨。早就听闻阿姨的大名，一直无缘得见，今日终于如愿以偿。阿姨果然如传说中那样威风凛凛又神采飞扬。"

"油嘴滑舌。你到底是谁？"

"袁乃东，现在是一名私人侦探。"

莉莉娅·沃米凝神看了袁乃东片刻，似乎在脑子里搜索他的资料，但没有答案，旋即命令道："齐尼娅，重新设定'希尔瓦娜斯号'的航向。"

"去哪里，母亲大人？"

"金星。"

"不回泰坦尼亚吗？"

"在金星还有重要的事情要处理。"

金星。铁红缨琢磨着这个字词。她似乎昨天才离开那颗硫酸云包裹着的星球，而明天就又要回去呢。

"母亲大人。"海伦娜闷声说道。

"别说。"莉莉娅·沃米扬手做了一个禁止的动作，"我还没有想好要怎么处罚你。在那之前，你最好什么都不要说。"

海伦娜昂首想辩解几句，却见齐尼娅冲她拼命摇头，于是咬紧了牙齿，低下了脑袋，把所有想说的话都吞进了肚子里。另一边，莉莉娅已经关闭了通信系统，影像消失在空气之中。

"和母亲大人见面的时候再好好解释吧，海伦娜。"齐尼娅柔声安慰道。

"她会听我解释吗？解释有用吗？"海伦娜反问，"有用的话她就不是母亲大人了。"

"都是我的错。我没有勇气向我的姐妹和母亲大人开火。"

齐尼娅说得很真诚，但海伦娜已经快步离开驾驶舱。

（九）

铁红缨在齐尼娅的安排下，住进了一间乘员舱。看见乘员舱里有淋浴系统，她几乎欢呼起来。褪下手术服，走进淋浴系统里，温热的水从斜上方倾泻下来，淋到她的头顶和肩膀，又顺着身体表面往下流淌。这让她浑身舒畅，每一个毛孔都散发快乐的欢笑。她仔细检查了身体的每一个部位，肩颈、胸腹、后背、手臂、大腿和小腿，没有发现雷击留下的任何痕迹。除了头发里掩藏的智能接口，她的身体没有任何不正常的地方。甚至可能更加健康。她高兴地看着自己光洁的右手背——那里原本有一道小时候调皮留下的瘢痕，但现在已经消失了。相当于我的身体又重新生长了一次，真正的奇迹啊。匪夷所思，却是实实在在发生了。

先前的紧张、犹疑与困惑都消失不见，仿佛被热水一点儿也不剩地带走，脑子变得格外澄澈空灵。洗澡变成如此愉悦的事情，她只需沉浸其中，尽情享受就好。

也不知道洗了多久，铁红缨走出淋浴系统，看到齐尼娅贴心地把一套海伦娜的玫瑰色衣裙送来了。穿上衣裙，虽略略有些宽松，但比之前穿着的手术服，那是有天壤之别。

铁红缨没有找到头绳，就披散着头发出了舱室，去走廊尽头的公共餐厅。袁乃东在那里了。看见铁红缨进来，他说："来得早不如来得巧。我刚把东西弄好你就来了，口福不小啊。"

餐桌上摆放着一碟香炒杂菇、一盘酱汁炒鲜蘑、一碗蘑菇汤。

"你做的？"

"我本想做鱼香肉丝和麻婆豆腐，但她们没有相应的储备。船上的种植园里全是蘑菇。没办法，蘑菇是太空里最容易种植的食物。还好，品种不少。我倾尽全力，弄出两样小菜。来来，尝一尝。"

铁红缨接过袁乃东递过来的筷子，在香炒杂菇里挑了一根，放进嘴里。

"味道如何？"袁乃东专注地看着铁红缨，两眼炯炯有神。

"还行。"

"毕竟不是专业厨师。"袁乃东嘿嘿一笑，转身又从里间里端出一盘热气腾腾的回锅肉。

铁红缨夹起一块肥瘦均匀的肉片，说："刀法不错。"一口吞下，肉还在嘴里就忙不迭地表扬，"人造肉？味道还行。"

袁乃东盛了两杯柠檬汁，递了一杯给铁红缨，随后坐到她的对面。"'希尔瓦娜斯号'的人造引力系统真好，没有它，我还真弄不出这一桌来。"袁乃东边吃边说，"'希尔瓦娜斯'号的人造引力是怎么来的？你发现没有，在战舰的任何一个地方，引力都与地球相同。在船上的活动，跟地球上一般无二。我专门问过了，齐尼娅回答说，她只知道怎么操作，具体原理，我得去问薇尔达，薇尔达会给我详细解释。当然，我能不能听懂是另外一回事。所以呢，结论只有一个：想要品尝真正的美食，还得去地球。"

"这会儿又变美食家呢？"铁红缨瞪着他的眼睛，问道，"研究信息学的学者？本领非凡的私人侦探？到底哪一个才是你的真实身份？"

袁乃东挠了挠后脑勺，装出一副受伤又吃惊的表情（他是怎么样把这两种迥异的表情混合在一起的？），答道："难道一个人只能有一个身份？难道我就不能既是学者，还是侦探，再加上美食家？"

"你嘴里有没有一句实话啊？"

"别这么看着我，你眼睛这么大，人这么漂亮，又专心致志地看着我，我会心慌的。"袁乃东说，"我就是知道得比别人多一点儿而已。实话告诉你吧，我不够聪明，智商远远比不上莉莉娅阿姨，而知识丰富，知道得比别人多一点儿，可以掩盖我智商不足的事实。"

袁乃东双手一摊，做了个无可奈何的表情，仿佛那是铁红缨逼着他做的事情，不是他的错。这人插科打诨的本事堪称一绝，非常巧妙地回避了问题的实质。之前在莫西奥图尼亚城我怎么就没有看出来呢？铁红缨突然觉得气愤不已，气愤原因她并不清楚，反正就是突然间不想陪这个无所不知却假装糊涂的男子玩游戏了。她搁下筷子，说："别拿我当傻瓜。"转身离去。

"别急着走啊。"袁乃东侧身走到餐厅门前，挡住了铁红缨的去路，动作比铁红缨想象的还要快。

"我还有很多事想跟你说了。"

"我不想听。"

"我从来没有把你当成傻瓜。这当中一定有什么误会。"

"让开。"

　　袁乃东没有让开，上前一步，把手搁到铁红缨左边肩膀上。"你听我解释，只要时间够，我肯定能解释清楚。"他说话的语气和眼神都无比诚恳，看不出有丝毫作伪的痕迹。

　　没有了"贾思敏"，我的判断能力都下降了。铁红缨在心底微微叹了口气，转身又坐了回去。"说吧说吧。"

　　袁乃东正色道："告诉你，在知道狩猎者的真相之前，我就认定狩猎者不是外星人。你一定想知道原因，对不对？别急，我会讲给你听。关于狩猎者和外星人，我曾经有一个推断，你还记得吗？"

　　"狩猎者的形体太像人，所以她们不会是外星人？"

　　"就是这句，记性不错，这是原因之一。我敢肯定狩猎者不是外星人，还有第二个原因。"袁乃东说，"我到莫西奥图尼亚城是为了什么吗？研究非洲鼓语，对于非洲人来说，这是非常有效的信息传递方式。那如果非洲人猜想宇宙某个星球上也有类似地球人的生物，他们会认为外星生物使用什么样的通信方式？"

　　铁红缨沉默了片刻，答道："鼓语？"

　　袁乃东笑道："以己度人，是人之常情。人类用什么方式进行通信，就会想当然地认为外星人也使用同样的方式，最多效率更高而已。但这个想法真的正确吗？

　　"20世纪60年代，有一批坚信存在外星人的科学家开始对来自外太空的无线电波进行监听。耗费了数千万资金和数十年的时间，他们什么都没有听到。为什么会这样？难道外星人不存在，地球是宇宙唯一的宠儿？原因很简单，因为外星人很有可能已经不再使用无线电波进行通信了，有别的更为快速的通信方式取代了无线电波通信。毕竟，在浩瀚无边的宇宙面前，用无线电波进行通信，就像从地球步行到金星一样，原始而落后。

"这也是我自始至终都不相信狩猎者是外星人的原因，因为她们也是用无线电波进行通信。"

铁红缨说："你这话让我想起铁族。铁族不是以无线电波为通信方式，所有铁族个体共享一切信息的集群智慧吗？在地球上，通信延迟可以忽略不计，但出了地球，扩展到太阳系各个星球，这通信延迟可就必须考虑了。"

袁乃东定定地看着铁红缨，看得后者不好意思地说："干吗？"

袁乃东意识到自己的失态，忙不迭地把目光移到别处。铁红缨还没有见他这么慌张过，于是打趣道："慌什么？我又不会吃你。"

"我没慌。"袁乃东说，"我只是对聪明的女孩没有抵抗力。"

"有你这样表白的吗？"

袁乃东没有理会这句话，而是说："正如你怀疑的那样，随着铁族在太阳系的扩张，他们遇到极大的困扰。无线电波的速度为每秒 30 万千米，在地球上使用的话，它传播所花费的时间可以忽略不计。然而，当铁族的行动扩展到土星时，信号延迟就开始困扰他们。到登陆冥王星时，信号延迟就超过 8 小时，这已经大大超出了他们可以忍受的极限。与碳族不同，铁族从一开始就是链接在一起的，他们不能忍受通信延迟和由此产生的信息差的存在。铁族个体现在已经超过 5 亿，大脑运行速度又超快，1 小时产生的信息量相当于一百年前全体碳族一年产生的信息量。一队钢铁狼人从火星出发，前往冥王星探险，等他们回到火星，所欠下的信息债会是一个天文数字。久而之，这些信息差就会塑造出很多铁族亚群。事实上，现在的铁族已经可以分为火星亚群、土星亚群和木星亚群了。"

"有什么办法解决吗？铁族那么聪明。"

"据我所知，没有。至少目前没有。"

"我听人说过量子纠缠通信。这会是取代无线电波的下一代通信方式吗？量子纠缠到底是怎么一回事呢？"

"两个处于纠缠状态的粒子即使相隔很远，远到一个在银河系这边，一个在银河系那边，对其中一个粒子进行操作，也会同时对另一个粒子造成影响。这就是量子纠缠。必须强调的是，这种影响是同时性的，就好像两个粒子之间 10 万光年的距离不存在一般。聪明如爱因斯坦，也不能理解这种现象，嘲笑地称之为'幽灵般的超距作用'。"

"我记得有科学家说量子纠缠无法传送有效信息，根本不能进行超光速通信。"

"他们还曾经说过比空气重的东西无法飞上天呢。"

"好了，好了，这个道理我懂了。但我有新的疑问。"铁红缨说，"为什么你要在这个时候给我讲这些呢？而且，讲得特别的仔细，仔细到令人发指。"

"无聊了，打发时间，行不行？要不，我好为人师的毛病发作了，而你很好心地配合了一下？"

铁红缨盯着他，"别拿我当傻瓜。"

袁乃东忽然露出一个非常孩子气的微笑，脸颊隐隐约约透出浅浅的红来。哈，这么大个人了，居然像小孩子一样脸红。"你在追求我吗？"铁红缨问道。这个问题其实把铁红缨自己也吓了一跳，因为问出口之前她完全没有意识到自己会问出如此直接而鲁莽的问题。

袁乃东脸色骤变。"没有。"他的语气格外决绝，"你想多了。你不是我喜欢的类型，你……"

他没有说完，而是起身，毫无礼貌地离开，把铁红缨一个人抛在这间小小的公共餐厅。

（十）

次日，铁红缨提出面见莉莉娅·沃米，她有太多的疑问需要向母亲大人寻求答案。但是被母亲大人毫不留情地拒绝了。"时候还没有到。"莉莉娅的答复简单而直接，言下之意就是时候到了自然会见，自然，什么时候"时候"会到，由莉莉娅·沃米说了算。

那就只能等待。

可等待也太无聊了。无聊之中，检索自己的知识储备，铁红缨不无惊讶地发现自己其实对铁族所知不多。这显然是因为金星自恃是南方文明的继承人，因而刻意对碳铁两族的历史进行了删减，甚至无视。于是铁红缨决定临时抱佛脚，学习碳铁两族有关的知识。

没有"贾思敏"，学习变得困难起来。幸而，"希尔瓦娜斯号"上有一个数据库，保存了许多小说和电影。"这是卡特琳收集的。"齐尼娅说，"她看了数不尽的小说和电影，是所有沃米中最了解地球的一个。她特别喜欢小说里那些比喻，经常引用。"

于是，铁红缨有了一个庞杂的数据库。在里面检索碳铁两族的历史，跟大海捞针一样。幸而——这是真正的幸而——"希尔瓦娜斯号"上还有一位"无所不知先生"。每每有什么不知道或不理解的地方，去问袁乃东，一准知道，而且相关故事和观点也能娓娓道来，比"贾思敏"还好用。

在数据库和袁乃东的共同帮助下，铁红缨对碳铁两族的历史渐渐有了一些清晰的认识。她不无惊讶地发现，尽管自2024年12月，距铁族正式降生还不到100年，但关于铁族的书籍和影像资料已经是浩如烟海。想一想，这不到100年的时间，两次规模空前的碳铁之战，数十亿人非正常死亡，铁族已经永远地改变了人类的历史进程，对于铁族的研究如此浩繁也是可以理解的。最要命的不是多，而是杂乱：不到100年，历史已经斑驳迷离，模糊不清，各种记载前后矛盾，充满了无端而虚妄的猜测与推想。很多时候，铁红缨都难以判断，哪一种说法更接近历史的真相。为何如此呢？有一位知名的历史学家这样解释："因为事关人类尊严。在铁族降生之前，人类自诩为万物之灵，最大的敌人就是人类自己，而铁族崛起之后，人类从各个层面全方位地被铁族击败，尊严扫地。为了维护人类的尊严，或者说面子，人类不惜在事实中添加各种谎言，以继续证实人类依然是万物之灵。"

铁红缨兼容并蓄，尽可能地在历史的泥淖里，寻找一条明晰的主线，寻找证据最多、推理最为严密、最有可能接近真相的那一种论点。在阅读了大量文献和影音资料之后，她发现要做到这一点并不是特别的困难。因为读得越多，重复的资料也就越多，互相比对，哪些是事实，哪些纯属虚构，哪些是单纯的情绪化宣泄，哪些又是几分真实与几分虚假的结合，自然而然就浮出水面。

铁红缨注意到，早期资料中，人类对铁族的称呼非常之多，各个国家对他们的称呼有着鲜明的地方特色，其中"钢铁狼人"是最为广泛地称呼。显而易见，铁族有人和狼两种形态，叫"钢铁狼人"，形象而通俗易懂。但当铁族与人类正式交往之后，各种资料对于铁族的称呼渐渐统一起来，那就是称之为"铁族"。这是铁族的自称，因为铁族纳米脑（也许现在已经升级为"阿米脑"了）的原材料是铁 60，一种铁的同位素。这种同位素在地球上很少见，在别的星球上，比如火星，反而比较多。可想而知，这也是铁族选择火星作为主要行星的重要原因。与之同时，文献中对人类自己的称呼也在不知不觉中发生了变化。"碳族"本是铁族对人类的称呼，意思是人类的生化结构是建筑在碳元素的基础之上的，却为越来越多人所接受和使用。尽管有不少学者大声疾呼，这是一种文化自戕，是铁族的阴谋，自称碳族实际上是把自己降低到与机器同一个层次，要拒绝使用碳族，在所有的场合都要昂首挺胸，大声说

"我是人"。然而，"碳族"一词出现的频率还是越来越高，在有些时候甚至完全取代了人类一词。譬如，碳铁之战，很少被叫作人机之战。

然而，最叫铁红缨意外的是，不是100年来的历史如同被重重浓雾笼罩，也不是人类竟然接受了敌对一方的称呼，而是碳族对铁族的了解，竟然是如此的肤浅与欠缺。到底铁族是什么？是怎样发展起来的？有哪些特点？是否真的是生命的未来？诸如此类的问题，都甚少有人研究，没有人知道，没有人关注，没有人研究。

对于铁族，要么视为魔鬼，极度仇恨；要么视为神明，顶礼膜拜。可仇恨和膜拜都会歪曲对铁族的认识。每每看到纯粹的表达仇恨和膜拜的文字，铁红缨都会大摇其头。

"好吧，该知道的我都知道了。"铁红缨问，"可是，为什么都是碳族的历史？杀来杀去，死的都是碳族。铁族呢？铁族的故事呢？铁族在这些故事里发挥了什么样的作用？剔除重复和错误，碳族对于铁族的研究成果，恐怕只能打印出一本薄薄的书。"

"这些书籍和影音资料都是碳族记载的，"袁乃东回答，"至于铁族，哪个碳族会在乎他们的想法呢？"

（十一）

闲聊中，铁红缨从海伦娜嘴里了解到，乌苏拉皮肤上出现的酷炫的火凤凰，只在她使用超能力时才会出现。"这是沃米的标记，一种基因的印痕，"海伦娜说，"就像孔雀的尾巴，麋鹿的大角，还有长颈鹿的脖子。"

"每一个沃米都有吗？"铁红缨好奇地问。

"都有，还有都不一样。"海伦娜一一介绍：薇尔达是黑色大丽花，卡特琳是敏捷的狸花猫，齐尼娅是长尾风筝。

"那你呢？施展超能力的时候，你出现的标记是什么？"

"黑玫瑰。"海伦娜笑道，"不过我不会告诉它会出现在哪里。"她又解释说，"沃米的标记有大有小，有的明显，也有的不明显。像乌苏拉那种全身游走的火凤凰，在沃米中也是独一份，完全可以看作是她超能力的一部分。"

铁红缨不禁想：我的标记会是什么呢？

海伦娜看出了铁红缨的想法："等你发现你的超能力时，你的标记自然就会显现。"

于是，对自己新身份一直有抵触情绪的铁红缨，破天荒地期待起发现自己的超能力。就为了看那标记？她自己也觉得有几分荒谬，但就是忍不住去想，我的标记会像乌苏拉的火凤凰那样又酷又炫吗？

这一天，铁红缨出门去找海伦娜，开门正好看到袁乃东，好像他特意在那儿等她。

"你在等我吗？"铁红缨问，"我可是个怪物。"

"怎么会？"袁乃东做了一个夸张的表情来表示惊讶与否定，"你不是怪物。"

"真的？"

"有你这样漂亮又聪明还很能干的怪物吗？"

"要是我既不漂亮又不聪明还不能干呢？你已经听到了，我是实验室的产物，每一条基因都被修改过。"

"那只能说明你与众不同。"袁乃东的口吻变得严肃，"如果与众不同就是怪物，那全太阳系的每一个人都是怪物。况且，从150年前的所谓试管婴儿开始，到胚胎干预手术，再到有目的的基因编程，科学已经一次又一次证实，人工干预制造出的婴儿与自然孕育的孩子并无本质上的区别，前者甚至比后者更加健康。没有人会认为你是怪物。"他接着补充道："与你相比，我才是真正的怪物。"

"为什么这么说？"

"你看啊，我不会唱歌。也不是不会，歌词我都认识，就是老跑调，没有一个音在调子上。有人说，听我唱歌，比拿刀子杀了他还难受，比圆月之下的狼嚎还要糟糕。你说我不是怪物是什么？"

说着，袁乃东忽然卷曲了手指，将双手食指和中指并立着伸进嘴里，然后双手用力，食指和中指在口腔里往后勾动，拇指上翘，随即瞪圆了眼睛，大张着嘴巴，尽力吐出舌头，不停地发出嗷嗷的声响。

铁红缨白了袁乃东一眼，"为什么要把自己装得那么猥琐啊？"

袁乃东收回手指，夸张至极的鬼脸消失了，说："调节一下气氛。我看现在这里的气氛有点儿紧张，有些压抑……"

铁红缨盯着他道："还有呢？"他不由自主地笑起来，先是有些猥琐，然后就舒展开来，宛如春天里绽放的第一朵花。

"因为——"袁乃东眼睛里带着某种意味深长的深情，"——这样当我真正猥琐的时候，你不会觉得意外。"

"什么意思？"

袁乃东迅疾凑近，微微偏头，以一个优美的弧线，闪电般地吻了铁红缨一下。轻轻一触，如蜻蜓点水，又闪电般地离开。铁红缨当即愕然。她不是没有从袁乃东的动作中预判出他要干什么，她不是没有足够的时间阻止或者躲避袁乃东的侵犯，她不是……但她什么也没有做，只是默默地站在那里，默默地接受了袁乃东突如其来的亲吻。她似乎晕眩了。在袁乃东的双唇离开之后，她才感觉到那一触的力量和温度。这就是"猥琐"么？她不由自主地把薄薄的嘴唇张成"O"形，想要继续体验，但袁乃东已经远去，脸上带着奸计得逞的笑意。混蛋！趁人不备！她想，觉得脸上有些发烫。下一次我一定一脚把他踢到冥王星上去。想到袁乃东惨叫着飞往冥王星的情景，铁红缨不由得扑哧笑出声来。

"笑什么？"

"没什么。我去找海伦娜姐姐。"

"我也去，有问题想问。"

但海伦娜不在，房间里只有一脸苍白的齐尼娅。

铁红缨问："海伦娜姐姐呢？"

齐尼娅声音低沉地答道："海伦娜去'温蕾萨号'，接受母亲大人的惩罚。"

"会很严重吗，那惩罚？"

"非常严重。母亲大人对于女儿们向来严厉，即使是小错，也会接受巨大的惩罚。这次我们叛逃，犯了她最大的忌讳，惩罚必然是最为严重的。"齐尼娅语气黯淡。

"是什么样的惩罚？"

"数个小时的感官剥夺。海伦娜会被悬挂在一个狭窄的黑箱子里，看不见，听不着，闻不到，失去所有的外界信息。这是比鞭笞更为可怕的惩罚。"齐尼娅说，"海伦娜是四色视者，感官比普通人敏锐数万倍。普通人如果突然失去所有的感官，会比死了还难受，而海伦娜的感受，会比普通人强烈数万倍。她已经过去8个小时了。"

8个小时的感官剥夺，会是怎样一种痛苦？铁红缨心中难过，说："海伦娜姐姐真可怜。"

袁乃东感叹道："简直丧心病狂！"

齐尼娅说："海伦娜先去，等她接受完，就轮到我了。"

铁红缨瞄了一眼她的双腿问："等待你的会是什么惩罚？"

"我不知道。"

房间的空气仿佛凝结一般。

"狩猎者的来历非常精彩，但我有一个疑惑。"袁乃东转换话题说，"钱，钱从哪里来？"

"什么？"铁红缨疑惑地问。

袁乃东解释道："在重庆大学建设一座世界最顶尖的，有数十名员工工作的基因实验室，并不受任何干扰，秘密高速运转达8年之久，维持基因实验室运转的巨额资金从哪里来的？"

铁红缨讪讪地笑道："这个问题我还真没有想过。"

"现在的科技研究，早就不是在自家后院可以完成的了，它需要巨额资金、大型设备和成百的参研人员，历时数年，还可能没有任何收获。"袁乃东说，"那维持基因实验室运转的巨额资金从哪里来的？夏娃基金？不，不是，那只是一个具体的执行机构，一个空壳。莉莉娅·沃米？她确实是一个数学天才，但你们觉得她是一个能够用自己的数学天才赚取大量金钱的人吗？那么，钱从哪里来？"

齐尼娅回答道："幸好我知道这个问题的答案。约翰·史密斯，就是他在背后支持了夏娃基金。小时候，我见过他几面。不过，去了泰坦尼亚以后，就再也没有他的消息了。"

袁乃东说："我知道这个人。他担任过科技伦理管理局常务副局长一职，以古板官僚著称。当萧瀛洲决定发动军事政变，推翻摇摇欲坠的地球同盟执委会的松散统治时，约翰出人意料地全力支持了他。战后，科技伦理管理局被裁撤，约翰去了萧瀛洲的军政府担任要职。当时，和平虽已降临，但有识之士都认识到这种和平的脆弱性。面对铁族强加给碳族的巨大生存压力，各种解决方案纷纷出炉，伦纳德·杰罗姆的金星伊玛纳工程与莉莉娅·沃米的'夏娃计划'都是其中之一。所不同的是，金星伊玛纳工程是举非洲之力，进行的星际大迁徙，举世皆知，而'夏娃计划'是私下里秘密进行的。莉莉娅背后站着约翰，约翰为'夏娃计划'提供了军政府的秘密资金，那约翰背后是否站着萧瀛洲呢？"

"这个我不清楚。"齐尼娅说着，启动了轮椅，"海伦娜回来了，你们替我照顾她。我该去'奥蕾莉亚号'接受母亲大人的惩罚了。"

铁红缨和袁乃东一起点头，却什么也没有说。像"好，你放心"这样的话，在此时此刻是说不出口的。

（十二）

到第五天，莉莉娅命人叫铁红缨去"奥蕾莉亚号"。这就是说，"时候"到了。铁红缨估计三艘狩猎者战舰已经到金星附近。这个时候召见我，还真是意味深长啊，铁红缨不无揶揄地想。

"我和你一块儿去。"袁乃东说，"去见这位一个世纪的传奇。"

"没有问题。"铁红缨答道。

海伦娜送两人上了样子像是一尾金鱼的摆渡船。"母亲大人会对你说很多话，她会说她说的全部真是无可辩驳的事实，她会说一切都是为了你好。"海伦娜表情严肃，眼睛里含着某种悲伤，"不要相信她，一个字都不要相信。"

铁红缨不置可否地点点头，想：我自己会判断。她望着海伦娜的眼睛，忽然间，她感受到沉甸甸的悲伤。这悲伤厚重如岩石，压得她喘不过气来；又像是撞进了蜘蛛网的小虫子，不但手脚被蛛丝缚住，身体也开始被又黏又稠密的物质紧紧地包裹着，眼看着就要窒息……

母亲大人从来不爱我，她只爱她自己。

这悲伤，仿佛大山倾覆下来，无可阻挡，又像万年寒冰，其实早就郁结在内心深处，只是之前一直不曾觉察。

然而——然而眼前的这两人，就要去见母亲大人。她会对他们说些什么？我的计划全然失败了吗？今后我要怎么办？还有齐尼娅……

种种疑问如同黑色的旋风踯躅在万年寒冰之上。

"红缨。"

袁乃东轻声地呼唤，将铁红缨从幻境中召回现实。"走，走，上船。"她一边忙不迭地说，好掩饰自己一时的失神，一边思忖刚才发生的事情。我感受到的无限悲伤是海伦娜的，这与她性感的外表完全相反。她继续想：我甚至透过海伦娜的眼睛，看见了失神的我自己，还有旁边疑惑不已的袁乃东。这说明什么？我具有了读取别人心灵的超能力？

摆渡船不大，也就能容纳 4 个人。铁红缨跟在袁乃东后边，小心翼翼地穿过舱门，进入摆渡船。袁乃东抓住顶上的拉环，对铁红缨说："离开'希尔瓦娜斯号'的时候，我猜人造引力会消失。"

铁红缨依言抓住了另一个拉环，惊奇地看着袁乃东的眼睛——他的眼睛黑得发亮——想要看到他的内心，还有他眼里的自己。

摆渡船微微摇晃了两下，以极快的速度离开船坞，从一个圆形闸门飞了出去。果然如袁乃东预料的那样，人造引力一下子消失了，铁红缨感觉自己的身体一下子飘浮起来，全身所有的器官都失去了依靠，血液不知所措地往所有的方向流淌。她差点儿叫出声来。袁乃东伸手，翻腕，勾住了铁红缨的后腰，稳住她的同时，将她拉到自己面前，紧贴在了一起。

"为什么这样看着我？"袁乃东轻声地问，"难道这样就能看到我心里在想什么？"

"我知道你心里在想些什么。"

"我在想些什么？"

"你自己不知道吗？"

袁乃东闻言嘿嘿一笑。铁红缨能感受到他满心的欢喜，却不是通过什么超能力，只需要看他的表情，还有听他节奏鲜明的心跳声就知道了。她看不到这个充满了神秘色彩的男子的内心，更没有透过他的眼睛看到和他紧贴在一起的自己。难道我的超能力不是读取别人的心理活动？她微微挣扎了一下，袁乃东松开环住她的手臂，随后她松开拉环，自由地飘向摆渡船鸡蛋壳一样的舷窗。

舷窗外，一幅宇宙奇景正在上演。硕大的金星在侧下方，亮得不可思议。看不到太阳，不知道它在哪个方向。照亮这片星域的，是明亮无比的金星。仔细品味，这亮里暗含着黄，正是将金星紧紧包裹住的硫酸云的颜色。事实上，也正是厚达20千米的硫酸云基本上将太阳光反射了，才使金星比太阳系任何大行星都明亮。

"那是'希尔瓦娜斯号'。"袁乃东凑到铁红缨身边说。

"好怪异的造型！"铁红缨轻声地感叹。

在"希尔瓦娜斯号"的内部，铁红缨没有觉察它有什么与众不同之处。现在从外面看它，她才蓦然发现，"希尔瓦娜斯号"的造型如此怪异。很难用一两句话来描述它的样子。就算是在梦里，也梦不到这个样子的太空战舰。虽然太空战舰是在太空中飞行，无须考虑气动布局，理论上讲，可以造成任何一种样子。但多数时候，造出来的太空战舰外形都差不多。因此，"希尔瓦娜斯号"的造型看上去就像是……

"确实怪异。"袁乃东说，"第一次看见它，我觉得它就像是螳螂、珊瑚和郁金香的组合。换一个角度看，它又像是恐爪龙、翻车鱼、花岗岩与星空的混合体。换一个时候看，它又像是翻开的书本上滴落了几点墨痕，每一页都像在讲述一个精彩至极的故事。"

听上去就"希尔瓦娜斯号"的外形会不断变化似的。而且，显而易见，袁乃东看过很多次"希尔瓦娜斯号"了。"你现在觉得它是什么样子？"铁红缨问。

"一把绘满了花纹的悲伤的弓。"

铁红缨琢磨着这句话。在她眼里，"希尔瓦娜斯号"更像是盛装出席婚礼的伴娘。这是一个怪异的意象。为什么不是盛装出席的新娘，而是新娘旁边那个跑前跑后的陪衬者呢？

"'希尔瓦娜斯号'的造型就像是某种放大版的罗夏测试。"袁乃东说。

"什么？"

"罗夏测试，一种心理学的测试。在纸上随便滴几滴墨水，让人从其中看出东西。不管看出什么来，反映都是这人当时的心境。"

"所以不是'希尔瓦娜斯号'的造型会变化，而是它模仿了罗夏测试，看到它的人心境不同，所看到的样子也就不同。"那么，我看到的伴娘是怎么一回事？

"前面应该就是'奥蕾莉亚号'。"

摆渡船正在迅速靠近它。与上次在金星山谷里看到的"奥蕾莉亚号"不同，飞行中的"奥蕾莉亚号"此刻就像是太空的一滴眼泪，那么忧郁，那么决绝，那么……幻觉又来了：这是一场令人窒息的窥视，画面晃动得厉害，依稀看见一个狗熊一样的男人，还有一个金发女孩。一件可怕的事情正在发生。那个狗熊一样的男人叫安德烈，说话呼哧呼哧的，就像是破鼓。他说他需要回报。那个金发女孩尖叫着，想要逃离，双腿却杵在原地，无法动弹。不。不对，无法动弹的是窥视者。窥视者意识到即将要发生什么，心中慌乱，不知所措，因为她也正准备做一件可怕的事情，从隔壁传来了海伦娜稚嫩的声音，她这才透过一个小窗户窥视的……

窥视者是齐尼娅，那年9岁！

"在我眼里，'奥蕾莉亚号'就像是麦克斯韦方程式[1]喝醉了酒，跌跌撞撞，从珠穆朗玛峰掉落到马里亚纳海沟，与'泰坦尼克号'的残骸，以螺旋楼梯的方式，嵌合在了一起。"袁乃东说。

铁红缨眨了眨眼睛，幻觉消失，回到摆渡船里的现实之中。她觉得脸上发烫，知道自己的脸上一定红得可怕。居然在这个时候这个地方，在袁乃东身边，出现这样的……她赶紧调整自己的思路，第一次出现长时间幻觉，是看到乌苏拉屠杀安全部特工。慢着，真的是幻觉吗？那感觉如此真实，就像是亲身经历，就像我真的就是乌苏拉！今天的感受也是如此，就像我真的就是窥视中的齐尼娅。那种混杂了愤怒、痛苦与无限内

---

[1]英国物理学家詹姆斯·克拉克·麦克斯韦在19世纪建立的一组描述电场、磁场与电荷密度、电流密度之间关系的偏微分方程。

疚的情绪体验，真实得无法言喻。

袁乃东继续说：“虽然明明知道‘希尔瓦娜斯号’和‘奥蕾莉亚号’，还有‘温蕾萨号’，都是狩猎者制造的，但我还是忍不住地想，它们不像是碳族的产物，怪异得就像是外星人制造的。”

袁乃东说这话的时候，铁红缨努力把脸别向他看不到的地方。她把注意力转移到下方，努力从金星亮而黄的表面寻找天空之城。她心里知道，在这个高度不可能看到硫酸云上空的任何一座城市，但她还是努力去看，想要发现奇迹。因为这能让她从刚才齐尼娅万分痛苦的幻觉中解脱出来。她成功地平复了心境，于是接过袁乃东的话说：“这就是狩猎者的设计意图吧。就是要看到狩猎者战舰的人以为它们是外星人建造的。”

“应该就是这样。”袁乃东点头说。

“奥蕾莉亚号”打开了闸门，让摆渡船飞进去。人造引力再度回来。这次铁红缨做好了准备，没有给袁乃东帮助她的机会。在人造引力出现的刹那，她已经稳稳地抓住了吊环。她知道，接下来的事情，只能靠自己，别人能帮的忙，很少很少。她必须全力以赴。

（十三）

“奥蕾莉亚号”内部与“希尔瓦娜斯号”几乎相同。走出摆渡船，卡特琳·沃米在船坞旁等着。“跟我来。”她的声音又轻又快，似乎只在喉咙里打转，不仔细听，根本听不清楚。

铁红缨压低了声音说："她会听到我们在想什么，还会心理控制。"

卡特琳回头道："没那么容易。"又冲袁乃东说："我为什么听不见你脑子里的声音？"

"因为我是傻瓜啊。"袁乃东回答。

卡特琳在前带路，把两人带进一间大的舱室。头发雪白的莉莉娅·沃米斜靠在一张躺椅上，看见两人进来，她立刻调整了坐姿，似乎不想别人看见她疲倦的样子。乌苏拉样貌和上次见面时差不多，十四五的样子。照计算她应该34岁了，仍然保持十四五的样子，也是超能力的一种吗？铁红缨思忖着，再次将目光投向乌苏拉，一身精悍的短打扮，站在莉莉娅身后。看上去挺随意，但铁红缨相信，只要莉莉娅受到威胁，她一定会第一时间出手。

"贾思敏·沃米，我的孩子。"莉莉娅说，"我们终于见面了。"

"我叫铁红缨。"

"你就叫贾思敏，在你出生之前，我就给你取了这个名字。永远记得，和你那些姐姐一样，你是一个沃米，我的孩子。没有我，就没有你。你要记得。"

铁红缨专注地看着莉莉娅·沃米。之前在"希尔瓦娜斯号"的视频上匆匆见过，这次是真实的近距离接触，与视频的感觉完全不同。莉莉娅104岁了，岁月在她身上的每一个部位都刻下了痕迹。她的皮肤是皱缩的，像是失去了水分的柑橘；

她的眼睛是浑浊的，像是撒满垃圾的沼泽；她的声音是干涸的，像是沙漠上掠过的风。为什么我忽然间这么喜欢使用比喻呢？她干瘪，瘦弱，毫无生气。脾气也似乎不像传闻中那样火爆怪异，然而端坐的身体也明白无误地告诉大家：我还没有死，只要还没有死，还能喘气，我随时可以爆发出惊人的力量。

莉莉娅转向袁乃东，说："至于你嘛，我似乎没有邀请你呀。"

"我调查狩猎者，查到了不少秘密，但还有很多潜藏在迷雾之中。我想知道狩猎者所有的秘密。"袁乃东说，"我可以和铁红缨一起听您讲的故事吗？"

这话既像是疑问，又像是提出申请。莉莉娅没有回答。

"莉莉娅阿姨，我知道您是一个传奇。"袁乃东说，"亲身经历过两次碳铁之战，活了一个多世纪，这样的人，还不能称之为传奇吗？但还不是所有人都知道您的存在，知道您的故事，知道您为拯救碳族而做出的努力与牺牲。听了您的故事，我将翔实记录，并撰写出您的个人传记，广为传播，让太阳系的每一个人都颂扬您的名讳，感涕您的恩德。"

"好主意，书的名字就叫《最后的人类守护神》。"莉莉娅欣然颔首，"既然如此，你就用心听好了。"

莉莉娅望向铁红缨，说："人一老就特别容易絮叨，容易怀旧，容易在往日的琐事里反复纠缠。我尽量拣重要的说。齐尼娅和海伦娜已经把她们对你说的又对我说了一遍，不得不说，大部分是事实，但也有一小部分是猜测和虚构。很久以前有人告诉我，事实中掺杂了少许猜测与虚构的成分，是最难分辨的谎言。我想，与其让别人来告诉你所谓事情的真相，或者你在暗地里猜来猜去，还不如让我来把全部的过程毫不保留地告诉你。我可以向你保证，我将要说的，有些我已经说过千百遍，有些却是第一次谈起，但都是不容置疑的、无可更改的事实。比如，对终极理论的恐惧。"

2078年1月初，铁族说，要与碳族共享科技成果，这是第二次碳铁之战停战协议的一部分。于是他们把终极理论公布在量子寰球网上。每个人都可以通过量子寰球网去看，去学。

什么是终极理论呢？科学家说，从人类诞生以来，我们就一直在探索关于宇宙最底层运行规律的定律。他们相信，宇宙是可以认知的。在他们眼里，宇宙分成两部分，一部分是已经认知的，一部分是等待认知的，而天上地下，所有的秘密最终都是能够整合到一组方程之中。

这样一组方程，有人叫它终极理论，也有人叫它万有理论，简洁到可以写在手背上。但它不仅能够描述四种自然界基本的力——引力、电磁力、强力和弱力，还能同时适用于原子以下的微观世界与星球以上的宏观世界，能够描述所有的时间和空间，能够描述所有的维度和所有秘密。很多科学家相信，找到了终极理论，就表示心理学、地理学、化学、生物学、天文学、历史学、物理学等等学科的所有问题都可以解决。所有已知的公式、定理、方程，全都是终极理论的一部分，这些已知的公式、定理、方程，全都可以从终极理论逆推出来。

数百年里，无数科学家殚精竭虑，想要找到终极理论。历史上许多伟大的科学家都相信：一个科学家所能从事的最重要的工作就是对终极理论的探索，其他的一概不重要。甚至可以说，即使大部分科学家自己并不研究终极理论，但，科学——尤其是物理学——的历史很大程度上就是在寻找终极理论的过程中建立起来的。

然而，数百年来，碳族倾尽全力也没有找到终极理论，最终找到终极理论的，却是铁族——碳族制造出来的机器智能。毫无疑问，这对于一向以智慧著称的碳族而言是极为沉重的打击。

然而，接下来的打击更为沉重。碳族不仅没有发现终极理论，现在铁族把终极理论公示出来，还没有几个人能够真正理解。是的，公示出来的四组方程，共两种版本：一种是用铁族的文字和符号写成；另一种是由铁族版本翻译而成，用的是碳族的拉丁字母。不管是哪一种版本，简洁，明了，不算特别复杂，但就是没有人敢说他完全理解了。是的，终极理论四组方程的每一个字母和符号人们都认识，但合起来是什么意思，没有人能够说清楚。

一个研究科技史的人说，广义相对论问世不久，在一次宴会上，有记者问当时英国著名物理学家爱丁顿爵士："听说世界上只有三个人懂广义相对论，这是真的吗？"爱丁顿爵士迟疑良久，记者追问他在想什么，他答："我在想那第三个人是谁。"现在这个笑话被修改成："听说世界上只有一个人懂终极理论，这是真的吗？"回答："全世界的人都在想那一个人是谁。"

也有其他一些说法。有的说，铁族公布的终极理论不完整，这是铁族刻意为之，是铁族阴谋消灭人类的一部分。他们说，在两次从肉体上消灭人类的阴谋被挫败以后，铁族转而想从精神上消灭人类，公布人类没有发现和不能理解的终极理论就是其中一部分。另一部分人说，这是翻译的错，终极理论从铁文翻译为拉丁文时出现了意义变迁甚至严重丢失，想要真正理解终极理论，必须从原始版本入手。因此，他们掀起了学习铁族那种改造自中文的文字的高潮。

对于人类的种种疑惑，铁族表现出超级耐心，他们甚至派出铁族学者专门负责答疑解惑，但依然没有多少改观，既无法使人类中的某一个智者完全懂得终极理论，也无法使更多的人类懂得终极理论的一部分。

莉莉娅·沃米一向自诩智商高人一等，所有人在她眼里都奇蠢无比。然而，在铁族公示了终极理论之后，莉莉娅发现她和那些蠢货一样，居然也看不懂那四组方程。她努力学习，努力理解，但都可耻地失败了。她也成了蠢货中的一员！地地道道的蠢货！不可救药的蠢货！

旁人无法想象这事儿对莉莉娅的打击有多大。那是一种森冷的绝望。就像是一条汹涌澎湃的河，正顺着高山峡谷欢快地流着，忽然撞上了一堵难以破解又无法逾越的墙，顿时失去了滔滔的风采，只剩下呜咽、徘徊和无法排解的绝望。当时，确实有数以百计的科学家在绝望中自杀，以至于当时出现了"终极死"的说法。

那是一段极其黑暗的岁月。莉莉娅之所以没有自杀，是因为她找到了新的生存目标：地球已经没有希望了，为了人类能够继续存活下去，她要让人类的后裔逃到别的星球上去继续生活。

（十四）

"夏娃计划"接近尾声时，莉莉娅已经意识到铁良弼身上的变化。数以万次的实验失败深深地打击了他，对于"夏娃计划"的后果的担忧，成了他在成功之后带着贾思敏悄然逃走的最大理由。他毕竟无法像莉莉娅一样，可以无视道德与伦理，无视历史的审判。他害怕成为又一个钟扬，给已经灾难深重的人类带来新的浩劫。

然而他的成功却是超出所有人——包括莉莉娅——的想象。莉莉娅带着孩子们在动荡的地球四处迁徙，很难找到一个既安全又隐蔽的地方，能够长期居住。孩子们渐渐长大，各个表现出不同的超能力。是的，就是那些人们在神话中编撰和想象的能力，铁良弼将它们变成了赤裸裸的现实。尤其是薇尔达，薇尔达·沃米。

薇尔达一岁的时候就表现出超高的智商，学什么都快。像莉莉娅，又不像莉莉娅。莉莉娅的天赋集中在数学上，而这一天赋在莉莉娅一生并没有发挥多少用处。薇尔达的天赋集中在物理学上，不到 4 岁她就学完了物理学的基本课程，所有艰深的理论和方程在她眼里都是小菜一碟。最不可思议的是，薇尔达有的是时间去学习，因为她不需要睡觉。经过检查，她的左脑和右脑完全对称，因为某种未知的原因，可以左脑休息而右脑承担整个大脑的全部工作。12 小时后交换，左脑工作，右脑休息，而且两个半脑之间存在高效的信息传递机制，左脑学习的东西，右脑也会知道，不会出现信息丢失的灾祸。4岁的时候，莉莉娅同意薇尔达学习终极理论。在此之前，她多次提出学习终极理论，莉莉娅都没有同意，因为害怕过早地让她接触终极理论，会对她的自信心造成灾难性的打击。事实证明，是莉莉娅想多了。学起终极理论来，薇尔达毫无障碍，如同风行水上那么轻捷，如同春风化雨那么自然。

听着薇尔达滔滔不绝地谈论终极理论，这个解，那个解，莉莉娅心中既有羡慕也有嫉妒还有说不尽的欣喜。看着薇尔达诉说她所不能完全理解的终极理论，莉莉娅想对所有人说，看啦，那个懂得终极理论的人在这里，她，她是我莉莉娅·沃米的女儿。

那么，理解了终极理论有什么用呢？看着逐渐学会控制超能力的孩子们，莉莉娅又开始琢磨：这么一小群孩子，除了逃跑，逃到外星球，逃到铁族势力范围之外，就不能做点儿别的事情吗？

2093年9月，莉莉娅和孩子们住在亚洲一个叫清迈的地方。有一天晚上，莉莉娅路过清迈著名的帕烘寺时——为了避免卷入战争，僧人们正在拆除这座据说建于1517年的寺庙——那个鬼故事忽然间就从她的脑海深处跳了出来。

故事里除了鬼，还有一群狐狸和一个猎人。这个鬼呢和一般的鬼不一样，不害人，还很懦弱。有一天，他的家，一座古墓，被一群狐狸给占了。狐狸势众，鬼打不过它们，可是又舍不得自己的家。思来想去，他想到了一个好办法，就去找一个武艺高强的猎人，恳求这位猎人到古墓附近去转悠几天，把狐狸吓跑。猎人很奇怪，问这个懦弱的鬼："为什么不叫我直接去打跑狐狸，夺回你的家呢？"鬼说："以你的本领，确实能打跑狐狸，帮我夺回家，但由此我就得罪了狐狸家族，将永世不得安宁。"事实证明，鬼的做法是正确的，猎人吓走了狐狸，鬼得回了自己的家，同时又没有得罪狐狸，带来无穷的后患。

　　这个故事是有来历的。2078 年元旦，一个叫卢文钊的人将在量子寰球网上欢度新年的 40 亿人"劫持"了。40 亿在线的人无法动弹，做不了任何事情，包括退出网络。莉莉娅也是这40 亿分之一。劫持持续了 5 分钟，后来这被称为人类历史上最大规模的黑客行动。奇怪的是，劫持之后，卢文钊什么也没有做，就是讲了"狐、鬼和猎人"这个故事。当时莉莉娅并不知道这个故事有什么意义，在泰国清迈的那一晚，她陡然间想明白了其中蕴含的道理。

　　铁族日渐强大，无论是体力，还是智力，已经不是碳族可以力敌的了。对照鬼故事，倘若把人类比作懦弱的鬼，而铁族是强势的狐狸，那么，谁是猎人呢？"就是我，我们。我们是独立于碳族和铁族之外的第三方势力。"也就是在这个时候，莉莉娅才开始把她的孩子们叫作"狩猎者"，同时把"夏娃计划"更名为"狩猎者计划"。

　　目标一旦确定，剩下来的事情反而简单了。这是一件大事，需要巨额资金，需要大量设备——其中很多还是当时世界上所没有的，还需要一大群人才能完成。莉莉娅原本有十来个手下，帮着照顾 6 个孩子。在流亡途中，死的死，逃的逃，到2093 年的时候，已经不剩几个人了。幸好，这时候孩子们都已经能够掌控自己的超能力了。需要谈判的时候，海伦娜和卡特琳联袂出击，无人可以抗拒她们提出的要求。需要暴力相向的时候，就派乌苏拉去，她非常乐于悄无声息地杀死一个人，但有时候，她又喜欢被杀的人死得轰轰烈烈。齐尼娅出动的次数最少，更多的时候她提供后勤和技术支持，世界上就没有她攻不破的电脑防御系统。她还有一双擅长治疗的手。

当时，澳大利亚暂时还算安稳，莉莉娅在悉尼组建了一家名叫泰坦的宇航公司。公司以到实现到土星的第六颗卫星泰坦长期定居为名展开行动：在各方势力之间周旋，筹措基金，建造所需的各种仪器、各种设备，以及最为重要的战舰。即使有一群超能小孩的帮助，也依然是困难重重。所幸，适逢乱世，每个人都在为自己的生存而奔忙，没有人在乎她们在干什么。大多数为泰坦公司工作的技术人员都为自己找到了一份足以养家糊口的工作而对公司充满感激。

偶尔有聪慧者觉察到泰坦公司的秘密，他要么成为公司的一员，要么从这个世界消失掉。有时，狩猎者也主动吐露真相，吸纳优秀者加入公司核心。6个狩猎者的说服力是很强的。就这样，狩猎者的队伍越来越庞大，而整个工程的进度也按照计划有条不紊地进行着。

不久，三艘冯·诺依曼式全自动挖掘机被发射到泰坦尼亚进行前期建设。同时，根据新成员安德烈·加夫里洛夫提供的一份情报，找到了一座被遗弃的457号中型太空城。巧的是，457号太空城原本就是作为太空工厂设计的，虽然还没有完全建好，但作为藏身之所，并且用于制造前往泰坦尼亚的太空战舰，是非常理想的选择。于是，泰坦公司整体迁往 457 号太空城。

　　在太空城的新生活开始了。狩猎者们全力以赴建造了三艘太空战舰。最先建好的是"奥蕾莉亚号"，经过一番简单的测试，旋即由安德烈率领十个人飞往泰坦尼亚，继续永久基地的建设。然后是"希尔瓦娜斯号"，作为"奥蕾莉亚号"的升级版，它比"奥蕾莉亚号"的性能要好得多。"温蕾萨号"个头最小，2097 年才建好。这时，距离泰坦公司迁入 457 号太空城已经两年半了。

　　"温蕾萨号"一建好，莉莉娅就对泰坦公司全体员工宣布了下一步计划：放弃 457 号太空城，为了保密，它将被彻底摧毁，连渣都不剩；所有想去泰坦尼亚的人都可以去，但这是一场单程之旅，去了就不可能再回地球；你也可以选择不去，但不能把狩猎者与泰坦公司的秘密泄露出去，为保证这一点，你的记忆将被卡特琳删除。最后的结果比莉莉娅预计的好，65 人觉得地球已经没有希望了，同意前往泰坦尼亚为碳族寻找新的出路。

　　事实上，在制造狩猎者的时候，莉莉娅并不知道要怎么做才能战胜聪明绝顶的铁族；在组建泰坦公司的时候，莉莉娅并不知道要怎么做才能消灭这时数量已经超过 4 亿的钢铁狼人；在泰坦尼亚的永久基地建成的时候，莉莉娅依然还在琢磨，怎么样才能最大限度地利用手里的资源，为碳族赢得继续生存下去的权利。但在摧毁他们居住了两年多的 457 号太空城的时候，她忽然间想到了这些问题的答案。

　　在此之前，莉莉娅带着孩子们在世界各地辗转迁徙过，没有对任何一个地方产生过依恋之情，因为她知道，那不过是暂时的栖身之所，而她，也不过是它的匆匆过客。然而，当莉莉娅下令摧毁 457 号太空城，看着它化为齑粉时，她内心深处突然间有种不舍之情。这是实现她逃离梦想的地方，但它绝对不是终点，而是全新的起点。问题是，接下来应该怎么做？就在这时，那个想法跳了出来，突然之间，莉莉娅知道该怎么做了。那个想法在她心底奔走跳荡，想要如火山一般冲口而出。她强忍着不说，以至于胸口出现了前所未有的疼痛。她在脑子里把新计划推理了一遍，越发认定这是眼下她能实现愿望的最佳方案。于是莉莉娅·沃米放声大笑，孩子们莫名其妙地看着她，只有一贯面无表情的塔拉露出会心的微笑，似乎洞悉了她的想法，抑或者是莉莉娅的想法早在她的预料之中。

（十五）

"希尔瓦娜斯号"和"奥蕾莉亚号"飞了 62 天，到达天王星的第三颗卫星泰坦尼亚。这里距离地球的平均距离为 2.7 亿千米，还不是太阳系的边缘，却是目前宇航技术所能抵达的最远距离，也是在太阳系外围所能找到的自然条件最好的栖身之所。莉莉娅特意让齐尼娅在量子寰球网在检索过多次，没有任何针对泰坦尼亚的研究和开发计划。为保险起见，齐尼娅还花了很长一段时间，删除了网络上泰坦尼亚的所有资料。

泰坦尼亚是天文学家威廉·赫歇尔在 1787 年 1 月 11 日发现的，名字出自莎士比亚的戏剧《仲夏夜之梦》。它直径只有 1 578 千米，很小，却有着可以与火星上的水手号峡谷媲美的巨大峡谷，和与之伴生的规模空前的断崖。这些峡谷和断崖的名字都出自莎士比亚的戏剧。墨西拿深谷长 1 492 千米，谷底有一系列平坦的地方，永久基地就建在墨西拿深谷中间地带。先期抵达的冯·诺依曼式全自动挖掘机在那里工作了三年多，进行着永久基地的基础建设。还有铁良弼早期设计的一些适应外星球极端环境的生物，包括修改过基因的蓝绿藻、几种生存能力极强的蘑菇、一种能在甲烷冰里生活的多毛动物，也被释放到泰坦尼亚的地表进行实验。到莉莉娅等人抵达时，永久基地已经基本建设完成。

等一切都安顿好，莉莉娅着手实施狩猎者计划。除了莉莉娅自己，没有别人知道计划的详细内容，包括她的孩子们。她们还小，即使有超能力，也还只是十四五岁的孩子，未必能够真正理解她的意思。而在那之前，她们的身体已经出现了某些难以解释的问题。问题非常严重。尤其是乌苏拉，她的情绪越来越暴躁，经常处于失控状态，在泰坦尼亚的永久基地里制造了好几次事故。安德烈在其中一次事故中遇难。莉莉娅只能小心行事，按照计划，吩咐她们做事，一件又一件，逐步逼近她要达成的目标。当时莉莉娅处于极度的紧张与焦虑之中，害怕功亏一篑，害怕在计划实施之前，这些孩子全部死掉。

真正论起战斗来，狩猎者中可堪一战的，唯有乌苏拉。虽然跟普通人相比，她确实是战神一般存在，但在铁族面前，她的战斗力依然是有限的。她能打十个，还是能打 1 000 个？就算她能打 1 000 个，可铁族目前的数量已经超过 5 亿。

想要实现莉莉娅的目标，唯有制造出一种超级武器，太阳系历史上从来没有出现过的超级武器。

　　莉莉娅·沃米先在人类的武器库里查找。在那段时间里，她成了武器方面的专家。她并无意外地发现，人类还真是善于发明用于毁灭的武器啊！氢弹、中子弹、电磁脉冲弹，激光炮、中性粒子炮、等离子炮，反物质炸弹、次声波发生器，人类的武器库名目繁多，品种齐全。可以讲，凡是能制造武器的技术，最后都用来制造武器了。然而，这些武器都太常规，有的对铁族没有效果，达不到震慑的效果。

　　莉莉娅又在铁族的武器库里查找，一眼就看到了"立方光年号"。

　　在过去的数十年时间里，在"立方光年号"毁灭之前，它一直是太阳系里最大的战舰。有多大呢？比远征舰队所有航天母舰加起来还要大。当人类第一次看到它的时候，所有人都被吓住了。如果说中子星陷阱的威力还需要相当高的想象，那"立方光年号"就是每一个普通人都看得见、摸得着、甚至闻得到的威胁。

　　事实上，在第二次碳铁之战中，"立方光年号"没有直接参与任何军事行动。它没有发射一枚星际导弹，也没有发射一束激光或者等离子束。它只需要飞到某个目标上空，所有的抵抗就会结束。战后，"立方光年号"已经成为一种符号，代表着铁族的胜利与人类的失败，只要它还在太阳系里巡逻，人类就永远屈服于它的淫威之下。地球上已经发生的一切，充分说明了这一点。

　　看到"立方光年号"，莉莉娅忽然明白该怎么打了。要打，就要打"立方光年号"，就要把它彻底摧毁。问题是，什么武器能够摧毁巨大无比的超级星舰？另外一艘超级星舰？或者是重新启用人类古老武器库中的某种跨时代的超级武器，轻而易举地消灭它？抑或者是，像某些人想象的那样，攻击它的某个弱点，以四两拨千斤的方式，用一次微不足道的爆炸，制造连锁效应，进而彻底摧毁它？都不行，都是不着边际的幻想。

最终一篇写于 100 年前的小说启发了莉莉娅。那篇小说标注为科幻，其中几句话是这样写的：万事万物都由原子构成，而原子是靠强力聚合在一起的，如果强力消失，原子就会崩解，转化为能量，而物质也会消失。虽然提出了这种天才般的设想，但作者认为，这种设想太过超前，100 年后都可能不会实现，甚至永远都不可能实现。但事实往往超出人们的预想，对于未来，人们有时过于乐观，有时又过于悲观。莉莉娅把这个让强力消失的想法告诉薇尔达，问她有没有可能实现，她毫不犹豫地答道："可以的，只要有足够的能量。"

中途加入的安德烈曾经是地球环的工程师。他带来的资源，除了被遗忘的 457 号太空城，还有原太空军的一系列成熟的军事技术。这令狩猎者少走了很多弯路。即便如此，很多东西，狩猎者还是需要从零开始，一点一点地摸索。艰难地完成，就像在完全黑暗的地方，找到一个狭窄又悠长的小径。因为狩猎者要造的，是太阳系从来没有造过的超级武器。

譬如战舰的外观。莉莉娅的要求是，它要一眼看上去，就让人觉得，这不是地球的产物，而是来自外星。时年 10 岁的海伦娜负责这事儿。在考虑过碟形、马鞍形、雪茄形、水滴形、三角四面体、正六面体等特殊形状后，海伦娜选择了罗夏[1]造型。通过一系列外观设计，海伦娜使狩猎者建造

---

[1]瑞士精神科医生赫尔曼·罗夏于 1921 年首创了一种测验，这种测验是著名的投射法人格测验。

的三艘战舰——"希尔瓦娜斯号""奥蕾莉亚号""温蕾萨号"——呈现出某种随机的可能性。不同的人，看到战舰会有不同的感受；同一个人，在不同的时候，看到战舰会有不同的联想。这是光学外观上的修改。在电磁信号方面，也做了类似的伪装处理，使三艘狩猎者战舰在雷达信号上呈现不同的强度，有时弱到无法捕捉，有时强到让人误以为是一颗流浪的小行星。

又譬如战舰的动力系统。人类造过的最为强劲的发动机安装在远征舰队的旗舰"珠穆朗玛号"上，是氘－氚聚变反应堆。但狩猎者战舰小得多，装不下那么大的反应堆。齐尼娅在量子寰球网上深入挖掘，经过一番比对，竟然找到了冷聚变反应堆的设计图。早就有人在设想冷聚变，无须上亿的温度就能引发物质核聚变，但一直是纸上谈兵，从来没有真正实现过。在翻阅了数以万计的设计方案之后——在量子寰球网彻底崩溃以前，齐尼娅抢救性地下载了数不清的网络资料——齐尼娅发现，其中几份方案都趋于成熟，只要相互借鉴，做一点点改动，冷聚变反应堆就可以制造出来。就这样，在2 000摄氏度就能进行聚变的发动机装上了狩猎者战舰，使它们能以每秒3万千米的速度在太阳系里纵横自如。

最后就是武器。这由薇尔达负责，也是所有子系统中最为重要的。根据莉莉娅的设想，这种武器要能够从原子层面上对"立方光年号"进行摧毁。对于这种计划中的超级武器，薇尔达做过详尽的解释。她提到了信使粒子，提到了宇宙膜，提到了玻色－爱因斯坦凝聚，提到了磁振子和马约拉纳费米子，提到了霍金蒸发，提到了无处不在的暗能量。有的词语，用的是本意，有的词语，却是完全不同的意思。她滔滔不绝，说了很多，但没有人能够理解。卡特琳在努力理解薇尔达的话后，这样说道："三艘狩猎者战舰就像是三只蜜蜂，在世界上最大的水坝边飞行，试图用自己的尾针，在坚固的水坝上戳出三个小洞，让激射而出的水柱，干掉正在追捕自己的空天战机，同时自己还要成功躲避水柱，滴水不沾。"其他人听了，这种比喻比薇尔达的讲解更加迷茫。

超级武器的原理不好理解，取名字也很麻烦。莉莉娅曾经犹豫了很久，在"死亡哨音""霜之哀伤""灰烬使者"和"毁灭之锤"等名字之间进行选择。经过多方面的考虑，最终确定为"死亡哨音"。这个名字，和三艘狩猎者战舰的名字一样，出自莉莉娅幼年时玩过的一款游戏——《魔兽世界》。

"原来母亲大人小时候和我们一样贪玩啊。"10岁的海伦娜感叹道。

"就你话多。"莉莉娅一耳光扇到海伦娜稚嫩的脸上，留下了红红的五根手指印。

离开457号太空城，去往泰坦尼亚之前，狩猎者对"死亡哨音"进行了第一次测试。非常成功，"希尔瓦娜斯号"从暗能量之海中"挖掘"出的一点点暗能量，就将457号太空城彻底摧毁。也就是那个时候，莉莉娅才看到了狩猎者计划最终成功的希望。

泰坦尼亚的生活开始了。狩猎者进一步完善三艘狩猎者战舰，进一步测试死亡哨音，进一步研究"立方光年号"的性能和数据。狩猎者只有一次出手的机会，一旦失败，铁族决不会给她们第二次机会。她们制定了一个详尽的计划，反复思考，权衡其中的利弊，寻找每一个指向胜利或者失败的可能性。

2100 年 10 月，狩猎者在木星环上安放了一个信号塔，引诱"立方光年号"前来调查。然后，三艘狩猎者战舰同时从三个方向出击，在它附近使用死亡哨音，庞大如"立方光年号"，也丝毫经受不住暗能量的强力冲击，转眼之间就分解为无数原子碎片。

次年，铁族主动提出与人类谈判，签订和平协议。大和平时代降临太阳系。狩猎者计划完全成功。

（十六）

莉莉娅·沃米陡地停住话语，迷蒙的双眼漠然地望着眼前，没有盯着任何目标，似乎沉浸在往事之中，难以自拔。沟壑纵横的脸上，洋溢着说不出的兴奋，显然对于当年自己所做的一切无比的骄傲。

舱室一片寂静，铁红缨看着沉默不语的莉莉娅，又看看莉莉娅身后护卫着的乌苏拉，一时之间不知道说什么好。

袁乃东打破了舱室的寂静。他问："莉莉娅阿姨，能问您一个很私人化的问题吗？"

"可以。"莉莉娅没有给出否定的答案。

"您为什么对拯救人类那么执着？"

听袁乃东提出这样一个问题，如果不是现在这种气氛，铁红缨一定会笑出声来。因为这个问题的潜台词是：照您一直以来对人类的评价，不应该啊。

"我并不喜欢人类，甚至可以说，我讨厌人类这个群体。"莉莉娅显然听出了袁乃东话里潜藏的意思，说："我从小就不能容忍别人的错误，只要别人出了错误，哪怕只是一个小小的口误，我都会毫不留情地指出来。在我看来，这是在帮助他们进步，理所当然。在他们看来，我却是在吹毛求疵，刻意炫耀自己的聪明。一来二去，我被所有人抛弃，没人愿意搭理我，他们都说我是聪明的小怪物，金发的喀迈拉。对他们的看法，我不在乎。跟他们聊天，没有任何趣味可言，说来说去都是些无聊至极的话题：去哪儿玩，什么东西好吃，哪个男孩或者女孩容易搞到手，诸如此类。是以，你可以说，是我放弃了他们，放弃了整个世界。我有自己的快乐，自己的坚持，自己的梦想，用不着任何人来慰藉，也容不下任何人的侵犯。我自成一个世界，直到我遇到一个人。

"很久以前有一个人告诉我，人类确实很愚蠢，但终究是人类啊，所以呢，还是值得拯救的。这个人并不是特别聪明，很多时候也和普通人一样，又笨又蠢，还不知道悔改。这个人就是靳灿，结束第一次碳铁之战的大英雄，地球同盟的缔造者，迂腐执拗、满脑袋不着边际幻想的百无一用的书生。2077年的时候，他要死了，住在地球重庆他老家附近的健康城里，想要见我。当时我在月球的虹湾基地，急匆匆地赶回去。他对我说，他要死了，人类就拜托给我了。这个混蛋，自己的一辈子忙着从铁族的威胁下拯救人类，临死想起我来，把如此巨大的包袱丢给了我！他说，他知道这件事很难很难，从来没有人真正完成过，但他相信我，相信以我的智商，足以完成。好吧，好吧，我承认，我智商很高，比99.999%的人都要高，然而那也只是局限于数学啊。你让我口算任意数字开十五次方，我立刻可以给你答案，但拯救数十亿愚不可及的人类……有什么办法？他说，像我这样绝顶聪明的人不当人类的守护神，不去拯救濒于灭绝的人类，谁去拯救人类啊？我接过了这个前所未有的重任，把自己的后半辈子都耗在了里边。过程和结果你们已经看到了，现在整个太阳系，碳铁两族处于和平之中。即使是暂时的，我的付出与牺牲也是值得的，而靳灿托付给我的任务，也算是完成了吧。这答案你还满意吧？"

袁乃东若有所思地点头。

莉莉娅自顾自地继续往下说："也正因为如此，狩猎者的秘密不能泄露出去，一旦泄露出去，铁族知道当年袭击'立方光年号'的不是来自宇宙深处的异星生命，而是人类在实验室制造的后裔，威胁程度立刻会下降。对手越神秘越是叵测，威胁程度越高；而神秘和叵测既是狩猎者最锋利的矛，又是最坚固的盾。只要狩猎者的秘密被曝光，其结果除了狩猎者的毁灭——与5亿铁族正面对抗，狩猎者还没有那个实力——还有整个太阳系和平的消失。因此，我必须保证狩猎者秘密不会外泄，为这个目的，我将不择手段。这么多年里，铁族，还有碳族，都曾经为着种种目的，千方百计地探寻狩猎者的秘密，都被我们毫不留情地干掉了。然而，眼下这件事真正的麻烦在于，是狩猎者内部有人想要离开，想要揭开这秘密，想要我们多年的努力付之东流。我以性命担保，绝不会允许这样的事情发生。"

"这么说，《最后的人类守护神》这本书即使写出来，也没有办法广为传播。"袁乃东说，"是吗？"

"你很聪明。"莉莉娅点头道，"我喜欢聪明人。如果你到泰坦尼亚，除了写书，一定有别的大用处。"

袁乃东笑笑，说："我可不一定愿意去。"

"这可由不得你。"

"我很庆幸，能从容地听到这么精彩绝伦的故事。对于整个事情的来龙去脉，我了解得足够清楚了。"铁红缨打断了莉莉娅的话，顺便扫了一眼乌苏拉，"但我更想知道，当年我父亲铁良弼，是怎么死的。"

莉莉娅领首道："其实你这个问题还包含了另外两个问题。第一，当年铁良弼为什么带走你，而不是别的沃米。第二，我告诉你这些，有何目的。这些问题，我一并回答，因为它们是联系在一起的。

"从一开始，你就与众不同。每一个狩猎者都有某种超越一般人的本领。然而，狩猎者现在这些超级本领，并非铁良弼最想要的。他说他把最想要的超能力赋予你。

"塔拉、海伦娜、齐尼娅、卡特琳、乌苏拉、薇尔达，先后呱呱坠地。但轮到贾思敏，也就是你的时候，他却带着你的胚胎逃走了。因为他在你的基因上花费的时间和心血最多，你是最有希望实现他愿望的人。所以，铁良弼逃走时带走了你。他把你冷藏起来，然后一口气跑到了金星。

"2101年，铁良弼回到地球，将冷藏中的你取出来，再让你降生。为什么会有这个变化呢？我相信他猜出了狩猎者就是他当年制造的沃米们，我相信他意识到如果运用得当，沃米们也不一定会是碳族毁灭者，我还相信他在时隔十多年后一定又对你的基因进行了重新编辑，使你往他想要的方向演进。然而，当时我并不知道这件事。狩猎者的情报网集中在地球和火星上，对金星这边的情况，我们知之甚少。所以，要等到多年之后，我才知道铁良弼躲在金星上空。

"得知铁良弼所在后，我和乌苏拉来到金星，住进了莫西奥图尼亚城的图尔卡那酒店。我找到了铁良弼的联系方式，约他到酒店大厅见面。到大厅的时候，我们看见铁良弼和一个人在交谈，等那人离开后我和乌苏拉走了进去。铁良弼说他早就知道，不管他逃到哪里，沃米们迟早会找上门来。总会有这么一天，他会为年轻时所做的事情付出代价。我对他说，找他的目的不是为了追究当年他的逃跑，而是为了解决狩猎者诅咒。海伦娜和齐尼娅告诉过你狩猎者诅咒是什么了吧？"

铁红缨点头。每个狩猎者都有超能力，但同时也有难以治愈的病症，这就是狩猎者诅咒。

莉莉娅沉默了片刻，似乎是在脑海里搜寻，搜寻那之后发生了什么的记忆，或者干脆什么也没有想，只是呆呆地坐着。毕竟是一百多岁的人了，一口气讲述了这么多，累了。就在铁红缨胡乱猜测的时候，莉莉娅轻叹一声，道："接下来发生的意外，远远超出了我的控制。"

"能说具体点儿吗？"

莉莉娅·沃米说："就在我向铁良弼陈述狩猎者诅咒时，乌苏拉的狩猎者诅咒突然发作。乌苏拉的战斗力超强，但她的诅咒是有时会失去控制，狂暴地攻击眼前的一切。这样的事情，此前已经发生过好多次了，每一次都造成了巨大的破坏。在泰坦尼亚，狂乱中的她曾经毁坏过一条我们千辛万苦建立起来的生产线，造成了巨大的损失。但任何一次发作，所造成的损失都不如这次巨大。乌苏拉杀死了铁良弼，就在我的眼前。我无能为力，只能眼睁睁地看着这场悲剧的发生。狂暴中的乌苏拉，就像是只剩原始破坏欲望的野兽，或者是不受控制、目标随机的杀戮机器，没有任何人可以阻止她，包括我。我只能小心翼翼地躲起来，眼睁睁地看着乌苏拉杀死了铁良弼，又去杀其他人。酒店里的人惊恐地四散而逃，然而，以乌苏拉超越常人的速度和力量，她身体的任何一个部位都是致命的武器，被她盯上的人，没有谁可以活着逃走。这时发生了剧烈的爆炸，我也不知道为什么会发生爆炸，但爆炸不过是把已经死去的人又炸了一次，对乌苏拉没有造成一点儿伤害。我只能等待，等待狩猎者诅咒快过去，等待乌苏拉发泄完毕，恢复自我控制。"

"这就是我父亲死亡的全部真相？"铁红缨问，"死于乌苏拉之手？死于狩猎者诅咒？一场意外？"

"对，是意外。海伦娜说，是乌苏拉故意杀死铁良弼的。不是，她撒谎了。确实是乌苏拉杀死了铁良弼，但那是在狩猎者诅咒发作时，她完全失去理智的情况下干的。"莉莉娅说，"乌苏拉体内有一团火。清醒的时候，她是世界上最优秀的战士，然而，一旦失去理智，她又变成了世界上最可怕的魔鬼。"

　　母亲大人的精神还算矍铄，但毕竟年过百岁，这大一段讲述之后声音变得无比低沉，需要集中注意力才能听清楚。然而，这并非铁红缨听这段话觉得怪异的原因。最根本的原因在于，这段话她仿佛听了两次。一次是她自己听的，另一次是……她的心仿佛被一把无形的剑刺穿，痛得无法言说。但这也不是她的感受，而是……她望着乌苏拉，乌苏拉也望着她，眼里有闪烁的泪光。她忽然间透过乌苏拉的眼睛，看见了乌苏拉眼里的自己——自己是那么幽怨又孤愤。

　　"乌苏拉，你说句话呀！"铁红缨吼道。

　　"不怪可怜的乌苏拉。"卡特琳低低地说，"如火的她，不会说话。"

　　这也是狩猎者诅咒吗？铁红缨忽然明白过来：我"听见"了乌苏拉听见的，所以莉莉娅的声音出现了两次。甚至那锥心的疼痛，也是乌苏拉的！是乌苏拉听到铁良弼死于她之手的真实感受。这不是幻觉，而是某种形式的超能力……"难道就没有人为铁良弼之死负责吗？"铁红缨说。

（十七）

　　"没有。"莉莉娅说，"如果一定要找一个人来为这件事负责，那个人就是铁良弼。"

　　"为什么这样说？"

　　"每个人都要为自己的行为负责。铁良弼这样说，总会有这么一天，他会为年轻时所做的事情付出代价。乌苏拉是铁良弼是创造的。乌苏拉的一切，源自于铁良弼，包括她超人的战斗力，也包括狩猎者诅咒。铁良弼死于失去自我控制能力的乌苏拉，完全可以说是死得其所。因为被创造物所杀，是造物主的命运，弗兰肯斯坦的命运。"

命运。铁红缨咀嚼着这个有些苦涩意味的词语。"今天我知道了很多，一口气了解了那么多过去的事。来龙去脉，前因后果，数十年来的恩恩怨怨。但还有一个问题想问。"铁红缨说，"为什么要告诉我这些？"

"我们需要你，狩猎者需要你。"

"因为我身上可能隐藏着解除狩猎者诅咒的秘密？"

"那确实是原因之一。"莉莉娅·沃米说，"但对我而言，更为重要的原因是，我老了，离死也不远了，需要找一个继承人来领导狩猎者。就如刚才所说，狩猎者是太阳系大和平的依仗。碳族和铁族能够和平共处二十多年，正是因为狩猎者的强势存在。然而，我已经老了，一百多岁了，说不动哪天就一命呜呼了。那个时候，谁来领导狩猎者？只有你。"

"我？"

"你的姐姐们都不行，由于狩猎者诅咒，她们每一个人都有这样那样的病患，不能担任领袖。只有你，既有狩猎者之本领，又无狩猎者之诅咒，是最理想的人选。"

铁红缨沉默不语。

莉莉娅继续说："为长久计，除了解除你的姐姐们的狩猎者诅咒，狩猎者本身也需要进一步发展。目前狩猎者的数量还太少，战斗力也不行，全靠保持神秘，才能勉力维持狩猎者的存在与太阳系的和平。倘若正面作战，狩猎者必败无疑。首先要增加狩猎者的数量，其次要强化狩猎者的能力。我们需要更多更优秀的狩猎者。我已经在着手做这些事情，但远远不够。我需要帮手。在我活着的时候帮我，在我死后继承我的位置和使命。这个人就是你，沃米中最小的那个。你要承担起这个重任，责无旁贷。这是你命中注定要完成的事业。你理解也好，不理解也好，都必须接受，无从逃避。"

是吗？铁红缨有些茫然。才 19 岁的她对于什么叫命中注定一无所知。她意识的一部分甚至在暗中嗤笑：说得就像她已经望到了我生命的尽头一样，说得就像我的后半辈子已经结束，现在只剩下回忆一样。我的生命才刚刚开始哩。"要是我不同意呢？"犹如正在恶作剧的孩童，她说，"我不想当贾思敏，不想当狩猎者，更不想当狩猎者的母亲大人。"

莉莉娅·沃米平静地望着铁红缨，眼睛宛如深深的蓝色湖水，一言不发。良久，她说："你会同意的。迟早有一天，你会明白我这句话的意思。"

"不，不会有那么一天的。"铁红缨斩钉截铁地说。

辞别莉莉娅，铁红缨和袁乃东返回"希尔瓦娜斯号"。在摆渡船上，铁红缨的心情变得抑郁。

"莉莉娅和我想象中的母亲完全不同。"铁红缨说，"很小我就知道我与别的孩子不一样，我没有母亲。我不知道我母亲是谁，不知道她的名字，更不用说见过她的容貌。记忆中，我问过我母亲的事情，我父亲只是不置可否地笑笑，从不回答，从不正面回答，至于托基奥叔叔，他也不知道问题的答案。但我对母亲还是有想象的。"

"温柔贤淑？和蔼可亲？"

"至少她不会在我犯了错之后打我。"铁红缨停了一下，补充道，"至少不会对我置之不理吧。你知道的，我性子挺野，大家都叫我朝天椒，从小到大，犯过无数的错误。刚开始的时候，托基奥叔叔还打我，骂我，到后来，他也疲了，倦了，就不再管我了。我再犯错，他就叫我去找我母亲。

"有一次，大概是 10 岁的时候，我真的离家出走，偷偷摸进了一艘星际航班，准备去地球找母亲。途中，我把所有的事情都想好了。怎么找，找到了母亲我会对她说些什么。我会骄傲地告诉她，没有她，我一样活得很好。想着想着，我睡着了。要不是被一个称职的空姐发现，我早就被冻死在星际航班的夹层里。

"这次离家出走把叔叔吓坏了。然后，'那我去干吗？难道去找我母亲？'这句话就成我的口头禅了，因为我知道托基奥叔叔不可能真的赶我走。但真正可怕的，不是叔叔要赶我走，而是对我置之不理。你知道那种感受吗？不管你做了什么，他都不闻不问，无视你，当你是空气，当你不存在，就像那从来不曾谋面从来不曾现身的母亲。"

袁乃东感叹道："莉莉娅阿姨让你失望了！"

"不是失望这么简单。我这人从小到大都没有什么朋友。我认识很多人，但说得上是朋友的，一个都没有。"铁红缨踌躇着，说，"也许是因为我性子野，吓住了他们；也许是因为我个性直，得罪了他们。我敢说他们不敢说的话，敢做他们不敢做的事。他们都叫我朝天椒。我向他们袒露心迹，从来都开诚布公，轮到他们了，却推三阻四，遮遮掩掩。我急公好义，见不得人受欺负，但每一次我都帮错人，我帮过的所有人都会与我反目成仇。所有的事情，不管怎么开始，到最后都会演变为我与所有人做对。你有没有觉得，我这种做法很像莉莉娅·沃米，虽然她没有直接教育过我，但她透过 DNA 传递给我的，会不会更加可怕？"

"不。"袁乃东说，"过去也许已经凝固，无可改变，未来却有无限可能，有无数条路供你选择。不管是私人侦探，还是安全部特工，或者是成为狩猎者，都不过是其中的一条。对你而言，每一个未来都将熠熠生辉。"

"说得不错。"然而……

海伦娜在气闸室门前等待着，瞧她焦躁的样子，已经等了很久。一见到铁红缨和袁乃东，海伦娜就迫不及待地说："母亲大人是否告诉你，她制造我们的目的就是要从铁族的魔爪中拯救人类？而你要承担起这个重任，责无旁贷？因为这是你的使命，你理解也好，不理解也好，都必须接受，无从逃避？"

"对。"无疑，莉莉娅的这些话不知道对狩猎者说过多少回了。

"她也一定给你讲述了狩猎者的来龙去脉，尤其是狩猎者如何用最少的资源，一手缔造出整个太阳系的和平。"

"讲得非常详细。"

"然而，那并非事实的全部。"海伦娜道，"描述成果时只需要一两句，比如，某某终极武器研发成功。然而，真正的研发过程却是需要数万甚至数十万道程序。任何一道程序出了错，都可能导致最后的结果相差十万八千里。而完成这些工作的，主要是一群 10 到 15 岁的孩子。对，我们是有超能力，有常人难以想象的本领，但我们依然是孩子，正在长大的孩子。母亲却只管发布命令，分派任务，要我们在指定时间里完成，不能质疑，不能抱怨，更不能拖延。

"母亲大人有着控制一切的欲望，任何忤逆都被视为不能容忍的背叛。即使偶尔她想起来要关心一下我们这些小孩子，也表现得极为专制和强势。譬如，她微笑着给你一杯牛奶，你必须当着她的面儿喝完。既不管你是否喜欢喝，也不管你的肚子此刻是空的，还是已经被别的食物填得满满的。倘若你有一丁点儿反对，哪怕只是喝慢一点儿，她也会勃然大怒，厉声呵斥，说你混账，说你想挨打，说你一无是处，一丁点儿都不知道感恩。

"你知道吗，母亲大人这一称呼最初是我们几个背地里的玩笑话，意在嘲笑母亲的独断专横。母亲大人知道后却不以为忤，说这样喊，她听上去感觉还不错，于是，竟渐渐变成了母亲大人的正式称呼，真是可笑。

"对于母亲大人的喜怒无常，小时候我特别不明白。长大之后，我才明白。原因很简单，"海伦娜说："母亲从来没有爱过我们，她只是把我们当成实现她梦想的工具。她从未爱过我们。她就知道命令我们做这个，做那个，从来就没有问过我们愿不愿意。我，我是有血有肉有自由意志的生命，不是谁的工具。即使要当工具，我也要当自己的；要实现什么梦想，也要实现我自己的。"

"那你的梦想是什么？"

"当一个画家。"

一个意料之中的答案。铁红缨看过海伦娜那些异常绚丽的画作。

"《晨曦中的桉树》，是在泰坦尼亚上画的吧。"

"在狩猎者中，我是唯一的四色视觉者。这是我的超能力之一。"海伦娜解释说，每一种普通人能识别的颜色，在海伦娜眼里都有一百种以上的色彩变体。色彩单一的灰色鹅卵石，在海伦娜眼里却比普通人眼里的珠宝还要美丽璀璨。它们闪烁着橘绿、橙黄、湛蓝和粉红……每一种都那么诱人。

"然而，四色视觉带来的并不都是快乐。

"我的世界曾经就像是一堆堆昂贵的颜料组成的垃圾堆。那些炫目的颜色无处不在，存在于目之所及的每一个角落，全都奋力烧灼着我的眼睛。有很长一段时间里，在醒着的每时每刻，我都像生活在无穷无尽的噩梦里。我花了近10年时间，才学会与它们和睦相处。你知道吗，白色是我最喜欢的颜色，它让我的眼睛感觉舒服，让我的内心感觉宁静。但我依然不知道拿这种超能力来干什么。"

"有一天，出于好奇，我学着样子在白纸上勾画出寥寥几笔，却展现出一个超越真实的图像。"海伦娜兴奋地说，"在那一瞬间，我心中充满说不出的愉悦。因为我骤然间意识到，我的天赋不是魅惑众生，而是绘画。我从未在魅惑这件事情上获得过真正的快乐，但用毛笔在白纸上涂抹勾画，看着图案随着我的动作在纸上逐渐呈现出来，我感受到前所未有的快乐。

　　"有人告诉我，艺术都是恋旧的，流连于古老与过去。这种说法固然很煽情，但我对此有所怀疑。我查阅艺术方面的资料，从而得知：人类的艺术多数是在农耕时代形成的，田园牧歌是其主要表现内容，经过数千年的锤炼，从文字到绘画，从歌剧到雕塑，都变得极为成熟。然而，城市兴起后，艺术突然间发现自己难以描述城市生活。及至太空时代来临，人类更没有做好准备，包括艺术。即便曾经有科幻描述过太空生活，但那都是非常不准确的表达。迄今为止，还没有一部真正表现太空时代的艺术作品问世。当我想到这句话时，我豁然明白，我该干什么呢。"

　　"我不要拯救碳族，我要过自己的生活。"海伦娜说，"我不要过别人为我设置的生活，哪怕这个人是母亲大人。你也不要。你瞧，为了拯救人类，母亲大人不惜变成恶魔，或者，她本身就是恶魔，只是这件事让她把本性彻底暴露出来。谁知道呢？所以我要逃跑，跑到没有母亲大人的地方。你能理解我吗，小妹妹？"

　　铁红缨心中一动：我不会成为母亲大人的。她答道："我能理解，我也有自己的选择。比如，我现在最想做的事情就是回到金星，回到莫西奥图尼亚城。莉莉娅肯定不准我们离开。海伦娜姐姐，你能帮我吗？"

第三章　化身为神

（一）

回到金星比铁红缨想象的容易。狩猎者战舰进入金星轨道后，释放出摆渡船，将铁红缨和袁乃东直接送到莫西奥图尼亚城 225 层 7 号码头上，毫不费劲地回到了十多天以前他们离开的天空之城。"破解登陆代码易如反掌。"齐尼娅解释说，"最难的部分在于，不能让母亲大人知道。"

袁乃东说他要回的自然与人文博物馆，继续研究非洲鼓。"有事儿联系。"他说着，转身离去。铁红缨冲他的背影挥挥手，随后坐上了另一个"豆荚"，在管道交通系统中先向上移动到 383 层，再横向往 7 号大街公共租赁房快速移动。

播报系统播发的一则新闻引起了铁红缨的注意："……缉捕弥勒会恐怖分子托基奥·塞克斯瓦莱的工作正在有条不紊地进行着。"

她当然还记得离开时金星的政治格局：麻原智津夫率领的宣教团代表地球来接受的金星回归；独立党与回归党的争执；

塞克斯瓦莱叔叔找到隐居多年的图桑伯伯……但什么时候塞克斯瓦莱成了弥勒会的恐怖杀手呢？

主持人继续播报新闻："根据已经掌握的情报，安全部新任部长尼古拉表示，塞克斯瓦莱尚未逃离金星，捕获他指日可待。"

尼古拉·阿列克谢出现在视频里，吧唧着厚厚的嘴唇，说："一方面，请民众不要过于担心，塞克斯瓦莱虽然携带有致命性武器，但相信他的为人，不会对普通民众造成生命威胁。同时呢，恳请各位民众，注意身边的陌生人，注意周围的异常情况。如果发现塞克斯瓦莱的踪迹，立即向安全部报告。一切由安全部来处理。在此，我真挚地呼吁，如果塞克斯瓦莱看到这条新闻，请您自首，为了您和金星公民的安全。"

铁红缨压抑住内心的冲动，回到了0823号房间。进了门，动用网络终端。"查找与托基奥·塞克斯瓦莱有关的新闻，按照时间的先后顺序排列。"她命令道。数条旧闻出现在选项中，每一个标题都惊心动魄。铁红缨一条一条地往下看，总算是补上了她离开金星这段时间里发生的重大事件。

"突发！重大新闻！金星联合阵线总理马泰里拉遇刺身亡！马泰里拉，遇刺，身亡！"播报这条新闻的主持人语无伦次，恨不得把每一个字都变成尖叫，"马泰里拉总理在接受安全部部长塞克斯瓦莱述职时，塞克斯瓦莱部长突然拔出枪来，一枪命中马泰里拉总理的额头！马泰里拉总理当场死亡，塞克斯瓦莱旋即从容离开……"

"确认，枪杀马泰里拉的凶手是塞克斯瓦莱。这是金星联合阵线自成立以来最可怕的一次暗杀、一场灾难：安全部部长杀死了总理！"

一段视频被反复播放：在总理办公室，马泰里拉端坐于办公桌后面，塞克斯瓦莱站在他面前，神情激动地说着什么，然后塞克斯瓦莱突然拔出手枪，抵近马泰里拉总理额头，一枪毙命……视频只有画面，没有声音。旁白说，视频来自总理办公室的监控录像，之所以没有声音，是因为该视频遭到忠于塞克斯瓦莱的安全部特工的破坏。技术人员费了九牛二虎之力才恢复了50%。"但就目前所看到的内容，基本可以证实，是塞克斯瓦莱枪杀了马泰里拉总理。"旁白如此客观地描述道。

"有消息灵通人士声称，塞克斯瓦莱枪杀马泰里拉总理的原因，不是因为独立或者回归的争执，而是因为塞克斯瓦莱实为恐怖组织弥勒会的高级信徒。"

"麻原智津夫长老对马泰里拉的遇刺表示遗憾，并说：'马泰里拉在生命的最后时刻皈依重生教，此刻他得乌胡鲁的庇佑，前往重生的光荣之路上，而重生之后，马泰里拉将以最舒适的方式生活他最喜欢的世界里，获得永久的幸福。'"

"一名安全部高级特工爆料称，托基奥·塞克斯瓦莱将安全部打造成了他个人的电子独裁机构，就像他多年前构思的电子乌托邦一样，只是规模小得多。'一切都要听那台叫"法老王"的机器的，'他说，'很多时候，我们都搞不清楚，领导安全部的，到底是托基奥，还是"法老王"。'"

"安全部和警察部联合发出对塞克斯瓦莱的通缉令，所有公民都有责任和义务抓捕杀死马泰里拉总理的弥勒会凶手。同时出现在通缉令上的还有雷金纳德·坦博。此人之前曾是私人侦探，在这次暗杀马泰里拉总理的行动中，为塞克斯瓦莱提供了支持。"

"安全部和警察部在今天早晨的一次联合行动中，突袭了莫西奥图尼亚城4号垂直农场，但一无所获。犯罪嫌疑人塞克斯瓦莱与坦博均不在那里，在突击队抵达4号垂直农场之前，他们已经离开。特工与警察的能力受到民众的广泛质疑。鉴于塞克斯瓦莱长期担任安全部部长一职，人们有理由相信，安全部还有忠于塞克斯瓦莱的特工。"

"麻原长老接受金星联合阵线城市代表大会的邀请，兼任金星联合阵线总理。值此动荡混乱之时，麻原长老临危授命，真乃金星之福。我神鸟胡鲁，庇佑金星安康吉祥！"

"麻原总理签署命令，任尼古拉·阿列克谢为新任安全部部长，并要求尼古拉对安全部所有特工进行审查，坚决将信仰上不合格的特工从安全部剔除。安全部要成为金星的安全部，而不是犯罪分子的私人武装……"

铁红缨一边看旧闻，一边思忖着其中隐藏着的真相。这时，有人敲门，是隔壁的琼斯先生。

"沈小姐，这段时间你都上哪儿去了呢？"琼斯先生说，"巧巧在我这里。你不在，饿得不行，跑我家里来了，我就收养了它。"

巧巧在琼斯先生的身后。见到旧主人，它先是有些害怕，畏缩在琼斯先生脚边，不肯出来。"你看，我都把它养家了。"琼斯先生骄傲地说。铁红缨呼唤了几声。巧巧从琼斯先生的裤腿边，露出半个脑袋，小心翼翼地打量着铁红缨。眼神里流露的不是受到宠溺后的欢喜，而是莫名的恐惧。铁红缨继续呼唤巧巧的名字。巧巧迟疑地吠叫几声，铁红缨打着手势叫它过来。在犹豫了好一会儿之后，巧巧终于认出了这一个人是谁，立刻闪电般跑了过来，在铁红缨脚边来回奔跑，一会儿拿后背去蹭她的脚背，一会儿拿小嘴轻轻地咬她的鞋带。"这鬼东西！真会忘恩负义！"琼斯先生丝毫没有意识到他用错了词语，转而说道，"不过，沈小姐，巧巧这几天生了一场重病——你看它都憔悴了——看病花了不少。既然你都回来了，总不能一直由我垫着吧？"

（二）

没有别的事，次日，铁红缨大力邀约袁乃东吃火锅。"我请客。"她大方地说，"去辣都风情，99层，金星最好的火锅馆。"袁乃东笑着答应了。两人约好了时间，袁乃东去公租房接铁红缨，然后一起去辣都风情。巧巧对这个要带走自己女主人的家伙表示了最大程度的不满，它冲袁乃东吠叫了好一阵子，铁红缨拿狗粮喂它，也没有能使它安静下来。

到了辣都风情，两人进了包厢，铁红缨热情地点了好多食材。

在等待食材的过程中，袁乃东开启"无所不知先生"模式，谈论起南方文明来：

"金星联合阵线自诩是南方文明的继承者，对东方文明和西方文明嗤之以鼻，恨不得将它们从自己的文明中完全剔除掉。这种说法和做法实际上是非常狭隘的。在历史上，各个地方文明曾经独立发展过，但它们对彼此的影响，即使是在以步行为主要交通方式的远古时期也从来没有断绝过，更不要说近现代数百年里，进入全球化时代、互联网时代和大宇航时代以后，所有文明，在所有层面上，都自觉或不自觉地互相影响着。哪还有什么纯洁的、不曾改变的原生文明？"

铁红缨注意到，在论述某种事情的时候，袁乃东有一种超然的"旁观者态度"，这使得他的论述很有大局感。不在细节上做过多的纠缠，而是站在更高的地方，提纲挈领，准确地抓住论述对象的脉络与关键。

食材送到了，铁红缨帮着袁乃东把好几样食材一股脑地倒进沸腾的锅里。"说说你的狩猎者诅咒的看法。"她问道。

"没有什么诅咒，那只是一种形象的说法。"袁乃东一边用筷子在锅内搅拌，一边说，"狩猎者的成长环境本身就不够正常。战乱，不停地迁徙，不断发生的意外死亡，挑剔而严厉的母亲大人，缺少父亲的存在，繁重的学习任务，强加的重任，陌生而危险的外星环境，小团队长时间共处，缺少和外界的交流，诸如此类。她们那些所谓的诅咒，有些的的确确是基因上的问题，比如齐尼娅瘫痪的双腿，有些却是性格和行为方式上的。你知道吗，当初卡特琳和乌苏拉为什么会轻易释放雷金纳德·坦博吗？"

"为什么？当时我也觉得诧异。"

"我问过了。卡特琳说，当时觉得雷金纳德是个负担，放了就放了，也没有多想。可是你知道的，不管是卡特琳还是乌苏拉都杀人如麻，但她们却不知道如何处理雷金纳德。这种种矛盾，说明她们根本不知道如何与人相处，只是随性而为。"

铁红缨沉默了片刻，说："和她们比，我确实是最正常的那个。虽然记忆中的父亲与我没有血缘上的关系，而那个为我提供 DNA 的母亲大人又是如此遥远而陌生，但至少我没有社交恐惧症之类的吧。"

"给我说说巧巧吧。"袁乃东提供一个新的话题。

铁红缨告诉袁乃东，塞克斯瓦莱把巧巧到铁红缨身边时，巧巧断奶没多久，才刚学会走路，走起来跌跌撞撞的。即便如此，它已经会讨好主人了。它很快就知道巧巧是它的名字，只要铁红缨一叫"巧巧"，它就会连滚带爬地来到铁红缨脚边，冲她小声而欢快地吠叫。它会用前爪挠你的脚背，会用后背蹭你的脚后跟，会倒在地上四脚朝天让你抚摸它的肚子。有一天，它单靠两条后腿直立，摇摇摆摆地走了好几步，最后力量不够，扑通一声，重重地跌倒在地板上。它嗷嗷地叫着，眼睛里流露出疼痛、懊悔与谄媚交织的复杂情感。

看到这一幕，铁红缨不禁莞尔（她并不喜欢狗，在巧巧之前，她没有养过任何宠物，直到塞克斯瓦莱把巧巧送给来）但心中也有疑惑滋生，不禁问道："巧巧很小就离开了父母，又没有兄弟姐妹可以交流，连别的狗朋友都没有，它是如何'学会'这些讨好人的技巧的？也许不能用学会这个词，它天生就会，所谓的天赋。这些行为铭刻在它的基因里，世世代代流传下来。"

袁乃东解释说："从前是没有狗的。碳族为了自己的需求而把野狼家养，驯化为狗，用于野外狩猎和看家护院，时间大约是 1 万年前，碳族由渔猎生活转变为农业—定居的时候。1 万年后，野生的狼濒临灭绝，而家养的狗，依靠人类的庇护与宠爱，繁荣昌盛，数量多达好多亿。当碳族来到金星，也不会忘记带上它们。

"放弃野生的自由自在，牺牲掉尊严与荣耀，适时地叫几声，偶尔卖个萌，撒个欢，就能在碳族的屋子里赢得一席之地，不怕风吹雨打，吃得饱，穿得暖，活得久。这就是狗在碳族崛起时的生存之道，甚至算得上是它们与众不同的超能力。这种能力，使它们在别的物种被碳族灭绝或者濒临灭绝的时候，不但存活下来，而且活得有滋有味。

"回到现在，当铁族崛起时，碳族的生存之道又当如何呢？是拒绝驯化、濒临灭绝的野狼，还是家养的驯顺无比的狗呢？事实上，当初狼被驯化为狗的时候，狼和狗都没有选择权的。选择权在碳族那里。他们捕来一群狼，指挥它们做事。懂事的、听话的、能干的就留下，反之就杀掉吃肉。狼和狗就此分家。那么，在今天，碳族与铁族，碳族有选择权吗？选择权全部掌握在铁族手中吗？铁族有权力选择吗？碳族这样想的时候，有没有考虑过铁族的感受呢？"

说到这里，袁乃东彻底沉默了。他垂下眼睑，一脸的漠然，胳膊搁在桌面上，手里捏着细长的筷子，一动不动。他似乎专心地看着什么，想着什么，又似乎什么都没有看，什么都没有想，只是在单纯地发愣，进入一种雕像般的状态。

（三）

　　吃完火锅，送别袁乃东（奇怪，他那么冷漠，挥一挥手，连句再见都没有说），铁红缨回到住处。打开门，屋里有一股陌生的气息。铁红缨暗自警惕起来。她不动声色，没有命令开灯，而是在黑暗中继续往里走。有一个高大的身影瘫坐在椅子上。"你回来啦，红缨？"那声音浑厚而略带沙哑，非常熟悉。

　　"部长？"铁红缨并不特别意外。

　　"是我。"塞克斯瓦莱的声音微微颤抖着，好像风中的蜡烛。

　　铁红缨站定，说："我看到通缉令了。到底发生了什么？"

　　"陷阱！"塞克斯瓦莱焦躁地低吼道，宛如受了重伤还被关在狭窄笼子里的老狼，"有人通知我，马泰里拉要见我，我去的时候马泰里拉已经中枪死了，然后就有人跳出来，就是尼古拉那混蛋，说人是我杀的。若不是我机敏，立刻突围，当时就死于乱枪之下了。唉，那么老套的一个陷阱，我怎么就一脚踏进去了呢？"

　　塞克斯瓦莱的怨气溢于言表，与之前踌躇满志的部长相比，判若两人。

　　"就因为你是支持金星联合阵线继续独立？"

　　"我是唯一还在继续支持金星独立的高级官员！所以被他们视为必须除去的眼中钉、肉中刺！"

　　"图桑伯伯呢？"

　　"他没有和我在一起。我们俩在一起的话，目标太明显，容易暴露，被人一锅端了还不知道是怎么一回事。"塞克斯瓦莱干笑了两声，又问，"这段时间你失踪了，怎么回事？"

　　"这就说来话长了。"她决定先不说铁良弼、莉莉娅和狩猎者的事情，"遇到点儿麻烦事，不过已经解决了。"

　　"你一回来我就接到线报，这可能是一个陷阱，但仔细想想，又没有什么证据。我不相信你会被麻原智津夫收买或者控制。"塞克斯瓦莱说，"我来找你，是希望你完成一件事——暗杀麻原智津夫。麻原智津夫一死，重生教在金星的势力就会群龙无首，而回归派也会因为地球方面的震怒而无法与之联系。到时候，金星局势一片混乱，我趁乱公布马泰里拉死亡的真相，振臂一呼，自然响应者云集。到那个时候，我，还有你图桑伯伯，将重回权力中心。到那时，金星联合阵线将再一次宣布独立，既不依附于地球，也不听命于火星，走上全新的发展道路。"

　　接下去，塞克斯瓦莱晃晃脑袋，絮絮叨叨地说了遭遇马泰里拉暗杀陷阱之前的事情。铁红缨离开金星后，塞克斯瓦莱和图桑商议今后如何行动。想要夺回政权，选项并不特别多。有两条路：其一，恢复图桑的身份，寻求伦纳德博士旧部的支持；其二，以坦博的名义，作为政坛新秀出场。论妥当，后者似乎更为恰当，但论效率，显然前者是更好的选择。几经讨论，最后确定走第一条路。然而，世事多变，麻原智津夫根本没有给他们足够多的时间，他骤然出手，一箭三雕，既干掉了独立派的领导人，又干掉了回归派的领导人，还让他自己得以顺顺当当地登上金星联合阵线最高领导人的宝座。"现如今，'法老王'被他们关闭了，我得不到任何建议。我能想到的唯一办法就是暗杀麻原智津夫。"最后，塞克斯瓦莱再一次强调，"而你，是唯一可以完成这项任务的安全部特工。"

要是以前，铁红缨肯定毫不犹豫地答应并执行。但现在，她有些迟疑。在知晓了自己的身世之后，对于安全部特工这个身份的认同，已经不像以前那样强烈了。难道我已经倾向于狩猎者这一身份？

"就算不是为我，想想你的图桑伯伯，再想想金星联合阵线 3 000 万老百姓。回归地球，对普通老百姓来说，眼下确实有好处，但长期看来，贻害无穷。"塞克斯瓦莱继续劝说，"你知道麻原智津夫想干什么？他计划将全体金星人迁回地球。"

"什么？"

"麻原智津夫他说，地球人就应该待在地球上，去往外星球是堕落者的行径。把 3 000 万金星人迁回地球，你知道这意味着什么吗？这意味着你父亲铁良弼、你图桑伯伯，你叔叔我，还有所有的金星开拓者与建设者，我们多年的心血，我们用青春和生命换来的金星上的一切，都会被抛弃。麻原智津夫这样做，就是要证明，我们之前所做的一切，通通是错误的。难道你就眼睁睁地看着这一切发生？"

麻原智津夫为金星人计划的这个未来令铁红缨有些摸不着头脑。迁回地球？全部？为什么？莫名的惆怅、对前途的迷惘以及失去家乡的愤怒，诸般感情齐齐涌上她的心头。

"莫西奥图尼亚、鲁文佐里、巴蒂安、涅利昂、德拉肯斯、波多诺伏、乌库鲁库鲁、莱扎、尼阿美、思盖欧、玛格丽塔、奥罗伦……34 座天空之城，两代人的心血和智慧的结晶，3 000 万金星人历经千辛万苦建设的美好家园，就要被麻原智津夫给强制性遗弃了。"

随后，塞克斯瓦莱入了回忆。他讲到了莫西奥图尼亚城从 3D 模型到实体的建设过程，讲到了那些工作与生活条件虽然无比艰苦但却斗志昂扬、干劲冲天的草创时期，讲到了金星三杰对于未来截然不同的构想（"我、你父亲铁良弼、图桑，简直是完美的组合"），讲到了一次意外导致数十人死亡（"类似的意外发生了好几起，金星并不欢迎我们来，但那又怎么样？我们已经打定主意要在这儿安家落户"），讲到了为所有天空之城外层涂上的耐腐蚀油漆而做的数百次实验（"金星大气飘浮着硫酸云层，耐腐蚀，对金星人而言，一直是生死攸关的大事情。"），讲到了……

"但这一切，都将被抛弃，被拆毁，被遗忘在历史的烟尘里。"塞克斯瓦莱说。

"部长，您是怎样计划的？"

塞克斯瓦莱嘿嘿笑着，疲惫的眼睛放出亮光来，"我就知道，红缨绝不会袖手旁观。"

就在这时，传来墙壁破裂的声音，两枚震颤弹飞进房间。

（四）

使用震颤弹的目的不是杀死目标，而是通过剧烈的震动，使目标昏迷，通常在想要活捉目标时使用。两枚震颤弹突破墙壁时，铁红缨已经有所警觉。在震颤弹爆炸之前，她业已跳开，掀倒了桌子，用这张桌子作为盾牌，抵挡了震颤弹的大部分威力。饶是如此，她还是有头晕目眩的感觉。

塞克斯瓦莱没有躲开——他根本就没有躲——震颤弹就在他身边爆炸，炸出一团耀眼的火花。他在震颤中仰面倒下，四肢不受控制地抽搐。铁红缨紧张地观察着部长，看见他的胸腹剧烈地起伏着，虽不能动弹，神智还算清醒，知道他没有大碍，于是转头去寻找武器。

她现在最需要的就是武器。她记得很清楚，在大厅地板下方的暗格里，藏着一把电磁突击枪。就在离她不远的地方。她匍匐过去，敲开了暗格。那把枪好端端地躺在那里……

"住手！"一声霹雳般的暴喝。

两名全副武装的神之战士跃进房间，拿枪指着地板上托基奥·塞克斯瓦莱的脑袋。

"住手，红缨。"这个声音温柔得多，却令铁红缨停住了拿枪的手。

又有十多名神之战士涌进房间里，使得本就狭窄的房间更加逼仄。这些神之战士训练有素，一进房间就各司其职。有的拿走了暗格里的枪，并四下翻查，寻找铁红缨藏起来的武器；有的将铁红缨双臂扳到背后，给她戴上精致的十指手铐，并命令她原地蹲下；有的拆掉先前被震颤弹穿破的墙壁，扩大活动空间，刚才地板上被震颤弹炸出的碎屑也被清理出去……

一切准备停当，身着黑白格子长老服的麻原智津夫走了进来。在他身后，跟着萎靡不振的图桑·伦纳德。正是图桑的叫喊，使铁红缨停止了反抗。铁红缨蹲在地板上，斜视着麻原智津夫。

突然，寂静的屋里响起了狗叫声。巧巧奔出狗舍，倾尽全身的力量吠叫着，愤怒的声音在小屋里回荡。源自基因的指令使它不顾一切危险，向着麻原智津夫愣头愣脑地冲过去。铁红缨心道：不好。脑子里刚闪出这两个字，就见麻原智津夫后退半步，半蹲下身子，双手先分开，再合并，以极快的速度掐住巧巧的脖子，旋即站直身子，将巧巧举过头顶，猛力往下一砸。巧巧与地板撞击的声音和它凄楚的惨叫混合在一起，让铁红缨心疼又愤怒。

麻原智津夫俯视着巧巧，似乎在欣赏它垂死挣扎的样子。"小东西。"他咒骂着，抬起脚，踩在了巧巧的小脑袋上。这使得巧巧原本已经渐渐平息下去的叫声再一次高扬起来。他缓缓用力，脚后跟从巧巧脑袋的左边碾到右边，又从右边碾到左边。巧巧的惨叫就在这反复碾压之下越发的凄厉。

铁红缨低吼了一声："住手！住手！"脑袋上就被一个神之战士击打了一拳。她浑身战栗，每一个细胞都在述说着无边的愤怒。但她无能为力，这种无力感让她加倍屈辱与愤怒。十指手铐限制着她。这种手铐极为小巧而恶毒，10 个指环分别铐住 10 根手指，各个指环相互独立，各有打开的方法，想要挣脱，除非把十根手指全部折断。她只能眼睁睁地看着巧巧的惨叫越来越低，最后完全消失。

麻原智津夫停住碾压，蹲下身子，仔细地察看了巧巧的尸体。"嗯，不坏。"他评价道，"要是还能再坚持一会儿，就更好了。"他站直身体，不再看巧巧一眼，挥一挥手，立刻有两名神之战士会意，将塞克斯瓦莱架起来。

"部长，我们又见面了。"麻原智津夫说，"知道我是怎么知道你在这里的吗？是你的好朋友图桑·杰罗姆告诉我的。他不像你，没有多少反追捕的经验，逮到他，比逮住你，可容易多了。是吧，图桑王子？"

图桑低着头，说："对不起。"

声音虽轻，屋里的每一个人都听见了的。

"而你，离开了'法老王'，似乎连路都不会走了。不过，无所谓啦。"麻原智津夫望着图桑说，"不过，一个机会摆在你的面前。你脑子里有一个原始非洲的梦，这与重生教的理念有相同之处。与你合作，比与马泰里拉合作要愉快得多。相信你与我合作，也比与塞克斯瓦莱合作更加愉快。所以了，我建议你杀了塞克斯瓦莱，戴罪立功，然后了，宣誓皈依重生教，金星这边的最高领导人就是你了。"

"猫鼠游戏不是你想玩就能玩的。"图桑说。

麻原智津夫啧啧笑道："我就是要玩你，那又如何？"

历史上有过许多残忍的事。学历史的时候，铁红缨一直有一个疑惑：为什么会这样？现在铁红缨算是明白了：因为一直存在麻原智津夫这样的人，他们并不在乎什么正义与邪恶，也不在乎杀的是谁，他们就是喜欢杀人，乐意以最为残忍的手段结束另一个人的生命。他们天性如此。想到这里，想到有这样的人——和自己同样的形态，呼吸着同样的空气——存在，铁红缨不由得浑身微微颤抖，甚至停止了拆解十指铐的秘密举动。碳族有这样的成员，值得我千辛万苦去拯救，以至于变成母亲大人那样人人憎恶的怪物吗？

骤然，一种毁灭一切的冲动迅猛无比地攥住了铁红缨的心脏。她本来还在疑惑于自己的想法，此时更加疑惑：难道我变成了嗜血的怪物？旋即明白，这冲动不是来自自己，而是来自——

来自乌苏拉。

麻原智津夫得意扬扬地说："我知道你很生气。但你能把我怎么样？没错，就如你所怀疑的那样，即使你把塞克斯瓦莱杀了，我也不一定会遵守我的诺言。"

铁红缨将尖叫强忍成了一口沉重的喘息，尽量不引起任何人的注意。即使有神之战士注意到了，也只会认为她是过于紧张。紧张，是的。她本来就很紧张，现在更加紧张。她小心地控制着，警惕着，不让乌苏拉的感觉覆盖自己。这似乎不难，至少比想象中的容易。于是，她从精神上一分为二。一方面，她作为铁红缨，被十指铐束缚着，蹲在地板上，四周是一群沉默寡言的神之战士；另一方面，她又是白色的乌苏拉，踮起脚尖行走在寂静的小巷里。

纯白的胸衣包裹着乌苏拉娇小而结实的身体，纯白的短裙有少许的褶皱，给她铿锵的行走带来一丝涟漪。纯黑的头发用白色的丝带绑在脑后，犹如马尾，随着她脚步的移动，有节奏地左右摇摆。她的脚尖绷得笔直，因为她用大脚趾行走，就像技艺娴熟的芭蕾舞演员。她能（铁红缨也能）清晰地感受到脚尖行走所带来的些许疼痛，全身不由自主地绷紧，仿佛行走在锋利无比的刀尖上，她（铁红缨）不得不调动全部力量来对抗，以及最为重要的对即将展开的杀戮的期待。

"第一，我从来没有向你承诺什么，我只是提出了一个建议；第二，即使我承诺了，而我从来就没有一诺千金的美德。一切都取决于我的心情。"麻原智津夫倾下身子，让自己的脸靠近图桑，似乎这样能增强他说话的威慑力。

乌苏拉行走在公租房外的小巷里，伶俐又沉静，如同一只纯白的豹猫。两名在巷道尽头值守的神之战士看见了她，亮出手里的枪，要她站住。她微微一笑，火凤凰自肚脐处闪耀而出，在小麦色的皮肤下游走、盘旋、升腾。但她的笑容一闪即逝。她猛然加速，比任何星球上的风都快。前一纳秒，还在距离神之战士七八米的地方；后一纳秒，已经抵近神之战士跟前。双手食指早就蓄满能量——1 750摄氏度的高温，只是各自在神之战士的胸前点上一下，他们就在她远离之后，如同被砍倒的木头，扑通一声倒下。

"率性而为，无拘无束，是我终生的追求。我愿意，我喜欢，我高兴，就什么都好说。要是我不愿意，不喜欢，不高兴，嘿嘿，那你的下场还不如那条死狗。所以呢，杀，还是不杀，你自己琢磨纠结苦恼去吧。"麻原智津夫昂起头，环顾四周，整间屋子都静默着，听他诉说自己的喜好。他似乎对此很满意，于是发出桀桀的笑声。

更多的神之战士出现，试图包围乌苏拉。乌苏拉再一次咧嘴一笑，仿佛不是她被16名神之战士包围，而是她包围了16名神之战士。我爱这杀戮！乌苏拉兴奋而又恐惧地想：但不要鲜血！我不要见到鲜血！她为何如此害怕鲜血？那恐惧如此之深，好比黑洞，将她心中所有的光都吸收了进去。和乌苏拉感同身受的铁红缨不禁这样想。乌苏拉继续前行。母亲大人在身后不远的地方。她知道自己的使命是什么。

麻原智津夫起身走到塞克斯瓦莱跟前，想说什么却又忽然间忘了的样子，折返回来，冲图桑说："不要考验我的耐心，我的耐心是有限的，非常有限。说不定下一秒我就心痒难耐，亲自上阵，杀了他，不给你留任何的机会。啊，多么希望部长挣扎的时间比那条狗长一点儿。"

铁红缨，那个没有在母亲大人身边长大的沃米，那个她没有战而胜之的小妹妹。"去把她带回来。"母亲大人如是命令道。她没有问为什么。她从来不问，问了母亲大人不一定会回答，答了她也不一定能理解。因此，她从来不问为什么，只是一心一意地完成母亲大人交与的任务，并毁灭任务途中的一切障碍。

图桑低着头，一言不发。但从他紧皱的眉头，可以看出他内心的波澜。杀，还是不杀，这可不是一道简单的选择题。铁红缨凝神望着他，在他转向这边时冲他微微摇头，他没有（也可能是假装没有）看见。铁红缨很想知道他的真实想法，对于这位失而复得的伯伯，她发现自己无法推断在经历这么多年的煎熬与等待之后，他的选择会是什么。

火凤凰在乌苏拉皮肤表面游走的速度越来越快，艳丽的尾羽也迅疾展开，覆盖了从前胸到后背的大部分面积。尾羽上的数十个绿色斑点，闪烁起来，犹如夺人心魄的眼睛。别人只能看见火凤凰在她的胸衣与短裙之下无声地进进出出，而她（铁红缨）能够感受火凤凰游走时轻微但一直存在的刺痛。

麻原智津夫抽出一把短刀，递给图桑，说："去，我要见到血。很多很多血，喷涌而出，啊，血的瀑布。"

乌苏拉骤然出击。一切都在她的预判之中。格挡者不由自主地把枪当成盾牌来使用，乌苏拉瞅着他在空气中格挡了一下，在第二次格挡之前，左手食指弹出，点中了他心脏所在的位置。在他倒下之前，乌苏拉已经转过身，擒住了反击者的枪。反击者咛呃一声，圆睁了眼睛，松开（而不是试图夺回）抓住枪的手。这是正确的选择。然而没有任何用处。因为乌苏拉早就预见到了他的行动，长腿一个漂亮的侧踢，脚尖直击他的前胸。没有鲜血，很好。

图桑捏着短刀，慢慢走到塞克斯瓦莱跟前。每一步都艰难得像走在刀尖上。"杀了我，结束这一切。"塞克斯瓦莱平静地说。不，铁红缨在心底暗喊。"不，"图桑的拒绝出人意料的决绝，"15年前我就该死了。"

枪激烈地扫射。乌苏拉前冲，中途双膝跪下，身体大幅度后仰的同时脚尖在地面滑动。这不但避开了射来的弹雨，还滑到了射击者的跟前。她双臂展开，如同晴空里展翅翱翔的白鹤，坚硬的翅膀，一左一右，将两名神之战士撞得飞到同伴身上。四名神之战士同时倒地，其中一名大张了嘴，似乎要呕出鲜血。这意外没有使乌苏拉慌乱。她从容不迫地止住滑行，身体后仰，双手撑地，将身体倒立起来。随后双手撑动，使整个身体如同木星的大红斑一般旋转起来。两条光洁而性感的长腿在旋转中，准确地踢中了 3 名神之战士。他们原本有各自的位置，但都被乌苏拉踢到了那名即将呕血的神之战士身上。这样即使他呕血了，乌苏拉也看不见。不要鲜血，她的想法固执而坚决，同时有着深深的隐忧。

图桑调转短刀，对准自己的心脏，猛力刺去。

（五）

铁红缨暗喊"不"之前，就已经拆解开了十指铐。她右手食指扣住十指铐的一部分指环，眼见着图桑调转短刀企图自杀，就弹动食指，将指环如同子弹一般弹射出去。那指环呼啸着，飞过铁红缨与图桑之间的空气，穿过四名神之战士身体之间的空隙，准确地命中图桑手里的短刀。一撞之下，图桑拿捏不住，短刀叮咛一声，掉落地上。

与此同时，外面的厮杀，或者说屠杀，终于引起了房间里的注意。"去看！"麻原智津夫吩咐道。几名神之战士应声出去。这是动手的最佳时机。铁红缨将来自乌苏拉的感受放置在一边，把注意力更多地集中在眼前的事情上。只一伸手，她就轻易夺下了身边那名神之战士收缴的电磁突击枪，并将他和旁边另一名神之战士一起击倒。铁红缨觉得这样做比以前容易，宛如乌苏拉附体。这是真实的，还是因为太想打败敌人而滋生的错觉？她来不及细想，一边感受着乌苏拉对门外那些神之战士的屠杀，一边快速蹲下身子，几个急促的点射，将塞克斯瓦莱和图桑身边的三名神之战士击倒。继而，她边跑边射击，很快来到塞克斯瓦莱和图桑身边。

铁红缨替塞克斯瓦莱解开十指铐，同时对图桑说："先杀出去，其他事情以后再说。"图桑没有说话，从身边一名神之战士的尸体上扯下枪。塞克斯瓦莱也弯腰捡了一把枪。"杀出去。"他重复着铁红缨说的话，边说边向神之战士射击。

在度过了最初的混乱之后，一部分神之战士将麻原智津夫团团护住，并迅速向后方撤离，另一部分调整位置，呈扇面包围铁红缨等人，并集中火力，全力攻击。一时间，房间里枪声大作。

在密集的弹雨下，没有多少东西可以称为坚固。房间里各种家具纷纷被弹雨冲撞，刺穿，化作齑粉，连用超轻纤维制成的地板、天花板和墙壁也不例外。三人且战且退，几无还手之力。

图桑突然惨叫一声，被一颗子弹击中，仰面倒下。在他旁边的塞克斯瓦莱赶紧过去查看，"子弹从左腋下穿过，伤到了左臂和左侧躯体，暂时没有生命危险。但如果不及时救治，恐怕……"

他们已经退到了卧室的门边。铁红缨蹲下持续射击，暂时压制住了神之战士的火力。乘此机会，塞克斯瓦莱将图桑拖进了卧室。

以卧室门为屏障，铁红缨一边断断续续地射击，一边万分焦灼地想：必须突破眼前的困境。同时还感受着乌苏拉在神之战士群中的死亡之舞：乌苏拉旋转着身子，犹如威力巨大的旋风，将两名神之战士刮倒在地。万分焦灼与无比顺畅，两种极端的感受如同两股巨浪同时在铁红缨脑子里涌现，并毫不犹豫地冲向对方。刹那间，铁红缨无法说清楚自己的感受到底是什么。恍惚中她暂停了射击，静下心来琢磨：到底哪种感受才是真实的？又是哪种感受出自幻觉？是铁红缨，还是乌苏拉？

塞克斯瓦莱冲铁红缨大喊了一句什么，她没有听清楚。但她明白过来，不管眼前的这一切是不是幻觉，都必须集中精力，突破困境。她再一次收敛心神，将来自乌苏拉的感受压制到一个角落，调动更多的神经元来处理眼前的困境。她持续射击，将试图包围过来的神之战士打退。再扣动扳机时，却发现没有子弹射出了。弹夹显示剩余子弹数为"0"，必须更换弹夹。同时，她想起塞克斯瓦莱喊的是什么了。电磁突击枪弹夹容量巨大，可也不是无限的啊！

她扔掉手中的电磁突击枪，快步跑到衣橱旁边，摁下开关，一个隐秘的暗格打开，露出里边的电磁突击枪。

"只有一把？"塞克斯瓦莱失望地问。

"够了。"铁红缨抓起电磁突击枪，用指纹启动了它。这把电磁突击枪是安全部特制的，威力大，弹夹容量也大，能提供持续的射击，最重要的是，她曾经使用过多次，熟悉感令她信心倍增。她摁下床底的开关，打开了那个她使用了多次的秘密通道。"托基奥叔叔，图桑伯伯就交给您了，我来掩护。"说着，转身返回卧室门口。

铁红缨回来得正是时候。因为阻止的火力突然间消失，神之战士不知道是陷阱，还是对方没有子弹了，犹豫了片刻之后，终于决定正面进攻。几个神之战士从隐蔽的地点鱼贯而出，看似相互掩护，毫无破绽，而铁红缨却一眼就看到了其中的缺点。两个短点射，加两个长点射，将四个暴露出来的神之战士射倒在地。

铁红缨大喊了一句："糟糕！我也没有子弹啦！怎么办？"

又有急于为乌胡鲁献祭的神之战士从隐蔽处出来，铁红缨瞅准时机，开枪射击。又干掉了3个。铁红缨没有欣喜。还剩下多少个神之战士？麻原智津夫带了多少神之战士来？她不记得自己数过。神之战士拆掉外间的墙壁进来的时候，满满一屋子都是。至少50个，疲倦感袭上她的心头，都得杀完才能结束战斗吗？来自乌苏拉感受却是：才50个，不够杀啊！她再一次惶惑了：难道乌苏拉也能感受到我的感受？

就在这时，身后传来响动。扭头看时，却是塞克斯瓦莱搀扶着图桑从秘密通道出来，说："外边有两个穿着动力装甲的神之战士。"

铁红缨心下悚然。摆在她面前的有两条路可以选择：一条，从秘密通道冲出去，与穿着动力装甲的两个人正面对抗；另一条，是从卧室冲出去，突破数十名神之战士的包围。两条路，哪一条路更容易？她不由得攥紧了电磁突击枪的把手，万丈豪情从心底涌出：要走就走最难的路。"跟我来。"她的声音没有任何犹疑与惶惑。

卧室门旁边的墙壁早就被密集的弹雨打出了一个不小的洞。铁红缨后退一步，揉身向前，破洞而出，来到狼藉一片的大厅。在落地之前，她已经一个点射，干掉了1名神之战士。

落地之后，她以半蹲的姿势再次射击，两名神之战士应声倒地。几年的训练，让她早就练就了百发百中的本领。

所有的火力都集中到铁红缨身上。她在弹雨中，忽而翻滚，忽而奔跑，忽而腾空而起，忽而骤然停下。大厅的空间很小，在铁红缨看来，却很大，大到可以自由飞翔。无数的子弹与她擦肩而过，而她射出的子弹却少有落空。

又有 5 名神之战士向他们的乌胡鲁报到了。铁红缨逐渐逼近大门。在那里，麻原智津夫在十几名神之战士的护卫下，向着外面撤退。他肯定没有弄明白局势为什么会变成这样，因此他脸色惨白，不停地催促着。铁红缨试图向他射击，但都被他的护卫干扰了。

一名神之战士从后边飞进了麻原智津夫的护卫群，将他们的阵型完全打乱。铁红缨知道是乌苏拉一脚把那名神之战士踢过来的。随后，铁红缨看到了大门外走廊上的乌苏拉：从外面的小巷一路杀过来，全部是近身格斗，她依然气定神闲，还是纯白的胸衣和短裙，连一丝血迹都没有。同时看到了乌苏拉眼里的自己：在一堆废墟之中，穿着红色的衣服，半蹲着，一手持枪，紧张地张望着，显得颇为狼狈。这种感受她此前经历过，饶是如此，她依然非常震撼。就像照着镜子，镜子里的那个影像忽然活过来一样。

麻原智津夫叽里呱啦大叫着，因为护卫他的神之战士全都散开了。铁红缨早就在等待这个机会。她瞄准，射击。

"不！"身后传来一声陌生又有些熟悉的女性尖叫。

子弹准确命中麻原智津夫的脑门。

也算是为巧巧报仇了。铁红缨这样想着，回头去找刚才尖叫的人。在塞克斯瓦莱和图桑身后，站着两个穿着全身性动力装甲的人。动力装甲的造型很陌生，她叫不出名字来，但透过玻璃面罩，她认出穿动力装甲的是谁。左边那个是海伦娜，刚才尖叫的就是她，右边那个是卡特琳，正用晦暗的眼睛探视着铁红缨。

海伦娜呲呲嘴，惊恐地指着乌苏拉，说："血。她怕。"

铁红缨还是不明白。就在这时，从乌苏拉那边传来的感受忽然变得歇斯底里。一束白亮的光从乌苏拉脑海最深处升起，闪烁着，波动着，轰鸣着，化作无数的蜜蜂一般的光点，四散开来，在瞬息之间占据了她脑袋的全部。乌苏拉的脑袋，还有整个身体，都变得炽热又混乱，犹如注入了无数道岩浆瀑布。铁红缨暗道不好，乌苏拉的感受从她的脑子里消失了，也可以说乌苏拉把她从自己的脑子里驱逐出来。她怔怔地盯着乌苏拉，想起海伦娜之前说过：有时候乌苏拉会失去控制，变成彻底的魔鬼，她会毁灭她面前的一切。

乌苏拉向前猛冲，没有任何躲避，径直冲向残存的神之战士。

（六）

残存的神之战士还剩下 9 个。见到麻原智津夫已死，大部分悲痛万分。麻原智津夫是重生教十殿长老之一，按照教规，如若长老被杀，所有护卫者一律要受鞭刑致死，并不得重生。

对重生教信徒而言，最可怕的不是鞭刑致死，而是受到乌胡鲁的惩罚——不得重生，这是永生永世没有尽头的死亡。因此，这些神之战士早就抱了必死的决心。在与异教徒的战斗中牺牲，是无上的荣耀。

9 名神之战士，一致将枪口对准杀害麻原智津夫的铁红缨。他们没有注意到，白色死神已经到了他们身后。乌苏拉面目狰狞扭曲，与先前的气定神闲判若两人，仿佛全身每一个细胞都承受着无法言说的巨大痛苦。她奔跑，挥拳，击打在一名神之战士的后背上。那一拳竟将那名神之战士的身体击穿，鲜血立刻从胸前和背后两个洞喷涌而出。这血腥刺激的场面令乌苏拉更加疯狂。

铁红缨愕然地望着这一切，有些庆幸与乌苏拉的联系在这种情况下中断了。她抱着电磁突击枪，退到塞克斯瓦莱和图桑身边。

"唉，又失控了，犹如断了线的风筝。"卡特琳说。

乌苏拉左手掌用力拍击，一名神之战士的头盔连同头骨一起碎裂，委顿在地。右手展开，如同利刃，斜着砍在一名神之战士的肩膀，竟将他整个肩膀砍落下来。如果不是亲眼所见，谁也不敢相信，乌苏拉娇小的身躯里竟隐藏着如此可怕的力量。此刻的她，浑身浴血，纯白的胸衣和短裙早就被染成一片殷红，裸露的肌肤也覆盖上了大面积的血污，连火红的凤凰都看不见了。

"到底是怎么一回事？"图桑莫名其妙地问。

"这事儿说来话长。"铁红缨瞅着乌苏拉。

就在这不长的一段时间里，乌苏拉已经将残存的9名神之战士全部杀死。每一个都死得极为惨烈。现在，她毫不犹豫地冲这边跑过来。

"海伦娜，现在怎么办？"铁红缨望向两名装甲战士。

"还能怎么办？失控状态下的乌苏拉脑海里只有毁灭一切，不会对谁手下留情。"海伦娜无可奈何地说。这时，卡特琳已经操纵动力装甲冲了出去，海伦娜轻叹一声，跟了上去，与乌苏拉扭打在一起。她们身穿的动力装甲是铁红缨见过的最为便捷轻巧的，比日常的衣服厚不了多少，但提供的动力与防护力是非常可观的。

然而，并不能说眼前的战斗毫无危险。恰恰相反，失控状态下的乌苏拉无所顾忌地全力攻击，而海伦娜和卡特琳却不能伤害乌苏拉，她们只能依靠动力装甲的超强性能，勉力支撑。因此，整个场景呈现出某种诡异感：在废墟中，在遍地死尸中，在各种残肢断体和大片血污之中，穿着普通衣物的乌苏拉一次又一次地击倒试图控制她的两名全身覆盖动力装甲的战士，而海伦娜与卡特琳一次又一次地爬起来，继续与乌苏拉扭打在一起。

铁红缨猜测这样的事情肯定已经发生过多次，她们身穿的动力装甲很可能就是为此设计的。但乌苏拉没有任何恢复意识的迹象，她的体力似乎也无穷无尽，没有丝毫耗尽的征兆。

"我们走。"塞克斯瓦莱小声说道。

显然，这是一个逃走的好机会。这里发生了如此剧烈的枪战，就算警察部知道是麻原智津夫和神之战士在"办事"，暂时不予理会，但他们迟早会过来清扫战场。必须在警察赶来之前离开这里。然而……"托基奥叔叔，您带着图桑伯伯先走。"铁红缨说着，扫了一眼图桑伤口。刚才，塞克斯瓦莱已经抽空为图桑做了简单的处理，止住了血，但还需要进一步的正规治疗。

"你呢？"

"我再想办法。"

想办法让乌苏拉恢复理智，又不会伤害她。要怎么做呢？铁红缨盯着缠斗中的 3 个狩猎者——3 个姐姐，想不出办法。

那边，卡特琳被乌苏拉正面击中，可变形材料制成的胸甲被彻底撕裂，无法恢复原状。乌苏拉紧跟而上，又是一掌，将卡特琳击倒在地。失去胸甲保护的卡特琳没有任何抵抗能力，一旁的海伦娜赶紧从背后死死抱住乌苏拉。暴怒中的乌苏拉倾尽全力，用肘部回击海伦娜的胸腹。情况突然变得如此危急，铁红缨闷哼了一声，全力奔跑过去。乌苏拉和海伦娜还在僵持中，但海伦娜的装甲也出现了裂缝，眼见着就要失去作用。铁红缨抢起电磁突击枪，拍击到乌苏拉满是血污的脑袋上。工程塑料制成的电磁突击枪碎成几大块，而乌苏拉毫发无损，正用一双野兽般的眼睛盯着铁红缨。旋即，她双臂发力，挣脱了海伦娜的束缚，向着铁红缨猛扑过来。

铁红缨自知不是失控状态下的乌苏拉的对手，若是平时，还可以搏斗一番，但眼下，她只能选择回避。乌苏拉的第一次扑击落了空，转身又是一扑。铁红缨向后急退，然而，她的速度远不如乌苏拉，她一退再退，也没有避开乌苏拉的追击。眼看乌苏拉的拳头就要击中她的身体，她已经做好了身体被击中的准备，那种身体粉碎的感觉已经在她心底蔓延。就在这时，一个身影闪电般出现在她与乌苏拉之间。

铁红缨退后两步，站稳身形，看见袁乃东横亘在她与乌苏拉之间。他伸出一只手，紧紧握住了乌苏拉那只可以把动力装甲击碎的拳头。僵持片刻，乌苏拉咆哮一声，另一只拳头全力挥出。袁乃东用力一扯，带着乌苏拉身体前倾，又顺势松开手，同时往旁闪过半步，正往前使劲儿的乌苏拉顿时站立不稳，一个踉跄，扑倒在地。

乌苏拉挺身而起，还要攻击，却见袁乃东右手张开，如同一把扇子，在乌苏拉的面门上轻轻一晃，她就跌坐在地，不再起身。铁红缨看着她的眼睛，发现理智的火花闪过几次之后完全占据了那里。随后她茫然地环顾四周，渐渐意识到刚才发生过了什么。她的身体瑟缩着，嘤嘤的哭声从她的唇齿间传出来。

海伦娜快步过来，抱起乌苏拉。"结束了，都结束了。"海伦娜轻声地说，"我们回家，回家了。"乌苏拉没有回应，只是呜咽着，令人心悸。

袁乃东看了看四周，对铁红缨说："我来晚了。听说你这边发生了枪战，我以最快的速度赶过来了。可惜，还是晚了。"

铁红缨撇撇嘴，觉得现在不管怎么说，都不合适，于是闭嘴不言。

"站住，塞克斯瓦莱部长！"海伦娜突然喊道。

搀扶着图桑的塞克斯瓦莱正在走下秘密通道，听到叫声，并没有停下来。但一连串子弹击打到他们的前面，使他们终止了逃离的步伐。

开枪的是卡特琳。

海伦娜说："塞克斯瓦莱部长，母亲大人要见你。在场的所有人，也包括你，袁乃东，跟我们走。"

"要是不呢？"塞克斯瓦莱问。

海伦娜对铁红缨说："因为协助你和袁乃东逃走，齐尼娅遭遇了母亲大人前所未有的惩罚。这次如果没有把你们带过去，我不知道还有什么样的惩罚在等着我们。"

（七）

一行人默默地在莫西奥图尼亚城的肚子里穿行。卡特琳手里扛着枪在前引路，碎裂的胸甲耷拉着；塞克斯瓦莱搀扶着图桑，一脸茫然；乌苏拉裹了一件袍子，暂时遮掩住浑身的血污，慢步走在中间；铁红缨走在袁乃东的旁边；最后是海伦娜。

"你是怎么控制住乌苏拉的？"铁红缨问。

"智能插件。"袁乃东拍拍自己的后脑勺，说，"火星产的。"

"有这样的插件？"

"其实就是一种治疗仪器，用来安抚躁狂型精神病人。有时候对狂暴的野兽也有效果。私人侦探嘛，什么样的智能插件都得准备一点儿。"

铁红缨虽还存有疑惑，但没有别的证据，也只好接受袁乃东的这种解释。

街道渐渐熟悉起来。不久，卡特琳转向一条大街，向着一套特殊的院落走去。这证实了铁红缨的猜测。他们要去的地方不是别处，而是位于100层的金星联合阵线前安全部部长托基奥·塞克斯瓦莱的家。父亲遽然过世后，塞克斯瓦莱将4岁的铁红缨接到自己家中。直到12岁，铁红缨去另一座天空之城阿特拉斯上学，她都在这里生活。看着那扇大门，铁红缨似乎一下子回到了15年前，仿佛看到了年轻的塞克斯瓦莱牵着自己的小手走到门前的情景，"从今往后，这里就是你的家了。"塞克斯瓦莱如是说。

托基奥·塞克斯瓦莱算不上一个优秀的抚养者，他迄今仍是单身。铁红缨记得他有过几位交往时间不长的女友，其中一个不到半个月。"我不相信她们。"提到女友，托基奥总是这样评价。这十几年也是塞克斯瓦莱在安全部最为勤奋，上升最为快捷迅猛的时期。因此，塞克斯瓦莱陪伴铁红缨的时间并不多。但每一次陪伴，都是我值得永远珍藏的记忆，铁红缨这样想着，走进了部长的家。

部长家的大厅名副其实，大得足够开100人的舞会，装饰也极尽富丽堂皇，尽显主人的尊崇地位。大厅正中央有一圈靠背椅，莉莉娅·沃米坐在其中一张靠背椅上等他们，陪伴她的还有薇尔达和轮椅上的齐尼娅。

齐尼娅神情落寞又哀怨，不知道她遭遇母亲大人怎样的惩罚？薇尔达却如物理公式一般简洁又毫无感情可言。这是铁红缨第一次亲眼看到薇尔达，想起海伦娜等人对她的描述——从不睡觉又聪明至极，所有沃米中最难以理解、最难以琢磨又最难以接近的一个，就不由得多看了几眼。她穿着黑色的长衣长裤，线条笔直，棱角分明，没有什么装饰，只在衣领上有一朵小巧的菊花。脸上没有什么表情。不，对于别人来说，没有表情也是一种表情。但对于她来说，没有表情就真的是没有表情，就像她的脸上带着一张用玉石精心磨制的面具，磨制的目的不是为了使面具栩栩如生，而是使本就没有人味的玉石更加没有人味。她的头发又黑又直，只用头绳简单扎了一下，垂到身后，在腰部那里，几乎与黑色的衣服融为一体。

见他们鱼贯而入，齐尼娅指挥轮椅迎了过来，看见海伦娜时，她明显吁一口气。海伦娜吩咐齐尼娅去处理图桑的伤口，自己小跑着跟上满身血污、一言不发、低头疾走的乌苏拉进到里屋。卡特琳走到莉莉娅面前，叫了一声"母亲大人"，就退到一边，和薇尔达站在一起，似乎忘记了自己的动力装甲损坏了，需要修补和更换。自始至终薇尔达都没有说话，表情也没有什么变化，只是无动于衷地看着眼前的这一切，仿佛这一切与她没有任何关系。

"此次行动的收获似乎比预想的多，两个逃跑者都被抓住了。很好。"莉莉娅看看袁乃东，又转向铁红缨，"贾思敏，你就没有什么话想对我说吗？"

"我不是贾思敏，我是铁红缨。"

"翅膀硬了，不听话了。好好好，待会儿看我怎么收拾你。"莉莉娅不怒反笑，又把注意力集中到托基奥·塞克斯瓦莱身上，"我是莉莉娅·沃米，狩猎者的母亲大人，部长阁下，你应该听说过我。"

塞克斯瓦莱点头称是："听铁良弼说起过您。"

"请你坐过来。我年纪大了，耳朵不好。"

塞克斯瓦莱依言坐到莉莉娅·沃米的对面，铁红缨走到塞克斯瓦莱身后，站定。

"部长阁下，当年铁良弼是怎么评价我的？"

"他说您六七十岁了——现在应该有一百多岁了吧——可精力比好多年轻人都旺盛。思维活跃，说话又尖又快，能接受新鲜事物，特别讲究办事效率，容不下丝毫的懈怠与迟缓。"

莉莉娅说："铁良弼有没有说他为什么到金星？"

"到金星来，铁良弼比我狂热多了。他总是说，在铁族的虎视眈眈下，要为碳族寻找一条生存下去的出路，而移民金星，是其中之一。退一万步讲，即使不能大规模移民金星，也能为碳族文明保留一点儿火种。"

莉莉娅摇头道："不不不，铁良弼参与金星的建设，不是为了碳族能够移居金星，也不是为了碳族文明有一个备份。担心自己在'夏娃计划'中制造出的怪物成为碳族毁灭的最后一根草，这成了他长久的心病。弗兰肯斯坦情结，造物主被所造之物所害。因此，他参与金星的建设，着力点在自然与人文博物馆上，是因为他把自然与人文博物馆作为碳族文明的一座纪念碑，一篇碳族文明的墓志铭。"

铁红缨呆住了。她从来没有想过父亲为什么会热衷于建造自然与人文博物馆。但莉莉娅的说法似乎也是合情合理的，至少在基因工程专家与博物馆建设者之间，划出了一道理论上的约等号。

"不过，铁良弼为什么要来金星，已经不重要了。"莉莉娅说，"眼下我叫乌苏拉她们找部长阁下来，是有几个问题想问部长阁下，请部长阁下务必回答。不回答也没有关系，这位卡特琳·沃米，很擅长从别人脑子里挖掘秘密，比你在安全部那些手下厉害千百倍。"

"我领教过。"

"那就好。回答我的问题，不要有任何的犹疑和保留。"

"您问。"

"铁良弼死了吗？"

"死了，15 年前就死了。"

"真的？"

"真的。铁良弼死于图尔卡那爆炸案，没记错的话，当时您也在场，还有刚才那位姑娘。"

"没有意识备份？"

"备份？没有。金星没有这样的技术。"

"他的研究资料在哪里？"

"我不知道。他搞过什么研究？"

"不要装。"

"我知道他到金星之前，在地球某个大学搞过基因研究，可具体做过些什么，我真不知道。"

"他就没有留下什么资料？"

"没有。"

"真的？"

"我没有撒谎。"

"他撒谎了，狡猾的狐狸。"卡特琳插嘴道。

"我没有。"塞克斯瓦莱坚持。

铁红缨望向卡特琳，后者眯缝着眼睛，凝神盯着眼前的虚空。悠忽之间，铁红缨"看到"了卡特琳的内心世界。那里无比昏黑，无比嘈杂，无比混乱。就像是上百年的垃圾堆，各种只言片语，各种鸡毛蒜皮，各种嘤嘤嗡嗡……而她（卡特琳／铁红缨）试图在其中寻找意义。"意义很重要，然而，太难了。"一个锈迹斑斑的声音说，"要从数以亿计的信息洪流中找到一条有用的信息，实在是太难了。"垃圾堆忽然震动起来，一座各色杂质（黑色的谎言、微弱的闪电、飘零的叶子……）组成的火山拔地而起，在她（卡特琳／铁红缨）面前迅速成形。然后在她（铁红缨）讶异地注视下，毫不犹豫地坍塌下来，将她和她完全埋没……铁红缨眨眨眼睛，从卡特琳的内心中脱离出来，回到现实。

"卡特琳从来没有出过错。"莉莉娅狠狠地瞪着塞克斯瓦莱，以不容置疑的口吻说，"你肯定撒谎了。说，铁良弼留下的那份资料在哪里？交出来，交给我。铁良弼把女儿交给你养大，也一定把他的资料交给了你。"

"我没有——"塞克斯瓦莱皱着眉头，一脸严肃地辩解，"——我不记得铁良弼留下了什么资料。"

卡特琳伸出手指摇了摇，止住了他的话头。"你没有撒谎。"她喃喃道，声音犹如锈蚀一般，"你只是傻傻地不知道。你自己都遗忘了。一个盒子，一块小小的闪着幽光的晶片，就像是暗夜里闪烁的天狼星。"

"你是说……"

"老奸巨猾的狐狸，那里面是什么。啊，我知道了，我找到了。隐秘的房间，神奇的暗格，老套的魔术师手法。难怪，难怪我们细细搜遍了整栋王宫一样的房子，都没有找到。"

作为安全部部长，一个多年从事特工工作的人，塞克斯瓦莱总体保持着该有的镇定，但铁红缨知道，他眨动的眼睛已经承认了那份资料的存在。

"去拿。"莉莉娅冷冷地命令道，"不要逼我使用暴力。"

塞克斯瓦莱沉默着。时间久到铁红缨怀疑他会拒绝莉莉娅的命令，但塞克斯瓦莱终究起身，走向里间。在莉莉娅的示意下，卡特琳和薇尔达跟着去了。大厅里就剩下莉莉娅、袁乃东和铁红缨。铁红缨回头望望袁乃东，后者站在一幅壁画的旁边，好整以暇地用手梳理着自己的头发，对铁红缨的探视，浑然未觉。

不久，塞克斯瓦莱拿着一个盒子走回大厅。

"里面有什么？"莉莉娅问。

"一张记忆晶片，铁良弼留下的。"塞克斯瓦莱回答。

"毕竟是很久以前的资料了，现在的设备能识别吗？"

"金星的设备更新比别处慢得多。别说十多年前，就是几十年前的资料，都能识别。现在就播放吗？其实我也想知道里面是什么。"

莉莉娅·沃米扫了一眼大厅里的所有人，显然是在分辨哪些人有资格看这个视频，但此时她心情超级愉快，于是欢笑着说："现在就播。"

塞克斯瓦莱打开了大厅的影音系统，将一张指甲大小的晶片从盒子里取出，再塞进影音系统的识别装置里。三束光从天花板投射下来，在半空中交织，一个人的立体影像出现在那里。铁红缨之前看过父亲的影像，但现在看着父亲的面容，她依然激动不已。

光影交织中，铁良弼先是神情严肃，紧闭着嘴唇，似乎在琢磨怎么样说话。大约等了10秒，他才开始说话，语气焦灼而无奈。

（八）

"红缨，我是铁良弼，你的父亲。我不知道我为什么要录下这段视频，我只是觉得，我必须录下我此时的想法。我怕我以后会忘记今天的想法，或者说，没有勇气面对，没有勇气把真相告诉你。趁我还没有后悔，我把一切都告诉你，等待将来有一天，你来了解你的秘密。

"红缨，今天是你一岁的生日。我没有为你举行庆祝活动，而是为你进行了一场手术，为你植入了技术内核。我给这套技术内核取了一个名字，叫'贾思敏'。这个名字原本是你的名字，但我不想你走上那条路。'贾思敏'不光名字好听，功能也很多，但它真正的作用——真正的作用是抑制你的超能力。

"是的，你有超越常人的能力，一出生就有。但你还太小，还是个婴儿，那么小，一只手就可以抱住。你还控制不住你的超能力。现在，你的超能力带给你的，除了无穷无尽的伤害之外，就没别的了。

"是的，你是我的孩子，又不是我的孩子。和你的 6 个姐姐一样，你是我在地球的时候，在重庆大学基因实验室制造出来的。你和你的姐姐们一样，都是我心血与智慧的结晶。但我又如此惧怕你们。

"'造物主必须死'，书中这样说，'一旦创造者完成了创造，他的历史使命也就跟着结束了。'

"在莉莉娅·沃米的全力支持下，我成功地完成了从来没有人完成过的基因编程。7 个全新的超人即将诞生。但是，这 7 个超人会认为自己是人类吗？会为了人类的利益而与铁族一战吗？会成为铁族一样的恶魔，给人类带来无穷无尽的伤害吗？所有的答案都是未知的，不确定的。我害怕了，害怕新一轮浩劫由我引发，害怕背上历史骂名，遗臭万年，害怕……我不信神，不相信报应和轮回，但我知道，历史自有其规律，某种程度上的重复是常有的事情。弗兰肯斯坦身上发生的事情，未必不会在我身上发生。于是我寻求退出，但莉莉娅·沃米不会允许。她的强势与独裁，尽人皆知。我时常想：在我一生中最有创造力的时候遇见了莉莉娅·沃米，到底是我的幸，还是不幸？我甚至想学钟扬，用一次剧烈的爆炸来结束这场前途叵测的实验。

"我的害怕在塔拉实验品出生时达到了顶峰。塔拉从孵化器出生后的模样和别的婴孩没有两样，唯有那双皱巴巴的眼睛很特别。不知道为什么，我觉得那双眼睛根本不像是一个婴孩的，它们充满了无尽的沧桑感，更像是一个历尽百岁岁月的老人的。她不哭不闹，只是用紫莹莹的眼睛瞪着实验室里的所有人，也瞪着我，仿佛看到了我的一生。从过去我呱呱坠地到现在我迷惘彷徨直至我悄然离世的那一天，我尚未经历的每一件事，我已经度过的每一分每一秒，我公开的言行与所有的隐私，全都在那一瞬间，如同汹涌的潮水，涌上我的心头，将我的全副身心完全淹没。我浑身战栗，每一个细胞都在述说着害怕。

"我下定决心逃走。但在那之后，我还需要做点什么。趁着海伦娜和齐尼娅出生时制造的混乱，我带走了还是胚胎的你。我注射针剂，中止了你的发育，还购买了一个大型的冷冻装置，自带核动力电池，保证能持续工作 1 000 年的那种。我把你放进去，冷冻起来。在重庆四面山，我找了一条幽深的峡谷，在望乡台瀑布的后边，将冷冻装置埋藏起来。然后到了非洲，报名参加开发金星的伊玛纳工程。

"在金星，我用日夜操劳来麻痹自己。但事情总有忙完的时候，每一次远眺地球，我还是会不由自主地想：哪些孩子现在几岁呢？过得怎么样？知道我的存在吗？正在干什么事？她们是好人，还是坏人？

"时间匆匆，转眼十多年过去了。2100 年，'立方光年号'覆灭的消息传来，与之同时传来的，还有狩猎者的故事。我立刻知道，不需推理，无须证据，直觉明明白白告诉我，那所谓的狩猎者根本不是什么神一般的外星人，就是我在十多年前，在实验室制造的那一批孩子。次年，铁族主动提出与碳族签署和平协议，历史学家所说的大和平时代就此降临整个太阳系。我由此知道，当年我摒弃一切伦理和道德制造的超人没有带来人类的浩劫，反而成了和平的缔造者，人类的大救星。我甚至有点儿后悔当年的逃跑，在事实面前，我的行为是多么无知与可耻啊！就是在这个时候，我动了唤醒你的念头。

"2101 年，我回到地球，找到我当初藏起来的你。所幸，十多年的风云变幻，你还完好无损。我对你的 DNA 又进行了修补，在这十多年里，我没有一刻忘记你，经常想着如何能使你的基因变得更加完美，并且，新出现的基因驱动技术使我能对胚胎的 DNA 进行修补，然后让你再一次开始发育。这事儿很难，不是难在技术，而是因为刚刚全面接管地球的重生教，严禁一切非自然孕育。我所做的一切，都必须秘密进行。天可怜见，虽然小有波折，9 个月后，你还是顺利降生了。

"我发誓我要像太阳底下所有的父亲一样，疼你，爱你，伴你健康快乐地成长。你将见到一个比我的世界更加美好的世界，你将经历比我的时代更加高尚的时代，你将遇到更多好玩的人和事情。对这一切，我充满了信心。

"我把你带回金星。最初那几个月，是我这辈子最快乐的一段时光。然而，事实再次给我了一记响亮的耳光。从半岁起，你开始不停地哭，白天黑夜地哭，哭得吃不下任何东西，哭得浑身抽搐，每一块肌肉都不停地痉挛。没有哪一个医生看出你患上了什么疾病，没有哪一台仪器能够查出你的身体哪儿出了问题，小小的你只是没日没夜地哭。最初我也非常困惑，但后来我想明白了，知道在你身上到底发生了什么。

"在所有沃米中，你是最特殊的。特殊之处在于，你实际上是学习铁族的产物。两次碳铁之战后，碳族对铁族的仇恨与恐惧有多深，我自然知道。当我说可以向铁族学习时，会受到怎样的辱骂与反对，我也是知道的。但我还是要向所有人说，七号实验品，也就是你，红缨，你是我向铁族学习的产物。

"莉莉娅曾经告诉过我，她对终极理论的无法理解和困扰，以及那种因为无法理解而产生的痛苦。这在当时是很普遍的现象，我也是其中一个。那为什么人类无法理解铁族提出的终极理论呢？思前想后，我得出一个结论：人类之所以无法理解终极理论，是因为终极理论是铁族智慧的产物，而铁族是群集智慧，所有成员依靠灵犀系统链接为一个实时共享一切的群体，与人类的分散型智慧截然不同。所以，想要真正理解终极理论，就必须先理解群体智慧，而要理解群体智慧，就必须先在人与人之间建立起类似铁族那样的链接机制，构造以人为节点的无线网络。

"你就是为此而设计的。

"在自然界里，找不到可以模仿的对象。蝙蝠和海豚能发出无线电波，却是用于探路，无法用作超视距交流。有一部分动物能听到数百千米外传来的次声波，比如说大象，但那也仅仅局限于几个固定的意思，无法传递比较复杂的内容。我必须另辟蹊径。

"当初在地球上的时候，我呕心沥血，在你身上花了最多的时间和心思，但我不敢保证你出生后一定能实现我设定的目标。后来，在金星上，我有了更多的闲暇时间，放松下来后反复思量，并研读过分析铁族终极理论的许多文章，再对你的编程方案进行彻底地梳理与修改。所以，当你出生后，张开嘴巴，说出第一句话来，我就知道，我的理想实现了。我清楚地记得，当时你的小嘴巴嗫嚅着，轻声说道：'我们已经走得太远，以至于忘了当初为什么而出发。'当时我就痛哭流涕，因为我知道，一生下来，你就展现出无与伦比的量子链接能力。你不会说话，你所说的话，肯定是在宇宙深处某个地方，比如远在太阳系外围的泰坦尼亚，你的某个姐姐，以量子纠缠的方式，无意识中共享给你的信息。

"是的，你的超能力就是能与你的姐姐们产生量子纠缠，进而实时共享你的姐姐们所感知的一切。我把这称之为量子链接。

"然而我忽略了一件事情。半岁的你，大脑尚未完全发育，而你的姐姐们比你大 14 岁，她们生活在一个更加复杂的世界里。她们六个传递过来的信息又多又庞杂，根本不是你这个几个月大的婴儿可以理解的，可你又无法阻止这些信息的涌入，于是，你只能没日没夜地啼哭。

"看着你浑身抽搐的样子，我能怎么办？最后的解决方案只有一个，我为你植入了'贾思敏'。这玩意儿的一个功能就是释放微量褪黑素，阻止你与你的姐姐们产生量子纠缠。你的世界就此清静下来。

"以后呢？我也不知道以后会发生什么。植入'贾思敏'只是权宜之计，量子链接能力还潜藏在你的身体里。等你长大了，各个方面都成熟了，再来决定是不是需要重启你的超能力。什么时候算长大了呢？20岁？也许吧。

　　"反正在我20岁的时候我以为我已经长大了，现在我42岁了，倒回去看，发现那个时候幼稚得没边儿。总是把事情想得很简单，总是以为我就是世界之王，跺一跺脚，太阳都会抖三抖，总是以为我是天底下最勇敢的人，什么禁忌、什么规则都不放在眼里——禁忌就是用来触犯的，规则就是用来打破的，至于道德和伦理，那是给老实人准备的囹圄和枷锁。但现在我明白了，勇敢不是这样的。真正的勇敢是：当你看到了生活的残酷，你依然能毫不犹豫地承担起你的责任。比如我，十多年前我逃避了我的责任，从地球一口气逃到了金星；这一次，我不打算逃避了。是的，红缨，我承诺，我将陪着你长大，陪你看这个世界的风起云涌，陪你看这个世界的一切美好与丑陋。"

（九）

　　难以言表的酸涩与深深的感动，浸润着铁红缨的全部身心。听着父亲至真至情的讲述，眼泪早已如决堤的湖水一般从她的眼眶里奔涌而出，尽情地在脸颊上流淌，然后下雨一般掉落到地上。很久，很久以来，她都没有这样痛痛快快地哭过了。

　　塞克斯瓦莱第一个开口说话："红缨，在你一岁的时候，铁良弼把这枚记忆晶片交给我。当时他告诉我，要在你20岁生日那天交给你。现在距离你20岁还有6个月，只能说是提前给你过生日了。"

　　铁红缨双手一起行动，快速擦干净脸上的泪水，不让自己沉浸在悲伤之中。现在不是悲伤的时候，还有很多事情等着我去做。但眼泪还在扑簌簌地往外流淌。

塞克斯瓦莱说："铁良弼告诉我，说你患有某种基因疾病，给你植入的技术内核带有注射功能，能够治疗你的病。我相信铁良弼，没有怀疑过他的说法。每年技术内核检测与升级的时候，我都习惯性地嘱咐医生往你的技术内核里添加药物。在今天看到铁良弼的视频之前，我并不知道那药物是抑制你的超能力。"

铁红缨点点头，表示认可塞克斯瓦莱的说法。遭遇超级闪电的轰击之后，齐尼娅给我摘除"贾思敏"，我开始出现幻觉，并越来越频繁。不，不是幻觉，是来自姐姐们的感受。她悄悄地在脑海深处纠正，是我的大脑与她们的大脑在那段时间里以某种方式，诡异而又真实地链接在一起。是量子链接。

"说句实话，如果不是亲眼所见，我是不相信这事儿的。"袁乃东在后边说，"我不相信借助基因编辑与驱动工程，将 DNA 片段剪切粘贴、查找替换、删除重组，脆弱的人体就能够实现如此匪夷所思的能力。然而，在事实面前，我不得不承认碳族也有值得尊敬和赞美的地方。"

对于这种旁观者的说法，铁红缨不知道如何回答。这时，一直静默着的薇尔达径直走到铁红缨面前，一双灰色的眼睛深深地凝望着铁红缨，仿佛要把她的一切看穿，"铁族终极理论，第 2 组方程，左下第 7 个符号，是什么意思？"

"我不知道。"

薇尔达的语速快得惊人，就像是电磁突击枪扫射，"铁族终极理论，第3组方程，为什么计算结果每一次都不一样？即使带入的数值是相同的，有时是正值，有时却又是负值。"

"我不知道。"

"不是说你有与铁族相同的链接能力，你就拥有铁族的思维模式，因而会懂得铁族的终极理论吗？"

"理论上是这样。"铁红缨努力解释，"这是父亲的说法。然而，我拥有这种能力还不到10天，而且，在此之前我没有接触过铁族的终极理论。还有，我也没有系统地学过现代物理学和数学。我是被作为一名特工培养的。你不能指望我在不懂现代物理学和数学以及其他相关学科的情况下，就完全懂得高深艰涩的终极理论吧？"

铁红缨的反驳很有道理，薇尔达垂下脑袋，再次回到静默状态。

"这么说，父亲赐予你的能力，是使你能够与我们这些沃米的大脑直接相连？不管什么时候，也不管相距多远，就像组成铁族的钢铁狼人一般？"这次问话的是卡特琳。

"是的。"

"我的一切感受，我的所有痛苦与悲伤，你都知道？"

"是的。"铁红缨解释道，"我确实能感知你——还有所有的姐姐们——的一切感受。"

"说说我。"

"你的痛苦全部来自读心术。无论是醒着还是睡着，人脑都在不停地运转，但不管是哪种时候，人脑的运转都是片段式的，缺少连续性，更不要说意义。运转中的大脑，就像一个胡乱堆砌的信息垃圾堆。正因为如此，随时随地可以读到别人想法的你仿佛一直生活在无穷无尽的信息垃圾堆里。这些信息垃圾，由只言片语、闪亮的颜色、来历不明的气味、一闪即逝的邪念、无数玻璃破碎的声音和肮脏污秽的液体共同混合搅拌而成，还在不停地变化。而你在其中艰难跋涉，试图寻找某一个片段的价值，赋予其意义。太难了，你太难了。"

听到这里，卡特琳热泪盈眶，然而她强忍着，不让眼泪流出来。

"但是这有什么用？"一直坐在大厅正中央的莉莉娅·沃米冷冷地说，语气中有抑制不住的愤怒，"能让我再活两万年吗？"

铁红缨看见莉莉娅一说话，卡特琳就立刻擦掉了眼泪，而薇尔达灰色的眼眸也闪过一丝惧意。再活两万年，什么意思？她找铁良弼留下的资料，目的难道不是为了解除狩猎者诅咒？

"卡特琳，再搜搜这个人的脑子，看看还有什么遗漏，还有什么隐藏的秘密没有挖出来。"母亲大人命令道。

"刚才已经如过筛子一般仔仔细细搜过了，没有放过任何一厘米的地方。"卡特琳规规矩矩回答。

"我叫你再搜一次。"母亲大人的命令不容违背。

卡特琳不再说话，闭目凝神。所有人的目光都集中她脸上。塞克斯瓦莱惶恐而愤怒地说："你不能……"作为安全部部长，他脑子里肯定藏着数不尽的秘密。他大概从来没有想过，有一天，自己的脑子会毫无保留地任由别人窥视。他望向铁红缨，似乎希望铁红缨出面阻止。但铁红缨没有。她曾经被卡特琳检索过大脑，知道那就像是无数的章鱼在脑子里进进出出。然而，此刻她更想知道，塞克斯瓦莱脑子还隐藏着什么秘密。于是，她没有说话，只是看着塞克斯瓦莱的面孔变得僵直，脸部肌肉呈现奇怪的放松状态，而眼珠在眼眶里左右飘忽，眼神无法聚焦，看着前方，又似乎什么都没有看。

过了大约半分钟，卡特琳开口："他的大脑，宛如史前巨兽盘踞的荒野，没有发现与铁良弼有关的任何信息。"

"确定？可不要糊弄我。"

"不敢的，母亲大人。您是天，您是地，您是唯一的神话。我卡特琳糊弄谁，都不敢糊弄您啊。况且，卡特琳从不出错，您说的。"

卡特琳说的是实话。铁红缨在卡特琳检索塞克斯瓦莱脑子的同时，也链接上了卡特琳的脑子。她很清楚地感受到卡特琳的感受。卡特琳的本性决定了她不会撒谎，但她说的这句话彻底触怒了母亲大人。她腾地站起来，在这一群人中，她的个子是最矮的，却散发出咄咄逼人的气势。她双目扫视大厅的每一个人，眼神里的怒意与杀意如此明显。

就因为没有找到她想要的东西，她就要杀人？铁红缨突然明白过来：这只是原因之一。刚才播放铁良弼的视频时，在场的所有人都知晓了狩猎者的秘密，而秘密被越多的人知道，暴露的可能性越大。莉莉娅现在想的是杀人灭口！为了保住狩猎者的秘密，她……

"莉莉娅阿姨，您要杀人灭口吗？"袁乃东忽然说，"虽然你说过，必须保证狩猎者秘密不会外泄，为这个目的，可以不择手段。但是，真的有必要把这里的人全都杀死吗？"

也许是心事被揭穿了，莉莉娅竟然出现了几秒钟的慌乱。慌乱过后，她眼神里的怒意与杀意都消失了。她又变回到那个颐指气使的老太婆。"我们走，离开这里。"她命令道。

卡特琳用动力装甲的通信器呼叫海伦娜，不一会儿海伦娜、齐尼娅和乌苏拉从里间出来。乌苏拉洗了澡，换了身干净的紫色衣服，浑身的血污没了，但精神还是萎靡不振。

"铁红缨呢？她不跟我们一起走？"海伦娜问。

"别管她，没用的东西。"莉莉娅头也不回地说，随后消失在大门外。

乌苏拉急急跟上，脚步踉跄，然后是薇尔达和卡特琳。海伦娜冲铁红缨摆摆手，跟着齐尼娅的轮椅出了门。

大厅里只剩下 3 个人。

塞克斯瓦莱说："我去看看你伯伯，他伤得不轻。"说完，他向楼上走去。

"又是智能插件？"铁红缨走向袁乃东。

袁乃东笑着在后脑勺那里画了两个圈，"莉莉娅阿姨毕竟一百多岁了，忽然间忘记自己想做的事情，不也是很常见的状态吗？"

"你有没有对我用过什么智能插件？"

"智能插件又不是万能的。"

"我问的是用过没有。"

"没有。"

"好吧，我相信你。接下来怎么办？"铁红缨看着袁乃东说，"回博物馆吗？"

"你想要我怎么样？"

"我要你留下来。我有好多问题想问你，你不是无所不知先生吗？这些问题你肯定能够回答。"

袁乃东点头同意。

这大概是今晚铁红缨听到的最好的消息。

（十）

这套房子在塞克斯瓦莱加入安全部之前就属于他了。那时塞克斯瓦莱是个块头很大的青年，是金星联合阵线总理办公室主任（这个职位并不高，但担任这个职务的人仕途往往一片光明）。房子的规模随着塞克斯瓦莱职位的节节高升而越来越大，现在至少是最初的 4 倍。"没办法，官儿越大，应酬越多。"塞克斯瓦莱曾经这样解释过。安全部特工是隐秘的职业，安全部部长却是公开的，随时可以在新闻上看到。金星没有军队，安全部潜伏在各处的秘密特工发挥了特别重要的作用，因此，在金星联合阵线的政治体系中，安全部部长有着格外重要的地位。

铁红缨先去看了图桑伯伯。塞克斯瓦莱还在那里。子弹从图桑的手臂与侧腹之间穿过，流了不少血，但止血及时，并无生命危险。"你那个坐轮椅的朋友治疗技术真是超级棒，"图桑说，"人也特别好。"

离开图桑伯伯，铁红缨回到了自己的寝室。4 岁后到 12 岁之前，她一直住在这里。12 岁之后，外出到阿特拉斯学校就读，她大部分时间住校，回到家里，还是住这间房间。今年要毕业了，塞克斯瓦莱安排她去查海伦娜疑似狩猎者的案子，她临时和巧巧一起搬到了公租房。所以，此刻回到寝室，她格外地自在。这是我的家，我的天堂。

她踢掉鞋子，赤着脚走进浴室，摁下开关，往浴缸里放水。等她脱掉所有衣物，赤身进到浴缸时，水温刚刚升到她喜欢的 39.8 摄氏度。她把整个身子浸到水中，让每一个毛孔与每一寸肌肤都与温热的水亲密接触。水托举着她，她拍击了两下，水立刻波动起来，在脖颈、小腹与足踝之间萦绕。她的小腹上，有一个鲜红的朝天椒。正如之前海伦娜说，在她发现自己的超能力之后，朝天椒的图案就出现了。开始颜色很淡，随着她超能力的进阶，这沃米的标记与基因的印痕变得越来越鲜艳，旁边甚至有绿叶来陪衬。为什么是朝天椒呢？她不明白，虽然自己的绰号是"朝天椒"，但这两者之间有什么必然的联系吗？就像齐尼娅与长尾风筝或者薇尔达与黑色大丽花之间，又有什么必然的联系呢？

不过，标记是朝天椒，不是别的古古怪怪的东西，她还是很满意的。跟别的辣椒成熟后就自然下垂不同，朝天椒是向天生长，积极向上，有着非比寻常的生命力。第一次听同学叫自己朝天椒的时候，铁红缨高兴极了。这不就是我吗？红艳诱人，又辣度惊人。于是，"朝天椒"成了她的绰号。以至于在很长一段时间里，阿特拉斯战斗学校的同学们提到铁红缨，就想到朝天椒，提到朝天椒就想到铁红缨。

　　她好奇地揉了揉小腹上的朝天椒，如释重负的感觉向全身每一个细胞扩散，思绪也不由自主地扩散开来。

　　今天发生了太多的事情，知道了太多的事情。从吃火锅开始，到在公租房里被神之战士俘获，到巧巧被杀，到乌苏拉现身大杀四方，到袁乃东出场制服失控的乌苏拉，到塞克斯瓦莱拿出铁良弼的记忆晶片让她知道了自己的超能力是什么，一直到现在浸泡在浴缸，她感觉经历了很长一段时间，事实上不过是短短的 3 个小时。这些曲曲折折的往事浮现在她脑海，不依时间的先后，也不管地点的变化，随机地出现，同时带来或震撼、或伤感、或喜悦的情绪体验。渐渐地，松散的思绪有了一个确定的对象。一个想法在她脑海里萌芽，挥之不去，渐渐长大，进而变得狂热。

　　铁红缨起身，满心欢喜地擦干身上的水渍。她挑了一件红色的带少许褶皱的睡裙穿上，在镜子前来回转了一圈，对着镜子里那个身材曼妙、满脸红晕的女孩做了一个鬼脸。旋即哼着一首不成调的歌儿如同欢快的小鹿一般蹦跳着出了门。

　　她站到袁乃东的房门前，沉静了片刻，俄而敲了敲门。我该表现得更为幼稚一点儿，还是更为成熟一点儿？如果从出生算起，我才 19 岁，正是可以懵懂与天真交织的年纪；但如果算上在孵化器里冷冻的那段时间，我已经 34 岁了……

　　"我可以进来吗？"在袁乃东回答之前，她已经侧着身子，从门缝挤了进去，顺手关上了门，又从距离袁乃东不过几厘米的地方经过，来到房间中央。袁乃东身上散发着淡淡的香气，从湿漉漉的头发看，应该刚刚洗过澡。"我的事情，你都知道。我什么都告诉你了。"她说，"你就没有什么想对我说吗？"

袁乃东说："过去已经注定，再多的抱怨与眼泪，也无法改变。但未来尚未固化，通过努力，是可以更改的。我不相信有所谓宿命，无论是个体的，还是集体的。"

"这么说，我应该勇敢追求我所想要的？"铁红缨用热辣的眼神看着袁乃东。

"是的。"袁乃东平静地回答。

就像一个睿智而沉稳的教授，在回答懵懂学生幼稚的提问，例行公事，不带任何感情。铁红缨疑惑不已：难道是我的错觉？难道之前那暧昧的言语、那甜蜜的拥抱、那浅尝辄止因而回味无穷的亲吻都是假的，逢场作戏？可是……"我的，超能力的，量子链接，"她思忖着，艰难地说，"有什么，科学根据吗？"

袁乃东回答道："人脑和宇宙在基本的结构上的，在最底层的工作原理上是一致，是以，人脑与宇宙是相同的，是可以共鸣的。"

"为什么这样说？"为什么要提出这种白痴问题？我要成熟一点儿。

袁乃东回答道："早在 21 世纪初，就有科学家怀疑，时空并非不存在，而是由极小极小的信息——叫量子比特，指的是量子尺度下的最小可能信息量——组成。这些极小极小的信息通过彼此间的相互作用，创造出时空，并赋予其各种特性，比如时空曲率。这就是量子比特宇宙观。这种宇宙观认为，宇宙由某种底层代码构筑而成，通过破解这些代码，最终可以找到一个方法，去理解宇宙中那些大尺度事件的量子本质，由此将宏观世界与微观世界整合在一起。”

铁红缨坐到了床上。我还是不知道怎么开始。成熟，抑或者是幼稚？他喜欢哪一种？她抿紧嘴唇，暗自浅笑，可以理解，没有经验嘛。

“我的老师道格拉斯花了大半辈子的时间，证实这些不可计数的量子比特以量子纠缠的方式组合或者编织在一起，构成了时空连续体本身。”袁乃东看着铁红缨，并没有表现出特别的举动，他说，“常规的量子纠缠涉及散布在时空之中多个同类粒了间的单一属性的关联。但事实上，仅有常规纠缠是不够的，还需要其他形式的纠缠，那些纠缠涉及重构时空，涉及更多数目的粒子的相互纠缠。

“人脑里也有量子纠缠。经过数十年的研究，大脑新皮质存在以量子纠缠的方式运转的量子计算已经成为科学界的共识。量子计算正是使碳族从猿猴从脱颖而出，成为地球主宰，并一手创造出第二个智慧种族——铁族——的根本原因。

“既然人脑和宇宙在基本的结构上的，在最底层的工作原理上是一致，那么，相距遥远的人脑，以宇宙时空本身为传播媒介，与另一个人脑实现实时的量子链接，是完全可能的。”

说到这里，袁乃东终于停下来了，用一双炯炯有神的眼睛看着铁红缨。那双眼睛里有温柔，也有浓浓的化不开的忧伤。

“我不需要知道这些，我不想知道。这些数据，这些历史，这些分析，知道这些没用。你知道吗，没用！我现在需要的是安慰。我……冷，我需要温暖。”铁红缨的声音有些许的颤抖，而语气异常的坚定，"我需要你。"

铁红缨站起身，紧紧抱住了袁乃东，让两个人的身体贴得没有一丝缝隙。啊，多么温暖。她的心脏一阵狂跳，那个跳荡的器官简直就要从胸腔中跳出来。

"我知道你想要什么。"袁乃东抓住铁红缨的手臂，轻轻但却坚决地推开了她，"但我不能给你。请你原谅我之前的轻浮与鲁莽，原谅我此时的决绝与冷酷。在这件事情上，你没有任何错。错的是我，是我。"

"你就不能真正猥琐一次？"

"不能，现在不能。"

铁红缨松开抱住袁乃东的手臂。眼前这个人变得无比遥远而陌生，好像瞬息之间两人之间就出现万丈深渊。其实你一直没有了解过他，你自以为的了解，都来自于你情窦初开的想象，都是因为你没有父亲也没有母亲而妄想从他那里得到"爱"。她退后一步，想把这个人看清楚，但眼底的雾气与酸涩令他的影像变得分外模糊。不能再哭了，今天已经哭过一次了。她告诫自己。不能在他面前哭，不能让他看到我孱弱的眼泪。

她收拾起所有散落的勇气与自尊，径直走出了袁乃东的房间，连再见都没有说。

（十一）

天亮了很久，铁红缨才慵懒地起床。袁乃东已经悄然离去，塞克斯瓦莱留下信息，说他和图桑去处理麻原智津夫死后的烂摊子。"别担心,我早就做好了充足的准备。最早今天晚上,最迟明天,就会有好消息。你在家里好好休息,关注新闻就好。"塞克斯瓦莱如是说,"和'法老王'重新连接的感觉真好。"

铁红缨来到厨房,去做饭。很久以前,每次部长出去办事的时候,她就自己做饭吃。但这一次,独自坐在大餐桌旁,她并不觉得孤单。

因为有姐姐们与她同在。

当她吃饭夹菜的时候,当她把碗筷刀叉丢给清洗机的时候,当她在走廊上旋转跳跃的时候,当她盯着信息终端检索新闻的时候,当她无所事事凝望虚空的时候,意识(或者自我,或者精神,或者算法,或者灵魂,或者别的用来描述大脑深处工作原理的词语)的一部分链接(附着、停留、寄居、窥伺……好吧,铁红缨觉得自己更喜欢链接)在别的身体(躯壳、皮囊,诸如此类的词语)。有时是海伦娜,有时是卡特琳,有时是乌苏拉和齐尼娅,有时是薇尔达。她多数时间只与其中一个链接,有时会链接着同时两三个,并且这样的次数越来越多。铁红缨小心翼翼地做着眼前的事情,就像所有的普通人一样。同时不动声色地感受着另一个或者几个沃米的所感受到的一切。

这些感受是全方位的,但呈现的方式却是千变万化的,有时是声音,有时是晃动的画面,有时是一两句飞驰而过的心理活动。声音时而清晰,时而模糊,难以辨识。"母亲大人偏爱乌苏拉,不是没有原因的,因为乌苏拉不会说话,从来不会质疑母亲大人的命令，从来都是不折不扣地完成母亲大人布置的任务。"这是齐尼娅听到的海伦娜的话。乌苏拉身处酒吧之中，震耳欲聋的音乐声掩盖了其余的一切声音，但乌苏拉并不如她所表现出来那样放松。有男人在乌苏拉耳朵边大声吼了一句什么，乌苏拉假装没有听见。卡特琳睡不着觉，翻来覆去，脑海里数不尽的想法（这些想法都是她从别人那里窃取来的）忽闪着，如同蜂窝里数以万计的马蜂翕动着翅膀，呜呜咽咽，嘈嘈切切。薇尔达闭着眼睛，脑子里没有任何画面，只有一些意义不明的方程式与闪亮的词汇飘浮在她的意识之海上。海伦娜看着眼前异常鲜亮的地板，不禁深深地叹了一口气。孤独感油然而生，如同一把无形的利剑，洞穿了海伦娜羸弱的心。

因为那些感受如此真实，就像铁红缨亲身体验一样，所以也可以换一种方式来描述这种链接：停留在她躯壳里的意识，不只是铁红缨，还有浑身游走着火凤凰的乌苏拉，安静得像一只兔子的齐尼娅，一开口就用比喻的卡特琳，永远不睡觉的薇尔达，满头金发、性感迷人如黑玫瑰的海伦娜。

每个人看待世界的方式不一样，每个人眼里的世界也就各不相同。这是多么粗疏浅显的道理，而她以前居然不知道。为此，她深深地感觉惭愧。

在乌苏拉眼里，世界由熊熊燃烧的火焰构成。这火，不知从何时烧起，也不知要烧到何时才会熄灭。她并不关心这些形而上的问题的答案。她只需要知道，这样想的人她并不是第一个。古希腊哲学家赫拉克利特就曾经宣称：火是万物之源，既是万物的基本属性，又是万物运转的动力，并且能相互转换。

既然某个哲学家这样说过，和她想的一样，那就是真的了。如此，她就不用再多想，只需要行动，只需要按照自己的意愿行动就可以了。若不能燃烧了别人，就只能燃烧自己。所以，谁更心狠手辣，谁在这个世界存活的时间就更长。烧，或者被烧，这道选择题的答案在乌苏拉那里是唯一且固定的。

卡特琳的世界里从来没有安静过，充满了晦涩的低语与意义不明的各种喧哗和聒噪。不是每个人的心思都如袁乃东一般缜密与理性。绝大多数人在绝大多数时间里的想法是跳跃性的，以模糊的片段、只言片语和破碎的画面等方式呈现出来，并且毫无实在的意义。从一个念头到另一个念头，前一秒还在想今晚吃什么，下一秒已经在诅咒这漫长的工作何时结束，两者之间可以毫无联系。卡特琳沉浸在这噪声之海里，努力寻找其中的意义。因为有意义的声音实在是太少太少，所以她的寻找，犹如推石头上山的希绪弗斯。每当她找到一个有意义的声音，还没有来得及高兴，就被成千上万无意义的声音所淹没。而天生就能听见别人内心世界的她，似乎没有能力阻止自己对意义的探索，只能在不让自己疯掉的同时，继续在无意义的噪声中徘徊。

在海伦娜看来，整个世界满布阴冷的灰色。她不是色盲。相反，她正是铁良弼当年说过的四色视觉者。她眼里的世界，比普通人更加丰富多彩。她能够看到一亿种颜色。然而，她没有相应的词汇来向其他人描述那多出来的几千万种的色彩。那些色彩只有她能看到。她需要发明一整套语言，需要一亿个专用于色彩的词汇，才能描绘出她所看到的异彩纷呈的世界。

然而，即使有这样的语言，但就如卡特琳所说，语言都是模糊的、变动的、靠不住的，别人也很难听懂海伦娜描述了些什么。因此，海伦娜孤独地生活在自己一亿种颜色的世界。她的孤独，为她眼里的世界蒙上了火山灰一般的灰色。

齐尼娅看见的世界非常简洁有序。她不喜欢复杂，也看不见复杂。再复杂的事情到了她眼里，都能简化为一二三，极少有超过四的，至于五，是从来没有出现过。"我很简单，我喜欢简单。"齐尼娅如是说，"简单就是最好的。"在齐尼娅看来，世界上的所有人只有两种：一是朋友，二是敌人。世界上所有的东西分为两种：能吃的，不能吃的。在能吃的东西里边又分为两种：好吃的，不好吃的。在好吃的东西里边又分为两种：我喜欢的，我不喜欢的。在我喜欢吃的东西里边又分为两种：我现在喜欢的，我以前喜欢的。

薇尔达的世界是没有图像的。她看得见这个生机勃勃而又严整规则的世界的一切，但在她的脑海中没有任何类型的图像的记忆。当她思考某个人时，只有一个抽象的概念，就像关于某个名词或者术语的官方定义，而不是这个人的脸。她不需要睡觉，永远不知道她做梦的时候是否会有图像。她脑子里流动着词汇、数字和计算符号，每一个都有着明确的意义。她无法忍受没有意义，也无法忍受过多的杂音。如果她的脑子如同卡特琳一般满是无意义的聒噪，她早就疯掉了。当然，她没有疯掉。当遇到无意义的噪声时，她会迅速将其转化为有意义的收获，要是不能，她就会毫不犹豫地将它摒弃，从自己的脑海里彻底删除。

　　塔拉从来没有出现在链接里。铁红缨不知道为什么。也许因为塔拉远在泰坦尼亚，距离太过遥远，又或者只是单纯因为她没有与塔拉有过直接接触，所以没有建立起有效的链接。她只在其他沃米的记忆里，知道塔拉是一个有预知能力的谜。

　　起初链接的时间很短，大多不过两三分钟，后来逐渐延长，有三五分钟，有时会有七八分钟。刚开始，这种链接呈现出某种随机性。她并不知道下一个链接者是谁。薇尔达过了是齐尼娅，但下一个可能是乌苏拉，也可能是卡特琳，回到薇尔达身上的可能也是有的。铁红缨试图找到其中的规律，经过一段时间的观察和猜测，最终放弃了这一举动。链接的随机性超出了她的想象。同时链接一人，链接两人，到链接五人（目前为止，只出现了一次，强烈的晕眩感使这次链接只维持了短短的五秒），可能性越来越多，她猜错的次数也越来越多。她不知道什么时候链接开始，什么时候链接结束。也不知道会与5个沃米中的哪一个链接，一切都是随机的。而且链接的原因也并非她最初猜想的那样，在被链接者的心情比较激动和兴奋的时候，链接就自动开始。当她察觉，连齐尼娅的肚子饿得咕噜咕噜直叫、卡特琳脑海里闪过一句纪伯伦的诗，海伦娜在四十几种唇膏中挑选，这样微不足道的事都会链接，被她所感知时，她对链接的认识就又被修改了。

　　既然没有规律，那就不找了吧，把这事儿当成可有可无的游戏就好了。她这样想着。在多数等待链接降临的时间，偶尔会想一想下一个链接的是谁。

　　谁料，这样一来，猜中的次数却越来越多。这让她开心不已。到后来，她每一次都猜中。这是怎么一回事情呢？她疑惑起来。经过几次试探，她不无惊讶地发现，不是自己能百分之百地预测，而是因为链接从被动变成了主动。当她脑海里想到谁，下一个就会链接谁。要是想到两个，就会同时链接两个。简而言之，链接能力得到了提升，进入了一个新的阶段。

那么，是否会有下一个阶段？下一个阶段又是什么？铁红缨兴奋地想，心中充满期待。这种期待着某件美好的事情发生的感觉真好。

有意思的是，随着她链接技能越来越娴熟，小腹上的朝天椒竟然开始生长。先是长出了新的枝条，新的嫩叶。然后长出了第二个朝天椒、第三个朝天椒，最后竟有六个之多，成为一丛蓬勃向上的朝天椒。绿叶娇翠欲滴，朝天椒红艳诱人，整个图案生动无比，尽显生命的活力与魅力。所以，一个朝天椒就代表一个沃米？要是链接上大姐塔拉，就会有七个朝天椒，那我又会有怎样的变化呢？同时，她有了一个新的疑问：当我在她们的大脑里进进出出，感受她们的感受，思考着她们的思考时，她们知道吗？还有，更为重要的问题是，我能干预她们的想法吗？我能把我的想法传递到她们脑海里，让她们误以为是自己的想法并采取相应的行动吗？

（十二）

在铁红缨探索、发掘、完善量子链接能力的同时，金星联合阵线的政局也如同小孩子的脸，说变就变。一场古旧的政治大戏，又在金星上演。

先是量子网上爆出大量前任金星联合阵线总理马泰里拉的丑闻。权钱交易，收受巨额贿赂，私生活极其混乱，向地球出卖金星的绝密信息，为人刻薄，奸佞，喜怒无常，涉嫌暗杀政治对手，恶意浪费，诸如此类。有的言之凿凿，仿佛他就在故事现场；有的含沙射影，刻意让读者去想象；有的捕风捉影，几分真几分假，混合在一起让人迷惑不已；有的义愤填膺，就像马泰里拉是他的十世仇人；有的恨铁不成钢，假意批驳上述说法，却故意露出马脚，从反面证实了上述说法。概括起来就一句话：马泰里拉是个不折不扣的坏人，死得理所应当。

然后出现了大量怀念金星联合阵线创始人伦纳德·杰罗姆博士的信息。说杰罗姆博士如何睿智，拯救非洲人于艾滋病的泛滥之中；说博士如何英明，率领非洲人及时逃离了灾难深重的地球；说博士如何神勇，在金星上空，一手为3 000万金星人缔造了天堂一般的新家园；说博士如何廉洁，如何宽容，如何一心一意为金星人谋福祉。总而言之，杰罗姆博士就是好，要是再出一个杰罗姆博士该多好啊。

接下去，图桑·杰罗姆粉墨登场。"我是伦纳德·杰罗姆的儿子，这是我一辈子的最高荣耀。"图桑接受采访的时候如是说。背景资料介绍，十多年前，图桑受了冤枉，被迫离开政坛，但今天，在金星生死存亡的关头，他回来了，冒着枪林弹雨，勇敢地回来了。"我只想对所有金星人说，地球不是我考虑的重点，火星也不是，金星才是。"图桑穿着全套正装，坐在插着金星旗帜的办公桌后边，对着镜头说。下一个画面，图桑穿着便服，走近普通老百姓，跟各个行业的人握手。"我爱你们，我也是你们中的一员。"图桑微笑着说，"知道吗，我当了十多年的私人侦探，生活在你们之中。我了解你们的喜怒哀乐，了解你们的需求和梦想，我了解你们的一切。我要带领你们，复兴传统，重现南方文明的辉煌。"

被麻原智津夫解散的金星联合阵线城市代表大会重新组建起来。在紧急召开的代表闭门会议中，图桑·杰罗姆被增补为核心代表，并被提名为总理唯一候选人。随后召开了全体代表参加的大会。来个各个天空之城的代表557人，齐聚一堂，代表3 000万金星人选举图桑·杰罗姆为金星联合阵线总理。公示期五天。公示期间，任何人可以向代表大会就图桑的任职提出意见，大会必须予以合情合理合法的回复，保证提出意见者满意。待公示期结束，没有大的问题，48岁的图桑·杰罗姆将就任金星联合阵线第三任总理。

也是在这次会议上，安全部部长尼古拉宣布：前总理马泰里拉并非死于塞克斯瓦莱部长之手，而是麻原智津夫这个来自地球的恶棍杀死的。这样做，一举两得，麻原智津夫既能陷害塞克斯瓦莱部长（众所周知，他是坚定的独立党），又能进一步掌控金星的权力（大家都看到了，麻原自封为金星联合阵线总理）。后来，麻原智津夫在率领堕落者去追捕塞克斯瓦莱时，身手矫健、一身本领的塞克斯瓦莱部长出于自卫，也为了捍卫金星的独立与尊严，率领一众追随者（必须强调这一点，塞克斯瓦莱部长有着数量众多的追随者，在追求金星独立、捍卫金星尊严的道路上，他从来就不孤独），在公租房血战中，以一当十，全歼了前去围捕他的堕落者；塞克斯瓦莱部长还亲手杀死了的麻原智津夫。"公租房血战，百分之百是可以载入史册的，因为它彻底扭转了金星的历史走向。"尼古拉故意拖长了声音说，"我宣布，撤销对塞克斯瓦莱的一切指控，包括谋杀和叛国。"

台上风云变幻，台下一片迷惑与混乱。立刻有记者问："那当初在新闻上反复播放的塞克斯瓦莱部长枪杀马泰里拉总理的视频又怎么解释呢？"尼古拉答道："用技术手段合成的。视频中出现的塞克斯瓦莱部长其实是一名堕落者。枪杀视频录制好后，再用塞克斯瓦莱部长的影像替换那名堕落者，于是制造出了塞克斯瓦莱部长枪杀马泰里拉总理的假象。"又有记者问："修改视频并非什么高深的技术，当初看到视频的时候，为什么没有发觉视频被修改过呢？"尼古拉答道："视频是由堕落者检测的，而塞克斯瓦莱部长是嫌疑人，安全部被禁止参与调查，根本就插不上手。"

喜欢添枝加叶的尼古拉部长挥手止住了记者的提问。"我还有更为重要的事情要宣布。"尼古拉部长再次拖长了声音讲到，"我代表金星联合阵线城市代表大会宣布，重生教为邪教，取缔重生邪教在金星的一切活动。"然后，无视台下的喧闹，尼古拉宣布了几条具体措施。"在新任总理图桑·杰罗姆的英明领导下，我们将把取缔和打击邪教作为今后一段时间的主要任务。"尼古拉如是说，"安全部和警察部将携起手来，为金星的繁荣昌盛，提供最为强有力的保障。"

尼古拉部长宣布的几条措施远远称不上雷霆手段，然而，历史的列车还是开得太快，转弯转得太急。昨天还在为加入重生教而沾沾自喜，今天就被列为邪教，遭受全方位的打击，很多人无法接受这样的转变。但对于更多的人来说，加入重生教与退出重生教，区别其实都不大。只要能继续生活下去，并且有那么一点儿好转的指望，他们愿意做出一定程度的牺牲。正因为如此，多数人抱怨几句，然后按照尼古拉部长所说的去做。不管领导层怎么变化，老百姓的生活总要继续，不是吗？铁红缨上街，四处游走，听到的老百姓的声音，大抵如此。

"你们是怎么办到的？"铁红缨问回家的塞克斯瓦莱。这话的潜台词非常明显：昨天你和图桑伯伯还处于全面挨打的状态，穷途末路，只能束手就擒，今天就风云突变，局势逆转，两人微笑着站在了胜利的巅峰上。

"也就那么一回事。"塞克斯瓦莱部长耸耸肩，"在地球上已经玩过几千年了，金星发生的这一切，不过是地球历史的自然延续。相信它也会发生在火星上，发生在土星和木星上。"

"就没有什么特别的？"铁红缨追问。即便安全部全部特工全部忠于塞克斯瓦莱——事实上这是不可能的事情——要办到眼下这事也几乎是不可能的事情。

"没什么特别的。"塞克斯瓦莱部长笑着摇头，"当你掌握了一定的资源之后，操控舆论，操纵民意，翻手为云，覆手为雨，都是非常容易的事情。而且，马泰里拉死了，麻原智津夫死了，权力中心出现了真空，人民群众惶恐不安，我们适时送出一个符合多数人期望的救世主，图桑·杰罗姆还能不脱颖而出？你看，图桑连全身性修复手术都还没有做，我们说他是伦纳德·杰罗姆博士的儿子，老百姓就迫不及待地相信了我们说的一切。因为他们需要这样一个救世主。"

"接下去还会发生什么？你会官复原职吗？但看尼古拉那个踌躇满志的样子，不像要下岗啊。"

"这事儿……"塞克斯瓦莱犹豫了一下，笑道，"……还没有最后确定。"

那笑意是从眼窝深处显现出来的，潜藏的意思是——不是官复原职，而是比安全部部长更大的官职！铁红缨说："那我先预祝塞克斯瓦莱副总理工作愉快。"

"还没有最后确定哩。"这一次塞克斯瓦莱笑得很明显，浑身的赘肉都晃动起来。笑完，他转而对铁红缨说道："袁乃东是怎么一回事？看得出来，你喜欢他，甚至爱他？"

"没有。"铁红缨矢口否认，并尽力不让自己的脸显出尴尬。以她的个性，在那晚之前，她肯定会干干脆脆地承认，但现在……"叔叔不要乱说。"她用撒娇来掩盖真实情感，"要是我有喜欢的人，叔叔会第一个知道。你是养大我的人，不是亲生父亲，胜似亲生父亲啊。"

"我这不是担心你嘛。"塞克斯瓦莱正色道，"能徒手挡住处于失控状态的狩猎者——那个叫乌苏拉的狩猎者有多厉害我们都看见了——会是简单的普通人吗？我叫人查过了，袁乃东，很难说这是一个真名，他的过去是一片空白。两个月前，袁乃东乘坐的星际航班从地球抵达金星。这是这个人第一次出现。你知道，安全部与地球方面，有一些情报上的交往。地球方面查不到袁乃东的任何资料，就像这个人是凭空出现的一样。毫无疑问，是个虚构的身份。现在查到的资料，又找不到任何作假的痕迹。说明作假的本领超越一般。总而言之，这个人不是一般人。"

还要你说，我早就知道了，他不是一般人，他是一个深奥而诱人的谜，一个黑洞。铁红缨想。

"你那些狩猎者姐姐们去哪里了？"

这问题似乎是随意问出，如同无数问题中的一个，看过公租房血战而后提出问题，是很自然的事情。但又像是经过精心安排，巧妙地隐蔽在无数问题之中，其实这才是塞克斯瓦莱最想提出的问题。到底哪一个才是真相？"我不知道。"铁红缨说。

"铁良弼不是说你能够感知她们感知的一切吗？"

"叔叔，你忘了'贾思敏'了？"铁红缨决定撒谎，"贾思敏"被齐尼娅拆掉的事情她还没有告诉塞克斯瓦莱，"我还在犹豫，要不要拆掉'贾思敏'。你说，我父亲赐予我的那种超能力会很厉害吗？比乌苏拉还厉害？但想到乌苏拉失控的样子，我又觉得害怕。我会变成那样的嗜血魔鬼吗？我会被诅咒吗？我会变成地地道道的怪物吗？"

这段陈述有真有假。就在铁红缨与塞克斯瓦莱对话的同时，薇尔达和齐尼娅也在她脑子里活动。薇尔达在"奥蕾莉亚号"的房间里，往一张白纸上涂抹着意义不明的图画。在幽闭环境中一个人独处，对薇尔达而言，是件无比惬意的事情。而齐尼娅在"希尔瓦娜斯号"睡觉，深深浅浅的梦里有一个天光晦暗的小星球——大概是泰坦尼亚。在那颗距离太阳极为遥远的小卫星上，既有甜蜜温馨的回忆，又有恐怖惊惧的时刻。显而易见，铁红缨后面几句疑问发自肺腑：我会变成那样的嗜血魔鬼吗？我会被诅咒吗？我会变成地地道道的怪物吗？正因为如此，安全部部长、特工之王塞克斯瓦莱没有识破铁红缨的谎言。他叹息道："我也不知道。你已经成年，有些事情可以自己做主。今后叔叔有事，还需要你帮忙。"见铁红缨不言语，他又补充道："如果有狩猎者的消息，记得给我说一声。"

（十三）

在学习链接、关注新闻的同时，铁红缨还在试着学习物理学。她不无惊讶地发现，特工学校根本就没有系统地教过物理学。在特工学校，主要教授包括格斗、伪装、潜伏、解密、逼供、破袭、狙杀、设围、反侦查、反审讯、小组协同作战等在内的实用知识，只有一门叫作通识课的课程与物理学有关。这门课包罗万象，涵盖了包括物理学、天文学、地理学、历史学、生物学、化学等种类众多的知识。一位通识课的老师讲："上通识课的目的，不是为了学会里面的知识，而是为了将来有一天，让你伪装成安全部需要的满嘴陌生词汇与自造术语的高级知识分子。"这位老师补充道："比如物理学，10本大书的内容，被压缩到10页薄薄的纸上。最有趣与最重要的部分都删掉了，只剩下几个干巴巴的公式和深奥的概念。唉。"他摇着头叹息，似乎这事是学生的一大损失。学生们却不这么认为。毕竟其他课程繁重，要求又严格，于是通识课成了铁红缨和她的同学补充睡眠、养精蓄锐的好时候。现在，铁红缨要学物理学，几乎是从零开始。

以前，有"贾思敏"的帮助，学习不是一件特别困难的事情。好多原本需要死记硬背的东西，它会帮铁红缨记住，而且因为它时时刻刻与量子网链接着，还可以随时帮铁红缨搜索需要的资料。但现在"贾思敏"被齐尼娅摘除，学习和搜索资料需要铁红缨自己在信息终端上进行。有那么几次，铁红缨幻想着把"贾思敏"安装回去的情形。她很快否定了这种做法，同时想道：正是与"贾思敏"十多年的相伴相生，为现在与姐姐们的量子链接打下了坚实的基础；我竟然连深吸一口气都没有，就接受了这种其实非同一般的能力的存在；还能在同时与两三个人进行量子链接时保持清醒，没有过多地头晕脑涨，更没有疯掉。

在莫西奥图尼亚城的量子网上，铁红缨检索到一套评价非常之高的物理学基础教程，就从牛顿力学开始，学麦克斯韦方程式，学法拉第的力场，学爱因斯坦引力场方程，学史瓦西半径公式……整个学习过程并不困难，甚至可以说，课程极其简单，看一遍就知道全部的意思。是我变得聪明了，还是……等到开始学量子理论，学习矩阵方程和贝尔不等式，学习狄拉克方程和旋量波函数，她才发现自己先前的感觉错得有多厉害。这个时候，她恨不得有一种方法，可以把所有的物理学知识，还有其他可能用得上的知识，统统灌输到脑子里。旋即又想：放弃这种不着边际的幻想吧，你需要的其实是一位老师，就像袁乃东那种。但这个念头不能多想，多想几次思路就会滑到别的地方去，眼前的学习根本就无法继续进行。她集中精神，把袁乃东驱逐出自己的脑子，为了将来有一天能读懂铁族的终极理论而专心致志地学习。

忙碌中的时间过得特别快。不知不觉中，图桑·杰罗姆就职总理的日子到了。典礼在莫西奥图尼亚总理府隆重举行。金星联合阵线所有高层领导，各个天空之城的代表，社会各个阶层的知名人士，2 000多人，济济一堂，共贺图桑就任金星联合阵线第三任总理，并共同祝愿金星的明天更美好。图桑发表了感人至深的就职演讲，在雷鸣般的掌声与欢呼声中，他流下了真诚的眼泪。

铁红缨没有去典礼现场。她和3 000万金星居民一样，通过信息终端观看了典礼的全过程。镜头划过托基奥·塞克斯瓦莱的时候，铁红缨发现他不是特别高兴。很快，她就知道原因了。在典礼结束时，总理办公室公布了一份新政府官员任职名单，副总理一栏空缺，尼古拉仍是安全部部长，而塞克斯瓦莱的名字出现在了警察部部长后面。塞克斯瓦莱一贯瞧不起警察，经常骂他们是政府花钱养的一群废物，现在要塞克斯瓦莱去警察部任职……这事儿后面肯定还有故事。

果然，典礼之后，回到家里塞克斯瓦莱脸色就很不好看。虽然没有骂骂咧咧，但与日常那个沉稳干练、喜怒不形于色的安全部部长相比，已经是判若两人了。饭桌上，铁红缨特意准备了酒，说是庆祝塞克斯瓦莱荣升警察部部长，又有意询问了几句，顿时把塞克斯瓦莱心底的火全都勾引了出来。"我倒不是在乎那个职位。副总理嘛，也就那样，在总理鼻子下做事，还没有部长自由。我不在乎。尼古拉继续担任安全部部长，是对尼古拉支持图桑的回报，我也理解。"塞克斯瓦莱气呼呼地说，"我在乎什么？我在乎的是图桑对我的态度，在乎的是他对我的许诺，在乎的是我们之间超越一般的兄弟情谊。"

接下去，又是老生常谈：当年开发金星如何艰苦，当年金星三杰如何意气风发，如何功勋卓著，当年塞克斯瓦莱的理想又是多么高尚，现实又是多么残酷与丑陋……

（十四）

塞克斯瓦莱借口生病，在家里窝了两天，没有去警察部报到。铁红缨劝说了几句，塞克斯瓦莱没有正面回应，她也就放弃了。毕竟是大人之间的事情，她也拿不准谁对谁错。"法老王"会给塞克斯瓦莱什么建议呢？她不想知道。第三天傍晚，家里来了两个不速之客，海伦娜和齐尼娅。当她们还在"希尔瓦娜斯号"上商议时，铁红缨就知道她们要来，因为她当时链接着海伦娜。

"必须逃走。"海伦娜逃走的决心向来比齐尼娅坚定。那决心中间，有黑色的不可名状的风暴。

她们乘坐摆渡船，离开"希尔瓦娜斯号"——后者和"奥蕾莉亚号""温蕾萨号"一起，启动了隐身模式，悬停在金星轨道上空。摆渡船向下飞速降落，飞向金星联合阵线的首都——莫西奥图尼亚城。在空中俯瞰，莫西奥图尼亚城就像一只臃肿的银白色蜻蜓，承载着 140 万人，飘浮在黄澄澄的硫酸云海之上。往远处看，还能看到燕子一般的阿特拉斯城和轮胎一般的乌库鲁库鲁城的大体轮廓，向更远的地方眺望，宛若启明星的莱扎城和尼阿美城在地平线上若隐约现。

她们早就获取了着陆代码，冒充金星的摆渡船，着陆在7号码头。

离开码头后，在大街上，她们遇到了一个小小的麻烦。一个警惕性很高的巡警，过来盘问，要她们拿出身份证明。这一段时间，政局动荡，谁也拿不准新领导会把工作重心放在什么上，老话说的是新官上任三把火。所以，警察们都比平时卖力。更何况，真有重生教的忠实信徒在捣乱，"意图破坏金星和平安定的局面"。她们没有身份证明，但海伦娜有别的。她噙着泪水，呜呜咽咽，上前抓住巡警的手，诉说因为与齐尼娅的关系，而被家里人赶到大街上。这一招非常有效，短短几秒就博得了巡警的无限同情。他恨不得把身上和家里的所有钱都用来帮助眼前这一对可怜的姐妹，完全忘记了自己过来是干什么的。当然，海伦娜很会把握分寸，对巡警的帮助表示感谢，随后推着齐尼娅迅速离开了那里。

铁红缨到离家两条街的地方去接海伦娜和齐尼娅。"部长大人在打探你们的消息，我可不敢让他知道你们到这儿来了。"铁红缨解释说。通过一条密道，铁红缨把两个姐姐带往自己的房间。"这样的密道还有好几条。"她解释说，"托基奥叔叔这个人啦，总喜欢给自己留后路。""没有监控吗？"齐尼娅问。"有，电脑24小时监控着。"铁红缨答道，"不过线路被我改过了，电脑看到的其实是另一条密道的画面。"又补充道："我以前经常从这条密道偷跑出去玩，呵呵，谁也不知道。"

听到这话，海伦娜和齐尼娅对视一眼，脸上露出欣慰的笑容，仿佛在说：瞧，没有找错人吧。

"进来吧。"七拐八拐，总算进了铁红缨的房间。"这里很安全。你们随便坐，要喝点什么吗？"海伦娜要了速溶茶，齐尼娅没有要，铁红缨给自己准备了一杯柠檬水。然后她说："我知道你们要来，知道你们是悄悄逃离，但有些问题，我还是需要你们来告诉我答案。比如，为什么你们一定要逃走？"

海伦娜低声吼道："因为你永远不会知道我身上发生过什么！"

"不，我知道。"铁红缨回应道。

"从来就没有什么感同身受。你没有亲身经历过，你就无法体会我的卑微，我的痛苦与无助，我的屈辱与无尽的悲伤。"海伦娜低吼着。那个黑色的不可名状的风暴剧烈旋转起来，铁红缨的意识轻轻一触，就被狠狠地吸了进去——

那个叫安德烈，浑身毛发，长得像狗熊一样的男人，带来了457号太空城，带来了原地球环的设计师和工程师，以及一系列高精尖技术和设备，为狩猎者计划的圆满完成做出了卓越贡献的男人，并非不需要回报。他说话的声音就像破鼓，呼哧呼哧。当他绑住海伦娜时，海伦娜倾尽全力，也无法阻挡他的侵犯。海伦娜感觉自己被锯成了两半，只觉得可怕，觉得屈辱，宇宙里最恐怖的事情也不过如此。长大后，她才渐渐明白，自己的一生都因为那几分钟的事情而改变。她能够成为世间最漂亮的女子，拥有令所有人艳羡的面孔和身材，任何人都会拜倒在她的石榴裙下，但这却是她最不希望的，最想丢弃的。

铁红缨啐了一口，说出了那个名字："安德烈。"

那件事情，并非安德烈临时起意，而是蓄谋已久。事情暴露后，安德烈居然还威胁莉莉娅是不是不想继续得到他的帮助。母亲大人沉默了……

当那件可怕的事情发生时，齐尼娅目睹了全过程。然而，当时双腿残疾的她没有任何办法能够阻止那件事的发生。为此，善良的她心中满是内疚。这就是为什么在几个姐妹中，齐尼娅和海伦娜的关系非同一般的原因。

链接能力刚刚出现时，铁红缨曾经瞥见过这一幕的片段，瞥见9岁的齐尼娅窥视到的这令人窒息一幕，现在知道了这一幕的全貌，她才真正体会到齐尼娅的情绪为何如此沉重、如此复杂。那种情绪，混杂了愤怒、痛苦与内疚，层层叠叠，屈曲缠绕，如同一个深不见底的黑洞，将齐尼娅牢牢困住。

噩梦还远没有结束。后来，当海伦娜为了完成任务，与目标交媾，屈意承欢时，她都觉得无比恶心。她开始反抗母亲大人。每一次她对母亲大人的忤逆，都会换来一次感官剥夺箱的惩罚。每一次从箱子里出来，她都不记得箱子里发生了什么，但记得那种绝望透顶的感觉。

她脱去衣物，赤身进入感官剥夺箱。躺下，静静等待。一种黏糊糊的液体从箱体四周沁出，将她慢慢淹没。从后背到前胸，一点一点，一层一层，寒意渐渐趋于浓烈。

浓烈到她感觉不到皮肤的存在。

皮肤似乎消失了。

不，是触觉正在消失。她对自己说。

液体涌进耳道里，听觉消失了。

液体填没鼻腔和口腔，味觉和嗅觉消失了。

液体漫过她的眼睛，视觉消失了。

她没有挣扎，悬浮在寂静的、无光的、没有颜色、没有味道的宇宙里。她感觉不到自己的存在，或者说，她就是存在本身。恐惧渗透进每一个细胞里，又从细胞里喷涌出来，激荡着她的全身，不可遏制……

铁红缨说："我能感受你的一切感受。你光鲜亮丽、性感迷人的背后，你所遭受的不公与屈辱，你的不幸与坚忍，我全都能感受。"

海伦娜一下子哭出来。齐尼娅指挥轮椅，靠近海伦娜，伸出手臂，柔柔地抱住她。

上一次，铁红缨对卡特琳说了几句，很简单的话，但卡特琳也是感动得哭起来。这一次，海伦娜也是这样。铁红缨忽然明白了一件事情：实现人脑之间的量子链接，最大的收获不是各种信息和全新的体验，而是理解。人与人之间的交流，原本依托语言、文字和表情，但这些外在的方式间接而易变。在这种情况下，谁又说得上真正理解另一个人呢？但量子链接不同，它是实实在在地、毫无阻碍地、全方位地体验另一个人的一切。尽管现在还只是单方面的，铁红缨只能被动接受，但就算这样，铁红缨还是觉得自己，已经真正理解了这几个孤独、高傲、稚嫩、纯洁的灵魂！

（十五）

"我们报仇了。"齐尼娅咬着牙说，"我出的主意，海伦娜具体行动的。"

"乌苏拉。"铁红缨说。她已经在齐尼娅的脑子里看到了那幅画面。当她凝视了齐尼娅片刻，就与齐尼娅的意识链接上了。与此同时，海伦娜还在她脑海里放声痛哭。这事儿现在变得越来越容易。铁红缨，海伦娜，齐尼娅，3个人的意识同时在她脑子里运转，并行不悖，有条不紊，没有任何的混乱。

"对。只要一滴血，就能逗得乌苏拉狂性大发。我们设下了一个陷阱，将乌苏拉和安德烈引到一个隐秘的地方，然后让乌苏拉看到了血。失控的乌苏拉几乎把安德烈撕成了碎片。这样的死法，太便宜那个混蛋。"齐尼娅说，"我们掩饰得很好，母亲大人没有查出什么来，而乌苏拉是她最宠爱的女儿，又是在失控状态下干的，所以，连句责骂都没有，这事儿就算过去了。"

"你们要逃走，是因为这事儿现在暴露了？呃，不对。"铁红缨忽然说，"我刚才在海伦娜姐姐脑子里感受到的感官剥夺箱，不是以前的，而是刚刚发生的。"

"是的。"齐尼娅点头，"这就是他们要逃的原因。现在母亲大人的暴虐愈发变本加厉了。她似乎越来越热衷于对我们几个，尤其是海伦娜姐姐进行惩罚。""为什么会这样？"铁红缨不解地问。"你知道为什么母亲大人会亲自到金星来吗？

最根本的原因不是为了追捕我和海伦娜，也不是为了找到解除狩猎者诅咒的办法，而是为了找到我们的父亲铁良弼留下的资料，里面也许有永生的办法。"

"永生？"这两个字让铁红缨莫名的惶惑。

"永生，你没有听错。"齐尼娅说，"大和平降临太阳系之后，我们在泰坦尼亚并非一直无事可做。10 年前的一天，母亲大人对我们说，狩猎者计划完全成功得益于我们的努力，更得益于她的正确领导。但她年岁已高，恐怕不能继续保护碳族。因此，她要寻找长寿甚至永生之道。她要活上千年万年，成为狩猎之神，永远永远地保护碳族。"

"什么？"铁红缨的惊讶溢于言表。

那是她不能理解的追求，甚至超出了她的想象。人怎么可以追求永生呢？

（十六）

海伦娜说："上次在'奥蕾莉亚号'上，她说她死之后，要你来担任新一任'母亲'大人。不要相信这个说法，她骗你的。她想的一直是自个儿活着，活到天荒，活到地老。"

铁红缨说："我可从来没有想过要继承她的位置。"

齐尼娅说："我问母亲大人，活多久算是长寿，活多久算是永生。母亲大人说，在非洲纳米比亚沙漠里，有种叫作千岁兰的植物，样子很像章鱼，主根很长，能靠汲取很深的地下水在沙漠中生存。这种植物能活 2 000 岁。母亲大人说，她的目标很简单，就是先活它个 2 000 岁吧。也许在这 2 000 岁里，活 20 000 岁的技术已经出现了。再过 20 000 年，真正意义上的永生之术也已经研究出来了。说不定在地球和太阳都死亡之后，她还好好地活着。

"先活它个 2 000 岁，说得多容易啊。母亲大人觉得，以狩猎者的聪明和能力，再加上现在的技术，让她活上 2 000 年应该不是什么难事。她说：'既然自然界有可以活上 2 000 年的生命，凭什么这种能力不可以移植到人的身上？就像狩猎者的种种超能力，也不是自然界孕育出来的，自然演化所无法实现的，不也是从实验室里研制出来了吗？'没有别的办法，我们只能遵照母亲大人的命令，研究让她活上 2 000 年的办法。

"为了寻求永生之道，从病毒到细菌，从动物到植物，我们做过许多方面的研究。这些超级长寿的生命，秘密不仅写在基因里，也写在它们的生活方式里。然而，母亲大人既不想以颤杨①的方式活上 8 万年，更不想以放线菌②的形态活上 60 万年。她的想法是，以人的形态，舒舒服服地活上 2 000 年。这就使问题复杂了千百倍，也是永生技术迟迟没有研发出来的重要原因。"

海伦娜停止了哭泣，说："最重要的是，如果永生技术真的研发出来，用到母亲大人身上会发生什么样的事情？如果母亲大人强迫我们几个也使用永生技术，那又会怎么样？没有永生技

---

①三种杨柳科植物的通称。美国犹他州有一棵树龄在 8 万年以上的颤杨。
②因菌落呈放线状而得名。

术，将来有一天我死了，也就不用顾虑母亲大人。然而，一旦永生技术出现，就连死亡也无法使我们逃脱母亲大人的掌控。"

铁红缨问："你们就这么害怕母亲大人？"

"这难道还有什么值得怀疑的吗？"

刚才那个问题确实是多余的。在海伦娜等人的记忆里，母亲大人就像永远处于青春期与更年期的混合之中，既有青春期的迷惘与躁动，好奇与鲁莽，又有更年期的尖利与刻薄，多疑与嫉妒，还有月经期的不可捉摸与喜怒无常。其他几个沃米生长在与世隔绝的环境中，所有的行为模式都由母亲大人塑造而成。她们与陌生人交往的经验几乎为零，与母亲大人的心理羁绊却深入骨髓，不可断绝。她们没有想过可以不听从母亲大人的指令和安排，甚至可以离开母亲大人，过上完全不同的生活。只有海伦娜，多次接受母亲大人的命令，去地球和火星完成任务，与很多人打过交道。她见识过外面的世界是什么样子。所以，只有她一心想要逃离。

"正因为意识到永生技术那可怕的后果，我一直在悄悄地破坏它的研究。齐尼娅也在暗中帮我。所以，现在母亲大人得到的资料，都是被删改过的。在她得到的报告里，永生技术的进展一直都不大。虽然免不了受些责罚，然而总比眼睁睁地看着她获得永生技术，将奴役我们千年万年乃至亿年好上千百倍。"

"唔，我明白了。"铁红缨端起杯子，浅浅舔了一口，让柠檬的酸甜与苦涩在口腔里停留了片刻，然后道，"我可以怎么帮你们？"

海伦娜道："看到你自由自在的样子，在没有母亲大人的控制下长大，没有顾虑，没有逢迎，我是多么羡慕啊。我就想，如果你能带领我们几个，逃离母亲大人的掌控，那该多好。你是我们的小妹妹，心理上又没有对母亲大人的恐惧，正适合做这件事情。只可惜，我把我的想法说给她们几个听，没有一个同意。我怕她们向母亲大人揭发我，所以抓住机会，和齐尼娅一起逃了出来。"

你们都拯救过碳族了，谁来拯救你们呢？"那你们俩现在的想法是什么？留在金星，还是离开？"

"留在金星恐怕很容易被母亲大人找到。"海伦娜说。

"有一支来自火星的舰队正向金星驶来。"齐尼娅补充道，"这里正在变得越来越危险。"

"离开金星，你们打算去哪里？"

"我还真没有想过。"海伦娜踌躇着说，"反正，只要能摆脱母亲大人的控制，去哪里都行。让我找个安静的地方，专心研究绘画就行。"

"我倒有一个明确的目标。"齐尼娅说，"我想去火星找大姐塔拉。"

"塔拉在火星？我一直以为她在泰坦尼亚留守。"

"三年前她就离开泰坦尼亚了。在离开之前，她曾经对我说，她捕捉到一个关于未来的明确信息。她对我说，这个信息告诉她，她必须离开泰坦尼亚，去往火星。她为此犹豫、痛苦了很久，终于下定了决心。因为她的未来在火星上。她必须在火星上迎接她的宿命。我去找塔拉，是想让她告诉我，关于我的第三则预言是什么。前两则预言都实现了，而第三则预言，她没有告诉我。"

"既然齐尼娅说要去火星，那我也去火星。"海伦娜说，"我想起来了，袁乃东是火星人。他是我在地球到金星的星际航班上认识的。说起来，他认识我可比认识你早。然而他对我似乎没有丝毫兴趣。"

铁红缨假装没有听懂海伦娜的话，问道："嗯？你们不是有'希尔瓦娜斯号'吗？为什么还要去坐星际航班？"

"怪我。"海伦娜说，"当时忽然之间就想带着齐尼娅体验一把普通人的生活。你没有在泰坦尼亚住过，你无法体会从那个小小的星球出来，看到地球，看到火星和金星的感受。尤其是看到那些普通人，看到他们为了自己的梦想而奋斗，我真的，真的非常羡慕。"

齐尼娅补充道："当时，'希尔瓦娜斯号'在离星际航班不远的地方，悄悄跟着。"

"哦，有一点很奇怪，你们完全可以开着'希尔瓦娜斯号'逃跑嘛。"

齐尼娅回答道："我们不想。'希尔瓦娜斯号'目标太大，容易追踪。而且，把'希尔瓦娜斯号'开走，少了一艘狩猎者战舰，死亡哨音就无法使用了。"

"我明白了。"铁红缨起身，"火星跟金星没有外交关系。想要去火星，得先去地球，然而现在因为麻原智津夫的死，星际航班已经停止运营了。唯一可以考虑的，就是走私船……"就在这时，外面传来吵闹声。"我出去看看，你们待在房间里，不要随意走动。"铁红缨说着，走了出去。

（十七）

五六个保镖模样的人外面吵闹。见到铁红缨，他们立刻高声喝止："站住！举起手来！"同时举起了手里的电磁突击枪，团团围住铁红缨。

"别紧张。"图桑总理的声音从大厅传来，"让她过来。"

保镖们收了枪，分列左右。铁红缨从他们中间挤了过去。大厅，图桑总理坐在塞克斯瓦莱对面，两人之间隔着一个茶几。在他们周围，还有十一二个保镖在游荡。

"我们谈话，需要这些人盯着吗？"塞克斯瓦莱抗议。

"局势还不太稳定。他们担心我的安全。"图桑解释说，挥手让保镖们退出大厅。保镖队长反对，图桑强调了两次"离开我的视线，不要让我看到你们"，这才把所有保镖赶了出去。"他们只是太尽职了。"他说，"他们对我忠心毋庸置疑。"又对铁红缨说："红缨你过来。接下来我和塞克斯瓦莱要谈的事情，与你关系甚为密切。"

铁红缨缓步走到离两人两米远的地方，双臂不自觉地抱在胸前。这个距离，既能清楚地听到两人的对话，也能观察到他们的面部表情与肢体语言，又不会对两人之间的对话造成影响。就在刚才，图桑说要交谈的内容与铁红缨有关时，塞克斯瓦莱的眼角抽搐了一下，说明他已经猜出图桑要说的是什么了。

图桑总理快速扫了铁红缨一眼，然后对塞克斯瓦莱部长说："15年前，图尔卡那酒店发生了剧烈的爆炸。随后的调查认为是我放置了那枚炸弹，但我知道我没有。那么，那枚炸弹到底是谁放置的？目的又是什么？"

铁红缨看着塞克斯瓦莱，没有看到更多的反应。

图桑继续说："最近我知道答案了。我知道是谁，为了什么，放置了那枚炸弹。"

"是谁？"铁红缨忍不住问。

"借用一下你家的投影系统。"图桑说着，并不等主人同意，起身将一张晶片塞进投影系统之中。"这视频经过反复处理，因为它曾经被严重损毁，被修复了多次，现在总算可以看个大概了。"图桑回到座椅上，一只胳膊撑住下巴，耐心地看着光影交错，立体影像在空气中逐渐凝聚成形。

第一个画面出现时，铁红缨就意识到自己看过，绝大多数金星人都看过。刚回莫西奥图尼亚那会儿，所有的信息终端都在播放这段视频。在视频中，塞克斯瓦莱一枪击杀马泰里拉。虽然没有声音，但足以让普通观众判定塞克斯瓦莱谋杀罪名成立。不过，与之前那段被反复播放过的视频不同，图桑播放的这段视频更长，而且是有声音的。

视频中，马泰里拉坐在办公桌后面，双手握在一起，说："我就是搞不明白，你为什么要那么固执地反对金星回归地球。"

塞克斯瓦莱站在办公桌对面，答道："因为我亲自参与过金星的建设，知道它来得有多么不容易。"

马泰里拉说："我也参加过。不要在我面前卖弄你那段经历。你还不明白吗，所谓金星文明，不过是地球文明向金星生长的一根脆弱至极的枝条。一旦与地球文明彻底断绝了联系，金星文明势必如凋零的落叶，腐烂在金星的硫酸云海里。这样的事情正在发生，你不知道吗？"

　　塞克斯瓦莱辩解道："我知道。我比你，马泰里拉，更了解金星联合阵线日趋衰亡的现状。然而，正因为地球是金星人的母星，我们才要断绝与地球的联系。有母亲的呵护，孩子自然少些烦恼，但一直留在母亲怀抱里的孩子是长不大的。宇宙如此残酷，孩子越早长大越好。何况，孩子的好多烦恼，其实来自母亲过多过频的主观干扰，更何况现在的母亲沉湎于重生教的癫狂之中，无法自拔。"

　　"一派胡言。"马泰里拉双手握紧，重重地击打在办公桌上，"你会为你的渎神行为付出代价。"

　　"是吗？"塞克斯瓦莱冷笑，"难道你真的相信乌胡鲁的存在？"

　　"就算乌胡鲁所说的全是谎言，那又怎样？"马泰里拉说，"至少重生教能帮助我继续担任金星联合阵线的总理。"

　　"原来所谓的信仰是这么一回事情。"

　　"哼，别以为我对你的行为一无所知。"马泰里拉说，"你找到了杰罗姆博士的儿子并没有什么用，且不说这么多年过去了，还有多少人会支持他，单是我告诉他，当初图尔卡那爆炸案的那枚炸弹是你放置的，他会比我还想杀死你！"

　　"是你叫我放的！"

　　"那又怎么样？放炸弹的是你。我只是给出了建议，下决心去炸死朋友，并且真的去做了的人是你。那枚炸弹炸死了铁良弼，改变了图桑·杰罗姆的一生！对他的影响有多大你应该比我清楚。你现在好好想一想，在知道真相后，图桑原谅你的可能性有多高呢？"

"不，我不需要他的原谅。"

说完这句话，塞克斯瓦莱拔出腰间的手枪，抵近马泰里拉的脑门，射击。一连串的动作迅捷而突然，完全看不出塞克斯瓦莱是一个体重超过150千克的胖子。子弹的冲击力将马泰里拉的脑袋轰掉了半边，鲜血溅射到了后边的墙上。马泰里拉的尸体向后，无力地耷拉在座椅靠背上。塞克斯瓦莱端详了片刻，旋即转身，走出了镜头。

"请你解释。"图桑说。

"请火星来的技术员修复的？"塞克斯瓦莱问。

"是的。"

"我这也算是作茧自缚啊！"塞克斯瓦莱叹道，"15年前，时任安全局局长的马泰里拉找到我，对我说了很多话。归纳起来就一个意思：想要实现我的政治梦想，唯一的方法就是干掉你，有你在，我永远没有出头的那一天。你知道的，当时金星政局处于一个微妙的平衡之中。倾向你，倾向我，都有可能。犹如鬼使神差，我竟然答应了他的要求，将他提供的一枚炸弹放到了图尔卡那酒店的大厅里。我知道你和铁良弼会在什么时候在大厅的几号桌前见面。那个酒店我也经常去，放置炸弹易如反掌。"

"然后呢？"铁红缨问道。

"那是一枚遥控炸弹。"塞克斯瓦莱清清嗓子，"当时我躲在二楼，俯瞰整个大厅。我看见你进来了，坐到9号桌边。

我犹豫着要不要引爆炸弹，铁良弼旋即跟着进来了。我肯定不能引爆。然后，你们聊完，你离开了，铁良弼留下了。这让我非常郁闷，心想：既然如此，那就放弃吧。于是，我从后门离开了图尔卡那酒店。我还没有走多远，身后的酒店传来惊天动地的巨响，炸弹爆炸了。我根本不知道那炸弹为什么会爆炸，它的威力也超出了马泰里拉的描述。马泰里拉告诉我，那是一枚定向炸弹，只会炸死两三米范围内的人。谁知道，连铁良弼在内，竟有 56 人遇害。但是没有办法，马泰里拉抓住了我的短处，我不得不向安全局举报你，说是你埋下炸弹，一手制造了图尔卡那爆炸案。"

"你们离开图尔卡那酒店之后发生的事情我知道。"铁红缨看看塞克斯瓦莱，又看看图桑，说，"莉莉娅·沃米带着乌苏拉去见我父亲。她们有一些问题想问我父亲，我父亲拒绝了。然后，乌苏拉失去控制，在图尔卡那酒店大厅展开屠杀。她失去控制有多可怕你们都见过。所以，图尔卡那爆炸案的死者，多数，包括我父亲在内，都是直接死于乌苏拉之手。至于爆炸，应该是在混乱之中，被什么人无意中引发的，最后却被认为是所有死者的死因。"

"事情的前因后果都一清二楚了。"图桑盯着塞克斯瓦莱，"15 年前，为了你的政治前途，你企图用一枚遥控炸弹杀死我。"

"未遂。"

"你炸死了铁良弼，断送了我的政治生命！"

"那不是我想要的！"

图桑的语速越来越快，"但事实上你做了。这些后果都是你因一己之私造成的。证据确凿，你还有什么要说的吗？"

"我现在帮了你！我杀了马泰里拉！"

"你一开始就打算杀死马泰里拉？"

"没有。他不那样逼我，我不会……"

"那你打算杀死我吗？我也在逼你！'法老王'有没有告诉你，现在是杀死我的最佳时机？也是'法老王'告诉你，要杀死马泰里拉的吗？"

"怎么会……我刚刚帮你夺回了金星的最高领导权！你不会认为，靠你一个人就可以当上金星联合阵线的总理吧？孔念铎可是我找来的。"

孔念铎？他在这件事中又扮演了什么样的角色？铁红缨紧盯着伯伯和叔叔，思忖着接下来该怎么办的问题。

"不管是你的决断，还是'法老王'计算的结果，我知道你在我重回政坛的过程中发挥了何等重要的作用。但现在，仅仅因为没有按照你的意愿安排你担任副总理，而是让你去当警察部部长，你就装病，甩脸色给我看，你叫我怎么相信你对我的忠心？如果有一天，你不满意了，觉得我逼你了，会不会也抬手给我一枪，让我一命呜呼，就像马泰里拉？"他蓦地掏出一把精致的小手枪，丢到茶几上，说："要不你现在就给我一枪，一了百了，省得我老是提心吊胆，害怕我的好朋友在背后给我莫名其妙地来一枪。"

塞克斯瓦莱看着小手枪，说："不要逼我。"

铁红缨心慌意乱，惊叫了一声，"住手！你们两个都住手！"这是图桑伯伯设下的陷阱！一旦塞克斯瓦莱拿了那枪……

"图桑，你这是把我往绝路上逼啊。"塞克斯瓦莱没有去拿小手枪，慢吞吞地说，"孔念铎会同意你的做法吗？"

一个浑浊的声音从外面传来："我同意。"

（十八）

随着这三个字，一个人分开图桑的众多保镖，施施然走了进来。

孔念铎个子不高，但长得非常结实，走起路来孔武有力，完全不像快 60 岁的人。铁红缨注意到，他走路时双手不是垂在身体两侧自由摆动，而是放在背后，一只手紧紧握住另一只手的手腕。他穿着一件类似军装的蓝色制服，上衣缀满金属的装饰品，裤子则镶嵌着金色的丝线，看上去极其威风。靴子则是标准的太空军装备。与他雄赳赳的衣服相比，他的脸显得柔弱，混合着紧张、焦虑和疲惫，一副心事重重的样子。他颌下蓄着短髯，只是简单地打理过。花白的头发没有刻意染成某一种颜色，正肆无忌惮地透露出年龄的秘密，造型也很普通，既没有精心打理的痕迹，也说不上有什么特别之处。尤其是他深陷的眼睛，瞳孔总是皱缩着，连同眼睛周围密集的鱼尾纹，一起诉说着他长期失眠的痛苦。

孔念铎的突然出现，就像一把钥匙，使铁红缨突然想明白了一件先前觉得非常疑惑的事情：借着狩猎者的真面目，塞克斯瓦莱通过周绍辉与孔念铎搭上了线；不知出于什么目的，或者说，塞克斯瓦莱对孔念铎承诺了什么，孔念铎动用自己的力量，帮助图桑登上了总理的宝座；孔念铎才是那背后的神秘力量，是他使图桑在短短的 10 天时间里，从一文不名的私人侦探，摇身一变为金星联合阵线最高领导人。

孔念铎快步走到图桑与塞克斯瓦莱附近，在铁红缨的对面停下脚步，笔直地站立着。标准的军人姿势，神色从容，只是面孔朝上，双臂仍然背在身后，显出某种久居上位的威严。

"孔秘书长。"塞克斯瓦莱低低地叫道，眼神中流露出从未有过的惊惶。就是上次被神之战士俘虏，行将毙命，他也没有这么惊惶过。

孔念铎看着铁红缨，说："你是铁红缨？7 个狩猎者之一？好，我先帮你解决问题，一会儿再找你。"

茫然中铁红缨往后退了几步，决定看孔念铎怎么处理眼前这个两难的局面。

"不可能。"塞克斯瓦莱说，"你们的政治理念根本不同。图桑是反科技的，而你是支持科技的。你们不可能走到一块儿的。"

"谁说的？"孔念铎微微一笑，"'法老王'告诉你的吗？'法老王'真这样告诉你，你就该把它给拆了。过时了，落后了，该淘汰了。"

塞克斯瓦莱愣住了。

"人是会变的。"图桑说道。

孔念铎说："你，塞克斯瓦莱，部长阁下，你与朋友交往，从未尽心，因为你只是把朋友作为上位的资源。假若朋友失去价值，你弃之如敝屣。一旦朋友成为你升迁的绊脚石，你必除之而后快，从未心软。我为你这样的行为感到羞耻，也为你的朋友有你这样的朋友感到难过。"

"没有人能帮我，除了我自己。"塞克斯瓦莱辩解道。

孔念铎又说："你，图桑·杰罗姆，总理阁下，身为伦纳德·杰罗姆博士的儿子，既是你的骄傲，也是你的遗憾。骄傲不必说，我们单说遗憾。你毕生所做的事情就是想超越你父亲，然而你连让他满意都做不到。更不要说，当你取得了某样成绩，人人都说，那是因为你是杰罗姆博士的儿子，而不是因为你的努力。你一辈子都生活在你父亲的阴影里。你努力用骄傲来掩盖自己的遗憾，但这自然而然流露出来的骄傲，却深深地伤害了你周围的朋友，其中就包括塞克斯瓦莱。"

"这是我的错吗？"图桑轻声反问。

孔念铎顿了一下，看看图桑，又看看塞克斯瓦莱，继续说："你们俩，一个是部长，一个是总理，不想着怎样为3 000万金星人谋福利，不想着如何使3 000万金星人过得更加安全而幸福，只一门心思地想着自己。一个想要谋取更高的官位，一个谋得了更高的官位就又一门心思地想要保住它。现在金星是个什么状况，你们不是应该比我清楚吗？然而，除了官位，你们脑子里还有别的什么吗？别和我说什么理想，说什么谋得了官位是为了实现你们当初的梦。你们不配。年轻的时候你们或许有过慷慨激昂，但如今的你们，早就放弃了对理想的追求，在不知不觉中，变成了当年你们最为痛恨的那一种人——没有灵魂只有欲望的行尸走肉。"

图桑面有愧色，而塞克斯瓦莱垂下了头。

"我查过你们的所有资料，知道你们的一切。"孔念铎说，"当年，金星联合阵线草创的时候，图桑、铁良弼、塞克斯瓦莱，号称金星三杰。三杰之中，图桑出生最为高贵，也很聪明；而铁良弼才华横溢，思维活跃；只有你，无论是出生，还是才华，远远比不上另外两个人。你不配进入三杰。说实话，和他们在一起，你一直小心翼翼，小心翼翼地掩饰你的自卑与嫉妒。当马泰里拉向你提议炸死图桑时，你心底其实是非常乐意的。这是你早就想做的事情。马泰里拉的提议，让你有了一面盾牌，即使将来查起，你也可以辩称，这是马泰里拉逼你做的，你自己是不愿意的，被逼无奈的。"

塞克斯瓦莱怒吼道："你瞎说。"

"不要急着否认，否认就是侮辱我的智商。人啦，就这点儿劣根性，铭刻在基因里，不管是到了火星，还是到了金星，都改不了的。你出生低微，全靠自己打拼，历时数年，才能坐到安全部部长的高位，心不狠点儿，不耍点儿阴谋诡计，还纯洁无辜得像白莲花似的，怎么可能？"孔念铎望着铁红缨，说，"这个人，通过我的高级助理周绍辉告诉我，他知道狩猎者的全部秘密。他用狩猎者的全部秘密来换取了我对图桑的全力支持，让图桑登上金星联合阵线总理的宝座。所以，事实上，塞克斯瓦莱再一次出卖了朋友，噢不，不能这样说，你不是他的朋友，你算是他的养女。对，养女。从 4 岁养到现在。塞克斯瓦莱出卖了他的养女，换取自己的前程。"

这消息之前铁红缨已经有预感，但真正从孔念铎嘴里说出来，她还是心如刀割。

"你有何颜面活在这个世界上？"图桑怒吼道。他抓起小手枪，对准托基奥·塞克斯瓦莱两眼之间，子弹飞出来，将他肥硕的头颅击穿。

看到这一幕，铁红缨以手掩面，小声地抽泣起来。她爱这个人，又恨这个人，两种极端情感在她心底轮流出现，让她无所适从。那个很小的时候就开始折磨她的问题再一次出现：人活着就是为了最终的死亡吗？死亡的存在，使人生没有意义，一切到最后，努力也罢，放手也罢，眼泪也罢，血水也罢，都会归于尘土，归于虚无。是这样吗？不是这样吗？

孔念铎转向图桑，声音异常坚定，说："接下去，总理阁下，该你兑现承诺了。"

（十九）

听孔念铎如此一说，铁红缨的手还在脸上掩着，不是为了遮蔽眼泪，而是为了遮蔽内心的震动。刚才，她纠结于个人的恩怨，在伯伯与叔叔之间挣扎，却忽视了一个显而易见的事实：孔念铎是为狩猎者而来。

2100 年 10 月，正是孔念铎率领的舰队，在木星附近，目睹了狩猎者舰队，也就是"希尔瓦娜斯号""奥蕾莉亚号""温蕾萨号"用死亡哨音消灭了铁族第一战舰"立方光年号"。这次袭击，使狩猎者的名声不胫而走，并使大和平降临太阳系。然而，大和平是建筑在谎言之上的。狩猎者并非外星生命，更不是什么宇宙警察。狩猎者只是莉莉娅与铁良弼为了碳族的生死存亡而在实验室里制造出来的一群"孩子"。尽管她们生理年龄已经三十多岁了，但在心智上还是十二三岁的孩子啊。她们确实有超越常人的能力，然而在别的方面，她们还不如常人。啊，狩猎者诅咒。本领越强，诅咒越强。假如狩猎者的秘密泄露出去（这是莉莉娅非常担心的事情），铁族还会遵守和平协议吗？大和平时代还能持续吗？第三次碳铁之战会不会马上就爆发？

无数个念头在铁红缨脑海千回百转。

图桑听孔念铎这样说，于是缓缓地答道："好的，我这就去下通缉令，通缉所有狩猎者。"说完，他缓步离开，步履蹒跚，就像突然间老了 10 岁。整个过程中，他没有看过铁红缨一眼。他那些保镖们也跟着闹哄哄地离开了。

"就剩我和你了。"孔念铎看向铁红缨，"其实，要总理阁下去发通缉令，不过是个形式，用以证明他会遵守协议。你肯定已经猜到了，火星与金星达成了协议，秘密的，还没有对外公布，告诉你也无妨。火星将全力帮助金星度过眼下的难关，主要提供各种资金和技术支持，而金星将缉捕狩猎者。我们，我和你，都知道，狩猎者目前就在金星。狩猎者一向神出鬼没，三艘战舰聚在一起的机会难得啊。"

铁红缨刚张嘴要说话，孔念铎已经抢先开了口："你真残忍，真冷血。这个人，从 4 岁开始养你，养到现在，你却对他的死，无动于衷。别以为撒下几滴眼泪就能骗到我，在你心底，甚至还在幸灾乐祸。因为他死了，不用劳烦你亲自动手了。不要以为我不知道，在他承认他放置了那枚炸弹时，你动了杀机。你也别不承认。你是聪明人，应该知道我在说什么。"他非常刻意地停顿了片刻，"难道从孵化器里出来的产品都是这么残忍和冷血，再多的恩情都无法温暖你那颗心吗？"

铁红缨不由得瞠目结舌。这个人有着超强的情绪控制能力，我不能跟着他的思路走……"为什么一定要抓狩猎者？"铁红缨没有回答孔念铎的问题，一问一答的结果就是很容易跟着对方的思路走。她要自己掌控问话的节奏。

"凡是谎言，必有揭穿的那一天；凡是秘密，必有暴露的那一天。建筑在谎言和秘密之上的大和平，必有坍塌崩溃的那一天。"

"会有很多人因此死亡。"

"那又如何？死亡不正是这个世界的常态？我从死人堆里爬出来，见识过死亡是什么样子。活着的每一个人都行走在去死的路上，只不过他们将对死亡的恐惧隐藏起来，装作死亡并不存在，还虚构一个神的世界来哄骗自己，然后就能幸福地生活在人世间。直到有一天，死神降临，露出狰狞而残酷的真面目，他们才会痛哭流涕，承认自己对死亡的恐惧。"

不，不对。同样是路，但沿途的风景和感受是不同的。这才是个体之间最大的区别。铁红缨激动地想：是的，是的，正因为有死亡的存在，才使人生更具意义。倘若没有死亡，如何证明我们曾经来过，活过，爱过？一念至此，铁红缨的心胸豁然开朗：既然生与死各有其意义，那活着的时候就好好活，死的时候也就无所畏惧了。"那又如何？你见识的不过是别人的死亡，不是你自己的。"铁红缨接过孔念铎的话茬，"轮到你的时候，你才能真正体会什么叫作死亡。"

"喔，我知道你想干什么，想擒贼先擒王。"孔念铎说，"但你忽略了一个显而易见的事实，我是个胆小鬼，贪生怕死，我不会是一个人来金星的。"

也没有见孔念铎下令，身着橘黄色动力装甲的 12 名士兵从四面八方以各种姿势冲进大厅。一小队 6 个人，紧紧护住孔念铎；一小队 6 个人，团团围住铁红缨，在大厅外，隐约还有两个小队在持枪警戒。他们全副武装，鲜艳的橘黄色动力装甲仿佛在向所有人宣告：不要靠近我，我很危险。铁红缨知道，这些人隶属火星特种部队，名叫"海盗旗"。

"即使你现在杀了我，也已经守不住狩猎者的秘密了。我知道了这个秘密，很多人知道了这个秘密。很多人都知道的事情就不能再叫作秘密。"站在层层护卫之中，孔念铎从容地说，"最最关键的是，铁族也知道了，知道了所谓狩猎者其实是人类伪装的。这是一个弥天大谎，铁族很生气。不妨告诉你，在我抵达莫西奥图尼亚城的时候，他们的舰队已经将金星团团包围。你们逃不掉了。所以了，乖乖地投降，是你最好的选择。你不用那么辛苦，我也不用那么麻烦，对我们大家都有好处。"

铁红缨微微吃了一惊。一方面是因为铁族舰队的到来，齐尼娅所说的舰队大概就是它了，另一方面是因为乌苏拉的意识毫无预兆地闯进了她的大脑，或者说铁红缨的大脑毫无来由地链接上乌苏拉的大脑。此刻，海伦娜、齐尼娅和乌苏拉的意识都在铁红缨的脑子活动着。铁红缨小心地调控着，让四组意识平行运作，不让它们互相影响。这事儿目前看来还不算很难。但从乌苏拉那双眼睛看到的内容，还是差点让铁红缨方寸大乱。

乌苏拉跟在莉莉娅·沃米的后面，看着母亲大人气冲冲地钻出气闸。这位一百多岁的老太婆动作还算麻利，一出气闸（看上去是莫西奥图尼亚7号码头），就站直身体，双手叉腰，对着空气以及来来往往的人群厉声厉气地说："那两个蠢货会逃到哪里去呢？抓住她们，我非打断她们的腿不可。居然还敢逃跑！"

（二十）

不要慌。铁红缨告诫自己：慌乱解决不了任何问题，慌乱只会使问题更加严重，更加复杂。先解决眼前的问题。

她扫视大厅。包围着自己的海盗旗特种部队是火星军队中的精锐。所有海盗旗成员的身体都进行过程度不同的机械化与电子化改造，务必使每一个名战士都成为擅长战争的人形机器。用学校老师的话讲："海盗旗，那都是精英中的精英，真正为战争而造。在使用科技改造人体，提升战斗力方面，火星人从无顾忌，历来是无所不用其极。因此，无论是海盗旗单个成员的机动能力、防御能力、攻击能力，还是海盗旗小队的集体协同作战能力，在整个太阳系都是数一数二的。"老师接着说，"幸好你们是特工，不用与海盗旗正面对抗。"

铁红缨现在的困境是，她不仅要与海盗旗特种部队正面对抗，手里边还没有威力巨大的武器。所以，单靠铁红缨自己是不行的——需要借助外力来打破这个困境。在孔念铎大放厥词的时候，她在脑海里试着向海伦娜发送了一条消息：穿上动力装甲，准备作战。又向齐尼娅发送消息：我在大厅被困。发送完毕，她耐心等待结果。这能解决先前的一个疑问：姐姐们能接受到我的信息吗？

海伦娜和齐尼娅在铁红缨的房间里，彼此静默着。似乎过了很久，也不见她们有什么举动，铁红缨开始怀疑，所谓量子链接是单向的，她只能接受，不能发出信息……

"你说我们能相信小妹妹吗？"海伦娜忽然开口道。

"我觉得信得过，我愿意相信她。"

"你这个人啦，就是太单纯了。谁的话你都相信。"

"单纯不好么？"

"好好好，单纯的人烦恼少，容易幸福，行了吧？"

"你就是凡事想得太多。别人不知道，我还不知道吗？"

"行了。我还是把动力装甲穿上。也不知道外面发生了什么。"

"嗯，刚才还有枪声。但只响了一枪。"

齐尼娅把折叠好的动力装甲从轮椅下方的隔层里抽取出来，递给海伦娜，还有一把电磁突击枪。动力装甲有自动匹配功能，海伦娜用指纹和声纹启动后，折叠好的动力装甲人立起来，各种护甲层层展开。海伦娜倒退着进去，腿甲、腹甲、胸甲又一一和上，将她包裹得严严实实。

"真是英姿飒爽啊！"齐尼娅由衷地赞道，转而又忧心忡忡地说，"也不知道红缨小妹妹怎样呢。"

海伦娜抓起电磁突击枪，说："要不我们出去看看？"

齐尼娅点头，"总好过在这儿无所事事地干等。"

说着，齐尼娅指挥轮椅，驶出了铁红缨的房间。海伦娜端着电磁突击枪，跟在她身后。

这样的顺序是不对的，应该海伦娜走前面。海伦娜有枪，而齐尼娅双腿残疾。铁红缨焦灼地想着，同时对孔念铎以及围住她的海盗旗说："我记得周绍辉的身体是经过改造的。周绍辉也是海盗旗的一员吧？你在这里吗？露个脸让我看看。当初我真是低估你了。"

海盗旗们没有回答，保持各自姿势，手里的各种武器从不同方向瞄准铁红缨。在全覆盖头盔之下，脸部也被金属护甲遮住，看不见任何面貌与表情。"周绍辉已经回火星了，有更重要的任务等着他去完成。"孔念铎说，"不要拖延时间了，束手就擒吧。你拖延时间也没有用，没有救兵会从天而降。三艘狩猎者战舰处于铁族舰队的严密监视下，有任何异常都会遭受致命打击。轰，轰，轰，三声巨响——哦，我忘了，太空里爆炸是没有声音的，哪怕是'立方光年号'那样的庞然大物，爆炸时也是无声无息的，但会比地面爆炸更为绚烂。"

"是吗？"铁红缨调整了一下站姿，无所畏惧地嫣然一笑。这一笑，铁红缨自己也觉得与以往大不相同，竟然有浓烈的海伦娜的味道。她把双手放到身后，十指交叉，用力绞在一起。这一动作使她的胸部格外突出。她的腰肢跟着绞动的双手扭动起来，于是整个身体都如烧沸的水一般晃动起来，散发出无限的妩媚与性感。这是海伦娜惯有的动作，她察觉到那些海盗旗的心跳和呼吸都加速了。"为什么一定要我束手就擒呢？你们这么多人，为什么就不敢动手呢？"她的声音也很像海伦娜，"难道是怕我？哈哈。胆小鬼，还说是什么精英中的精英呢。来吧，来吧，绑我，把我绑起来。我一个 20 岁不到的女孩子，还不是任由你们这些大男人处置。"

海盗旗队长打了一个手势，两名海盗旗离开原来的站位，来到铁红缨身边。一个放下枪，取出十指铐，走向铁红缨身后；另一个仍旧平端着枪，对准铁红缨的脸。铁红缨依旧笑着。在她的视野里，除了眼前这名海盗旗，还有其他画面。

——齐尼娅在前，海伦娜在后，已经走到走廊中部。海盗旗发现了她们。"站住。"他们命令道。慌乱中海伦娜率先开枪。作为战士，她当然比不上乌苏拉，但开枪迎敌还是可以的。海盗旗一齐还击，应该是看到轮椅的缘故，他们的子弹都避开了齐尼娅，集中在海伦娜身上。

那是齐尼娅偏头透过走廊玻璃看到的大厅景象。

——乌苏拉警惕地跟在母亲大人身后，走在莫西奥图尼亚的四十八层中央大街上。莉莉娅嘀咕道："她们一定去找铁红缨了。"

来自海伦娜·齐尼娅和包苏拉的信息在她脑海里有条不紊地运行着，就像几条平行的河流，各自奔流，彼此却没有多大的关系。

"对女孩子要温柔点儿。"铁红缨说，绞在一起的十指松开来，非常配合地迎向那名海盗旗。

这时，走廊上传来密集的枪声。这两名海盗旗虽然训练有素，没有更多的动作，但心中还是微微一凛，本能地想要去关注枪声发生的原因。这就给了铁红缨机会。她背后伸向十指铐的双手忽然加速，从十指铐边上滑过，左右手的拇指和食指同时伸直，捏住了十指铐，顺势往身后那名海盗旗的双手上一扔。那名海盗旗双手疾退，但十指铐已然开启，喳喳响动，铐住了他6根手指。

面前那名海盗旗的视线被铁红缨的身体挡住了，看不到她身后的变化。但他从同伴突然后仰的脑袋瞧出异端，立刻扣动了扳机。

这是错误的选择。因为齐尼娅的轮椅上是装有武器的。她镇定地（相比海伦娜）按下开关，轮椅下方弹出一门大口径多管速射电磁突击枪，子弹如暴风骤雨般射向走廊尽头的海盗旗。至少有4名海盗旗在这一轮出人意料的射击中倒下。狂怒中，余下的海盗旗集中火力，射向轮椅。轮椅无处躲避，被弹雨连连击中，后退，然后侧翻，又碾压拖拽着绿色的长裙子（密布弹孔）滑行了好几米才停下来。但没有看到子弹击中、血肉横飞的场景。对此，海伦娜毫不惊奇。这是她意料中的事情。她跑动两步，持续射击。

铁红缨头微微一偏，那子弹就从她耳朵边呼啸而过，直接命中她后面那名双手被十指铐困住的海盗旗的脸部。这就是她允许两名海盗旗近身的原因。"要消灭敌人，保存自己，最重要的因素是什么? 力量? 速度? 准确度?" 教官曾经这样讲过, "都不对, 最重要的因素是距离, 你与敌人的距离, 你的攻击与敌人的距离, 敌人的攻击与你的距离。" 他补充道: "有时, 需要拉大与敌人的距离; 有时, 需要拉近敌人的距离。" 眼下这种强敌环视的情况下, 拉近距离是最好的选择。距离很近时, 视线会受到干扰, 搞小动作也就不容易看到。同时, 外围的敌人也会因为同伴的存在而心存忌惮。在铐住那名海盗旗的之后, 铁红缨的双手已经游蛇般上移, 攥住了他斜挎在肩膀上的电磁突击枪。海盗旗所用的电磁突击枪比金星的枪大一个型号, 但没有关系。在避开面前这名海盗旗的射击后, 铁红缨扣动了扳机, 子弹准确地命中了面前这名海盗旗的腹部, 那里是两片护甲之间的空隙。旋即, 铁红缨侧身倒下, 避开了剩下的四名海盗旗的齐射, 同时向他们进行扇面扫射。

虽然事出突然, 四名海盗旗还是保持了职业性的冷静。当铁红缨射击面前那名海盗旗时, 他们也毫不犹豫地射击。这一轮射击落空后, 他们迅速改变各自的站位, 这使得铁红缨的扫射只命中了一名海盗旗的胸甲。那里是动力装甲最为坚固的地方, 子弹只击退了他, 并没有使他丧失战斗力。单就人数而言, 海盗旗还占据着上风。当然, 那是因为他们漏算了一个人——齐尼娅。

脱离肉身的感觉真好。齐尼娅的感受总是简单而直接。没有碍事的衣物包裹, 没有累赘的双腿拖拽, 多么自由。她感受着自己透明的身体在半空中飘浮着, 如云似雾。没有一定的形态, 随时随地、每时每刻都在变化之中。这种感觉真好, 要是永远如此，那该多好啊。当然，这是不可能的事情，她心里如明镜般清楚。隐身过久，她会逐渐失去自我，变化无穷的身体会永远无意识地变化下去，不能恢复最初的形态。她还有很多事情要做。比如，去消灭敌人。她收敛心神，收缩身体，向下飘落。

此时，她眼里的世界与坐在轮椅上看到的截然不同。她不仅能看到可见光，还能同时看见红外线和紫外线。因此，她能毫不费力地分辨出哪些是必须消灭的敌人。在掠过敌人的时候，她只需顺手拉动他们腰间悬挂的手雷，一切便结束了。

饶是如此，眼下还只能靠自己。倒地之后，铁红缨抬腿踢中后面那名海盗旗的前胸，将他踢开的同时，也使自己的身体在地板上滑了一个大圆，避开了海盗旗的又一轮射击。现在的关键是拉开距离。她右手持枪，左手撑地，鱼跃而起，又快速退后，眨眼之间，已经退到墙边。这时，有一种奇怪的冲动困扰着她。她想丢下手里的枪，冲到敌人身边，用双手，用身体作为武器，近距离格杀敌人，就像乌苏拉常做的那样。她不得不集中大部分精力，才将这种冲动控制住。因为她要对付的首要目标离她很远很远。

在此之前，她已经瞥见护卫着孔念铎的海盗旗小队向着大门外整体移动。孔念铎已经活了五十多年，大小阵仗都见过，显然对于什么时候坚守，什么时候撤退，了如指掌。但这次，铁红缨不打算让他如愿。她靠墙半蹲，调转枪口，对准已经移动到大门边的孔念铎。

轰，轰，轰，连续三声巨响。三名海盗旗腰间的手雷突然自行爆炸，不但炸死了自己，连带身边的战友，也被威力巨大的手雷炸飞了。铁红缨稳住托举电磁突击枪的手，调出狙击模式，在瞄准镜中识别出孔念铎的后背，来不及让辅助程序弥补枪身的抖动，就扣下了扳机。因为，孔念铎已经走到了大门口，再不开枪，就没有机会了。

可惜，这一枪没有打中目标，而是打在了门框上。铁红缨还要开枪，海盗旗的身影已经将孔念铎全部遮住。她恨恨地调转枪口，又干掉了两名殿后的海盗旗，心中的恨意这才稍稍平复。这时，她才注意到自己刚才的恨意有多强烈，就算是刚才目睹了托基奥叔叔被图桑伯伯杀死也不曾有过。那这强烈的恨意来自——乌苏拉。

"证件，把你的证件拿出来。"那名警察说，"目前正在集中整治清理重生邪教，请你配合。"乌苏拉没有配合。她只是伸出手，在那名警察的胸前快速划过。那名警察闷哼一声，倒在街面上。

四周顿时一片混乱。

（二十一）

大厅里一片狼藉。撤退时海盗旗拖走了大部分同伴，但被炸成碎块的，还东一块西一块，遗弃在原处。

海伦娜走进大厅。"齐尼娅，齐尼娅，齐尼娅。"她一边呼唤着，一边伸出双臂呈托举状。一些若隐若现的云雾出现在海伦娜身边，在她身前身后来回奔涌。"别闹了，快现身吧。"云雾越来越明显，并且集中在她双臂上。上一秒双臂上还是云雾缠绕，下一秒那里已经凭空出现了一个浑身赤裸的女子。那女子身材倒也玲珑有致，只是两条腿纤瘦无力，明显不正常。

铁红缨走到塞克斯瓦莱的尸体旁，单膝跪下，静默了片刻。"恐怕我不能安葬您了。"她说，"请托基奥叔叔原谅。"说罢，她毅然决然地站起身，对海伦娜说："海伦娜姐姐，先去我房间拿一件衣服，暂时给齐尼娅姐姐穿上。"

"为什么？这样不是挺好嘛？"齐尼娅天真地问。

"因为接下来你们要穿过莫西奥图尼亚的大街，去7号码头，登上你们来时的摆渡船，回到'希尔瓦娜斯号战舰'。"

"为什么？"这次是海伦娜提的问，"我们刚从那里逃出来。"

"铁族舰队到金星了。齐尼娅姐姐监测到那个来自火星的信号就是铁族舰队。他们已经在轨道上监视三艘狩猎者战舰。狩猎者战舰随时会被铁族舰队摧毁。"

"啊。"齐尼娅吃惊地说。海伦娜则撇撇嘴说："关我什么事，我已经逃出来了，不是什么狩猎者了。"

铁红缨继续说："母亲和乌苏拉为了抓你们，也来到莫西奥图尼亚城。刚才在48层中央大街上，乌苏拉杀死了一名前来盘问的警察。现在正被一大帮子警察包围着。"

"没危险吧？"

"暂时没有。"铁红缨说，"卡特琳还在'温蕾萨号'上睡觉，而薇尔达还在思考宇宙的奥秘。她们都不知道自己已经被铁族舰队包围了。我来设法通知她们。你们赶紧回'希尔瓦娜斯号'，我去帮乌苏拉和莉莉娅。"

"母亲大人从来没有问过我愿不愿意拯救碳族。"海伦娜说。

"那你愿不愿意拯救狩猎者？拯救你的姐妹？"铁红缨反问道。

"我愿意。"齐尼娅耸耸肩，答道。海伦娜还要反对，齐尼娅已经搂着她的脖子，说："我要回去，回到'希尔瓦娜斯号'。"海伦娜咬着牙，不说话。

"先不说天上的铁族舰队。就说刚才这些战士，他们是来自火星的特种部队海盗旗，战斗力比神之战士高出 10 倍。你们应该见识过了。我们拼尽全力，也只是暂时打退他们。现在，他们肯定在外面呼唤增援，要将这里里三层外三层地围得水泄不通。"铁红缨说，"也没有别的办法，我们只能杀出去。杀出去就完了吗？你以为你逃出去了，铁族和他们的走狗会放过你吗？不会，他们睚眦必报，必定会千方百计抓住你，或者直接杀掉你。而你，因为失去了姐妹们的帮助，很容易就成为他们的囊中之物。你想过这些吗？"

"红缨妹妹说得对。"齐尼娅赞道。海伦娜跺一跺脚，狠下心来抱着齐尼娅往里面走去。

铁红缨暗自喘了一口气。刚才，她连续三次向海伦娜的意识发送了要回"希尔瓦娜斯号"的信息，海伦娜都没有反应。导致她一度怀疑先前成功传递信息是假象。现在看来，她传递的信息或者说指令不会直接显现出来，而是要接受者自己找到行动的理由。如果主体意识足够强大，这些指令恐怕就不能得到执行。比如现在，她努力向薇尔达的意识发送信息，无论发送多少次，薇尔达都无动于衷。她沉浸在对宇宙的冥想中，所有与此无关的信息都置若罔闻。

怎么办？铁红缨转而向卡特琳发送指令。现在，齐尼娅、海伦娜、乌苏拉、卡特琳、薇尔达的意识都在她脑海里，这使她开始晕眩，好像身处悬崖边，往外瞅一瞅，尽是无限辽阔的低矮，令她有冲下悬崖，与各种低矮融为一体的冲动。太多了，太多了，太多了。低矮涌动如潮，无数噪声起起伏伏，犹如置身于蜂巢之中。她低声地呻吟着，摇摇脑袋，关掉了与薇尔达和齐尼娅的量子链接，继而关掉了与海伦娜的链接，脑中的噪声这才消失，重新变得澄澈。

卡特琳忽然睁开了眼睛，发现自己置身于幽暗的卧室里。"亮灯，如萤火虫"。她命令道，同时审视自己和周围的环境，没有发现突然醒来的原因。她静坐了片刻，起身去"温蕾萨号"的驾驶舱。那里也许能为她提供答案。经过薇尔达的卧室时，她忽然又想道：也许可以把薇尔达也叫上，一块儿去。之前她从来没有这样想过，也没有这样做过。毕竟薇尔达是她不能理解的存在。但这次，她不但这样想，还立刻就这样做了。奇怪的是，薇尔达没有拒绝她的邀请。

铁红缨走进自己的房间。海伦娜还在为齐尼娅挑选衣物，以她的眼光看，铁红缨的衣物不是幼稚，就是太单一。铁红缨不管她，先挑了一套紧身的橘红色运动服换上，又打开地板，露出下面的藏满武器的暗格。"难怪你家里的衣物这么少，原来重点在这里。"海伦娜说。她总算为齐尼娅挑选好了一件翡翠般的连衣裙——这裙子是一件礼物，铁红缨似乎在得到后就没有穿过。那是什么时候的事情？上辈子吗？我不记得了。铁红缨丢开这个念头，一边给自己添加武器和装备，一边让海伦娜也这样做，"接下去还有几场恶仗要打。"

轻便装甲、电磁突击枪、弹夹、手雷。还需要什么？铁红缨想了想，又抓起了三颗手雷和两个弹夹。不管怎么准备，铁红缨总觉得不够妥当。要么担心火力不足，要么担心数量不够。"你是想把自己变成武器库吗？"海伦娜的这句问话，让铁红缨意识到自己现在的行为有些可笑。过多的武器，只会成为负担。她对身上的武器进行清理，凡是觉得多余的，一律还回暗格。

"一起杀出去吗？"海伦娜问。

"不。"铁红缨说，"走地下密道。"

幸运的是，海盗旗没有在地下密道等她们。当年塞克斯瓦莱精心设计的密道没有白费。几分钟后，她们出现在了52层中央大街边上。

"照刚才说的，你们回'希尔瓦娜斯号'，密切关注铁族舰队，随时准备开战。"铁红缨说，"卡特琳和薇尔达已经在'奥蕾莉亚号'驾驶舱，刚刚发射了三颗探测器，正在逐一扫描整个金星轨道。目前还没有发现铁族舰队的踪迹。"

"乌苏拉那边怎么样呢？"齐尼娅问。她现在没有轮椅，被海伦娜双臂横抱着，一手搂在海伦娜的脖子上，似乎很享受这个状态。当然，这得感谢动力装甲，要不是有动力装甲，海伦娜也不可能抱那么久。

"警察哪里是乌苏拉的对手？"铁红缨轻描淡写地笑道。

"担心乌苏拉，不如担心那些警察。"海伦娜说。

"快走吧。记得我刚才说过的话。"

海伦娜抱着齐尼娅匆匆离开。铁红缨停住笑，向着48层中央大街跑去。乌苏拉的情况比她刚才说的严重得多。如果只是乌苏拉一个人，她早就杀出了重围。问题是多了一个莉莉娅·沃米。这位固执的母亲大人兼百岁老人不但不知道躲闪，反而拎了一把手枪，哪儿人多，就往哪儿开枪。为了保护她，乌苏拉已经遇上了好几次危险。现在，她们被包围在街道的一角，岌岌可危。铁红缨必须在最短的时间里赶过去。

"豆荚"系统还能正常使用。不一会儿，铁红缨顺利抵达48层。到处都是人：有的脸上写着惶恐，不知道发生了什么事情；另一些则写着兴奋，与别人激烈地交谈着自己看到的一切。她端起电磁突击枪，一边高喊"我是特工，执行公务"，一边逆着奔逃的人流，来到警察设置的包围圈外。

一名警察过来挡住了她的去路。"安全部特工，汇报情况。"铁红缨晃了晃手中的电磁突击枪，做出一言不合就射击的姿态。那名警察赶紧说："哎呀，前面发现两名重生教邪教徒，一老一小，都是女的，手里都有武器。老的很嚣张，小的很厉害，杀死了我们好几个弟兄了。"铁红缨扫了一眼那群警察，都龟缩在防爆盾牌或者别的隐蔽物之下，畏畏缩缩，就说："告诉你们领导，我要进去。""不行啊，"那名警察着急了，说："我们队长向上级请求支援，上级说马上派重火力来，让我们先等着。"

铁红缨可不能等，推开他，径直向包围圈内跑去。又有两名警察过来阻止她。她厉声喝道："安全部特工，执行特殊任务。让开！"同时直接一梭子子弹打在街面上。警察们面面相觑。显然他们被眼前这一幕弄糊涂了：里面是两个穷凶极恶的邪教徒，这个全副武装的安全部特工为什么一定要进去呢？抢功劳吗？一些警察义愤填膺，然而平日里安全部特工霸道的形象深入人心，一个队长模样的人挥挥手，让两个警察回到原位，然后自己也缩回了指挥车，对铁红缨视而不见。

铁红缨从众警察身边小步跑过，进入他们所包围的核心区域——一座商场的大厅。莉莉娅坐在大厅的一角，满脸不高兴，乌苏拉站在一旁，双手不知所措地牵动着白色裙角。

看见铁红缨进来，莉莉娅劈头就问："你也是来抓我们的吗？"铁红缨答道："我是来救你们的。"莉莉娅说："我不需要谁来救。有乌苏拉，没人能把我怎么样。说，海伦娜和齐尼娅是不是跑你那儿去呢？"铁红缨不想在这件事上做过多的纠缠，就说："她们找我不过是叙叙旧，现在她们已经回'希尔瓦娜斯号'了。"莉莉娅还要开口说，铁红缨抬手示意她住嘴："倒是你们，被警察里三层外三层包围着，需要马上突围。他们现在没有进攻，是因为他们在等待支援，很可能是重型武器，到时候再突围就来不及了。"

莉莉娅显然不习惯被人指挥，说："你们有什么旧好叙的？还有，谁允许你在这儿指手画脚、说三道四的？谁给你的权力？"铁红缨厉声道："即便是乌苏拉，也无法与重型武器正面抗衡。你想让她死吗？她死了谁来保护你？是轮椅上的齐尼娅还是什么都不会做的薇尔达？"这话显然说到了莉莉娅的痛处，她想反驳，一时之间又找不到反驳的理由，于是低声咒骂了好几句。

"乌苏拉，你负责保护——"铁红缨顿了一下，这才发现对莉莉娅没有合适的称呼。也和姐姐们一样叫母亲大人？还是就叫莉莉娅？"——她。需要的时候，最好背上。方便行动。我在前面开路。当务之急是回到7号码头，登上摆渡船，回到……"

就在这时，外面街道上传来巨大的喧哗声。铁红缨扭头去看，透过商场巨大的玻璃窗，她看见了——啊，那是什么？！那是金星人逃离地球来到金星的根由，那是她从小听到大却不曾真正见过的恶魔，那是近百年来全体人类共同的实实在在的噩梦，那是一队面目狰狞的钢铁狼人。

（二十二）

一共有12头钢铁狼人。他们身高都在2.5米以上，肩宽背阔，人形身体上镶嵌着一个金属狼头。整个身体呈银灰色或者银白色，体表极为光滑，只有少量装饰用的墨绿色和碎金色线条。没有看到武器，连像武器的东西都没有。他们快步疾行，速度快得惊人，至少是普通人的5倍以上，眨眼之间就抵达警察的包围圈。有的警察惊愕万分地大张着嘴，僵化在原地，无法动弹；有的警察习惯地诅咒着，浑身颤抖，却一步也迈不开；有的警察惊叫一声，丢下手里的武器，撒腿就跑，却如无头苍蝇，不知道往哪儿跑。钢铁狼人没有理会惊惶纷乱的警察，继续前行。

进入商场，钢铁狼人迅速形成了一个包围圈，将三人围在中心。

"狩猎者，投降。"一名钢铁狼人说。

莉莉娅站起身来，手里拎着手枪，高喊："铁中棠，我要见铁中棠，我要铁中棠出来见我。他的铁族编号是……"

当年，莉莉娅还是 13 岁的小姑娘时，被铁族挑选出来参加了"解谜人小组"，与另外三个人一起探求铁族的起源之谜。与小组直接联系的铁族成员就叫铁中棠，是一名安德罗丁，外貌上与人类一模一样。

"拒绝，拒绝。"钢铁狼人回答，"铁中棠型号陈旧，加入原铁，已被淘汰。"

"什么？"

"我是铁浮屠，行动小组组长。我命令你们投降，立刻无条件投降。"

冰冷，直接，拒绝讨价还价。这就是铁族。"温蕾萨号"还没有发现铁族舰队的踪迹。铁红缨的心思还在别处，万分焦灼地想，这说明什么？说明"立方光年号"被狩猎者歼灭后，铁族没有闲着，技术，至少是战舰隐身技术，又有了巨大的进步？

乌苏拉忽然长身跃出，一个兔起鹘落，冲到铁浮屠跟前，就是一拳。铁浮屠也不说话，退后一步，避开了乌苏拉的这一拳，随即身子往下一蹲。就见他的肌体四处流转，各种可变形材料配合机械结构变动，在乌苏拉紧跟着一脚踢来之前，铁浮屠已经从人形转变为狼形。他大张着密布金属牙齿的嘴，冲着乌苏拉的脚就咬去。乌苏拉临时将脚尖上移了三厘米，堪堪避过那金属大狼的嘴，踢在他脑门上，然后借势反弹回了包围圈。

"不一样了，"莉莉娅喃喃自语道，"这些钢铁狼人，跟几十年前的钢铁狼人已经不一样了。更快，更猛，更无情，也更疯狂了。"

铁红缨不知道几十年前的钢铁狼人是什么样子，但她能够体会后面那几个词的意思。更快，更猛，更无情，更疯狂。此时，她与乌苏拉，还有"温蕾萨号"上的卡特琳——这大概就是她一直分心的原因吧——是链接在一起的。因此，铁红缨既能以自己这个旁观者的视角，也能以乌苏拉那亲历者的视角，同时观察这场一对一的角斗。

角斗一开始，其余钢铁狼人就自觉地后退两步，令包围圈扩大了不少，但依然没有可供利用的空隙。乌苏拉身材本就娇小，即使铁浮屠在变形为狼之后肩高也超过乌苏拉，因此，光从体量上比，乌苏拉必输无疑。然而，多观察一会儿，铁红缨就发现，攻击最为积极主动的，下手更为狠辣无情的，反而是狂暴的乌苏拉。这既是由乌苏拉的本性决定的，也是由当前的局势所决定的。铁浮屠占据着各方面的优势，但他一味地防守，偶尔反击，显然是想活捉狩猎者。而处于劣势的乌苏拉一心一意想要在短时间内战胜眼前这个敌人，于是她全力以赴——

这样下去不行，时间拖得越久，对钢铁狼人就越有利。机器人不会疲倦，而我会。他们肯进行这种一对一的近身格斗，原因也在于此。想想你的优势。我为什么会有"你"这种念头？速度？敏捷？力量？都不是，距离？距离最重要。谁告诉我的？我根本打不到那个铁浮屠。优势，如何发挥我的（你的）优势？铁浮屠想要活捉狩猎者。这就是了。

——腾空而起，迎着狂奔而来铁浮屠的撕咬冲过去，毫不闪躲。铁浮屠猝不及防，扭头闪避。这是一个机会。在半空中，乌苏拉变拳为爪，抓住了铁浮屠的前肢，顺势绕着前肢旋转半圈，将双腿蹬向铁浮屠的腹部。其力度之大，竟将铁浮屠的腹部蹬开一个大口子，露出闪烁的绿色幽光。

铁红缨早有准备，一个点射，三枚子弹越过乌苏拉的肩膀，射进铁浮屠腹部的大口子，命中了里面的电子元件。乌苏拉松开双臂，落到一旁，然后看着狼形的铁浮屠依着惯性冲到商场另一边，挣扎几下，不再动弹。

"乌苏拉最厉害了。"莉莉娅赞道，"我就知道，乌苏拉不会让我失望。"

乌苏拉望向这边，眼神里有希冀，也有决绝，然后左手捏住右手的手腕，举过了头顶。"不！"铁红缨意识到她要干什么，大喊着。然而，已经来不及了。乌苏拉左手拇指使劲，划过右手手腕，立刻有鲜血喷涌而出，洒落到她的脸上，又顺着脸颊滑落到身上。她的视野立刻变成一片血红，她的大脑立刻变得一片炽热。她再一次进入失控状态。

这次乌苏拉没有把铁红缨逐出自己的大脑，于是铁红缨得以第一次切身体会什么叫失控。但与之前不同，铁红缨感受到的，不再有具体的动作，只是强烈到极致的情绪。

就像无数水滴在天空聚散离合多年，终于等到闪电劈开层层黑云的那一刻；就像无数岩浆在地底下鼓突奔涌多年，终于找到一丝缝隙喷薄而出……不，我不能任由失控淹没我。乌苏拉自行开启失控，是为我突围创造机会。我不能辜负她。想明白了这一点后，铁红缨把电磁突击枪夹到腋下，冲莉莉娅说："到我背上。"也不等莉莉娅答复，就退过去，将她放到了自己的背上，左手揽住莉莉娅的臀部，右手抓取了腰间悬挂的手雷，然后开始狂奔。

铁浮屠的死使包围圈出现了空隙，而失控的乌苏拉使这个空隙变得更大。铁红缨背着莉莉娅从空隙中狂奔而出，同时一左一右，丢出了两枚手雷，逼退了前来合围的钢铁狼人。她撞破商场的玻璃橱窗，跳了出去，对身后的一切不管不顾，只管拼命往前冲。

"乌苏拉！乌苏拉！"莉莉娅拍着铁红缨的肩膀，似乎要铁红缨回去救乌苏拉。铁红缨猛吼了一声："别闹！"

来到警察的包围圈时，有警察零零星星地射击，铁红缨右手操枪，几个点射，逼退了警察，然后把枪夹到腋下，双手扶住莉莉娅，继续往7号码头的方向奔跑。

"乌苏拉不会有事吧？"莉莉娅问，"钢铁狼人有11个，而她只有一个。"

"你对她的表扬太多了。"

"你什么意思？表扬太多？"

"对海伦娜她们你又太苛责了。"

"她们自找的。"

"真的是这样吗？"

莉莉娅没有回答，铁红缨也不再问，继续狂奔。登上摆渡船，离开莫西奥图尼亚城，回到轨道上的"奥蕾莉亚号"，是现在最要紧的事情。

"你给我说句实话，领导狩猎者这事儿，作为她们的母亲，我是不是做得不够好？"莉莉娅忽然说，语气变得缓和。当然不够好，不然海伦娜她们为什么要逃跑？铁红缨没有说话，她还没到需要伤害一位百岁老人自尊的地步。但莉莉娅并不需要她的回答，自顾自地往下说："唉，我就知道，我，我是真不擅长……还是数学简单。你说，要是我当年专心研究纳维—斯托克斯方程，现在是不是已经求出确切的唯一解来呢？"

铁红缨默默奔跑。莉莉娅是数学神童，如果花三四十年时间专注于一个方程，应该没有哪一个方程不会被攻克吧。但那样的话，狩猎者（包括她自己）也就不存在了，还有太阳系这 20 年来之不易（现在就要烟消云散）的和平，也跟着不存在了。那如今的太阳系会是什么样子？会比现在更好，还是更加糟糕？一个不存在的"现在"，她无从去想象，更无法去判断，所以她说："别管这个了，先逃出去再讨论吧。"

"停，停一下。"莉莉娅咳嗽着说，"我，我中枪了。"

铁红缨立刻停下，把莉莉娅放下来。莉莉娅后背中枪，鲜血晕染了一大片，胸前却没有子弹钻出来的痕迹。这是最糟糕的情况。说明莉莉娅中的是开花弹，进入人体后，弹头自动变形，翻转，碎裂，以便留在体内，最大限度地造成伤害。

铁红缨取下急救包，抽出止血膏，撕开莉莉娅后背上的衣物，涂抹到伤口上。这种止血膏是用硅胶拟肤聚合物制成，战地救护非常有效。但现在莉莉娅需要的，应该是一家设备齐全的专业救治医院。附近有这样的医院吗？她着急地四处张望，试图寻求帮助。这里距离7号码头已经很近了，但四周空无一人，找不到求助的对象。好像附近没有医院。那"奥蕾莉亚号"上有专门的救治设备吗？然而，摆渡船飞到"奥蕾莉亚号"需要50分钟，以莉莉娅目前的情况，能熬过去吗？

"红缨。"莉莉娅的声音颤抖着。

"别说话。"

"红缨，我死之后，狩猎者就交给你了。"

"别说傻话。"

"说谁傻呢？我都活了一百多岁了，想骗我，没那么容易。"

铁红缨有些哭笑不得。都这个时候了，母亲大人还不肯……这时，来自乌苏拉的链接消失了。那强烈到极致的情绪骤然消失，令铁红缨感觉心被某种不可名状的怪兽啃噬了一大块，空空的，不舒服。乌苏拉。她在心底呼唤着，试图重新建立链接。乌苏拉没有回应。难道她已经……铁红缨来不及细想，就觉得一阵汹涌的暗流从脑海最深处奔泻而出，将她的全部意识淹没。

她晃一晃身体，一头栽倒在莉莉娅身旁。

（二十三）

让你的脚沿它去时的路返回，
让你的脚沿它去时的路返回。

迷乱中，铁红缨搞不清楚这情景是记忆里的，还是正在发生的事情。她闭着眼睛，不想睁开。脑袋沉甸甸的，宛如塞满了铁砂。但袁乃东有节奏的哼唱穿过一切障碍，配合着敲击梆鼓的声音，清晰地传递到她的大脑深处。

让你的腿脚伫立于此，
在这属于我们的村庄。

铁红缨陡然睁开眼睛，看见袁乃东扶着自己，一脸关切的样子。"你怎么在这里？"她猛地推开袁乃东，挣扎着站起身来。

"醒了？"袁乃东问。

白痴问题。铁红缨没有回答这个问题，环顾四周，发现自己依然还在48层中央大街通往7号码头的街面上，就在刚才晕倒的地方。我为什么会昏迷？我昏迷了多久？莉莉娅怎么样呢？铁族舰队找到了吗？一系列的问题在她脑海里萦绕。莉莉娅倒在地上。铁红缨伸手摸摸她的脖颈，心跳和呼吸还在，只是非常缓慢，急需救治。

"附近有医院吗？"

"没有。有也没有谁敢收治你们。你们现在是通缉犯。"

"你怎么敢来？"

"新闻上播报了，说是重生邪教的残余势力袭击了警察部部长，塞克斯瓦莱·托基奥部长死了。"

"假的。"铁红缨想想，又补充道，"托基奥叔叔是真的死了。"

"我知道。赶到部长家的时候，发现那里一地死尸，简直就像是战场。有几个警察在清理，我又打听到48层中央大街有警察包围了两个重生教的狂热信徒。听他们的描述，我猜出是乌苏拉和莉莉娅，于是赶过去，正好碰见你们，你昏迷了，我就……真巧啊。"

"你唱歌呢？"

"没有。我刚……你就醒了。"

铁红缨盯着袁乃东，心中转过千百回。这个人，到底是谁？突然现身有何目的？说来就来，说走就走，从来不给理由。"他们不是因为我们是重生教教徒而通缉我们，而是因为我们是狩猎者。"铁红缨说，"我也是狩猎者，实验室里制造出来的。"

"我知道。"

"那你知道追捕我们的幕后势力是谁吗？是铁族，是钢铁狼人。就在刚才，乌苏拉死于钢铁狼人之手。在金星轨道上，还有一支强大的铁族舰队在候命，随时准备把狩猎者的三艘战舰打成碎片。这些你知道吗？"

"钢铁狼人我知道，铁族舰队的事儿我不知道。"

"知道我们被整个金星通缉，知道铁族舰队在虎视眈眈，你还愿意帮我吗？"

铁红缨盯着这个男人。上一次他拒绝了她，她不想知道原因。凡事都有原因，她很害怕他一说，不管真假，她就原谅了他。然而，刚才的一系列问话，似乎已经把她囤积的怒气消弭殆尽了。不管他的真实身份是什么，不管他的出现有何目的，她似乎已经确凿地原谅了他。在问出最后一个问题后，她盯着他的脸，调动全部的感官，来侦测他的回应。

"愿意。"

铁红缨没有侦测到袁乃东在撒谎。管他的，就算他说的全部都是谎话，那又怎样？我现在需要他。在我最需要的时候，他适时出现。不"利用"一下，怎么对得起他这么大老远地跑来？铁红缨说："我们得赶快走。莉莉娅的伤情也不允许过多的拖延。你背上莉莉娅，跟我去 7 号码头。"

袁乃东依言背上莉莉娅。铁红缨在前引路，同时在脑子里搜寻，尝试着与其他狩猎者建立链接。海伦娜链接上了——我到底想去哪里，哪里才能摆脱母亲大人的束缚？薇尔达链接上了——为什么这个宇宙看上去如此和谐又如此怪异。卡特琳链接上了——铁族舰队到底藏在哪里。齐尼娅链接上了——啊，"希尔瓦娜斯号"，我又回来啦。还有，还有乌苏拉。

乌苏拉死了，这毋庸置疑。乌苏拉死的时候与她链接着，强烈的情感冲击是她昏迷的原因。但乌苏拉在她脑海里留下了什么东西。她尝试着去理解，就像是用舌头去舔舐、去探究牙齿里的虫洞。看不见，只能去想象。明明是自己身体的一部分，却有极端异样的感觉。她尝试着，舔舐着，探究着，突然之间就明白过来。那里包裹着乌苏拉所有记忆。当她的意识触及那个隐秘之处时，她洞悉并理解了乌苏拉的一生。

是的，一生。看似漫长，实则短暂。在乌苏拉34年的人生里，值得记忆的事情其实就那么几件，其余的，不过是重复、重复、再重复。

铁红缨扭头扫了一眼袁乃东，"你怎么不说话？"

"说什么？"袁乃东愕然。

"你不是一向话多吗？"

"我哪里话多呢？"

"那唱首歌来听。"

"想听哪首？"

"算了。"铁红缨继续疾走，同时作为海伦娜、齐尼娅、薇尔达和卡特琳在各处忙碌。

前面就是7号码头。在入口处围了一圈手执各种武器的警察，三三两两地聚在一起闲聊。想要进7号码头，必须从警察那里经过。铁红缨还在犹豫，身后很远的地方传来一阵骚动，显然是钢铁狼人追过来了。也不知道乌苏拉用了什么办法"困"住了在场的所有钢铁狼人，为铁红缨与莉莉娅的逃跑创造了条件。现在，铁红缨不能让乌苏拉白白牺牲。她端起手中的电磁突击枪，毅然跃出，向警察们冲过去，边冲边开枪。

正在闲聊的警察们来不及躲闪，纷纷中弹倒下。等他们反应过来，铁红缨已经冲到很近的地方了。她快速切换着战术动作，时而快速向前，时而骤然停住，不让人摸清她的行动规则。她的枪法极好，几乎每一次点射都会命中她想要干掉的目标。整个动作如行云流水，一气呵成，宛如事先设计好一般——就连那些警察的闪避、反击和倒下也是事先设计好的。

她很惊异：为什么会这样？速度、力量、敏捷都超越从前。从前的战斗从未有过这种酣畅淋漓的感受？是因为我不再顾忌，还是因为——乌苏拉留下了别的东西？对，没有错。就是乌苏拉留下的。那里面有铭刻在基因里的天赋，潜藏在骨肉里的本能，除此之外，还有很多很多明明灭灭、闪闪烁烁、无法言说的东西。静心分辨，还是可以分辨出那里面有无法通过言传身教的知识，有只能通过千百次训练得到的体会，还有只能通过千百次战斗搏杀得到的经验。

战斗很快结束。"快走，钢铁狼人追来了。"铁红缨拔掉空弹夹，换上新的，头也不回地说。想了想，她又取出身上的所有手雷，设置为激发模式，随即扔到了警察尸体周围。看着她做完这一切，袁乃东也不说话，背着昏睡的莉莉娅默默穿过满地的尸体，跑进 7 号码头。

所谓码头，其实是沿用老地球的称呼。和莫西奥图尼亚城，以及其他天空之城的其他码头一样，7 号码头是一个巨大的穹顶建筑。靠外侧的墙上安装着巨幅投影玻璃，实时显示着城外那些如巨人手臂一样的桁架上停泊着的一艘艘飞船。

铁红缨径直找到 15 号泊位。在开启气闸的时候遇到了麻烦。闸门拒绝服务。铁红缨挥手就是一拳，击打在闸门。但闸门还是老样子。她再要挥拳，袁乃东已经上前，腾出一只手来，在闸门控制面板上点动，输入开启代码，圆形闸门随即打开。

　　铁红缨疑惑地看着袁乃东进入气闸，意识到自己已经倾向于用暴力来解决问题。这是什么时候养成的习惯？是乌苏拉"传"给我的吗？她钻进圆筒形的气闸——在那之前她从一个显示城内影像的巨幅投影玻璃上瞥见了钢铁狼人的踪影，全都变为狼形，在外间的街面上飞快地奔跑着——顺手关上了闸门。这时，袁乃东开启了气闸与摆渡船之间的圆形闸门，背着莉莉娅躬身钻了进去。铁红缨跟着进去了。

　　袁乃东把莉莉娅放到座椅上，用安全带把她绑好，自己坐上了另一个位置，飞快地输入准许离港的代码。这时，摆渡船明显震动了几下。"刚才设下的手雷爆炸了。"铁红缨坐到后排上，解释说，"最多能迟滞他们几秒钟。"

　　"够了。"袁乃东说。

　　透过前窗玻璃，铁红缨看到桁架调整了姿势，松开了摆渡船。随后，发动机轰鸣起来，摆渡船摇晃了几下，向着斜上方飞去。开始只能看见莫西奥图尼亚城的一部分，随着距离的增加，逐渐可以看到莫西奥图尼亚城的全景——飘浮在黄色硫酸云海之上的臃肿无比的蜻蜓。

　　没有看到别的飞船追击。铁红缨吁一口气，回想起刚才的疑惑，就检索大脑，惊异地发现，乌苏拉留下的东西不见了。不，不能说不见了，那些东西，应该成了我无法割舍的一部分。她心慌意乱地想，我已经分不清那些记忆、那些体会、那些体验，是来自乌苏拉，还是来自铁红缨。那么，现在的我，是乌苏拉，还是铁红缨？

　　袁乃东回头，对铁红缨说："告诉你一个坏消息。莉莉娅阿姨，莉莉娅·沃米，她已经过世了。"

（二十四）

她的心和手同时颤抖了一下。这个人——莉莉娅·沃米——几乎是个陌生人，对她的了解，大多是基于别人的转述。她们不曾促膝谈心，不曾嬉戏玩闹，不曾……所有母女能做的亲密事情她们都不曾做过。一个人不曾在你的生命中活过，那么他的死，会在你的心里荡出怎样的涟漪？而且，最近经历的死亡也实在太多，多到足以让人对死亡麻木。然而，这个人，这位百岁老人，这位母亲的过世，这个生命的陨落，依然让她心痛得无法呼吸。

她嘤嘤地哭泣。现在哭泣的，是乌苏拉，还是铁红缨？是乌苏拉吧，她一直和母亲大人生活在一起，并备受母亲大人的宠爱。然而她又分明觉得，铁红缨也应该会为母亲大人哭泣，毕竟她的基因全部来自莉莉娅。虽然她是实验室的产物，但她也不是不会哭的怪物。我从来没有把你当成怪物，袁乃东如是说。你也不要把自己当成怪物。你若自己把自己当成怪物，本来不是怪物，你也就真成了怪物。想到这里，她哭得更为厉害。父亲铁良弼早早地死了，把她养大的塞克斯瓦莱不久前死了，姐姐乌苏拉死了，母亲大人莉莉娅刚刚死了。下一个是谁？会是我吗？恍惚间，她又变回那个父亲突然离去，只有 4 岁，对一切懵懂无知，却对死亡无比恐惧的小女孩。

良久，袁乃东说："生于 2016 年，死于 2120 年，活了 104

年，莉莉娅在碳族中也算是高寿了。"

"你可真会安慰人。"她擦掉眼泪，回到现实中。

"我只是陈述了一个事实。"

"经过选择的事实也是带有感情的。"

"我发现你变了。"

"你没有变吗？我发现你变化好哟。不说话就不说话，沉默得像哑巴兔子，一说话就……像只把浑身短毛竖起来当成长戟的兔子。"

"其实我们都变了。也是，谁又会永远不变呢？"

这话说到她的心坎上了。但她不想让这个男人知道她的麻烦，于是以"你是专门来跟我斗嘴的吗？"作为回答，然后让难堪的沉默"统治"这艘小小的摆渡船。

沉默给了她审视自己身心的时间。她的身体，没有任何异样；她的心理，没有任何异样。如果说乌苏拉死时与她链接着，因而在她脑子里留下了大部分或者全部的记忆，使她因海量信息的冲击而突然昏迷。那么现在乌苏拉的记忆已经成为她灵魂的一部分，就像一滴水融入另一滴水。但她并不觉得自己就因此变成了乌苏拉。她觉得自己还是铁红缨，毋庸置疑。只是多了——多了一些知识，一些感受，一些体会，就像刚刚读完一部小说，刚刚看完一场电影，甚至是刚刚欣赏完一次画展。每一个人都有这样的经历：读一部小说，跟着主人公去哭，去笑，去恨，去爱，去复仇，去历险，去战天斗地，去翻江倒海……你渴望变成主人公。但不管有多想，你终究不会变成主人公，而是主人公变成你灵魂的一部分，陪伴你，愉悦你，安慰你，激励你，成就你。现在，铁红缨身体里发生的事情，与此类似。想明白了这一点，她也就不再纠结自己是乌苏拉还是铁红缨的问题。

与此同时，一直与铁红缨链接着的海伦娜等人也在忙碌着。一回到"希尔瓦娜斯号"，海伦娜就命令战舰发射出所有的探测器，沿着高低不同的轨道，与"温蕾萨号"发射的探测器共同组成阵列，仔仔细细搜索金星附近的空域。狩猎者战舰自身的探测能力有限，这些发射出去的探测器使狩猎者战舰的探测范围扩大了数十倍。

然而，半个小时过去了，还是一无所获。

"难道铁族舰队没有到金星？"齐尼娅疑惑地问。

"小妹妹的情报应该没有问题。"海伦娜道，"继续搜索。"

"莫非他们已经实现了全光谱隐身，任何探测器都探测不到？"

"不知道。"海伦娜简单地回答。

最先发现铁族舰队的是卡特琳。在准备第二轮探测时，她多了一个心眼，命令其中两个探测器向更外层的空间飞去。然后，就是这两个探测器发现了铁族舰队。此前的探测没有发现铁族舰队，不是因为铁族舰队实现了全光谱隐身，而是因为它们根本没有在环金星轨道上。事实上，它们是刚刚抵达，还在距离金星 150 万千米的地方，准备进入轨道。

齐尼娅猜对了。怎么会这样？摆渡船里的铁红缨略一思量，即明白过来。孔念铎提到铁族舰队的时候，它们并不在金星轨道上。不管多么强大的发动机，火星到金星，不是一段可以忽略的距离。是的，铁族舰队不可能一开始就跟着孔念铎到来。跟着孔念铎一起到来的，应该只有海盗旗和钢铁狼人。直到孔念铎确认狩猎者的消息之后，铁族舰队才会从火星或者别的什么地方赶过来。而不是如孔念铎所说，铁族舰队已经把狩猎者舰队悄悄包围着，随时可以把后者干掉。那么，这是一个千载难逢的机会？

铁红缨拍拍袁乃东的肩膀，说："我们还有多久才能抵达'奥蕾莉亚号'？"

"至少5分钟。"

"与'希尔瓦娜斯号'和'温蕾萨号'联系。"

"已经接通。"

铁红缨站起身，说："海伦娜、齐尼娅、卡特琳、薇尔达，各位姐姐，我是你们的小妹妹，铁红缨。很遗憾地告诉大家，为了掩护我和母亲大人，乌苏拉在莫西奥图尼亚城力战而死。然后，在逃亡的中途，母亲大人也身中流弹，不幸去世。"

屏幕上，4个人表情各异，都混合了难以置信与悲痛欲绝。即便是薇尔达，也嘴角抽动了两下。铁红缨谨慎地不让她们的情绪干扰到自己，接着说："她们的人生之路走到了尽头，我们的人生之路还要继续。眼下，狩猎者的秘密全部曝光，金星联合阵线下令通缉我们，最大的敌人，你们也已经发现，就是铁族舰队。他们气势汹汹地赶来，目的只有一个，活捉我们，如果不能活捉，那就是消灭我们。我们能让他们活捉和消灭吗？不能。姐姐们，为了我们自己，我有一个计划，需要你们配合。"

海伦娜第一个同意，其他人也没有反对。链接着几个人的意识也没有相反的意见。"那好，回到'奥蕾莉亚号'，我再和你们联系。"铁红缨说。

摆渡船与"奥蕾莉亚号"自动对接。铁红缨和袁乃东把莉莉娅的尸体通过气闸搬运到"奥蕾莉亚号"的一间舱室，暂时安放。然后两人匆匆来到"奥蕾莉亚号"的驾驶舱。铁红缨坐到舰长的位置，打开沉浸式战舰驾驶系统，无数的"光学实体"在她身前身后出现，将所有仪器探测到信息以实体的方式呈现到她的眼里。

"铁族舰队现在怎么样呢？"

"他们已经发现我们了，正朝着我们这儿飞来。"海伦娜说。

"数量？"

"未知。我调用了能调用的一切探测器，还是无法统计出铁族舰队的准确数量。数据一直在变化，从数百到数千。"

"数千？"

"现在的统计数据是 4 905。"海伦娜补充了一句。

怎么会这样？铁红缨苦苦思忖着。三艘，对 5 000 艘，这仗怎么打？除非……"不可能有那么多战舰，即使是铁族也不可能造出那么多星际战舰。"铁红缨说，"在那么狭窄的空域里，也挤不下这么多星际战舰。如果他们真是从火星一路飞过来，星际战舰不可能很小。所以，正确的结论只有一个：他们使用了信号放大器，将数十艘星际战舰伪装成数千艘。他们甚至可能只有几艘。"

袁乃东在一旁说："你真的打算使用死亡哨音？"

"有什么问题吗？"

"你可以悄无声息地逃走的。"

"你以为在铁族舰队的重重包围之下，我还能悄无声息地逃走吗？而且，我为什么要悄无声息地逃走？铁族舰队招之即来，显然是针对狩猎者。对于当年'立方光年号'的毁灭，他们报仇心切。我是狩猎者的一员，这是不能更改的身份，逃得了一时，难道还逃得了一辈子吗？如果此战能像上次在木星歼灭'立方光年号'一样，打出太阳系20年的和平来，即使我牺牲了，也值！"

"你就这么恨铁族？"

"我不恨铁族。我所要做的事情与个人情感无关。"铁红缨说，"这是我的责任，我的使命，我存在的价值与意义。这是我选择的生活方式。"

"你终究接过了莉莉娅的重任。"

"为了拯救碳族，莉莉娅把自己逼成了一个人人憎恶的怪物。我不会，我希望我不会。我和莉莉娅的目标有所不同。我现在的目标是使狩猎者能够存活下去。我希望，即使是向同一个目标走去，我也有自己的路径和走法。我不是莉莉娅的简单复制品。你可以在一旁监督，甚至可以讥讽，可以嘲笑，但请不要妨碍我做事。"

说完，铁红缨转向沉浸式战舰驾驶系统，命令道："所有狩猎者战舰进行信息联动，实时分享当前信息。准备使用死亡哨音。"

（二十五）

"奥蕾莉亚号"率先行动，发动机轰鸣着，离开距离金星600千米的轨道，旋即掉头向着斜上方的空域飞去。这条路线的尽头就是铁族舰队。预计会在 45 万千米外与气势汹汹的铁族遭遇。

"温蕾萨号"和"希尔瓦娜斯号"稍后启动，跟在"奥蕾莉亚号"后边 100 千米处。待飞到距离金星 20 万千米的地方，"温蕾萨号"和"希尔瓦娜斯号"调整路线，一左一右，往相反的方向平着飞了出去。

看上去就像是"奥蕾莉亚号"准备牺牲自己，掩护"温蕾萨号"和"希尔瓦娜斯号"往不同方向逃走。铁红缨希望铁族舰队的指挥官做出同样的判断。

狩猎者战舰的速度最快能达到光速的 10%，即每秒 3 万千米。但铁红缨不想过早暴露自己的实力，于是命令"奥蕾莉亚号"的速度保持在较低的状态。问题是，不断靠近的铁族舰队队形越来越大，数量还在不断增加。到"奥蕾莉亚号"距离铁族舰队 5 万千米时，其队形扩大了 10 倍，数量增加到了10 万艘。

"蜂群。"袁乃东简单地说。

他说话可不总是如此简单。然而……铁红缨如梦初醒。是的，只能是这样了。"立方光年号"被一次性摧毁，对铁族造成的震撼应该是相当大的，因此，铁族舰队放弃巨舰主义，改为蜂群模式。事实上，铁族是集群思维，所有钢铁狼人依靠无线电波链接为一个整体，实时共享一切，蜂群舰队才应该这种思维模式的产物，"立方光年号"反而是例外。如果说，"立方光年号"是太阳系有史以来最大的星舰，那么，现在的铁族舰队就应该是太阳系有史以来最大规模的舰队，由数以十万计的"大马蜂"组成。平时，"大马蜂"们聚集在基本的动力框架上，构成巨大的能在星际间往来的超级战舰，而战时，数以千计的"大马蜂"们从动力框架上分裂出来，成为小巧玲珑的火力单元。这样算来，"大马蜂"应该不大，顶多比摆渡船大一些。大概是使用某种信号放大技术，使它在探测器看来，也如星际战舰一般大。显而易见，这是铁族专为狩猎者舰队研制的秘密武器。其关键之处在于，用庞大的数量，抵消死亡哨音的空前威力。

　　想明白了这一点，铁红缨更加坚信自己的所作所为没有错。铁族对狩猎者，恨之入骨；即使今天逃过了，没有正面交锋，明天也会遭遇他们的攻击。与其被动挨打，不如主动出击。

　　"奥蕾莉亚号"从金星的低轨道往上飞，铁族舰队从外层空间往下俯冲，双方的距离迅速拉近。

　　距离1万千米的时候，铁红缨先让"奥蕾莉亚号"的速度慢下来，再命令"奥蕾莉亚号"发射了两枚星际导弹。这两枚星际导弹的最远攻击距离为2万千米，速度也能达到光速的9%，冒险跑这么近再发射，是为了让铁族指挥官错以为狩猎者战舰的攻击距离很近。

　　正如铁红缨预计的那样，两枚星际导弹没有对铁族舰队造成实质上的伤害。在距离铁族舰队 100 千米的地方，它们就被铁族舰队发射的蓝绿激光摧毁了。

铁红缨把剩下的两枚星际导弹也发射了出去。至此，"奥蕾莉亚号"的全部星际导弹发射完毕。这时，"奥蕾莉亚号"在距离铁族舰队不到 5 000 千米，已经进入了铁族舰队的火力覆盖范围。但铁族舰队没有攻击。大概还在做活捉狩猎者，公告太阳系的梦吧。铁红缨操纵"奥蕾莉亚号"调整发动机，沿着一条反斜线，朝背离铁族舰队的方向飞去。

为了迷惑铁族舰队——现在显示器上已经能清晰地看到他们密集的程度——"奥蕾莉亚号"转弯时专门做了一个"S"形机动。如果说，刚才"奥蕾莉亚号"从低轨道径直飞向铁族舰队，像凶悍的游隼迎向一群迁徙中毫无抵抗力的燕子，那么，此时"奥蕾莉亚号"突然变动行进方向，就像一尾鳟鱼面对滔天而来的巨浪。它灵巧地扭动身子，甩动尾巴，在巨浪边上轻轻地拍击一下，旋即以不可思议的速度，远离了那巨浪。

刚才如此靠近铁族舰队，除了逗弄铁族舰队外，还有一个好处，就是可以通过可见光与其他探测方式的对比，找到铁族舰队的虚假信号。剔除掉虚假信号后，铁族舰队的真实数量统计出来了：巨型（长 2 000 米）星际战舰 12 艘、大型（长 500 米）星际战舰 35 艘，小型（长 60 米）马蜂战舰 465 艘。与之前的 10 万艘战舰相比，完全不在一个数量级。当然，512 艘战舰并不能让铁红缨松一口气，这依然是一个庞大到难以想象的舰队。此刻，铁族舰队击毁了那两枚星际导弹——轻而易举得宛如随手拍死两只蚊子——后，紧紧跟在"奥蕾莉亚号"后面。

从这个角度可以看到金星的大部分轮廓，仔细分辨，还能在明黄与淡黄交织的背景中隐约看到数座天空之城的影子。其中一座应该就是莫西奥图尼亚城。但铁红缨没有心情看这些。她关注着"奥蕾莉亚号"的飞行，同时还要关心"温蕾萨号"与"希尔瓦娜斯号"的情况。无论是海伦娜和齐尼娅，还是卡特琳和薇尔达，都不是久经沙场的战士，她们甚至都没有受过相关的训练。她们既不知道如何分析敌情，也不知道如何事先安排计划，同时，有足够的冗余，应对意外，更不知道如何安抚自己那颗惧怕的心。上一次歼灭"立方光年号"，之所以成功，不过是沾了奇袭的便宜。

谁都靠不住，一切都得自己来。看着通信系统上姐姐们惊惶的面孔，铁红缨这样想着。突然，姐姐们惊惶的面孔被无数的白条纹取代了。

"全频道阻塞式干扰。"袁乃东说。

"我知道。"铁红缨生硬地回答。

铁族显然知道死亡哨音需要三艘狩猎者战舰配合才能启动，且死亡哨音启动的时间差不能超过三秒钟，否则就会失败，全频道阻塞式干扰就是为了破坏狩猎者战舰之间的配合。那他们知道量子链接的存在吗？登上"奥蕾莉亚号"后，因为有了通信系统，铁红缨就关掉了量子链接。现在，她与姐姐们一一链接上，脑袋里又一次热闹起来。

卡特琳：死了死了，这次真的死定了，就像菜花蛇咬到了青蛙。

齐尼娅：塔拉的第三条预言会是什么呢？我大概不会知道了。

海伦娜：母亲大人真的死了，真的死了。我又该如何自处？

薇尔达：我为什么会在这里？没有意义啊。

根据之前的经验，铁红缨并不能直接指挥姐姐们的行动，只能发送一个指令，她们会自己说服自己，按照那个指令采取行动。但这就是使得发送指令与采取行动之间有一个时间差。因此，铁红缨需要一个提前量。她一边关注着探测器从各处发送来的信息——三艘狩猎者战舰所处的位置，铁族舰队主体所处的位置——一边计算着启动死亡哨音的最佳时间。

"希尔瓦娜斯号"和"温蕾萨号"已经达到预定位置，发动机熄火，处于全然的静默状态。两者相距 10 万千米，在茫茫宇宙里，这是极短的一段距离。"奥蕾莉亚号"以光速 5% 的速度划过两者的中间点，并向着更远的深空飞去。铁红缨欣喜地看到，铁族舰队以更快的速度咬着"奥蕾莉亚号"的尾巴，紧追不舍，就像一群沙丁鱼紧追着飞驰的大白鲨。

"奥蕾莉亚号"一路向前，抵达预定位置。透过舷窗，已经能看到金星的全貌，汹涌翻卷的硫酸云海此时仿佛凝结的黄色果冻。铁红缨让"奥蕾莉亚号"停下来，调整姿势，同时关注铁族舰队的情况。

这个时候，三艘狩猎者战舰呈三角形分布，各自相距 10 万千米。这是死亡哨音能发挥效应的最远距离。铁红缨不知道自己是什么时候知道的这个极限数值，但她就是知道，仿佛这个数值一直就在她的脑海里。

只有三分之二的铁族舰队进入了三角形伏击圈。而且，他们似乎发现了异常，剩下三分之一的战舰（主要是巨型和大型战舰）徘徊在伏击圈外。同时，主舰队分出两支舰队飞向"温蕾萨号"与"希尔瓦娜斯"号。显而易见，它们被发现了。

没有时间犹豫了。铁红缨果断地向姐姐们发送了启动死亡哨音的指令。这一次，没有任何迟疑，海伦娜和卡特琳都把手伸向了死亡哨音的启动开关，就像铁红缨直接操纵她们的行动一般。铁红缨吃了一惊，但并没有妨碍她同时按下死亡哨音的启动开关。

三艘狩猎者战舰的死亡哨音同时启动，时间相差在 1 秒以内。3 千克燃料（这是最高限度）被送进冷聚变发动机，发动机颤动着，将燃料转化为数兆电子伏特的能量，进而驱动战舰前端的反常量子霍尔效应[①]发生器，制造出数以兆计的马约拉纳费米子[②]。这些粒子汇集成一点，直接照射到战舰前面的虚空之中。

刹那间，整个宇宙都似乎静寂了下来。

接下来就是无尽的喧嚣。虽然没有声音传来，但能感受到宇宙在战栗。战舰前方，马约拉纳费米子束照射的地方，并不是真正的"虚空"。整个物质宇宙都浸泡在暗能量的海洋里。所谓的虚空，就是由暗能量的泡沫彼此交叠纠缠而成。这是推动物质宇宙不断膨胀的真正原因与巨大力量。暗能量海洋并不与物质宇宙直接发生联系，就像两者之间有一层坚实的壁垒。死亡哨音，就是借助马约拉纳费米子束的巨大能量，在物质宇宙与暗能量海洋之间的壁垒上凿出一个大洞，使暗能量暂时

①又称分数量子霍尔效应。
②是一种费米子，它的反粒子就是它本身。

"倾泻"到物质宇宙中，与物质宇宙发生作用。

这个作用简单、直接而强大无比。强核力是物质宇宙四大基本力①之一，它将质子和中子中的夸克束缚在一起，并将原子中的质子和中子束缚在一起。"倾泻"到物质宇宙的暗能量会抹去强核力，使夸克无法聚集为质子和中子，也使质子和中子无法聚集为原子。这是微观上的表现，在宏观上则表现为分解。20年前，在木星附近，"立方光年号"就遭遇了死亡哨音的分解，20年后，这一幕又在金星附近上演。

伏击圈里，四十多万平方千米的范围内，太阳系有史以来最大规模的铁族舰队，无论是巨型战舰，还是大型战舰，抑或者是小型战舰都在极短的时间里分解为无数的碎片。这无数的碎片分解为无数肉眼勉强可以分辨的齑粉，无数的齑粉分解为无数只能依靠仪器探测到的原子，无数的原子分解为无数的质子和中子，无数的质子和中子分解为无数的夸克，无数的夸克湮灭为无穷无尽的能量……

几乎是在眨眼之间，伏击圈里的铁族舰队尽数消失，就像他们不曾存在过一样。

铁红缨很欣慰地看到这一结果。说不上狂喜，因为这是之前预见到的结果。她脑子里的姐姐们则纷纷赞叹，就连薇尔达也暂时注意到现实里发生的这一件事。

"还有。"袁乃东提醒道。

"再来一次就行了。"铁红缨轻蔑地答道。她几乎要忘记

---

①指引力、电磁力、强核力、弱核力。

袁乃东的存在了。

"死亡哨音可以不停地释放吗？"

这个问题一针见血。铁红缨赶紧回想，没有在脑袋里找到相关结论，又去战舰的操控系统上检索……

就在她忙碌的时候，袁乃东突然叫道："糟糕。"

"什么事？"

"就在刚才，两小支在伏击圈外的舰队，绕道向着'温蕾萨号'和'希尔瓦娜斯号'飞去。现在他们已经非常接近这两艘战舰了。"

"多近？"

事实上，不用袁乃东回答，铁红缨通过与姐姐们的链接发现那两小支铁族舰队已经近到狩猎者战舰的眼皮底下了。快逃！她赶紧发布指令，然而已经晚了。一艘大型铁族战舰放射出等离子炮弹，耀眼的光芒瞬间笼罩了"希尔瓦娜斯号"。

海伦娜和齐尼娅的链接消失了。铁红缨还在琢磨意味着什么，随后惨叫一声，昏迷过去。

（二十六）

小时候铁红缨听父亲讲过龙的故事。他说龙是一种虚构的神话生物，有着诸多神奇的本领。古书上是这么描写的："龙能大能小，能升能隐；大则兴云吐雾，小则隐介藏形；升则飞腾于宇宙之间，隐则潜伏于波涛之内。"关于龙的来历，也有着诸般传说。他最喜欢的是这一个：

在远古的时候，每个部落都有自己的图腾。所谓图腾，就是这个部落崇拜、敬畏与祭祀的对象。河流山川、风霜雨雪、花草树木，都能成为图腾，但更多的是飞禽走兽。在亚洲黄河流域，有一个部落以蛇为图腾。在部落首领黄帝的带领下，这个部落日渐强大，开始征服周边的部落。这些部落原本也有自己的图腾，以往的做法是，被征服的部落必须在放弃图腾与全族被屠之间选择。黄帝采取了新的策略，他将这些部落图腾的一部分添加到蛇图腾之上。譬如，以鹰为图腾的部落被征服后就将鹰的爪子添加到蛇图腾上。这种做法十分高明，简单的图腾改变，就象征着这些被征服的部落，成为黄帝部落的一部分。无论是征服者还是被征服者，心理上都很满意。于是，越来越多的部落自愿归附越来越强大的黄帝部落，以至于形成规模空前、横扫黄河流域的部落联盟。于是，蛇图腾上添加了鹿的角，牛的耳，骆驼的头，兔子的眼睛，老虎的脚掌，老鹰的爪子，鱼的鳞片，等等。添加了这么多的器官之后当然不能再叫蛇了，黄帝思忖片刻，命名为"龙"。此后，黄帝部落联盟继续南征北战，龙图腾也得到了越来越多的人认可，以至于这个部落联盟的人普遍认为自己是"龙的传人"。

父亲说："我最喜欢这个传说的地方在于它描述了不同文化之间彼此的交汇与融合。当征服不可避免的时候，相比纯粹的杀戮，这种方式显然更好。作为个体，也可以从中汲取精神力量，获得某种启示或者领悟。"

至于启示或者领悟是什么，父亲并没有明说，大约是要铁红缨自己探求吧。想到这里，铁红缨有几分愠怒，责怪父亲为何不把标准答案说出来。因为我似乎已经没有时间去探求了。

此刻，铁红缨身处一片奇异的黑暗之中。没有光，她却能看见；没有脚，她却能奔跑。她似乎奔跑了很久，全身疲累，每一个细胞都叫嚣着我要躺下我要躺下。又似乎不管怎么动弹，其实都是原地不动，所谓的奔跑，只是周围的黑暗不停以光速向后退行的假象。时间变得浓稠，而空间时而逼仄，时而空阔，时而宛转。

有一个器官缓慢地膨胀、膨胀，当膨胀到极致的时候，又缓慢地回缩，回缩，同时发出震天撼地的声音，引发全身及至周围一切绵绵不断地回响。

那是我的心脏在工作。她想。龙传说的寓意对于个体，对于我来说，是什么？

"海纳百川，为我所用。"一个声音说。

"你是谁？"

那个声音说："为什么要在意这种问题呢？这很重要么？"

一道惨白的闪电，亮起，又熄灭。

"与其问我我是谁，不如问你你是谁。"

闪电再度亮起。不是亮在眼前，而是脑海里。亮起，就不再熄灭，宛如白炽的太阳，照亮她所有的内心。

我是谁？

这个问题似乎很简单，答案似乎也很唯一，而一旦问出，却有无数的答案蜂拥而出，铺天盖地。

她是铁红缨，她又不是铁红缨。她是狂暴的乌苏拉，是美艳的海伦娜，是女巫一般的卡特琳，是柔弱而又决绝的齐尼娅，是聪明绝顶而又自封自闭的薇尔达。她是她们的一部分，她们是她的集合体，但她又不是她们，她们又不是她。这内在的不可调和的矛盾，将她生生劈为两半——不，不是两半，而是好几部分。但下一刻，好几部分又挣扎着，咆哮着，聚合为一体。分裂，聚合；聚合，分裂。反反复复，复复反反，直到一个声音穿越一切障碍传递过来——

　　　　让你的脚沿它去时的路返回，

　　　　让你的脚沿它去时的路返回，

　　　　让你的腿脚伫立于此，

　　　　在这属于我们的村庄。

　　——刹那间：

　　就像一只手滑过一堆散乱的万千碎片，那碎片就自动拼合成正确的图案——她几乎听见了最后一块拼图嵌进整幅图案时发出的咔嚓声。

　　就像一阵风刮过臭气熏天的电子垃圾填埋场，那些垃圾就自动组装成一艘能一口气飞到太阳系边缘的宇宙飞船——她几乎看见了最后一块芯片铆接时迅速又准确的样子。

　　就像一道雷霆闪电……

　　她再也不在乎自己是分裂着或是聚合着——就这样存在下去吧。能合并的合并，能删减的删减，能保存的保存，不管它原来来自何处。海纳百川，为我所用。就像数十亿年的海陆变迁在刹那间完成：无数突触变得平坦，如一望无际的草原；无数突触陡然塌陷，好似万丈深渊；无数突触隆起，仿佛青藏高原。就这样，她或者她们，再一次出生，再一次降临人世，再一次挣脱从肉体到精神的全部束缚，航向自由的宇宙。

她涅槃了，跃迁了，超越了，飞升了。

一丛红艳诱人、娇艳欲滴又迅速膨胀的朝天椒。

一个嘤嘤嗡嗡的蜂巢，

一个忙忙碌碌的蚂蚁窝，

一个个体与集体完美地组织在一起的超有机体，

一条包含万物又被万物所包含的龙，

狩猎之神诞生了！

她睁开了眼睛，看见袁乃东专注地看着自己。"那鼓语，那歌，是你唱的？"她问。

"你是谁？"袁乃东颔首问道。

"名字只是一个符号。"

"你是谁？"

"为什么要在意这种问题呢？这很重要么？"

"对我很重要。"

"我是铁红缨。"

袁乃东明显地松了一口气。

"那歌很好听。什么时候再唱一次给我听？"

"嗯。好。"

"你就不怕我骗你？"

"骗就骗吧。"袁乃东双手一摊，"不过眼下还有更重要的事情要做。我们被包围了。"

铁红缨急切地挺身而起，扑向操控系统。她需要知道，在她昏迷的10分钟里，又发生了些什么事。战场立体投影明确告诉她，在幽暗的太空中，以"奥蕾莉亚号"为中心，四面八方静静地悬浮着 124 艘铁族战舰。有巨型战舰、大型战舰，也有小型马蜂战舰。它们包围着"奥蕾莉亚号"，里三层外三层，重重叠叠，密密匝匝，就像一群大白鲨包围着一只无辜的海豚。

说明铁族还在梦想活捉狩猎者。狩猎者对他们真的这么重要吗？铁红缨想。让探测系统寻找其他两艘狩猎者战舰。结果很直接，"希尔瓦娜斯号"被彻底击毁。在先前"希尔瓦娜斯号"所在的空域，只留下了一些极端高温熔解的战舰残骸。周围有 6 艘铁族战舰在徘徊。没有海伦娜与齐尼娅的任何信号。但先前"温蕾萨号"所在的空域，却没有类似的残骸。

"'温蕾萨号'呢？也被击毁了吗？"铁红缨问。

袁乃东回答道："没有，铁族舰队没有攻击'温蕾萨号'。它们只攻击了'希尔瓦娜斯号'。因为这样就能使死亡哨音无法启动。"

"那'温蕾萨号'到哪里去呢？系统没有显示。"

"你昏迷的时候，'温蕾萨号'飞向了金星。一支铁族舰队跟着它。系统没有显示，是因为他们超出了'奥蕾莉亚号'的探测范围。"

"卡特琳她们为什么会飞往金星？"

"不知道。"

铁红缨瞪了袁乃东一眼，旋即想起通信系统被铁族舰队干扰了。她微微眨动了一下眼睛，在脑子里凝神寻找卡特琳和薇尔达的量子信号。链接很顺利。她立刻就从两个姐姐的角度体会到危险是什么味道。

"温蕾萨号"的发动机受损了。铁族舰队的想法是使"温蕾萨号"失去动力，进而捕获温蕾萨号，但他们的计划只成功了一半。"温蕾萨号"的发动机被两束蓝绿激光击中后，忙乱的卡特琳操纵战舰急慌慌地逃走。她只想找一个地方降落，离开战舰，然后躲起来。于是，"温蕾萨号"一半是飞行，一半是坠落，向着金星而去。

铁红缨完成链接时，"温蕾萨号"离金星已经很近了。所有的警报装置都在一个劲儿地尖叫。闪烁的红色灯光更是将危险的气氛渲染到极致。薇尔达无所适从，蜷缩进自己的世界里，默算着如何用最简单的方法确定椭圆曲线是否存在无穷多个解。此时她双手捏成拳头，拇指深深地陷进手掌心里。卡特琳一反常态，从极度内敛，跳到极度狂暴。她就像一个狂暴的乐手，在"温蕾萨号"的操纵系统上，左边一敲，右边一打，不但没有使"温蕾萨号"恢复控制，反而使情况变得更糟。

铁红缨动一动念头，毫无阻滞地接管了薇尔达和卡特琳的身体。因为她看见，"温蕾萨号"坠落的前方，不是别处，正是硫酸云海之上飘浮着的金星第一城——莫西奥图尼亚城。

（二十七）

通信系统传来消息，铁族舰队要求通话。铁红缨同意了。

一个狼头人身的形象出现在投影系统上。"我是铁木真，铁族发言人。"他说，"我要求与狩猎者的领袖说话。"

"我就是。"铁红缨一边回答，一边操纵薇尔达和卡特琳的身体在几千千米外抢救"温蕾萨号"。曾经她只能旁观姐姐们的感受，曾经她只能建议姐姐们如何行动，现在，她能直接操纵姐姐们的身体，易如反掌。一心三用，她现在同时掌控着铁红缨、卡特琳和薇尔达，并不觉得有丝毫的紊乱。唯一的不妥大概是薇尔达手掌心被她的拇指掐出的疼痛现在传递到了每一具身体上。

"铁红缨，我们知道你。你是狩猎者中最后出生那一个。"铁木真说："'立方光年号'的旧账就不提了，刚才的毁灭性攻击我们也可以删除，当它从来没有发生过。现在的要求是，请你，请狩猎者无条件向铁族投降。这是最为理性的选择，对双方都有好处。"

"为什么？"铁红缨一边与铁族发言人周旋，一边向两个姐姐发出指令：关掉发动机。封闭指挥舱。

"'奥蕾莉亚号'的星际导弹已经发射一空，死亡哨音因为没有'希尔瓦娜斯号'和'温蕾萨号'的配合也无法使用。现在的'奥蕾莉亚号'，根本就是毫无作战能力的废物。"

"还有吗？"

"'温蕾萨号'。"铁木真平静地说，"在金星引力的牵引下，'温蕾萨号'正全速坠落。不出意外的话，在坠落曲线的尽头，它将与莫西奥图尼亚城相遇。我们知道，'温蕾萨号'里有你至亲的同伴。我们也知道，莫西奥图尼亚城是你长大的地方。我们相信，你不会愿意'温蕾萨号'与莫西奥图尼亚城撞上吧。"

"我不愿意。我当然不愿意眼睁睁地看着这样的悲剧发生。"铁红缨说，"你们有什么办法避免发生悲剧吗？"就要控制住"温蕾萨号"了。重启向来是一剂良药。

"投降，无条件投降。"铁木真说，"我们可以通知莫西奥图尼亚城，让它采取规避动作。你应该知道，莫西奥图尼亚城有自己的动力系统。当然，这么大一座城，想要调整方向，需要巨大的动力，也需要相当多的时间。"

时间，我现在最需要的就是时间。发动机，"温蕾萨号"的发动机怎么还在工作啊？"还有别的办法吗？"

"我们的战舰跟在'温蕾萨号'后面，随时可以把它干掉。"

"这是解决问题的办法吗？"现代科技产品，太过复杂，复杂到超出我们的理解范围。当它坏掉的时候，我们并不知道它为什么就坏掉了。怎么办呢？往往是重启一次就好。

"你可以选择，在'温蕾萨号'与莫西奥图尼亚城之间。"铁木真说，"不要拖延时间。没有用的。"

"温蕾萨号"所有的警报系统都停了下来。发动机的指数恢复正常。铁红缨抬起薇尔达的头，看见不远处莫西奥图尼亚城越来越庞大的身躯。她操控薇尔达的手指再一次启动发动机。只要恢复动力，就能避免撞上莫西奥图尼亚城。与宛如黄色海洋中漂浮的巨大岛屿一般的莫西奥图尼亚城相比，只有五十米长的"温蕾萨号"简直就是一粒微不足道的小石子。

发动机没有启动。"温蕾萨号"没有如预想中的那样震颤起来，这是发动机启动成功的标志。铁红缨用卡特琳的眼睛看看薇尔达——后者的眼睛里也有卡特琳的身影，这种相互凝望的感受还是很特别——再一次操纵卡特琳的手指去开启发动机。这一次，整艘战舰都震颤起来。

然而，铁红缨还没有来得及欢呼，就感觉"温蕾萨号"猛地向前一冲，直指莫西奥图尼亚城。发动机倒是能工作了，但对它的控制，还是没有能恢复。铁红缨再次操纵卡特琳和薇尔达的身体进行挽救。

可惜晚了。原本"温蕾萨号"与莫西奥图尼亚城还有一段距离，发动机启动后，它就沿着一条下划线，迅速下滑，直直地撞上了莫西奥图尼亚城。就像一粒小石子撞上了高千仞的悬崖峭壁，只闪出了几朵小火花，就消失不见了。

铁红缨眼睁睁地看着这一切发生，无能为力。撞击的那一刻，她主动断开了与卡特琳和薇尔达的链接。她不想无谓地体验死亡是如何降临的。她已经体验过了，在乌苏拉死的时候，在海伦娜与齐尼娅死的时候，她不想再一次体验。她把全部身心都收敛到"奥蕾莉亚号"，愤怒，而且无助。

"你知道，"铁木真问，"你没有别的选择。'温蕾萨号'的悲剧是你固执己见的结果，接下去，金星联合阵线的惨祸也将由你的一意孤行造成。"

"你要干什么？"

"铁族舰队将对金星联合阵线的所有天空之城发起攻击，第一目标是莫西奥图尼亚城，然后是阿特拉斯、尼亚美……直到你投降为止。而且，我们会事先通知图桑总理，让他对金星联合阵线 3 000 万市民发布公告，说因为你的一意孤行，使他们遭受铁族舰队的进攻。你说，3 000 万善良无辜热情友好的金星人，是会谴责铁族的暴虐，还是会诅咒你的冷血无情？"

铁红缨一时无言。

"红缨。"很久没有说话的袁乃东突然开口了，"投降吧。"

此前他一直静默着，冷眼旁观。与早几天他的欢乐跳脱形成了鲜明的对比。铁红缨早想问问，是什么原因使他有如此巨大的改变。此时见他这样说话，不禁勃然大怒："你怕死吗？怕死你干吗跟着我来！"

"我不怕死。"袁乃东伸出手，轻轻放到铁红缨肩膀上，说，"然而，铁族可以不拿3 000万金星人的性命当一回事，你也能同样如此吗？"

"我能。"铁红缨听见自己斩钉截铁地回答，不敢相信。然而这确实是自己是说话。她听见自己冲曾经爱过的人吼道："他们都不在乎我，我为什么要在乎他们？为什么要拿自己的生命去赌铁族的承诺？你又有什么资格来教育我，对我的所作所为说三道四？你是我什么人？"

这愤怒巨大而真实。她惊讶而恐惧地发现，这种想法居然出自自己内心最深处。可能就是昨天，她也无法说出同样的话。可今天，她不但说了，还说得如此决绝。我这是怎么啦？我成了怪物吗？

"不要拖延时间。"铁木真说，"图桑总理正在发布公告，你可以看到莫西奥图尼亚城已经开始混乱了。碳族蜂拥而出，多达140万的个体，却找不到可以逃跑的地方，只能在全封闭的城里乱窜。仅仅是乱窜，都不知道会造成多少伤亡。与此同时，铁族舰队将对莫西奥图尼亚城发起无差别攻击。在铁族舰队的全力攻击下，最多五分钟，莫西奥图尼亚城连同它上面的 140 万碳族就将化为灰烬，飘落到硫酸云海里，彻底消失。"

"你们为什么一定要我投降？"

"问问你身边的那位。"

宛如晴天霹雳，铁红缨怒视着袁乃东，"你是铁族？你是安德罗丁？"

"是，也不是。"

这个答案让铁红缨身体晃了几晃。因为这个答案，以前的很多疑问都得到了解答（那些多的神秘，只需要一个简单至极的答案），而新的疑问又滋生出来："为什么？"

"量子链接。"

铁红缨厉声地问："我问为什么？"

袁乃东说："还记得我们讨论过铁族遇到的通信难题吗？当铁族知道量子链接的存在后，铁族就意识到，这是真正的无视空间距离的交流方式，即使通信者分处银河系两端，相距 10 万光年，照样可以实时通信。这正是目前铁族最需要的。正因为如此，铁红缨，只要你无条件投降，铁族保证你的安全。铁族需要你。"

铁红缨咆哮起来："我和你讲感情，你跟我讲道理！我问你为什么背叛我？为什么欺骗我！为什么要对我好，为什么又放弃我！"

愤怒夹杂着仇恨，在铁红缨的每一个细胞里激荡：恨铁族的残酷冷血，恨袁乃东的无能，最恨的是自己的无能。眼见着姐姐们一个个死去，宇宙间又将只剩下孤独的一个我；眼见着金星的惨剧即将开始，数千万的生命即将陨落，自己却无力回天……也不是毫无办法。她突然间警醒了。一个早就存在于她内心深处的想法跳了出来。她知道自己该怎么做了。

"你能把外面数百艘铁族战舰全部消灭吗？"袁乃东问。

"我能。"铁红缨斩钉截铁地回答。

（二十八）

袁乃东的手还在她的肩膀上。她伸手把袁乃东拿开，随后启用了隐身模式。这本是齐尼娅的超能力，齐尼娅死之后，传递给了她。她无须学习，就知道自己该怎么做。

眼前的一切变得扭曲，有几分恍惚。她发现自己的身体悄无声息地膨胀开来，变得轻盈而光滑。膨胀的身体渗透出衣物和动力装甲，就像一列奇数遇到一列偶数，毫无阻滞，毫无关系，就这么轻而易举地渗透出来。衣服缺少了支撑，委顿在地。她现在是赤身裸体了，但她不在乎，因为没有人可以看见，而且世俗的评价对她已经没有意义。摆脱一切的束缚，是她一直以来的愿望。她看见当她的衣物和动力装甲因为失去她而坍塌时袁乃东惊讶的样子，不由得像几个月的小孩一样咯咯咯地笑开了怀。

她继续膨胀着，膨胀着，很快超出了"奥蕾莉亚号"的范围。她能同时看见"奥蕾莉亚号"所有的内部结构，每一个细节都清晰而饱满。她已经无法保持人的形态了。她不在乎——

都这个时候了谁还在乎这些细节呢——只是任由自己继续膨胀，膨胀，速度越来越快，越来越快，就像刚刚自奇点诞生的宇宙，几个嘀嗒就从无到有，并充盈了所有可以充盈的空间。

她还从来没有膨胀到这种程度。之前的数次隐身最多也就膨胀到一座房子那么大，事后她也有些惴惴不安，担心自己回不到原来的状态。但此刻她没有丝毫的害怕，只是任由肢体自由膨胀。很快她便发现，包围着"奥蕾莉亚号"的所有铁族战舰，如今都在她体内了。无须去数，她知道有 124 艘铁族战舰。她清楚他们全部的结构，全部的数据。

随着身体持续的膨胀，她忽然明白一件事情。她并非通常意义上的隐身，而是来到穿过了物质宇宙与暗能量之海的壁垒，来到物质宇宙的背后，来到暗能量之海里。她曾经恶补的那些数学与物理学知识，如今看起来如此浅显，而薇尔达殚精竭虑、百思不得其解的那些疑惑，那些关于铁族终极理论的种种疑惑，也迎刃而解，不费吹灰之力。

她洞悉了宇宙——所有的时间和空间——最底层的运行奥秘。

没有时间，也没有空间，物质不存在，能量不存在，暗物质和暗能量也不存在，一切都是信息，一切都是以各种方式纠缠在一起的量子比特。某个人曾经告诉过她，这可能是宇宙最底层的运作机制，她现在可以明确地告诉这个人（他是谁呢？），这种大胆的猜想大部分是正确的。

愤怒消失了，仇恨消失了，在洞悉宇宙奥秘的巨大快感面前，这些负面情绪都是那么微不足道。

所有的束缚消失了。

只剩下无限的自由。

忘记她是谁。

只剩下单纯的浓稠的欢喜与快乐。

如同刚刚出生的婴孩。

但也可能是一条鳞爪飞扬又虚无缥缈的龙。

——包含万物又被万物所包含的龙。

她伸一伸手指（并没有真正的手指，手指只是一个可有可无的意象），跺一跺脚（并没有真正的脚，只是借用曾经有的一个概念），扭一扭腰（并没有真正的腰，只是一种形象的说法），一些暗能量（量子比特的一种表现形式）就泼溅到那些普通物质制造的铁族战舰上，将它们悄无声息地分解。就像婴孩捣烂玩具一样，并不需要理由，只是单纯地想要捣烂玩具罢了。

她欢笑着，继续捣烂"玩具"，直到所有铁族战舰都消失了。她还不满足，遥望金星，硫酸云海上，23艘铁族战舰正在对莫西奥图尼亚城进行攻击。

她向着金星那边伸出了自己不存在的手指或者鳞爪。

23艘铁族战舰消失不见。

前面还有一只肥硕的"蜻蜓"。她似乎与这只"蜻蜓"有着某种联系，但她不记得了。那记忆太过久远，太过模糊，就像是亿万年前一阵微不足道的风，一场微不足道的雨，一次微不足道的邂逅。她现在只想做一件事，一件极其简单的事：抓住这只"蜻蜓"，拆了它的翅膀，拧下它的脑袋，看看它有什么反应。

她希望尽快完成这件事。因为除了这只"蜻蜓"——它似乎有一个拗口的名字,叫什么莫西奥图尼亚——在不远的地方,还有燕子、保龄球和轮胎在等着她。

如果不是那歌声,她肯定已经完成了这件事。

但那歌声——那歌声,起起伏伏,缥缥缈缈,却执着而坚定地传到她不存在的耳朵里。

> 让你的脚沿它去时的路返回,
>
> 让你的脚沿它去时的路返回,
>
> 让你的腿脚伫立于此,
>
> 在这属于我们的村庄。

歌词简单明了,鲜明的旋律一再重复。她停下来,依稀记得在哪里听过这个歌谣(这是歌谣吗?)。在哪里呢?什么时候?又是谁唱的呢?

> 让你的脚沿它来时的路返回,
>
> 让你的脚沿它去时的路返回,
>
> 让你的脚伫立于此,
>
> 在这属于我们的村庄。

> 让你的心沿着梦想的轨迹跳动,
>
> 让你的心沿着梦想的轨迹歌唱,
>
> 让你的心伫立于此,

　　在这属于我们的地方。

　　她彻底愣住了。一些模模糊糊的印象浮上不存在的心头，从无到有，朦朦胧胧（是乌苏拉吗？），明明灭灭（是海伦娜吗？是齐尼娅吗？），闪闪烁烁（是薇尔达吗？是卡特琳吗？），然后越来越清晰，越来越明确。

　　她突然间想起了她是谁。

尾声　表　白

"你爱我吗？"

"爱。"

"你有多爱我？"

"我……"

后面的台词袁乃东想不出来了。

铁红缨在他面前的床上沉睡。10分钟以前，铁红缨在驾驶舱现身，昏迷着，从半空中突然跌落到甲板上。这时距离她消失刚刚过去了5分钟。在此之前，他目睹了铁族舰队的覆灭。他把全身赤裸的她抱回房间，脑子里没有一丝绮念。

现在，他望着沉睡的铁红缨，努力想象着，想把台词想得很美很美，但脑子里是一片空白，什么台词都没有从脑海深处跳出来。仿佛有什么东西在阻止他的思考。他没有放弃，继续凝神遐思。

这时，铁红缨睁开了黑白分明的眼睛。那眼神熟悉又陌生。

袁乃东说："你刚才毁掉了整个铁族舰队，还差点儿毁掉了莫西奥图尼亚城。只差一点点，莫西奥图尼亚城就没了。我不知道你是怎么办到的，但你就是办到了。这一切超出了我可以理解的范围，我需要一个解释。"

铁红缨坐起身来，定定地看着他，脸上没有袁乃东想象中的张皇与无助。"那不重要。事实上，我也无法解释。事情就那样发生了。"她说，"也许以后会有合情合理的解释？"

袁乃东说："那就等吧。我相信，总有一天，会有这样一个科学的解释。"

"我也需要一个解释。"铁红缨问，"你说铁族需要我的量子链接能力，可是发现了终极理论的他们不是很容易就能研发出量子链接技术吗？他们那么聪明，也许只需要很少一点儿运算资源就能够完成。"

"第一，所谓终极理论并非真正的终极，只是一个阶段性总结。第二，从理论到实践，聪明如铁族，也不可能一蹴而就，有一条极漫长的路要走。第三，也是最重要的一点是，铁族没有把所有的运算资源用于研读终极理论，用于研发量子链接。"

"铁族在忙什么？"

"内战。还记得我说过的吗？因为种种原因，铁族分裂出好几个势均力敌的亚群。每个亚群都有自己的诉求。有的忙于促使内战早点爆发，有的忙于阻止内战的全面爆发。这件事关系着铁族的生死存亡，他们必须全力以赴。"

"那你属于哪一个亚群？噢，那不重要。对我来说，目前最重要的是你的背叛。"

"我没有背叛。"袁乃东说，"一开始，是我告诉孔念铎，海伦娜是狩猎者，正在金星这边旅游。我这样做，是因为我要完成我的使命。"他看着铁红缨微微皱眉的样子，心疼得就像有把刀在里边搅动。但他脸上却露出某种意味深长的笑意，说："我有我的使命——从降生的那天起，就必须完成的任务。就如你有你的使命。"

生命里有些东西，他可以掌控，但有些东西，他永远也无法把握。比如，爱情。塔拉·沃米预言了我们的相遇，也预言了我们的结局。是的，我可以劝你按照自己的意愿选择，而我自己却办不到。

"所以，一开始就是设计好的？"铁红缨掀开盖着她的薄被子，跳下床，站到了袁乃东面前。"一开始就欺骗我，所以不算背叛么？？"

"不是。没有那么夸张。"袁乃东呼吸有些急促，眼睛从铁红缨小巧的下巴，一路扫到了她小腹上那一丛鲜艳的朝天椒，尽可能地抑制自己的反应，说，"我并不知道托基奥·塞克斯瓦莱部长会派你去调查。我只是在你调查的过程中，适时提供了一些情报，加快了调查的进度。之前，在与海伦娜坐一艘星际航班，从地球到金星时，我发现了海伦娜的真实身份。至于在调查的过程中，遇见你，查出你的身世，完全是意料之外的事情。真可惜啊。"

铁红缨调整了一下站姿，无所谓地嫣然一笑。她把双手放到身后，十指交叉，用力绞在一起。这一动作使她裸露的胸部格外突出。她的腰肢跟着绞动的双手扭动起来，于是整个身体都如烧沸的水一般晃动起来。"可惜什么？"她的声音散发出无限的妩媚与性感，"可惜你是机器人，无法享受鱼水之欢？装个性快感模块似乎不是很难的事情。"

　　袁乃东把头转到另一个方向，努力控制自己的想法。塔拉·沃米说，我与你的相遇可能导致碳族和铁族的共同毁灭。她的预言从来没有出过错。虽然我不知道在你身上发生了些什么，但我看到了太阳系最为庞大的铁族舰队的毁灭。那数百艘太空战舰，如同飘零的花瓣跌落在湍流之中，打个旋儿就不见了。

　　等袁乃东再转回来看铁红缨时眼里只剩冷酷。"狩猎者是人类实验室的产物，并非数千光年外来的、科技可以与神媲美的外星人，这个消息已经传遍了整个太阳系。大和平时代即将结束，早就迫不及待蠢蠢欲动的各方势力——其中既有铁族也有碳族——将大打出手，偌大的太阳系再也找不到一片和平安宁之所。"袁乃东说，"接下来你有什么打算？"

　　听到这话，铁红缨收敛了她全部的妩媚。她把双手挪回面前，低头仔细看着，轻声答道："我会回到泰坦尼亚，接手狩猎者基地。莉莉娅·沃米，或者说，母亲大人，已经在基地里建造了一条狩猎者生产线。回到泰坦尼亚，我会对生产线进行升级，然后全力以赴进行生产。下一次我再出现的时候，就不会只有我一个人了，会有一个狩猎者军团。"

　　蛭形轮虫。袁乃东记得这种小小的淡水脊椎动物。纯雌性群体，完全的孤雌生殖，主动吸纳外源基因并保持其功能，从而保证基因的多样性。一个纯女性组成的狩猎者军团，将在太阳系所向披靡吗？袁乃东微微打了一个冷战，不是因为铁红缨勾画的前景，而是因为这个前景会实现，很可能是因为他此时做出的选择。"下一次，会是什么时候？"他问。

　　"10 年？ 20 年？ 50 年？ 不，我不知道。也许……"铁红缨欲言又止。袁乃东看惯了她决绝的样子，看她犹疑不定、踌躇不决，不由得心中微颤。"你准备干什么？"她转而问道。

　　"回火星，嗯，还有很多事情等着我去做，很多事情。"

　　"你忙。"铁红缨忽然间笑道。袁乃东觉得，她的笑容有如释重负的意味。坚冰之下，有无数的缝隙喊里咔嚓地冻结上了。"那就这样吧。"她说，"下一次，下一次见面的时候，希望你一切安好。"

　　下一次，袁乃东品味着这个普通却又暗含着苦涩的词语。爱情是我所不应该拥有的，他思忖着。"会的。"他机械地回答。

　　"那就这样吧，再见。"

　　袁乃东没有回答，只是默默地转身，默默地走出房间，默默地走进遥远的未知。不知道为什么，在这个时候，他忽然知道该怎么表白了："我爱你，就像……梁山伯爱祝英台，就像罗密欧爱朱丽叶，就像美人鱼爱她的王子……就像……没有任何比喻可以形容——袁乃东爱铁红缨！"

　　（本书完，敬请期待《碳铁之战 2：绝地战歌》）